Herbst 2010: Zwei Fremde streifen durch Rottweil und stellen Fragen nach einem Toten – Thomas Ćavar, Kroate wie sie, doch in Deutschland geboren. Die Antworten lauten immer gleich: Ćavar sei 1995 im Jugoslawienkrieg gefallen. Viel mehr findet auch der Berliner Kripo-Kommissar Lorenz Adamek nicht heraus. Er wollte eigentlich nur seinem Onkel helfen und steht plötzlich vor einem Problem: Der Onkel, ehemals hoher Diplomat im Auswärtigen Amt, ist in den Fall Ćavar verwickelt. Doch was genau ist »der Fall Ćavar«? Eine Leiche wurde nie gefunden ... Als Adamek nach Rottweil reist, sind die Fremden verschwunden, und ein alter Freund von Thomas Ćavar liegt gefoltert im Dunkel der Nacht. Eine Hetzjagd hat begonnen, und Adamek begreift schnell, wohin sie führt: in einen grausamen Krieg, der noch immer kein Ende gefunden hat.

Oliver Bottini wurde 1965 geboren. Seine Romane ›Mord im Zeichen des Zen‹, ›Im Sommer der Mörder‹ sowie zuletzt ›Der kalte Traum‹ wurden mit dem Deutschen Krimi Preis ausgezeichnet. 2007 wurde Oliver Bottini für den Friedrich-Glauser-Preis nominiert. Sein dritter Roman, ›Im Auftrag der Väter‹, stand auf der Shortlist des Münchner Tukan Preises. Oliver Bottini lebt in Berlin.

Oliver Bottini
Der kalte Traum

Roman

DUMONT

Ein ausführliches Glossar und eine Karte des ehemaligen Jugoslawien
finden Sie am Ende des Buches.

Zweite Auflage 2013
DuMont Buchverlag, Köln
Alle Rechte vorbehalten
© 2012 DuMont Buchverlag, Köln
Umschlag: Zero, München
Umschlagabbildung: © Mark Owen/Plainpicture/Arcangel Images
Karte: Kartografie Angelika Solibieda, Cartomedia-Karlsruhe
Gesetzt aus der Adobe Garamond Pro,
der Trade Gothic und der Trajan Pro
Druck und Verarbeitung: CPI – Clausen & Bosse, Leck
Gedruckt auf säurefreiem und chlorfrei gebleichtem Papier
Printed in Germany
ISBN 978-3-8321-6228-3

www.dumont-buchverlag.de

Für Željko Peratović
und alle anderen unabhängigen Journalisten Kroatiens

Im Andenken an

Josip Reihl-Kir,
ehemaliger Polizeichef von Osijek (Kroatien),
am 1. Juli 1991 von einem kroatischen Polizeireservisten ermordet,

und

Milan Levar,
Zeuge der Anklage vor dem Internationalen Strafgerichtshof
für das ehemalige Jugoslawien in Den Haag,
am 28. August 2000 in Gospić (Kroatien) ermordet

*Die wahren Schuldigen sind jene,
die aus Interesse, oder weil es ihr Naturell ist,
den Krieg ständig für unvermeidbar erklären,
und indem sie dafür sorgen,
dass er tatsächlich unausweichlich wird,
zugleich behaupten, es stünde nicht in ihrer Macht,
ihn zu verhindern.*

Baron d'Estournelles de Constant, 1914,
zitiert in Carla del Ponte: *Im Namen der Anklage*

I
FREUNDE

1

SAMSTAG, 9. OKTOBER 2010
NAHE ROTTWEIL / BADEN-WÜRTTEMBERG

So stellte Saša Jordan sich das Leben vor, irgendwann einmal, wenn alles vorbei war: ein sanftmütiges Tal wie dieses, umgeben von rotgoldenen Wäldern, unter einem stillen Himmel, den weder die Lebenden noch die Toten zu fürchten brauchten. In all den Jahren hatte er die Hoffnung nicht aufgegeben, dass es eines Tages auch in der Heimat solche Orte geben würde.

Orte, die vergessen hatten.

Aber noch war es nicht so weit.

Fast lautlos trat er aus dem Wald und stieg die Böschung zur Schotterstraße hinunter. Der Bauernhof lag jetzt in Sichtweite, Scheune und Stall, dazwischen das Wohnhaus mit rotem Schindeldach, das in der Vormittagssonne zu glühen schien. Über den Vorplatz wirbelte ein grasgrüner Punkt, das kleine Mädchen, flog hin und her wie ein Schmetterling. Ein dunklerer Punkt folgte träge, der alte Hund, trottete nach rechts, nach links, sank aufs Hinterteil.

Ein fernes Kläffen, ein Mädchenlachen, dann war es wieder still.

Jordan hatte den Namen des Mädchens vergessen, an den des Hundes erinnerte er sich, er hatte ihn in den letzten Tagen oft genug gehört – Methusalem. Als hätte Markus Bachmeier vor zwanzig Jahren geahnt, dass der Welpe in seinen Händen ein biblisches Alter erreichen würde.

1990, dachte er, ein Hund wird geboren, ein Staat entsteht. Zwanzig Jahre später kreuzten sich beider Schicksale.

Auf dem Hügelkamm jenseits des Hofes fuhr ein glitzerndes Auto, über das abgeerntete Feld neben der Schotterstraße flogen Raben. Eine Hand in der Hosentasche, das Sakko über der Schulter, folgte Jordan der Straße in Richtung Bauernhof, und der Frieden des Tales erfüllte ihn mit Ruhe.

Im Schatten eines Baumes blieb er stehen, etwa fünfzig Meter von dem Hof entfernt. Der kräftige Duft der trockenen Rinde, der Duft von Harz, ein leises Rascheln über ihm, Blätter zitterten im Wind. Er ließ das Sakko fallen, lehnte sich an den Stamm. Wartete.

Eine Stunde verging.

Das Mädchen und der Hund waren im Haus verschwunden, eine Frau im blauen Kittel hatte den Vorplatz überquert und den Stall betreten. Bachmeiers Frau oder die Angestellte, auch deren Namen hatte er vergessen.

Auf dem Rückweg zum Haus warf die Frau einen Blick in seine Richtung, kurz darauf glitt hinter einem Fenster ein Vorhang zur Seite.

Sie hatten ihn bemerkt.

Um zwölf erklang in der Ferne Glockenläuten. Minutenlang schwebten die dunklen Töne über dem Tal, zärtlicher und melodischer als das aufgeregte Gebimmel der Kirche von Briševo, das ihn und seinen Bruder viele Jahre lang zum Mittagessen nach Hause gerufen hatte. Spätestens beim letzten Schlag hatten sie am Tisch gesessen. *Wer nicht da ist, wenn die Glocke schweigt, kriegt nichts,* hatte der Vater oft gedroht, und die Mutter hatte gelacht und erwidert: *Gib Gott, dass du nicht eines Tages taub wirst.*

Als Briševo brannte, war der Hund Methusalem zwei Jahre alt gewesen.

Eine weitere Stunde verging.

Ein rundlicher Mann erschien in der Haustür, auch er sah herüber. Dann wandte er sich in Richtung Stall, das rechte Bein beim Gehen nachziehend.

Markus Bachmeier.

Vielleicht beim Mägges drüben, hatte ein Bauer aus der Nachbarschaft ein paar Tage zuvor gesagt, *der hat ein kaputtes Bein und kann Hilfe gebrauchen, wenn die Hilfe billig ist.*

Jordan zündete sich eine Zigarette an. Der Rauch vertrieb den Duft der Rinde und des Harzes.

Bachmeier trat aus dem Dunkel des Stalles und kehrte zum Haus zurück.

Das gedämpfte Schnattern von Gänsen, aus dem Haus ein Klirren, als würde ein Tisch gedeckt, die Kirchenglocken schwiegen.

Briševo.

Die Eltern waren in den Flammen umgekommen, der Bruder spurlos verschwunden. Er selbst war nach Omarska gebracht worden.

Zweimal noch verließen Bachmeier und die Frau das Haus und blickten auf den Mann im weißen Hemd, der kaum fünfzig Meter von ihrem Hof entfernt an einem Baum lehnte. Taten so, als hätten sie im Stall, im Garten Dinge zu erledigen.

Der Mittag verstrich.

Und Saša Jordan wartete und dachte an Briševo.

Am frühen Nachmittag kam Bachmeier, Methusalem begleitete ihn. Mit langsamen Schritten näherten sie sich, als zögerten beide, der Mann und sein Hund.

Reglos sah Jordan ihnen entgegen.

»Grüß Gott«, rief Bachmeier von weitem, die Stimme hell und jungenhaft. Ein paar Meter vor Jordan blieb er stehen. Die Augen unter den buschigen blonden Brauen waren unruhig, das Lächeln zitterte.

Jordan wandte den Blick ab.

Auf dem Vorplatz des Hofes standen die Frau und das Mädchen und beobachteten sie. Plötzlich waren die Namen wieder da, Theresa und Nina, die Angestellte hieß Rose.

Als hätte die Frau gespürt, dass er an sie dachte, griff sie nach dem Arm des Mädchens und zog es an sich. Die Mutter vermutlich, Theresa, nicht die Angestellte.

»Möchten Sie zu uns?«, fragte Bachmeier. Wie um sich den Anschein von Gelassenheit zu geben, schob er die Hände in die Taschen der Arbeitshose.

Jordan musterte ihn. Fast drei Jahrzehnte Arbeit auf dem Hof hatten die kindlichen Züge nicht aus seinem Gesicht vertrieben. Auch jetzt noch, mit siebenunddreißig, hatte er das Gesicht eines in sich gekehrten Jungen, der zeit seines Lebens zu dick, zu gutmütig, zu mutlos gewesen war.

»Oder haben Sie sich verlaufen?«

Jordan zog eine Zigarette aus der Schachtel und entzündete sie. Lehnte an dem Baum, rauchte, wartete auf den richtigen Moment.

Die Beine des Hundes zitterten jetzt.

Zwanzig Jahre, für einen Golden Retriever ein undenkbares Alter. Aber er setzte sich nicht. Vage Reste des Jagdhundinstinkts mochten ihn die Unruhe seines Herrn spüren lassen.

Ein loyales Tier.

Es ging immer um Loyalität.

Bachmeier musste gehört haben, dass Jordan sich im Tal nach Arbeit erkundigt hatte und zu ihm geschickt worden war. Hier schlitzten sich Nachbarn nicht gegenseitig die Kehle auf. Sie sprachen miteinander. *Da kommt einer, der will bei dir arbeiten.*

Einer vom Balkan. Schon um die vierzig, aber er sieht aus, als könnte er zupacken.

Bachmeier nickte in Richtung Baum. »Vorsicht, das Harz. Nicht dass Sie sich das Hemd verderben.« In seiner Stimme schwang eine Andeutung von Angst mit. Er spürte, dass es nicht um Arbeit ging.

Mägges, dachte Jordan. Tapferer, dicker, verängstigter Mägges.

Ob er wusste, wozu man Baumharz benutzen konnte? Wenn man es erwärmte und auf kleine Wunden strich, bildete es eine desinfizierende Schutzhaut. Wenn man es erhitzte und in größere Wunden goss, verursachte es starke Schmerzen.

Doch hier, in diesem friedlichen Tal, brauchte man Baumharz nicht für diese Zwecke. Man hatte Medikamente, und es gab niemanden, dem man Schmerzen zufügen wollte.

»Verstehen Sie mich?«, fragte Bachmeier.

Jordan schnippte die Zigarette von sich und sagte sehr langsam: »Thomas Ćavar.«

»Der Tommy lebt nicht mehr«, sagte Bachmeier. »Schon lange nicht mehr.«

Jordan konzentrierte sich auf die kleinen, unruhigen Augen.

»Er ist im September 1995 gestorben, in Bosnien, im Krieg.«

Hinter den Augen tobten tausend Gedanken.

Sekunden verstrichen, ohne dass ein Wort fiel. Der Hund ließ sich nieder, legte den Kopf auf die Vorderläufe. Die Müdigkeit war größer als die Loyalität.

Schließlich räusperte Bachmeier sich. »Tut mir leid, dass ich Sie enttäuschen muss. Er war früher oft hier, wir waren Freunde, das stimmt. Aber wie gesagt, er ist im Krieg gefallen.«

»Und Jelena?«

»Jelena kannten Sie auch?«

»Ja«, log Jordan.

»Ist mit ihren Eltern fortgegangen. 1995, kurz nach Dayton.«

»Wohin?« Das Wort wollte wie alle deutschen Wörter nur langsam aus Jordans Mund. Zu lange hatte er kein Deutsch gesprochen. Mit Briševo und den Eltern war auch die Sprache der Vorfahren verbrannt. Hier, in diesem Tal, wurde sie wieder lebendig.

»Nach Serbien, soviel ich weiß. In die Vojva…«

»Vojvodina.«

Bachmeier nickte. Die Angst schien noch nicht gewichen, hielt sich mit Erleichterung das Gleichgewicht. Man konnte doch reden mit dem Mann vom Balkan, der seit drei Stunden vor dem Hof stand, als wollte er ihn belagern. Bloß ein Bekannter von Thomas und Jelena.

Und doch …

Jordan lächelte.

Auf dem Vorplatz stand nur noch die Mutter. Sie war ein paar Meter in ihre Richtung gekommen. Nina, das Mädchen, war nicht zu sehen.

Der Hund zu Bachmeiers Füßen war eingeschlafen.

Die Oktobersonne machte das Tal träge. Das herbstliche Rotgold, der leichte Wind, der Duft nach Rinde … Aber das Tal hatte seine friedliche Anmutung verloren. Briševo und das nahe serbische Lager Omarska im Nordwesten Bosniens. Thomas Ćavar, der Kroate, und Jelena, die Serbin.

1990 und 1995, dachte Jordan. Ein Hund wurde geboren, ein Staat entstand. Ein Mann starb im Krieg, eine Frau kehrte in die Heimat ihrer Eltern zurück.

War es wirklich so gewesen?

Er sagte: »Ist Thomas hier beerdigt worden?«

»Es gibt kein Grab, nur ein serbisches Massengrab, irgendwo in Bosnien.«

»Man hat seine Leiche nicht gefunden?«

»Nein.«

Jordan nickte. Dies war die Geschichte, die er seit Tagen zu Ohren bekam. »Und von Jelena haben Sie nie wieder etwas gehört?«

»Nie wieder.«

»Aber Sie waren befreundet.«

»Wie gesagt, sie ist fortgegangen.«

Jordan hob das Sakko auf und schwang es sich über die Schulter. Mehr würde er an diesem Tag nicht erfahren.

»Wer sind Sie?«, fragte Bachmeier.

»Ein Freund.«

Jordan spürte Bachmeiers Blick im Rücken, während er die Schotterstraße zurückging. Er würde wiederkommen, und Bachmeier schien das zu ahnen. Lange stand er da und sah ihm nach.

Dann hörte Jordan einen leisen Befehl und unregelmäßige Schritte, die sich rascher entfernten, als sie gekommen waren.

Kurz darauf war er wieder im Wald, tauchte ein in die Hülle aus Blättern. In ein paar Tagen würde er in die Heimat zurückkehren, und dann, nahm er sich vor, würde er mit der Suche nach einem solchen Ort beginnen, einem Ort, der irgendwann einmal vergessen und vergessen lassen konnte.

2

DIENSTAG, 12. OKTOBER 2010
BERLIN

Lorenz Adamek starrte in das Dunkel jenseits der Fensterfront. Er wusste, dass er nicht mehr einschlafen würde, mochte er auch noch so müde sein. Lohnt sich nicht, sagte sein Hirn seit einer Viertelstunde.

3.44 Uhr.

Noch einunddreißig Minuten.

Der nächtliche Himmel war von Lichtpunkten gesprenkelt und zog sich über Tiergarten, Charlottenburg, das Westend bis tief nach Brandenburg hinein. Kein Gebäude, kein Turm stand dem Blick aus dem 24. Stock im Weg. Man wohnte jetzt Platte in Karolins Kreisen. Ambitionierte Architekten machten aus genormten Ostschachteln individuelle *living spaces*, in denen gestresste Westintellektuelle – und in ihrem Gefolge Kripobeamte – hoch über Berlin Inspiration und Ruhe fanden.

Mitten in der Stadt leben, von keinem Stück Beton bedrängt.

Nur Weite. Nur Freiheit.

Vorausgesetzt, man kam abends rechtzeitig nach Hause. Adamek kam jeden Tag um sechs, aber er brauchte die Weite und die Freiheit nicht. Karolin, die ihn in die Platte gequatscht hatte, kam nie vor neun, und wenn sie sich das Verlagsleben vom Leib geduscht hatte, waren die Weite und die Freiheit dunkel.

In seinen Kreisen schüttelte man den Kopf, und er verstand sich selbst nicht recht. Er hatte sich nie für die DDR interessiert. Jetzt wohnte er in ihren Resten.

Karolin bewegte sich mit einem schläfrigen Seufzer, ihre Hand strich über seine Schulter. »Hmm ... Musst du schon raus?«

»In einer halben Stunde.«

»Hmm ... Du Lieber, du ...«

Er nahm ihre Hand, küsste ihre Stirn. »Schlaf weiter.«

»Hmm ... Und du?«

»Lohnt sich nicht.«

Eine Stunde später lenkte Adamek den Wagen zu Füßen der Freiheitstürme in die Leipziger Straße. Die Scheinwerfer glitten über finstere Fassaden, in der Kälte erstarrte Frühaufsteher an unbeleuchteten Bushaltestellen. Die Weite und die Freiheit waren Illusion, Berlin war hart und abweisend.

Er mochte das.

Tief unten im Betongedränge folgte er dem Blick aus dem 24. Stock nach Westen. Aus den Lautsprechern drangen Mendelssohn-Bartholdys »Lieder ohne Worte«. Nicht unbedingt die Musik seiner Wahl, aber er wollte nicht ins kulturelle Abseits zurück, dort hatte er lange genug gelebt. Hatte es sich in der schlichten Welt der Hitparaden, Schlagzeilen und Groschenromane allzu bequem gemacht.

Bis Karolin gekommen war. Seitdem hörte er Mendelssohn, übte Annäherung durch Gewohnheit.

Er fuhr die Friedrichstraße zum Bahnhof hoch. Eine Handvoll Menschen hetzte über die Straße, über ihnen fuhr eine S-Bahn ein. Grelle Lichter, buntes Treiben hinter den Scheiben der 24-Stunden-Betriebe. Auf seine abweisende Art kümmerte sich Berlin, um alle, rund um die Uhr.

Adamek besorgte sich einen Kaffee und kehrte zum Wagen zurück.

Wer seinen Verstand nicht fordert, verdummt, hatte Karolin beim ersten Rendezvous gesagt. Diese Prophezeiung und die Bestimmtheit ihres Kreuzzuges gegen das Mittelmaß hatten ihn wachgerüttelt. Er ging mit ihr ins Theater, las die Bücher ihres Verlages, beobachtete interessiert, wie sie das elterliche Erbe in überteuertem Designerinventar anlegte.

Zog mit ihr in die Platte.

Und er lernte den Unterschied zwischen Primär- und Sekundärerfahrung kennen. *Man muss es fühlen, Lorenz! Man muss als Leser lachen, weinen, lieben können!*

Darf man sich auch langweilen?

Man durfte.

Er hatte den Potsdamer Platz erreicht, glitt durch die Häuserschluchten. Fühlte sich zehn Sekunden lang primär wie ein New Yorker.

Richard Ehringer wartete schon.

Der Rollstuhl stand im matten Schein einer Straßenlaterne vor dem Pflegeheim. Auf Ehringers Schoß lag ein Rucksack.

Adamek hielt ein paar Meter vor ihm und stieg aus. Als er sich bückte, um Ehringer flüchtig zu umarmen, spürte er ein Stechen in der Lendenwirbelsäule. Immer häufiger klemmte das Becken, er saß zu viel. Karolin empfahl Yoga auf dem Balkon der Freiheit. Er lag lieber auf dem Sofa. Es lag sich gut auf siebentausend Euro.

»Schön, dich zu sehen«, sagte er.

»Danke, gleichfalls. Fahren wir?«

Adamek legte den Rucksack in den Fond. »Wie sieht's mit dem Wetter aus?«

»Sechs Grad, klar, leichter Westwind.«

»Kein Regen?«

»Dann hätte ich es verschoben, Lorenz.« Ehringer hielt die

Arme hoch. Die Geste hatte etwas Kindliches, und Adamek musste schmunzeln. Trägst du mich, Papa?

Erneut bückte er sich, erneut stach die Hüfte. Er lächelte verlegen, als er den leblosen Körper anhob. Onkel und Neffe, aber sie blieben einander fremd.

Sonst hatte Richard Ehringer nichts Kindliches an sich. Wie auch? Fast dreißig Jahre in der Politik, zuletzt Referatsleiter im Auswärtigen Amt unter Hans-Dietrich Genscher, damals noch, in der Bonner Republik. Dann, 1992, das abrupte Ende, seitdem in Pflegeheimen für verdiente Staatsbeamte und andere Eliten. Ein einstmals einflussreicher Mann aus dem inneren Zirkel, auf dessen Schultern ein Höchstmaß an Verantwortung gelastet hatte. Nun wurden die Schultern von halbjährlich wechselnden Zivildienstleistenden zur besseren Durchblutung mit Bienengiftcreme eingerieben.

Vorsichtig setzte Adamek ihn auf den Beifahrersitz. Von Jahr zu Jahr, so kam es ihm vor, wurde der Onkel leichter. Schon 1999, als sie sich wiedergesehen hatten, war er fast zierlich gewesen. Jetzt, mit Mitte sechzig, war er, sah man von den Armmuskeln ab, hager und knochig.

Aber willensstark.

Adamek verstaute den Rollstuhl im Kofferraum.

»Fahren wir über Spandau«, sagte Ehringer, als er neben ihm saß, »nicht über die Autobahn.«

»In Ordnung. Stört dich die Musik?«

»Nein, ich mag Mendelssohn.«

Sie passierten Schloss Charlottenburg, folgten dem Spandauer Damm. In ihrer Richtung hin und wieder ein Bus, ein Pkw, in der Gegenrichtung setzte der Berufsverkehr ein. Linker Hand glitt Adameks Dienststelle vorüber, er sagte nichts. Details interessierten den Onkel nicht.

Auch Ehringer schwieg. Er war kein Mann der vielen Worte. Nicht mehr, so hatte Adamek es verstanden.

Er dachte an den Anruf vor elf Jahren.

Der Bruder deiner Mutter, erinnerst du dich?

Ja. Ich meine, nicht so richtig.

Der Onkel aus Bonn, ein stimmloser Schatten in seinem Gedächtnis. Adamek war zwei, drei Jahre alt gewesen, als Ehringer ein paar Mal zu Besuch gekommen war, Anfang der Siebziger.

Ich ziehe nach Berlin, hatte der Onkel 1999 gesagt. *Ich dachte, wir könnten hin und wieder zusammen etwas unternehmen. Essen gehen, spazieren gehen. Aber du musst mich schieben, ich sitze jetzt im Rollstuhl.*

Adamek hatte eine Weile gebraucht, bis er verstanden hatte, weshalb Ehringer nicht nach München gezogen war, wo seine Schwester – Adameks Mutter – wohnte. Die Politik ging nach Berlin, und der Onkel brauchte sie zum Überleben. Brauchte die sporadischen Besuche ehemaliger Kollegen, die gelegentlichen Einladungen in die Ministerien. Er war draußen, aber er wollte noch zum Dunstkreis gehören.

»Ist es nicht schön hier?«, fragte Ehringer.

»Ja«, sagte Adamek.

Sie hatten Spandau hinter sich gelassen und fuhren durch den Staatsforst Falkenhagen. Zwei schnurgerade Kilometer auf Kopfsteinpflaster und keine Menschenseele außer ihnen.

»Wie geht es Karolin?«

»Arbeitet zu viel.«

»Ihr solltet heiraten.«

»Wir sprechen manchmal darüber.«

»Und?«

Adamek zuckte die Achseln.

Mit Tempo dreißig schlichen sie durch ein entrücktes Walddorf. Verwunschene Häuser inmitten der Natur, stille Wege, die sich zwischen den Bäumen verloren. Ein Hauch siebziger Jahre mit Sprenkeln westlicher Ökoarchitektur.

Heiraten war gerade nicht so hip.

Außerdem, argumentierte Karolin, hätten sie für Kinder keine Zeit, glaubten nicht an die lebenslange Partnerschaft, seien ihnen die Kirche ein Gräuel und der Staat – zumindest ihr – ein Ärgernis. Wozu also einen Wisch unterschreiben?

Doch das war alles nur Gerede.

Karolin war Perfektionistin und hatte panische Angst vor dem Versagen. Als Ehefrau, als Mutter, sogar als Katzenmama und Köchin, wenn sie denn einmal kochte. Sie war eine Gefangene ihrer Ansprüche an sich selbst. Gehetzt drehte sie sich um die eigene Achse, um es sich und anderen recht zu machen. Manchmal schleuderte sie die Zentrifugalkraft zu Boden. Dann lag sie nachts weinend im Bett und klammerte sich an ihn. Und das rührte Adamek zutiefst.

In solchen Moment spürte er etwas, was kaum sonst jemand an ihr wahrnahm: Wärme, Weichheit, die Sehnsucht nach Nähe.

»Vielleicht in ein, zwei Jahren«, sagte er.

»Wartet nicht zu lang.«

»Ist uns nicht so wichtig, weißt du.«

»Sollte es aber sein.«

Sie kamen an Maisäckern vorbei, folgten einspurigen, von Bäumen gesäumten Straßen mit Rissen im Belag. Noch war es draußen dunkel, doch wenn Adamek einen Blick nach Osten erhaschte, sah er die ersten Silberfäden am Horizont.

»Keine Sorge, heute ist ein guter Tag«, sagte Ehringer.

Als die Morgendämmerung ihr Licht über Brandenburg warf, saßen sie auf einem matschigen Grasstreifen außerhalb von Linum an der Straße, der Onkel im Rollstuhl, der Neffe auf einem Klappstuhl. Ehringer hatte eine Thermoskanne mit schwarzem Tee aus dem Rucksack genommen, zwei Plastiktassen, dazu Plunderteilchen vom Vortag, die sie schweigend aßen.

Um beider Hals hing ein Feldstecher. Sie waren bereit.

Seit elf Jahren kamen sie Mitte Oktober einmal hierher. Essen gehen, spazieren gehen, ja, und einmal im Jahr das Rhinluch am frühen Morgen. Aber das hatte der Onkel aus Bonn bei ihrem ersten Telefonat wohlweislich für sich behalten.

Adamek ließ den Blick über die feuchte graue Landschaft gleiten. Äcker, Grasflächen, Baumreihen und im Nordwesten verborgen die Teiche und Sumpfgebiete, die das Rhinluch so besonders machten.

Gähnend zog er den Mantel enger, versenkte den Hals im Kragen. Manchmal warteten sie Stunden. Die Natur funktionierte nach Dunkelheit und Licht, nach Sonne und Niederschlag, nicht nach den Zeigern einer Uhr.

Heiraten, dachte er.

Dass Karolin sich nicht dazu entschließen konnte, hing wohl letztlich auch mit dem Unterschied zwischen Primär- und Sekundärerfahrung zusammen. Zwei Begriffe, die präzise beschrieben, weshalb sie ihn liebte und weshalb sie sich irgendwann von ihm trennen würde. Er stand als Kripobeamter für die Primärerfahrung, sie als Lektorin für die Sekundärerfahrung. Er sah das Leben in all seinem Schmutz, sie nahm es in all seiner Ästhetik wahr und empfand den Schmutz als aufregend und authentisch. Das reizte ein paar Jahre lang, dann vielleicht nicht mehr. Nur Gegensätze, Gemeinsamkeiten mussten erst geschaffen werden, aus den Gegensätzen. Wie das Wohnen in der Platte.

Eines Tages, dachte er, würde er ihr nicht mehr genügen.

»Ich habe eine Bitte an dich, Lorenz«, sagte der Onkel.

Adamek sah ihn überrascht an.

»Kannst du einen Namen für mich recherchieren?«

»Was meinst du mit ›recherchieren‹?«

»Durch eure Datenbanken schicken.«

Er nickte zögernd.

Ein Bekannter, vor Jahren aus den Augen verloren, sagte Ehringer. Thomas Ćavar, Deutscher mit kroatischen Eltern, 1971 in Rottweil, Baden-Württemberg, geboren. Keine relevanten Treffer durch die Suchmaschinen natürlich, sonst würde er sich nicht an den Neffen wenden.

Adamek nickte erneut. »Sonst irgendwelche Anhaltspunkte?«

»Nein«, sagte Ehringer und wandte sich ab.

Und Adamek konnte sich des Eindrucks nicht erwehren, dass er log.

Gegen sieben kamen die Kraniche.

Sie griffen nach den Ferngläsern, justierten sie.

»Sechzigtausend sind hier«, sagte Ehringer.

»Hatten wir schon mal so viele?«

»Vor zwei Jahren waren es achtzigtausend.«

Erst kamen ein paar, dann wurden es immer mehr. Zumeist in Dreiecksformationen, hinter- oder nebeneinander zogen die Kraniche über sie hinweg, von den Schlafplätzen in den Teichgebieten zu den nahen, abgeernteten Maisfeldern, schlanke dunkle Leiber mit nach vorn gereckten Hälsen und weiten Schwingen. Ein-, zweihundert Meter über Adamek und Ehringer rauschte es und trompetete aus Tausenden Kehlen. Der Himmel wurde wieder schwarz, während im Osten die Sonne aufging.

Er konnte nicht recht glauben, dass die Kraniche die Nächte auf einem Bein stehend in den flachen Gewässern des Rhinluchs verbrachten, wenn auch nur auf der Durchreise in den Süden.

Nicht in Florida oder Afrika oder China, sondern hier, in Brandenburg, vierzig Kilometer vor Berlin.

Er mochte sie. Die Ordnung ihres gemeinsamen Fluges gefiel ihm, die mäandernden Linien, die riesigen Dreiecke, mal breit, mal spitz, die ihm aus der Ferne wie festgefügt erschienen und sich nach und nach als aus einzelnen, bewegten Gliedern bestehend erwiesen.

Die Ordnung löste sich erst auf, wenn die Landung bevorstand, wenigstens wirkte es aus der Distanz so. Über den Maisäckern südlich von ihnen wogte und brandete es, Wellen aus Leibern hoben und senkten sich miteinander, gegeneinander, übereinander.

Nach und nach lichteten sich die Wellen.

Eine halbe Stunde später hatten sich Zehntausende Kraniche auf den Futterplätzen des Rhinluchs verteilt. Der Himmel war wieder blau, fern im Osten ging die Sonne auf.

Adamek setzte den Feldstecher ab. Ihre Blicke begegneten sich. Um Ehringers Mund lag ein Lächeln. »Fahren wir«, sagte er.

Adamek wischte die Tassen trocken, verstaute sie mit der Kanne, den Servietten, den Ferngläsern in Ehringers Rucksack.

Sie sprachen nie über Linum.

Adamek wusste nicht, weshalb sein Onkel Jahr für Jahr zu den Kranichen ins Rhinluch wollte, an einem beinahe beliebigen Morgen Mitte Oktober vor Anbruch der Dämmerung. Ehringer war kein Hobbyornithologe, kein Naturschützer, kein Bauer, kein Windradlobbyist. Und doch rief er Jahr für Jahr irgendwann im Oktober an und schlug einen Tag vor. Morgens um halb sechs fuhren sie nach Brandenburg, saßen bei Thermoskannentee und trockenem Gebäck in der Kälte und warteten.

Beobachteten die Kraniche, wechselten kaum ein paar Worte.

Fuhren nach Berlin zurück.

Jahr für Jahr seit 1999.

Niemals hatte Richard Ehringer an einem solchen Morgen eine Bitte geäußert. Geschweige denn, dachte Adamek, während er ihn zum Auto trug, eine Lüge.

3

DIENSTAG, 12. OKTOBER 2010
ZAGREB/KROATIEN

Irgendwann fand man, was man suchte.

Yvonne Ahrens hatte in New York gesucht, in Buenos Aires, in Tokio. Sie hatte ihren Job gemacht, sich in die Sprachen und Lebensweisen eingelernt und gewusst, dass sie nicht allzu lange bleiben würde.

Die Stille und die Schuld würden sie einholen, egal, wo sie sich befand. Manchmal brauchten sie ein Jahr, manchmal zwei, dann hatten sie die Ozeane und Kontinente überwunden, und Ahrens wusste, dass es Zeit war zu gehen. Sie kehrte nach Deutschland zurück, wo es am schlimmsten war, und wartete auf den nächsten freien, möglichst weit entfernten Auslandsposten.

Südosteuropa, hatte Henning Nohr vor fünf Monaten gesagt.
Ist da nicht Roger?
Kommt zurück, die Familie will nicht mehr.
Mir wäre Afrika lieber, weißt du. Oder Australien. Die Arktis.
Ich brauche dich in Zagreb.
Schick Benny runter. Er spricht Kroatisch.
Hat Probleme mit dem Cholesterin. Exjugoslawien, sagt er, wäre für ihn Selbstmord. Bitte. Du könntest sofort los.

Also war sie Anfang Juni nach Zagreb gegangen – und hatte unvermutet gefunden, was sie all die Jahre gesucht hatte: ein neues Zuhause. Das Gefühl, an einen Ort zu gehören, an dem sie die Stille und die Schuld ertragen konnte.

Sie wusste nicht genau, woran das lag. Vielleicht an der schlichten Beiläufigkeit, mit der man hier das Leben nahm. An der Unaufgeregtheit der Bewohner Zagrebs.

Ein weiterer Grund mochte die Überraschung sein. Zum ersten Mal zog sie als Auslandskorrespondentin in ein Land, von dem sie ein ausschließlich negatives Bild gehabt hatte. Die Kroaten rau und aggressiv, die Sprache hart und fremd, Zagreb ein Konglomerat hässlicher realsozialistischer Betonblöcke, der restliche Balkan kaum anders, geschweige denn besser. Dann hatte sie die Menschen in Zagreb von Anfang an als warmherzig und lebenslustig empfunden, Kroatisch als faszinierend und sinnlich, das Stadtzentrum als bezaubernd.

Selbst im strömenden Nachmittagsregen.

Sie zog die Jacke über den Kopf und trat auf den Gehweg hinaus. Ihre Wohnung lag am Tomislav-Platz in der Unterstadt, vielmehr: am *Trg Tomislava* in *Donji grad*. Mochte auch der Putz des Gebäudes bröckeln, so war die Fassade immerhin klassizistisch, und die Fenster ihrer drei Zimmer gingen auf gepflegte Rasenflächen, Blumenbeete und Bäume hinaus. Wenn sie nachts nicht einschlafen konnte, hielt sie vom Bett aus mit dem bronzenen König Tomislav Zwiesprache, der im zehnten Jahrhundert Kernkroatien, Slawonien sowie Teile Bosniens und Dalmatiens zu einem ersten kroatischen Staat vereint hatte. Er war ein guter Zuhörer. Kannte sich aus, wenn es um Einsamkeit ging.

An dem Platz entlang eilte sie nach Norden, passierte den gelben Kunstpavillon, schließlich den Hauptplatz Zagrebs, früher Platz der Republik, seit dem Unabhängigkeitskrieg *Trg Bana Jelačića*, an dem sich die Routen der blauen Straßenbahnen kreuzten.

Allein dieses Wort, dachte sie, über eine Pfütze springend: *trg*. Es sah so unsympathisch aus, doch wenn man es dann hörte, mit einem kurzen, dunklen »I« vor dem gerollten »R«, klang es geheimnisvoll und schön.

Die Sprache war ein weiterer Grund, weshalb sie sich in Zagreb wohlfühlte. So schwierig Grammatik und Aussprache waren, das Lernen ging ihr leicht von der Hand. Sieben Fälle? Kannte man doch vom Lateinischen. Dreißig Buchstaben? Die Welt der Dinge war nun mal komplex. Eine ganze Handvoll unterschiedliche Zischlaute? Der Mund freute sich.

Inzwischen war ihr die korrekte Aussprache von *Č, Ć, DŽ, Š* und *Ž* in Fleisch und Blut übergegangen. *Tsch*üss Brö*tch*en, im *Jeep sch*meckt's *J*ournalisten nicht.

Sie löste eine Fahrkarte, stieg in die Standseilbahn. Feuchte Leiber drängten sich gegen sie, Kinder malten Fingersonnen an die beschlagenen Scheiben. Fünfundfünfzig Sekunden lang lauschte sie den Stimmen und versuchte zu verstehen, dann hatte sie *Gornji grad* erreicht, die Oberstadt.

Seit vier Monaten nun tauchte sie, während sie regelmäßig über Kroatien schrieb, Tag für Tag tiefer in seine Kultur, Sprache, Politik, Geschichte und Wirtschaft ein, verbrachte Stunden in Bibliotheken, Archiven, in Gesprächen, vor dem Fernseher, dem Radio, knüpfte Kontakte. Ausländische Kollegen mied sie, in den Presse-Club ging sie selten. Eine ungeheure Sehnsucht hatte sie ergriffen, und sie folgte ihr wie in Trance. Sie wollte dieses Land und seine Menschen begreifen und ein Teil davon werden.

Endlich wieder Teil sein von etwas.

Vergiss bitte den Rest nicht, hatte Henning Nohr nach zwei Monaten gemahnt. *Sarajevo, Belgrad und so.*

Also reiste sie gelegentlich nach Sarajevo, Belgrad und so und kehrte jedes Mal fiebrig vor Freude *nach Hause* zurück.

Natürlich konnte es nicht ausbleiben, dass sie früher oder später auch die Schattenseiten Kroatiens entdeckte. Kriegsverbrechen während der Operation »Sturm« im August 1995 zum Beispiel.

Irgendwann fand man eben auch, was man *nicht* suchte.

Irena Lakič zuckte die Achseln. »Und?«

»Das Foto.« Ahrens deutete auf den Zeitungsartikel, den sie auf das Tischchen gelegt hatte.

Das Foto des Kapetan.

Ein junger kroatischer Soldat in Großaufnahme, der einem greisen serbischen Zivilisten die Pistole an die Schläfe presste und mit der anderen Hand dessen Kopf an den Haaren nach hinten zu zerren schien. Die Miene des Kroaten spiegelte blanken Zorn wider, die des Serben panische Angst. Augen und Mund waren aufgerissen. Aus der Nase lief Blut.

Im Hintergrund ausgebrannte Häuser, ein Stück weiter eine halb zerstörte, kleine orthodoxe Kirche, die Mauern schwarz gefärbt von Flammen.

Die Bildunterschrift lautete: *25.8.95, bei Knin: Ein serbischer Schlächter zittert vor der gerechten Strafe durch den jungen Kapetan.*

Das Foto war nicht ganz scharf, doch die beiden Männer, die Pistole und die Kirche waren gut zu erkennen.

Der Artikel war in einer Regionalzeitung aus Split erschienen. Darin wurde die rasche Rückeroberung der 1991 von den serbischen Bewohnern für autonom erklärten kroatischen *Vojna Krajina* gefeiert, der ehemals österreichisch-ungarischen Militärgrenze zwischen Kroatien und Bosnien. Vom »Vaterländischen Krieg« war die Rede, vom »verehrungswürdigen« Präsidenten Franjo Tuđman, der die »serbischen Monster Milošević, Hadžić, Karadžić und Mladić« niederringe, von der »glorreichen Operation ›Sturm‹«, von »kroatischen Helden der Heimat« wie dem jungen Soldaten, den die Kameraden nur »Kapetan« nennen würden.

»Wir wissen, was 1995 in der Krajina passiert ist«, sagte Irena Lakič auf Kroatisch. Sie nahm die Brille ab, wischte mit der Serviette letzte Regentropfen von den modisch großen Gläsern. »In Den Haag sitzen die Verantwortlichen von damals in Untersuchungshaft.«

Ahrens nickte, sie verfolgte den Prozess »Gotovina et al.«. Wenige Wochen zuvor waren die Schlussplädoyers gehalten worden. Die Verteidigung hatte auf Freispruch plädiert, die Anklage verlangte siebenundzwanzig Jahre Haft für General Ante Gotovina, der im August 1995 den kroatischen Angriff in der südlichen Krajina geführt hatte. Im Dezember sollte das Urteil verkündet werden.

Sie saßen im Café »Bonn« am Fenster und tranken Cappuccino. Über die Scheiben schlängelten sich Wasserlinien, dahinter hasteten Schatten vorbei. *Deutsche Journalistin sucht Kroatischlehrer,* hatte Ahrens vor drei Monaten inseriert. Irena Lakič hatte angerufen und gesagt: Wir sind sogar Kolleginnen. Sie schrieb für die liberale Tageszeitung *Jutarnji List*, die kritische Wochenzeitschrift *Globus*, das Magazin *Nacional*. Und unterrichtete privat, um leben zu können.

»Gotovina interessiert mich im Moment nicht.« Ahrens wechselte ins Englische. »Mich interessiert der Kapetan. Hast du schon mal von ihm gehört?«

»Nein.«

»Kannst du dich bei deinen Kollegen erkundigen?«

»Wozu?«

Ahrens zeigte auf das Foto. »Er hat vielleicht einen Mord begangen.«

»*Vielleicht.* Das Foto ist kein Beweis.« Irena setzte die Brille auf. Für einen kurzen Moment wirkte sie fast abweisend. Dann rang sie sich ein Lächeln ab.

Ahrens verstand. Es machte nun mal einen Unterschied, ob man selbst kritisch über das eigene Land schrieb oder ob es ein Fremder tat. Das war in den USA, in Argentinien, in Japan nicht anders gewesen. So distanziert man das Eigene betrachtete, so stark identifizierte man sich unwillkürlich damit, wenn es von außen kritisiert wurde.

Sie nahm die Artikelkopie wieder an sich, verstaute sie in der Klarsichthülle. Sie hätte daran denken müssen.

Irena sagte: »Hast du in der Redaktion angerufen?«

»Die Zeitung gibt es seit 1997 nicht mehr.«

»Weißt du, wer den Artikel geschrieben hat?«

Sie schüttelte den Kopf. Kein Name, kein Kürzel.

»Also gut. Ich erkundige mich«, sagte Irena.

»Danke.«

»Mit wem hast du noch darüber gesprochen?«

»Mit einem Mitarbeiter des Verteidigungsministeriums, letzte Woche.«

»Und?«

»Er sagt, niemand weiß, wer der Kapetan ist. Nicht mal die Armee.«

»Glaubst du ihm?«

»Nein.«

Irena lächelte. »Wie heißt er?«

»Ivica Marković.«

»Nie gehört.«

Jenseits der Fenster war es mittlerweile dunkel. Die Regenlinien, die über die Scheiben liefen, verzerrten die Konturen der bunten Lichter.

Ahrens war vor zwei Wochen in einem Zagreber Archiv auf

das Foto des Kapetan gestoßen. Keine andere Zeitung hatte es abgedruckt, nur diese. Es hatte ihren Jagdinstinkt geweckt. Kein Name, keine Geschichte. Nur ein Foto, aufgenommen vielleicht Sekunden vor der Exekution des alten Mannes durch den kroatischen Kapetan. Und die schwülstige Litanei des Nationalismus.

Das Verteidigungsministerium hatte sie zehn Tage lang auf eine Reaktion warten lassen. Am vergangenen Freitag war sie von Ivica Marković empfangen worden, einem eher kleinen, zuvorkommenden älteren Herrn im eleganten Anzug. *Wir haben recherchiert. Leider lässt sich nicht mehr feststellen, wer die beiden Männer auf dem Foto sind. Bitte entschuldigen Sie. Manche Antworten enthält uns die Vergangenheit vor. Leider. Aber bleiben wir doch in Verbindung, man weiß ja nie. Vielen Dank für Ihr Interesse an unserem Land. Auf Wiedersehen.*

In Argentinien und Japan hatte sie ähnliche Menschen getroffen und ähnliche Ausflüchte gehört. Die Vergangenheit einer Nation als Staatsgeheimnis. Überall stieß man noch auf die alten Kader, die glaubten, nur Heldenmythen ließen ein Land im Glanz erstrahlen. Dabei funkelte Aufrichtigkeit doch viel heller.

Auf Englisch sagte Irena: »Sprich von jetzt an mit niemandem mehr darüber, okay? Nur noch mit mir.«

Ahrens schüttelte den Kopf. »Ich möchte an der Geschichte dranbleiben.«

»Du hast hier keine einflussreichen Kontakte. Du bist nicht in ein Netzwerk eingebunden. Du hast keine Redaktion, die hinter dir steht und ein bisschen Wirbel macht, falls nötig.«

»Ich kann mir nicht vorstellen, dass ...«

Irena legte ihr die Hand auf den Arm. »Du verstehst nicht.«

Es gebe, erläuterte sie, in Kroatien verschiedene mehr oder weniger mächtige Interessengruppen. Darunter eine, die das Land unbedingt bis 2013 in die EU bringen wolle, und eine andere, die kroatische Kriegsverbrecher wie Ante Gotovina noch immer als Helden betrachte, darunter die Kriegsveteranen, die viel Einfluss besäßen.

Eine dritte Gruppe vertrete beide Interessen. Und die sehe den EU-Beitritt gefährdet, falls Gotovina und die anderen Kommandeure – sie deutete Anführungszeichen an – »wider jedes internationale Recht« verurteilt würden und die »angeblichen Kriegsverbrechen« Kroatiens in den Fokus der Weltöffentlichkeit gerieten.

Ahrens brauchte einen Moment, um die Verbindung herzustellen. Ein Foto aus der dunklen Zeit, darauf ein kroatischer Soldat, der kurz davor stand, einen serbischen Zivilisten zu erschießen. Ein Prozess gegen mutmaßliche kroatische Kriegsverbrecher, der vor dem Abschluss stand. Kamen das Foto und seine Geschichte – falls es eine Kriegsverbrechergeschichte war – jetzt an die Öffentlichkeit, könnten sie den Prozess womöglich noch beeinflussen. Vielleicht brauchte die Anklage weitere Zeugen. Weitere Beweise.

Sie schüttelte den Kopf. »Kroatien ist seit Tuđmans Tod eine Demokratie.«

»Nominell ja.« Irena zuckte die Achseln. Sie versuchte es noch einmal. Im Jahr 2000 war Milan Levar, ein Tribunal-Zeuge, durch eine Bombe getötet worden. Noch 2008 waren unbequeme Journalisten – wie Dušan Miljus – verprügelt oder – wie Ivo Pukanić – ermordet worden. Željko Peratović, der schon in den Neunzigern als einer der Ersten über kroatische Kriegsverbrechen geschrieben hatte, war 2007 willkürlich verhaftet worden und erst auf Anordnung des Staatspräsidenten freigekommen.

»Die Ideologen sind auf dem Rückzug«, sagte Irena. »In ein paar Jahren nimmt keiner mehr Notiz von ihnen, sie fechten ihre letzten Kämpfe aus. Aber das macht sie gefährlich. Ich bitte dich nur, das nicht zu vergessen.« Sie zog das Sprachlehrbuch aus der Tasche. »Wollen wir jetzt?«

»Ich ...«

»Heute haben wir eine langweilige Lektion, die leider notwendig ist: *Die Liebe.*«

Ahrens lachte verdrossen.

Seit sie einander kannten, überlegte Irena, wie sie die Liebe in Ahrens' Leben zurückbringen konnte. *Du brauchst Sex, einen Freund, ein bisschen Aufregung! Na ja, wenigstens Liebe.*

Sie hatte ihr einen Cousin, einen Kollegen, einen Nachbarn vorgestellt. Keinem von ihnen hätte Ahrens jemals von dem Wintermorgen vor zwölf Jahren erzählen wollen. Von einem kalkweißen Gesichtchen, kleinen blauen Armen, der grauenhaften Stille.

Das war der Maßstab geworden.

Deine Ansprüche sind zu hoch, das ist das Problem!

Es ist kein Problem, Irena, es ist ... eine Garantie.

Ja, auf Masturbation. Hör mal, morgen ist ein Freund von mir in der Stadt, ein Geiger ... Kommst du?

Natürlich war sie gekommen. Und hatte dem Geiger zur Begrüßung und zum Abschied freundlich die Hand geschüttelt.

Irena hob das Buch und zeigte auf Abbildungen. »Um Sex geht es auch.«

Ahrens lächelte. »Ich habe am Donnerstag einen Termin im Zagreber Büro des Tribunals.«

»Dann«, erwiderte Irena, »muss ich mich wohl *schnell* nach deinem Kapetan erkundigen.«

4

MITTWOCH, 13. OKTOBER 2010
BERLIN

Was ein kleines Wort anzurichten vermochte. Löste Gedankenlawinen aus, schlug auf die Laune.
Sonst irgendwelche Anhaltspunkte?
Nein.
Lorenz Adamek war noch nicht dazu gekommen, die Bitte seines Onkels zu erfüllen. Am Dienstag war er von Besprechung zu Besprechung geeilt, der Mittwoch sah nicht anders aus. Vormittags Zeugenvernehmungen und ein Gespräch mit einem Staatsanwalt, mittags das Essen mit den Kollegen von der Bowlingmannschaft, anschließend Rapport bei der Kommissariatsleiterin.

Und immer wieder dachte er an die Lüge Richard Ehringers und ärgerte sich.

Erst am Mittwochnachmittag fand er Zeit, POLIKS den Namen in den digitalen Rachen zu werfen und eine E-Mail-Anfrage an die Rottweiler Kollegen zu schicken.

Als er die Direktion 2 um halb sechs verließ, war er nicht viel klüger.

Thomas Ćavar, 1971 in Rottweil geboren, nie an einem anderen Wohnort gemeldet, nie straffällig geworden, nicht verheiratet, keine Kinder. 1989 hatte er den Führerschein gemacht, 1990 war in Rottweil ein Ford Granada auf seinen Namen zugelassen worden, 1991 hatte er sich bei der Zentralstelle für die Vergabe von Studienplätzen für Medizin beworben.

Weitere Informationen waren in den Datenbanken, die PO-

LIKS anzapfte, nicht enthalten. Thomas Ćavar hatte vor zwanzig Jahren aufgehört zu existieren.

Was die Anfrage des Onkels noch irritierender machte.

Die Kripo Rottweil – *Mit hochachtungsvollem Gruß in die Hauptstadt, Ihre KOK Daniela Schneider* – hatte das Rätsel gelöst: Thomas Ćavar war mutmaßlich 1995 in Bosnien ums Leben gekommen.

Mutmaßlich?, hatte Adamek zurückgeschrieben.

Na ja, offiziell sei er nie für tot erklärt worden.

Aber inoffiziell?

Also, man kenne sich in Rottweil. Man höre so einiges. Die Leiche sei wohl in einem serbischen Massengrab verschwunden. Im Übrigen lebten Vater und Bruder des Nachgefragten noch heute im Ort. Falls erwünscht, könne ein Kontakt hergestellt werden.

Hocherfreut, helfen zu können, Ihre Daniela Schneider.

Im kalten Regen eilte Adamek über den Parkplatz, getrieben von unangenehmen Fragen. Warum interessierte sich Richard Ehringer für einen Jungen, der mutmaßlich vor fünfzehn Jahren gestorben war?

Und warum hatte er gelogen?

»Was heißt das, ›mutmaßlich‹ tot?« In der Stimme des Onkels lag Überraschung.

»Dass es nicht bestätigt ist.«

»Wurde seine Leiche denn nie gefunden?«

»Offenbar nicht.«

Aus den Lautsprechern knisterte es, gegen die Windschutzscheibe prasselte der Regen. Vor Adamek tauchte die Nachbarplatte auf, deren oberste Stockwerke in schwarzgrauen Wolken zu verschwinden schienen. Auch der Balkon der Freiheit war nicht zu erkennen. Ein Tag ohne einen einzigen Moment Sonne – der Berliner Winter hatte begonnen.

Genügsame Menschen wie er schlugen den Mantelkragen für sechs Monate hoch und schlüpften in einen warmen Kokon dauerhaft schlechter Laune. In Karolins weniger robusten Kreisen brauchte man spätestens Mitte Februar zwei Wochen Helligkeit und Wärme, sonst hielt man nicht ohne depressive Anfälle durch bis April. Sie scannte bereits das Internet nach Sonderangeboten. Warm & hip lauteten die Kriterien, wobei die Priorität wechseln konnte. Wochenlang würde der Laptop bis morgens um zwei laufen. Am Ende würden sie an einem Ort landen, den Adamek in einem Leben ohne Karolin niemals gesehen hätte.

Capri? Biste jetzt Jetset oder wat, Lorenz?

War ein Sonderangebot.

Der Lorenz is' jetzt Jetset, jibt's det.

Der Regen wurde immer stärker. Adamek hielt an einer Ampel, lauschte auf das Geprassel.

Der Onkel brach das Schweigen. »›Mutmaßlich‹ und ›offenbar‹? Ist das alles?«

Und »inoffiziell«, dachte Adamek und fuhr weiter.

»Ich brauche Tatsachen, Lorenz.«

»Warum?«

»Sagte ich das nicht bereits? Ein Bekannter, den ich aus den Augen verloren habe.«

Kein Wunder, wenn er tot war.

Adamek verließ die Leipziger Straße, hielt vor der Garageneinfahrt, wartete. Unter fünfundzwanzig Stockwerken Platte hatte sein Handy keinen Empfang.

Er starrte auf das Tor. Er hasste es, belogen zu werden.

Und wenn er ehrlich war: Er hasste die Platte.

Capri.

Er seufzte grimmig. Gedanken im Berliner Winter. Die Monate zwischen Oktober und April waren für Männer in seinem Alter gefährlich. Eine breite Einfallschneise für die Midlife-Crisis.

»Du würdest mir einen großen Gefallen tun, Lorenz.«

»Wenn was?«

»Wenn du für mich herausfändest, wann und wo er gestorben ist. Definitiv, nicht nur mutmaßlich.«

»Warum, Richard?«

»Weil er für mich einmal wichtig war.«

Nach einer kurzen Pause sprach Ehringer weiter.

Thomas Ćavar hatte ihn im Krankenhaus in Bonn und in der Reha in Baden-Württemberg besucht. Damals, du weißt schon. Hatte ihn einen Frühling und einen Sommer lang durch den Park geschoben. Ihm aus Rottweil von der Mutter selbst gemachte Ćevapčići mitgebracht. Ihm die ersten freundlichen Worte entlockt nach … Du weißt schon.

Adamek nickte.

Er öffnete das Tor mit der Funkfernbedienung, rollte langsam die Einfahrt hinunter. »Ich werde nicht in bosnischen Massengräbern rumwühlen.«

Ehringer lachte. »Einverstanden. Aber vielleicht …«

In diesem Moment brach die Verbindung ab.

Adamek parkte den Wagen und stieg aus. Der Aufzug ein Albtraum für müde Augen, auch hier hatte sich der ambitionierte Architekt ausgetobt. Drei Wände verspiegelt, ein Heer von Adameks, tausendfach leuchtete der halbkahle Schädel im Neonlicht, und die Tränensäcke schienen kurz vor dem Platzen.

Zwei Schritte, und man war um Jahre gealtert.

Er schloss die Augen, vollendete im Geiste den Satz des Onkels: *Aber vielleicht in Rottweil?*

5

SAMSTAG, 18. AUGUST 1990
ROTTWEIL

Thomas Ćavar zögerte den magischen Moment hinaus, solange es ging. Wieder und wieder umkreiste er den Ford. Seine Fingerspitzen glitten über den roten Lack, über glatte und rauere Stellen, über Rost und Kratzer, Wülste und Dellen.

Der langgezogene Kotflügel, die mächtige Motorhaube … Die Beule im anderen Kotflügel, Resultat einer winterlichen Kollision mit einem Schwarzwaldhirsch … Die Antenne rechts vor der Windschutzscheibe … Der Außenspiegel auf Jelenas Seite … Jelenas Hand …

Auf dem Fensterrahmen ihr bloßer Unterarm in der Sonne, weich und warm. Ihr vertrautes Lächeln, ein bisschen spöttisch und doch voller Zärtlichkeit.

»Ist nur ein Auto, Tommy.«

Er nickte. Sie wusste, was ihm das Auto bedeutete.

Langsam ging er weiter.

Der Griff der hinteren Tür, das kantige Heck, das Deutschland-D, schwarz auf weißem Grund. Das kühle chromfarbene Schloss der Heckklappe, die beiden Aufkleber, ICH BIN »LÖWENSTARK« und STUTTGARTER KICKERS, rau von Feuchtigkeit und Sonne.

Kriege ich ohne Lackschäden nicht mehr weg, hatte der Vorbesitzer gesagt. *Stören sie dich?*

VfB wär mir lieber.

Kannst du ja drüberkleben.

Thomas bückte sich, fuhr mit den Fingern über die Typbezeichnung: GRANADA 2.0. Das letzte »A« hatte den rechten Fuß verloren und saß in einer kleinen Delle.

Seine Finger glitten weiter.

Die vier übereinandergesetzten, rechteckigen Rückleuchten, das Plastikgehäuse orange, zweimal rot und unten weiß …

Dreihundertvierzehn Stunden Arbeit auf dem Feld, verteilt auf ein Jahr und sieben Tage.

Ein Jahr und sieben Tage Vorfreude.

Monate des Lernens, obwohl er lieber gearbeitet hätte. Die Abiturprüfungen, obwohl er lieber nach einem Auto gesucht hätte.

Jetzt hatte er eines.

Er hatte es Probe gefahren, natürlich, drei-, viermal. Aber er hatte es noch nie *als Besitzer* gefahren. War noch nie *als Besitzer* eingestiegen.

Der magische Moment.

Er richtete sich auf.

Begann seine Runde von vorn.

Eine halbe Stunde später fuhren sie auf der Landstraße in Richtung Schwarzwald. Die Fenster waren geöffnet, die Musik laut gedreht, im Radiorekorder eine Kassette mit dem neuen Album von Phil Collins. Jelenas Hand auf seinem Oberschenkel, er hörte sie summen, manchmal klopfte ihr Zeigefinger den Takt auf sein Bein. Draußen lagen die Dörfer und Felder im Sonnenschein.

Das Leben, dachte er, meinte es gut mit ihm. Deutschland war Weltmeister, er hatte Jelena, ein Auto – und das Abitur.

Komm schon, Tommy, nur noch drei Monate!

Drei Monate, Jelena …

Von wem ist Der alte Mann und das Meer?
Wen interessiert das?
Die Leute, die über deine Zukunft bestimmen.
Nur ich bestimme über meine Zukunft.
Die Antwort, Tommy.
Jacques Cousteau.

Am Ende hatte er es geschafft, wenn auch nur mit Müh' und Not. Aber was zählte das jetzt noch.

Wie es weiterging, wusste er noch nicht. Jelena würde im Herbst in Stuttgart mit dem Studium beginnen, er war sich noch nicht sicher. Schon wieder lernen?

Er wollte Ingenieur sein, nicht Ingenieur werden.

Oder Jurist. Oder Arzt. Kinderarzt.

Das Schulende hatte ihn kalt erwischt. Tage ohne Verpflichtungen, ohne Lehrer, die den Rhythmus, die Aufgaben und die Ziele bestimmten. Denen er sich verweigern oder unterwerfen konnte.

Hinter ihnen hatte sich eine Kolonne gebildet. Jemand hupte, dann überholten einige Autos. Er ließ sich nicht irritieren, fuhr weiterhin langsam und vorsichtig. Er musste den riesigen Granada erst einmal kennenlernen.

Ein Auto mit vier Türen, Tommy?
Klar, wegen der Kinder.
Was für Kinder?
Unsere, wenn wir mal welche haben.

Jelena hatte gelacht. *Das wird noch 'ne Weile dauern.*

Sie hatten Zeit, dachte er und bog vorsichtig in die Landstraße ein, die zum Bachmeier-Hof führte. Alle Zeit der Welt. So ein Ford Granada, der machte es noch einmal zehn Jahre. Dann wären sie neunundzwanzig, und hinten auf der Rückbank säßen zwei oder drei Kinder und dahinter ein Schäferhund.

»Darf man hier drin rauchen?«, fragte Jelena lächelnd.

»Solange noch keine Kinder mitfahren.«

Sie zündete zwei Zigaretten an, reichte ihm eine. »Ich will erst studieren, Tommy.«

»Ich weiß. Danach.«

»Danach will ich zwei, drei Jahre arbeiten. Mindestens.«

»Ja. Ich meine, *danach*.«

»Und wenn ich dann weiterarbeiten will? Wenn ich keine Kinder haben will?«

»Ist ja nur so 'ne Idee.«

»Würdest du dann trotzdem noch mit mir zusammen sein wollen?«

Er sah sie an. Jelena, die so ernst und zielstrebig und stark war und vielleicht deshalb immer schon an morgen dachte. Die sich nicht darauf verlassen wollte, dass alles bleiben würde, wie es war. Dass es das Leben gut meinte mit ihnen.

»Wir gehören doch zusammen«, sagte er.

Sie nickte lächelnd. »Mein Sonnenschein und ich.«

Der Wald zu beiden Seiten der Straße wich zurück, vor ihnen öffnete sich das Tal. Am Nachbarhof der Bachmeiers endete der Teerbelag. Erneut verringerte Thomas das Tempo. Schottersteine sprangen gegen den Unterboden. Wie ein Schiff in Wellentäler senkte sich der Granada sanft in die Schlaglöcher. Im Schritttempo schaukelten sie auf den Hof zu.

Jelena drehte die Musik lauter, sang mit. Ihr Deutsch war fast akzentfrei, in ihrem Englisch lag ein ferner slawischer Klang.

Er liebte ihr Deutsch, ihr Englisch, das Slawische an ihr.

Er ließ den linken Arm aus dem Fenster baumeln, hatte die Zigarette jetzt zwischen den Lippen. Der warme Fahrtwind, die Musik, Jelenas Hand auf seinem Schenkel, so konnte das Leben bleiben.

Sie kamen im falschen Moment.

Markus Bachmeier saß an der Scheunenwand im Schatten, vier hellbraune Hundewelpen im Schoß. Er musste sich entscheiden – für einen, gegen die anderen drei.

Er hatte keine Augen für den roten Granada.

»Kleine Spritztour gefällig?«, fragte Thomas und ließ den Motor im Leerlauf brummeln.

»Ich kann jetzt nicht«, murmelte Markus, ohne aufzusehen.

Sie stiegen aus, knieten sich neben ihn. Jelena nahm einen der Welpen hoch, rieb die Wangen an ihm, flüsterte mit tieferer Stimme Koseworte auf Serbokroatisch, die Thomas nicht geläufig waren. Vukovarer Dialekt vielleicht oder alte Wörter aus der serbischen Heimat ihrer Vorfahren. Wie schön sie war, dachte er, wenn sie nicht ernst oder stark war, sondern zärtlich.

Noch schöner als sonst.

Sie legte den Welpen zurück, griff nach dem nächsten, sprach mit ihm, dann war der dritte an der Reihe, als wäre es ein Ritual, mit dem sie den Tieren die Angst vor der Welt nehmen wollte.

Auch ihm nahm sie manchmal die Angst. Blieb skeptisch, was das Morgen betraf, und flößte ihm doch Mut für das Heute ein.

Der vierte Welpe tastete mit der Pfote nach ihrem Mund. »*Da, da, da*«, flüsterte sie. Sie mochte es selbst noch nicht wissen, aber sie würde eine großartige Mutter sein.

Falls man von Hundewelpen auf Babys schließen konnte.

Endlich hob Markus den Blick. »Nehmt ihr zwei? Jeder einen? Dann bleiben sie sozusagen in der Familie.«

»Die sind zu klein für den Granada«, sagte Thomas.

»Den was?«

»Mein Auto. *Unser* Auto.«

Ein flüchtiger Blick auf den Wagen, die Sorgenfalten auf Markus' Stirn blieben. »Ich weiß nicht, welchen ich behalten soll«, jammerte er.

»Den«, sagte Jelena und deutete auf den zweiten Welpen. Er war ein wenig dunkler als die anderen, erklärte sie. Kam sich vielleicht wie ein Außenseiter vor und brauchte ein liebevolles Herrchen.

Liebevoll, dachte Thomas, und ein kleiner Stich der Eifersucht durchzuckte ihn. Er wusste natürlich, dass Markus keine Gefahr darstellte. Zu schüchtern, zu dick, zu jung, erst siebzehn. Aber liebevoll ... War liebevoll wichtig für Jelena? Und fand sie *ihn* liebevoll?

Du bist manchmal ein bisschen rücksichtslos, Tommy ...

Rücksichtslos im Überschwang. Das gefiel ihr nicht. Er nahm sich vor, sich zu ändern.

»Wie willst du ihn nennen?«, fragte sie.

»Granada«, sagte Thomas.

»Methusalem«, sagte Markus.

Auch zu Hause interessierte sich niemand für das neue Auto. Im kleinen Wohnzimmer der Ćavars gärte es.

Stumm standen sie da und lauschten dem serbokroatischen Stimmengewirr. Ein Dutzend kroatische Bekannte waren gekommen. Auch Thomas' Mutter und sein Bruder Milo waren da. In der Mitte des Raumes drehte sich sein Vater um die eigene Achse und schrie: »Sie stehlen uns die Heimat!«

Wenige Tage zuvor war in der Krajina die »Souveränität und Autonomie des serbischen Volkes in Kroatien« erklärt worden. Nun hatten die Serben Straßen- und Schienensperren errichtet und eine kroatische Polizeistation geplündert.

Die »Baumstammrevolution« hatte begonnen.

Über das Karstland der Plitvicer Seen patrouillierten serbische

Milizen und kroatische Polizisten. Eine seltsame Vorstellung, dachte Thomas: Die Plitvicer Seen waren Karl-May-Land.

Winnetou, Old Shatterhand und vor allem die beiden Frauen: Nscho-tschi und Ribanna. Er hatte sich in Nscho-tschi verliebt, Milo in Ribanna.

Gestorben waren beide.

Er hatte tagelang geheult. Milo hatte ihn getröstet.

Die Plitvicer Seen, das grausame Land zwischen Kindheit und Jugend.

Sanft legte er den Arm um Jelena. Auf Nscho-tschi waren andere gefolgt. Auf Jelena würde keine mehr folgen.

Sie blieb steif in seinem Arm, und ihr Blick gefiel ihm nicht. Zu ernst, zu besorgt. Immer suchte sie am Horizont nach drohenden Gefahren.

Lächle, Jelena, lächle.

»Komm, wir gehen«, flüsterte er auf Deutsch.

Sie schüttelte den Kopf.

»Was nehmen sie sich als Nächstes?«, schrie sein Vater. »Dalmatien?«

Die Zierteller an den Wänden ließen seine Stimme hallen. Über vierhundert waren es inzwischen, seit zwanzig Jahren sammelte die Mutter. Das Deutschlandzimmer. Teller mit typischen Motiven aus allen Bundesländern, fast allen größeren Städten. Vor einem Jahr war die DDR dazugekommen. Im Frühling hatte die Mutter die Westteller abgehängt und in kleineren Abständen wieder aufgehängt, um Platz zu schaffen. Seitdem schleppten die Gäste der Ćavars Motive aus den neuen Bundesländern an. Die Mutter – das war das Überraschende – freute sich über jeden einzelnen Teller, als wäre er der erste. Spülte und trocknete ihn ab, hängte ihn auf und sagte beim Abendessen feierlich: Wir haben jetzt auch Eisenach.

Unter Hamburg saß auf einem Stuhl am Fenster ein großer Mann um die sechzig, den Thomas noch nie gesehen hatte. Immer wieder fiel der Blick seines Vaters auf diesen Mann, der als Einziger im Raum Anzug und Krawatte trug.

»Ich bin Josip«, sagte der Mann und lächelte.

Thomas nickte. Jetzt erinnerte er sich, sein Vater sprach häufig von ihm. Josip Vrdoljak aus Balingen, der ein Jahr zuvor den baden-württembergischen Ableger einer neuen kroatischen Partei, der HDZ, mitgegründet hatte.

Kroatische Demokratische Gemeinschaft, Kreisverband Stuttgart, hatte sein Vater mit leuchtenden Augen gesagt. Noch am Tag der Gründung war er der Partei beigetreten. Zwanzig Jahre lang jugoslawischer Gastarbeiter in Deutschland, dann, von einem Moment zum anderen, Exilkroate.

Der Moment, in dem er Josip Vrdoljak begegnet war.

Ein Reisender in Sachen Heimat. Schon Ende der achtziger Jahre war Josip von Stadt zu Stadt, von Dorf zu Dorf gefahren, um die »Kroaten in Deutschland« zu besuchen. Ihm und anderen war es gelungen, die Kluft zu schließen, die seit dem Zweiten Weltkrieg innerhalb der kroatischen Diaspora bestanden hatte: Sie hatten die Söhne und Töchter der faschistischen Ustaše mit denen der Tito-Partisanen vereint.

Ihr seid Kroaten, hatten sie zu ihren Zuhörern in Kanada, in den USA, in Australien, in Skandinavien, in Deutschland gesagt. Und bald habt ihr eine Heimat!

Dann, im April 1990, die ersten freien Wahlen in Kroatien seit dem Zweiten Weltkrieg. Die HDZ hatte gewonnen. Präsident der Teilrepublik war nun ein Mann, von dem Thomas' Vater ebenfalls häufig sprach – Franjo Tuđman, Mitbegründer der HDZ.

Bald ist es so weit, hatte sein Vater geflüstert.

Doch jetzt schien das Projekt in Gefahr zu sein.

»Wir stehen vor der serbokommunistischen Invasion!«, rief sein Vater. »Wacht auf! Es geht um *die Heimat*!«

»Meine Heimat ist Rottweil«, sagte Milo auf Deutsch. Blass, ernst, hoch aufgerichtet saß er da, Milo Ćavar, 1968 in Osijek in Ostkroatien geboren, mit zwei Jahren mit der Mutter nach Deutschland geholt. Der große Bruder, der immer gewusst hatte, wohin er gehörte, was er tun und sein wollte – Klassensprecher, Student, Bankangestellter, Ehemann, Vater, Hausbesitzer *in Rottweil, Baden-Württemberg,* und wenn Kroatien, dann Urlaub auf Krk oder Mljet, alles andere hatte ihn nie interessiert.

Mit gerunzelter Stirn hielt Milo dem Zorn des Vaters stand.

Thomas musste lächeln. Der große Bruder, nahm immer alles so schwer. Jedes Thema eine Frage von Leben und Tod, jede Äußerung, als wollte er die Verantwortung für alle anderen gleich mitschultern.

»Du weißt nicht, was du sagst, Milo«, knurrte der Vater.

»Das Privileg der Jugend«, erklärte Josip mit einem Lächeln und richtete den Blick auf ihn. »Du bist Thomas, nicht wahr?«

Er nickte und sagte auf Deutsch: »Und das ist Jelena, meine Freundin.«

»Jelena Janić aus Vukovar«, sagte Josip. »Setzt euch, Thomas und Jelena.«

»Wir wollten …«

»Setzt euch hierher, zu mir.«

Die beiden Nachbarjungen auf den Stühlen rechts neben Josip sprangen auf.

Aller Augen lagen auf ihnen, nachdem sie sich gesetzt hatten.

Thomas und Jelena, dachte er stolz.

So, wie Josip ihre Namen ausgesprochen hatte, laut und deutlich ins plötzliche Schweigen der anderen hinein, war es beinahe eine Art offizieller Anerkennung ihrer Beziehung gewesen. Als hätte Josip ihnen seinen Segen erteilt. Die *Partei*.

Er unterdrückte ein Lachen.

Jelena dagegen wirkte noch angespannter als vorhin. Ihr Gesicht war gerötet, die Hitze des Raumes war ihr in den Kopf gestiegen. Vielleicht auch die Verlegenheit. Noch immer standen sie im Fokus der Aufmerksamkeit.

Thomas und Jelena.

Und Josip natürlich, der, so kam es ihm vor, die Aufmerksamkeit der anderen allein durch einen Blick, ein Wort, ein Lächeln zu lenken vermochte.

Bei seinem Vater war es dieses eine Wort gewesen.

Eine Heimat, *versteht ihr denn nicht?*

Sie hatten im selben Zimmer gesessen, in dem sie jetzt saßen. Der Vater, die beiden Söhne und, unsichtbar, Josip. Der Vater hatte leise gesprochen, als wären sie Teil einer Verschwörung gewesen. Hatte von Reisen und Reden Franjo Tuđmans gesprochen, vom Traum eines unabhängigen Kroatien, der Bedeutung der Diaspora. Tuđmans Regierung werde ein eigenes Ministerium für die Rückkehr der Emigranten einrichten. Man brauche die Exilkroaten in der alten neuen Heimat. Sie sollten Ämter übernehmen, mit ihrer internationalen Erfahrung helfen.

Helfen? Wobei?, hatte Milo gefragt.

Das werdet ihr bald sehen.

Ihr legt es auf einen Krieg an, richtig?

Niemand will Krieg, Milo. Niemand.

Die Unabhängigkeit gibt es nicht ohne Krieg, Papa!

Ihr Vater schien in jenen Tagen wieder jung geworden zu sein, strahlte von innen heraus, ging nicht mehr gebückt, sah nicht mehr erschöpft und krank aus. Ein paar Wochen in der Partei, und er wirkte frischer denn je.

Und wütender.

Er ist verrückt, hatte Milo später gesagt. *Er, Josip, Tuđman, Milošević, sie sind alle verrückt.*

Thomas interessierte Politik nicht, Heimat schon gar nicht. Heute lebte er in Rottweil, morgen vielleicht in Stuttgart, übermorgen, wer wollte es vorhersagen?, in Hongkong. Jugoslawien war ihm ein dunkles, unerkläruiches Reich fern im Süden, in dem die grauen, verknitterten Großeltern in schlecht isolierten Häusern wohnten und sich über Pakete mit Kerzen freuten, weil dauernd der Strom ausfiel.

Jugoslawien war Roter Stern Belgrad, Hajduk Split und Dinamo Zagreb. Vukovar, wo Jelena herkam.

Mehr nicht.

»Die Serben träumen wieder«, sagte Josip und wandte sich ihm zu. Für einen Moment nahm er den schwachen Duft von Lavendel wahr. Ruhig und freundlich lagen die Augen Josips auf ihm. Aber er fand sie auch dunkel und von Sorge erfüllt.

Er wartete. Wovon träumten die Serben?

Als Josip nicht weitersprach, schweiften seine Gedanken zu dem Granada ab, der draußen wartete, ein rotes Fanal vor dem schmutziggelben Haus. So breit, dass andere Autos in der schmalen Glükhergasse nur im Schritttempo daran vorbeikamen.

Bis vor zwei Stunden hatte es keinen Ort gegeben, an dem er ungestört mit Jelena schlafen konnte. Jetzt gab es den Granada.

Die sexuelle Befreiung von Thomas Ćavar und Jelena Janić.

Er grinste.

»Wovon träumen sie?«, fragte Jelena auf Serbokroatisch.

»Von Großserbien.« Josip, der wieder Thomas ansah, hielt die mächtige linke Hand hoch. »Bosnien und die Herzegowina.« Langsam beschrieb die rechte Hand über den Fingern der linken einen Halbkreis. »Dazu Dalmatien, die Krajina, Slawonien, die

Baranja und natürlich Vukovar. Sie träumen den alten, ewigen Traum – alle serbischen Siedlungsgebiete gehören zu Serbien.«

»Nicht zu vergessen Rottweil«, sagte Jelena.

Josip schmunzelte.

»Rottweil können sie haben«, flüsterte einer der Nachbarjungen.

Gelächter brandete auf.

»Alle Nationalisten haben einen Traum«, sagte Jelena. »Und es ist immer derselbe.«

Josip klatschte in die Hände. »Schluss mit der Politik! Ja, ja, sie ist wichtig, aber alles hat seine Zeit.« Er stand auf, sah Thomas an, ein grobschlächtiger, beeindruckend großer Mann, dem das Leben und die Verantwortung tiefe Furchen ins Gesicht geschlagen hatten. »Na, hast du das Auto gekauft?« Jetzt funkelten die Augen, die Sorge war vertrieben.

Thomas nickte überrascht.

»Steht es draußen?«

»Vor der Tür.« Wieder sprach er Deutsch, obwohl er es Josip gegenüber als unhöflich empfand. Doch sein Serbokroatisch – oder Kroatoserbisch? – klang hölzern und deutsch, er hätte sich vor diesem charismatischen Mann geschämt.

Josip hob die Arme, drehte sich zu den anderen. »Dann lasst es uns ansehen!«

6

MITTWOCH, 13. OKTOBER 2010
ROTTWEIL

Saša Jordan stand auf einem kleinen Parkplatz und dachte belustigt über ein Wort nach. Vielmehr: ein halbes Wort. Fünf rote Großbuchstaben auf der Fensterscheibe eines verfallenden Hauses gegenüber, beleuchtet vom orangefarbenen Licht des frühen Abends: DCLUB. Die erste Hälfte des Wortes war hinter dem geschlossenen Fensterladen verborgen, unter DCLUB klebte in vertikalen roten Großbuchstaben PARADISE.

Ein CLUB PARADISE, der auf D endete.

Hundclub, Pfandclub, Deutschlandclub?

Auf der Straße, die vom Schwarzen Tor herüberführte, erklangen leise Schritte. Eine hagere Gestalt tauchte auf, Igor, die Hände in den Jackentaschen. Mit langen, schleppenden Schritten näherte er sich. Ein zerfallender Geist in einer fremden Welt, zutiefst erschöpft von einem Krieg, der 1991 begonnen hatte und erst mit seinem Tod enden würde.

Wortlos umarmten sie sich.

Ein Jugendclub, dachte Jordan, während sie in den Mietwagen stiegen. Die Jugend, ein verlorenes Paradies.

Er ließ den Motor an.

Sie fuhren durch das Schwarze Tor, dann die Hauptstraße hinunter. Jordan mochte Rottweil. So niedlich, so herausgeputzt, so harmlos.

»Nichts«, sagte Igor.

Jordan nickte.

Wen sie auch fragten – in Supermärkten, Bäckereien, Sportvereinen, Lokalen, katholischen Kirchen, der kroatischen Mission –, alle sagten dasselbe wie Markus Bachmeier vor wenigen Tagen: Thomas Ćavar sei 1995 in Bosnien ums Leben gekommen, von den Serben ermordet, die Leiche sei nie gefunden worden. Er hatte nicht den Eindruck, dass die Landsleute logen, und das Gleiche galt für Igor. Sie wussten, wann man sie belog. Wer gefoltert worden war und selbst gefoltert hatte, konnte Lüge von Wahrheit unterscheiden.

Ein anderer jedoch log.

Nachdenklich zog Jordan eine Zigarette aus der Schachtel und zündete sie an, vor sich die unruhigen Augen Markus Bachmeiers.

Er ist im September 1995 gestorben, in Bosnien. Im Krieg.

Die Augen hatten etwas anderes gesagt.

Aber Bachmeier, der Jugendfreund, hatte niemanden angerufen, hatte niemanden darüber informiert, dass sich ein Mann vom Balkan nach Thomas Ćavar erkundigt habe, fünfzehn Jahre nach dessen Tod. Seine Telefone waren genauso verwanzt wie sein Computer, dasselbe bei Vater Ćavar und dem Bruder, Milo. Jeden Morgen bekam Jordan die verschlüsselten Kommunikationsprotokolle per E-Mail. Kein noch so vager Hinweis darauf, dass Thomas Ćavar am Leben war.

Igor wandte sich ihm zu. »In Bosnien liegen viele Tote, die nie identifiziert wurden.«

Wieder nickte Jordan.

Ćavars Name tauchte auf keiner Liste auf, es gab kein Grab, nicht einmal ein einfaches Holzkreuz. Doch was bedeutete das schon?

Während des Krieges waren Tausende Menschen verschwunden und nie wieder aufgetaucht, und die Namen vieler von ihnen standen auf keiner Liste, auf keinem Grab. Wenn die Serben die Leiche in ein Massengrab geworfen hatten, was hätten Ćavars Kameraden dann beerdigen sollen?

Alles sprach dafür, dass Thomas Ćavar tatsächlich im September 1995 getötet worden war.

Aber die Zweifel blieben. Da waren Bachmeiers Lüge – und ein Gedanke.

Niemand hatte Ćavar als vermisst gemeldet, niemand hatte ihn für tot erklärt. Die Eltern nicht, der Bruder, seine große Liebe Jelena nicht. Und das tat man doch, zumindest wenn man Gewissheit brauchte.

Jordan hatte es getan und Gewissheit bekommen. Die verbrannten Leichen in seinem Geburtshaus waren die seiner Eltern gewesen. Sein Bruder war nicht weit von Briševo erschossen, die Leiche in ein Massengrab geworfen worden. Die Redak-Grube, ein Tagebau bei Ljubija, zehn Kilometer westlich von Prijedor.

Vielleicht, dachte er, waren die Ćavars anders. Wollten keine Gewissheit, sondern sich stattdessen einen Rest Hoffnung bewahren.

»Du bist nicht überzeugt«, sagte Igor.

»Nein.«

»Dann sollten wir uns den Bruder vornehmen.«

»Erst wenn es nicht anders geht.«

Igor zuckte die Achseln.

»Ich fahre heute Nacht noch mal zu Bachmeier«, sagte Jordan.

Auf Umwegen hatte er den Wagen durch die schmalen Straßen in die Glükhergasse gelenkt. Vor dem zweistöckigen Eckhaus, in dem der alte Ćavar seit 1970 lebte, hielt er. In der Sprengergasse ein Laden, HAUSHALTWAREN KOPF, neben dem Schaufenster ein rot-weißer halb verrosteter Kaugummiautomat, in der Glükhergasse der Eingang zur Wohnung. Eines der Fenster im Erdgeschoss stand offen, gab den Blick auf eine Wand voller Zierteller frei. Ćavar, seit 1996 verwitwet und allein, war nicht zu sehen.

»Heute hat jemand was über Jelena erzählt«, sagte Igor. »Sie ist 1995 mit ihren Eltern in die Vojvodina gezogen. Zu Verwandten. Sechsundneunzig hat sie geheiratet, einen Russen. Siebenundneunzig ist sie mit ihm nach Moskau.«

»Ich sage Marković, dass er sich darum kümmern soll. Ist von Zagreb aus leichter.« Jordan fuhr weiter. Oberhalb des Stadtgrabens hielt er erneut. »Zwei, drei Tage noch«, sagte er.

»Ja.« Igor drückte seinen Arm zum Abschied. Aber er stieg nicht aus.

Die Abende und Nächte in der fremden Welt waren lang.

Sie wohnten in unterschiedlichen Hotels, arbeiteten allein, achteten darauf, in der Öffentlichkeit nicht zusammen gesehen zu werden. Sie telefonierten nicht miteinander. Jeden zweiten Abend trafen sie sich um achtzehn Uhr, immer an einem anderen Ort. Jordan hatte eine Liste mit Treffpunkten angefertigt, sie hatten sie auswendig gelernt. Sie fuhren ein paar Minuten lang durch Rottweil, berichteten, besprachen sich. Trennten sich wieder.

»Vielleicht hast du recht, und wir haben mit den Falschen gesprochen«, sagte Igor. »Denen, die's nicht anders wissen.«

Jordan schwieg.

»Sie sind hier. Ich spüre sie.«

»Wen, Igor?«

»Die Verräter. Die Agenten der Serben.«

Auch Igor war bosnischer Kroate und in Briševo aufgewachsen. Sie kannten sich seit ihrer Kindheit, wie man sich in einem Dorf eben kannte, wenn man nichts miteinander zu tun hatte. Saša Jordan und sein Bruder waren für die anderen »Deutsche«

gewesen, weil ihre Vorfahren im 19. Jahrhundert aus der Pfalz in den Südosten gegangen waren. Manche mochten diese »Deutschen«, andere nicht, Igors Familie mochte sie nicht.

Erst in Omarska lernten sie sich näher kennen.

Die bosnisch-serbischen Einheiten aus Milizen, Soldaten der JVA und einheimischen Polizisten hatten seit Mai 1992 zahlreiche Muslime und Kroaten aus den zerbombten Orten um Prijedor ins Lager Omarska gebracht. Nordwestbosnien sollte gesäubert werden.

Hunderte starben auf dem Weg und im Lager selbst. Jordan und Igor überlebten. Sie gehörten zu den Letzten, die Omarska im August 1992 verließen. Auf Druck der UNO wurde das Lager geschlossen.

Jordan hatte gelesen, dass in Den Haag eine Handvoll Verantwortliche als Kriegsverbrecher verurteilt worden waren, wegen Mordes, Misshandlung, Folterung, Vergewaltigung in Omarska. Die Strafen waren hoch, zwischen fünf und fünfundzwanzig Jahren.

Aber die Männer lebten. Saßen in sauberen Zellen, aßen dreimal am Tag, schliefen gut, dachten nicht in jeder Sekunde ihres Lebens an Omarska wie Igor. Träumten nicht von den Orten der Qual, dem »Roten Haus«, dem »Weißen Haus«, dem »Hangar«, der Piste, auf der sie in der Hitze des Sommers 1992 zu Tausenden gehockt hatten. Von den Schlägen, der Folter, den Schreien der Frauen. Dem Geruch nach verbranntem Fleisch, als zum orthodoxen Petrovdan-Fest Reifen in Brand gesetzt und Gefangene durch die Feuer getrieben worden waren.

Jordan hätte diese Männer gern im Jahr darauf in Dretelj wiedergesehen. Er hätte ihnen das angetan, was sie und Ihresgleichen den Gefangenen von Omarska angetan hatten. Doch zu dieser Zeit waren sie noch auf freiem Fuß gewesen.

Nachdem Omarska geschlossen worden war, kamen Jordan und Igor frei und schlugen sich in die kroatischen Gebiete Bosniens nahe der Küste durch. Dort traten sie den HOS bei, den von Zagreb unterstützten paramilitärischen »Kroatischen Verteidigungskräften«, die in Kroatien und Bosnien kämpften. Als die HOS 1993 ehemalige Armeebaracken zum Lager Dretelj umfunktionierten, gehörten sie zum Wachpersonal. Die überwiegend von Kroaten besiedelte Region entlang der Neretva sollte rein kroatisch werden, im Lager wurden die serbischen, später auch die muslimischen Einwohner gesammelt.

Jordan und Igor bekamen ihre Rache für Omarska.

Und eine neue Heimat. Im August 1993 wurde die autonome kroatische Republik Herceg-Bosna proklamiert. Präsident wurde Mate Boban, der Führer der bosnischen HDZ, die Hauptstadt Mostar. Irgendwann einmal, so der Plan, sollte Herceg-Bosna an Kroatien angeschlossen werden.

Kurz darauf übergaben die HOS Dretelj an die Armee dieser neuen Republik, den »Kroatischen Verteidigungsrat« HVO, dem sie mittlerweile unterstellt waren. Jordan und Igor wechselten die Uniform und blieben ein paar weitere Wochen in Dretelj. Dann wurden sie ins nahe Livno abberufen. Kommandant des dortigen HVO-Hauptquartiers war Generalmajor Ante Gotovina.

Unter Gotovina befreiten sie im August 1995 die Krajina.

Wegen Gotovina waren sie jetzt in Rottweil.

Wegen Zadolje.

Manchmal, dachte Saša Jordan ein wenig erstaunt, deckten sich die eigenen Interessen mit denen des Gemeinwohls.

Die Ankläger in Den Haag lasteten die sechs toten serbischen Zivilisten von Zadolje Ante Gotovina an, der als Oberkommandierender der Militäroperation »Sturm« Racheakte an der serbischen Krajina-Bevölkerung nicht verhindert habe. Falls Thomas

Ćavar noch lebte, würde er vielleicht eines Tages aussagen, was in Zadolje geschehen war. Wer wusste schon, wozu das Gewissen einen Mann drängte, der seit fünfzehn Jahren untergetaucht war?

»Holen wir uns den Verräter«, sagte Igor. »Wenn einer was über Thomas weiß, dann er.«

Jordan nickte.

Milo Ćavar, der von Anfang an gegen ein freies Kroatien geredet hatte. Der sich gegen die eigene Familie gestellt hatte, um sein bequemes Leben in Deutschland nicht zu gefährden. Ein Kroate, der aus Egoismus zum Deutschen geworden war und damit den Serben in die Hände gespielt hatte.

Ein Vaterlandsverräter, hatte Ivica Marković erzählt.

»Morgen«, sagte Jordan. »Wenn ich bei Bachmeier war.«

Und, dachte er, den Krieg in das hübsche Tal gebracht habe.

7

MITTWOCH, 13. OKTOBER 2010
BERLIN

Deutschland gegen Finnland in Hamburg, WM-Qualifikation, ein Trauerspiel. Seit der elften Minute führten die Finnen mit 1:0.

Kurz vor der Pause schaltete Adamek den Fernseher aus.

Er blieb auf dem Sofa sitzen, eine Flasche König Pilsener in der Hand. Jenseits der drei Fensterwände zog die Regendämmerung herauf. Noch gut zwei Stunden bis zum Abendessen um neun im »Jacques«.

Karolin und ihre Kreise.

Er mochte diese Menschen. Sie wussten so viel, kleideten sich so elegant, sprachen druckreif. Sie umgaben sich mit geschmackvollen Dingen, waren in der weiten Welt zu Hause. An Orten wie Capri bewegten sie sich mit der größten Selbstverständlichkeit, und sie erkannten auf einen Blick, was hip und schick und besonders war.

Trotzdem lauschten sie seinen Berichten von den Verbrechen in Berlin mit fasziniert-erschrockenen Kinderaugen, und manchmal hatte er den Eindruck, sie fürchteten sich tatsächlich. In solchen Augenblicken spürte er, dass sie ihn brauchten. Sie waren froh, dass er an ihrem Tisch saß. Einer, der wusste, wie man mit den Gefahren umging, die überall lauerten.

Anschließend erklärten sie mit bestechender Logik, weshalb in einer Welt wie dieser derart schreckliche Dinge geschehen *mussten*.

Ja, sie mochten einander, zumindest für eine Weile.

Die Sache mit den Gegensätzen.

Sein Blick glitt über das riesige, spärlich möblierte Wohnzimmer. Mies van der Rohe, Charles & Ray Eames, Wilhelm Wagenfeld, Verner Panton, Alvar Aalto.

Lorenz Adamek.

Eine Grimasse schneidend, stand er auf, um sich ein zweites Bier zu holen. Er gehörte einer anderen Welt an, die weder hip, noch cool, noch ästhetisch war, sondern hässlich und normal. In der es um Gier, Gewalt, Lügen, Heimtücke, Verzweiflung und ein bisschen auch um Dummheit ging.

Er fühlte sich wohl darin.

Auf dem Weg zum Esstisch stach die Beckenverklemmung, er ließ die Hüfte rotieren, hinten knackste es ungut. Vorsichtig setzte er sich und startete Karolins schneeweißes MacBook.

Ein ehemaliger Diplomat und ein Junge, der vor fünfzehn Jahren mutmaßlich ums Leben gekommen war. Ein Toter, der nie offiziell für tot erklärt, eine Leiche, die nie gefunden worden war. Eine Lüge.

Das war seine Welt.

Richard und Margaret Ehringer, jahrelang Traumpaar der Bonner Republik. Die BILD hatte sie 1986 aufgestöbert, die *Süddeutsche*, die F.A.Z., die *Berliner Nachrichten* und andere hatten nachgelegt. Beide passabel aussehend, eloquent, gebildet, ehrgeizig, vielleicht für Höheres bestimmt.

Und sie spielten Tennis. Nicht unwichtig, in Zeiten von Becker und Graf.

Ein Foto zeigte sie im September 1990 am Köln-Bonner Flughafen auf dem Weg in den Spanien-Urlaub. Selbst in Freizeitkleidung, Händchen haltend, im Laufschritt mit Gepäck strahlten sie Seriosität und Amtswürde aus. Ein professionelles Lächeln für den Fotografen von Margaret, während Richards Augen auf ihr lagen.

Adamek kannte das Foto bereits.

Verdiente Pause vom Politbetrieb in einem aufreibenden Jahr, hatte eine Kölner Zeitung getitelt.

Er kehrte zu Google zurück.

Ja, das Jahr 1990 war aufreibend gewesen. Michail Gorbatschow zum Präsidenten der UDSSR gewählt, Nelson Mandela frei, die Stasi-Zentrale gestürmt, die Unabhängigkeitserklärungen der baltischen und anderer Sowjetstaaten. Die Attentate auf Oskar Lafontaine und Wolfgang Schäuble, die Mauer abgerissen, der deutsch-deutsche Einigungsvertrag unterzeichnet, der Einmarsch des Irak in Kuwait. Auf dem Potsdamer Platz das Roger-Waters-Konzert, Adamek, einundzwanzig und Polizeischüler, war dort gewesen. In Tokio war Mike Tyson benommen auf allen vieren durch den Ring gekrochen, Adamek hatte am Fernseher zugeschaut. Brehmes 1:0 gegen Argentinien, Adamek hatte wie von Sinnen gefeiert.

Jetzt gönnen sie sich zwei Wochen Andalusien, hatte die Zeitung geschrieben.

Richard und Margaret Ehringer, ein Traumpaar mit einer vielversprechenden Zukunft. Das Schicksal hatte es anders gewollt.

Adamek suchte weiter.

Margaret – »promoviert und ausgesprochen pointiert« – hatte sich damals als stellvertretende Vorsitzende der nordrhein-westfälischen SPD auf der Suche nach einer Funktion befunden und habe, hieß es, gute Chancen auf das Amt der Justizministerin gehabt, falls die Landes-SPD 1995 erneut gewänne.

Richard hatte seit 1985 im Auswärtigen Amt gearbeitet, seit 1989 als stellvertretender Referatsleiter mit der drolligen Amtsbezeichnung »Vortragender Legationsrat«. Nach etlichen weiteren Klicks fand Adamek seine Ahnung bestätigt: Unterabteilung 21, Referat 214, Osteuropa exklusive Sowjetunion.

Jugoslawien.

Und der Onkel schien Experte gewesen zu sein. Im Mai 1991 war im Zuge der Jugoslawienkrise ein eigenes Südosteuropa-Referat geschaffen worden. Die Leitung dieses Referates 215 hatte Richard Ehringer übernommen, nun »Vortragender Legationsrat Erster Klasse«.

Adamek stand auf und ging ins Schlafzimmer. Während er sich umzog, dachte er, dass er so gut wie nichts über seinen Onkel wusste. Seit elf Jahren trafen sie sich, und er brauchte das Internet, um das Wesentliche zu erfahren.

Aber er war zufrieden. Zusammenhänge deuteten sich an.

Wenn der Onkel log, musste er es sich schon gefallen lassen, dass der Weg zu Thomas Ćavar auch über ihn selbst führte.

Adameks Welt, Adameks Regeln.

8

AUGUST 1990
BAD GODESBERG/BONN

Gelegentlich testeten sie, wie es klang.

Frau Kanzlerin.

Bundeskanzlerin Ehringer.

Bundeskanzlerin Dr. Margaret Ehringer.

Sie wussten, dass es nie so weit kommen würde. Margaret würde sich nicht glattschleifen lassen. Noch nannten die Medien sie »pointiert« und erfreuten sich an ihrer Offenheit und Direktheit, doch das würde sich ändern. Je weiter sie ins Zentrum der Aufmerksamkeit geriete, desto hässlicher würden die Bezeichnungen ausfallen.

»Eigensinnig ...«, flüsterte Richard Ehringer. Seine Lippen berührten ihr Ohrläppchen, seine Hände lagen auf ihrer Taille. Unter dem dünnen schwarzen Sommerkleid spürte er die Wärme ihres Körpers.

»Mhm«, wisperte sie.

»Beratungsresistent ...«

»Klingt das *sexy*.«

»Eitel ...«

»Mehr ...«

An ihrem Hals hatte sich Gänsehaut gebildet.

»Unfähig zur Teamarbeit ...«

»Lass uns vögeln, Vortragender Legationsrat ...«

Sie lachten.

Schade war es schon, dachte Ehringer. Er schloss die Augen

halb, zog Margaret an sich, ihr Rücken an seiner Brust. »Du wärst eine bemerkenswerte Kanzlerin.«

»Wem sagst du das.«

»Wenn du nur ein bisschen ... *diplomatischer* wärst ...«

»Verdirb mir nicht die Laune.«

Sie standen auf dem Balkon einer Bad Godesberger Villa, feierten einen Exministergeburtstag. Nicht mehr ganz nüchtern waren sie aus dem Gartentrubel geflohen. Unter ihnen das illustre Durcheinander, hin und wieder winkte jemand herauf, fast huldvoll winkten sie zurück. Jenseits der Godesburg hing eine leuchtende Sonne, der Turm ragte schwarz in den roten Himmel. Die Luft lau, ein friedvoller Abend in einer aufregenden Zeit.

Sie kannten sich seit fünf Jahren, waren seit vier verheiratet. Beide hatten nach jeweils zwei gescheiterten Ehen nicht mehr damit gerechnet, dass sie mit vierzig noch auf einen solchen Partner stoßen würden.

Einen Partner, der passte.

Ich bin sehr kompliziert, hatte Margaret ihn gewarnt, als es ernster zu werden drohte.

Ich bin eher einfach, hatte Ehringer erwidert.

Ich will mich nicht für einen Mann ändern müssen.

Ach, ändern für eine Frau, warum nicht?

Ich bin nicht sehr diplomatisch.

Ich bin im Auswärtigen Amt.

Kinder waren kein Thema gewesen, die Karriere hatte Vorrang gehabt. Zwei Juristen, die in die Politik gegangen waren und sich im Dunstkreis der Macht einrichten wollten, dort, wo man hin und wieder das Gefühl haben konnte, etwas zu bewegen. Für die oberste Ebene würde es nicht reichen, das war ihnen bewusst. Richard war zu blass, zu wenig charismatisch, Margaret zu auffällig und zu kompromisslos.

In aller Stille hatten sie 1986 geheiratet. Am Rande einer Pressekonferenz zur Iran-Contra-Affäre hatte Ehringer vertraute Journalisten informiert und den Titelscherz gleich mitgeliefert: Wiederauflage der sozialliberalen Koalition.

Margaret drehte sich zu ihm, ihre Hand kroch in seinen Schritt. »War ernst gemeint. Nehmen wir das Bad im dritten Stock, da liegt ein Flokati drin.«

»Sex so kurz nach der Unabhängigkeitserklärung Armeniens?«

»Hin und wieder muss man gegen die Etikette verstoßen.«

»Jerewan wird eine UN-Resolution erwirken.«

»Und wenn wir dabei die armenische Hymne singen?«

»Wie pietätlos, Margaret.«

»Lieber die sowjetische?«

Er schmunzelte. »Dritter Stock links oder rechts?«

»Links. Scheiße, da kommt dein Freund.«

»Der Kanzler?«

»Der Kroate.«

Ehringer wandte sich zur Balkontür um. Ivica Marković hatte den Treppenabsatz erreicht, ging nun langsam den Flur entlang auf sie zu, drei gefüllte Gläser Champagner in der Hand. »Lächeln, Schatz. Er bringt Nachschub.«

Sie stöhnte. »Der Preis ist hoch.«

»Solange nicht auch noch Kusserow ...«

»Verdammt«, sagte Margaret. Auf der Treppe war der weiße Schopf Friedrich Kusserows erschienen, der gebeugte Rücken folgte. Mit der Linken zog sich der rheumageplagte Chefredakteur der *Berliner Nachrichten* am Geländer nach oben, in der Rechten hielt er die obligatorische Flasche Mineralwasser samt Glas.

Ehringer seufzte. Ein Wolf im Schafspelz, ein Vertreter der Neuen Rechten, miteinander vereint im Kampf für ein freies

Kroatien. Seit Wochen jagten sie ihn, heute Abend wollten sie ihn ganz offensichtlich stellen.

Margaret löste sich von ihm. »Sehen wir uns auf dem Flokati?«
»Gib mir zwanzig Minuten.«
»Fünfzehn.«
»Sechzehn.«
»Abgemacht.«

Lächelnd sah er zu, wie sie im Vorbeigehen erst Marković, dann Kusserow begrüßte und beide mit vollendeter Eleganz stehen ließ. Während sie die Treppe hinaufschritt, warf sie ihm einen verschworenen Blick zu, ein kleines Schmunzeln, und wie immer, wenn sie ihn so ansah, war er für einen Moment zutiefst glücklich.

Marković war auf den Balkon getreten, hatte Ehringer eines der Gläser gereicht, das für Margaret gedachte auf einem Tischchen abgestellt. »Wie schade«, sagte er mit seinem warmen serbokroatischen Akzent. »Ich hätte mich gern im Glanz der Schönheit und Intelligenz Ihrer Frau gesonnt.«

»Sie müssen sich mit meiner Schönheit begnügen.«
»Die der Ihrer Frau in nichts nachsteht.«
»Was man in Bezug auf meine Intelligenz vermutlich nicht sagen kann.«
»Ein Mann, der seine Schwächen kennt, wird nie verlieren.«

Lachend stießen sie an.

Ehringer zeigte auf Marković' unauffälligen, perfekt sitzenden Anzug. »Wie ich Sie um Ihren Schneider beneide.«

Und nicht nur darum, wenn er ehrlich war.

Die tiefstehende Sonne verlieh Marković' gebräuntem Gesicht eine noch dunklere Färbung. Der Haaransatz nicht einen Millimeter zurückgewichen, keine Spur von Grau. Ein Einundvierzigjähriger, der kaum älter wirkte als dreißig. Die Berge, mein Freund, hatte Marković einmal erklärt. Sooft es ihm möglich sei, fahre er zum Wandern in die Alpen.

Ehringer kam sich neben ihm wie ein bleicher, kraftloser Aktenwurm vor. Zum Glück – wie lächerlich! – war der Aktenwurm deutlich größer.

»Begleiten Sie mich übernächste Woche nach Zagreb«, sagte Marković. »Dann bringe ich Sie zu ihm.«

»Verlockende Vorstellung.«

»Auch ein Treffen mit Präsident Tuđman könnte arrangiert werden.«

»Das wäre sicherlich hochinteressant, nur ist der Zeitpunkt dafür weniger geeignet. Margaret und ich fliegen übernächste Woche in Urlaub.«

Marković berührte seinen Arm mit der Hand. »Sehen Sie, darum beneide ich *Sie*. Urlaub mit der Gattin.« Seine Frau war Mitte der achtziger Jahre an Krebs gestorben. Trotzdem strahlte er eine ungeheure Kraft aus, die Ehringer fehlte. Ein Mann, der seinen Weg bis zum Ende ging.

Dieser Weg hatte 1971 begonnen, als Philosophiestudent im Kroatischen Frühling, den Tito im Dezember desselben Jahres brutal zerschlug. Eine eigene kroatische Nationalbank, eine eigene kroatische Rechtschreibung, eine eigene kroatische Staatsflagge, eine eigene kroatische Identität, dazu Dezentralisierung – zu viel Kroatien für Belgrad. Die Erinnerung an das faschistische kroatische Ustaša-Regime des Zweiten Weltkriegs war bei den Partisanen von einst noch zu lebendig.

Wie Franjo Tuđman und andere musste Marković ins Gefängnis. Nach zweieinhalb Jahren wurde er mit Rede- und Schreibverbot entlassen. Er floh ins Ausland, erst nach Spanien, später in die Bundesrepublik, wo die kroatische Diaspora gut organisiert war. Von München aus pflegte er bald Kontakte zum »Kroatischen Nationalkomitee«, den »Kroatischen Heimatverteidigern«, dem »Bund der Vereinigten Kroaten« und der noch vom Ustaša-Führer Ante Pavelić gegründeten Dachorganisation »Kroatische Befreiungsbewegung«.

Inzwischen ging in der kroatischen Exilantenszene nichts mehr ohne Marković. Er war der Verbindungsmann nach Zagreb, zur HDZ, zu Tuđman.

All das wusste Ehringer erst seit kurzem.

In den sechziger und siebziger Jahren hatte die Auseinandersetzung zwischen kroatischen Nationalisten und dem jugoslawischen Geheimdienst UDBA auch in der Bundesrepublik stattgefunden. Ein ermordeter Konsul, ein erschossener Vizekonsul, weitere Anschläge, Brandstiftung, Bomben. Angesichts der Situation in Jugoslawien befürchtete man in Bonn, der schmutzige Auslandskrieg könnte wieder aufflammen. Also hatte das Innenministerium einen Verfassungsschutzbericht über kroatische Exilorganisationen angefordert. Pflichtlektüre für die Mitarbeiter des Referates 214.

»Was für ein Jahr.« Marković war ans Geländer getreten, hielt den Blick auf die Godesburg gerichtet.

»Allerdings.«

»So segensreich für unsere beiden Länder.«

Ehringer schürzte die Lippen. Die ersten freien Wahlen in Kroatien im April mit dem Sieg von Tuđmans HDZ, die am 31. August bevorstehende Unterzeichnung des deutsch-deutschen Einigungsvertrages. »Warten wir ab, was die Zukunft bringt.«

»Nur Katastrophen, wenn Sie mich fragen«, warf Friedrich Kusserow ein.

Sie wandten sich um.

Kusserow, der an der Balkontür stand, hob die Hand mit Flasche und Glas in Richtung Ehringer. »Da haben wir Sie schön in der Zange. Was sagen Sie zur Lage in der Krajina?«

»Der Minister beobachtet die Vorgänge mit der gebotenen Aufmerksamkeit.«

»Bah, der Minister. Der steht noch heulend auf dem Balkon der deutschen Botschaft in Prag. Ich frage *Sie*.«

Ehringer nahm einen Schluck Champagner, warf dabei unauffällig einen Blick auf die Uhr. Sechs, sieben Minuten waren verstrichen, seit Margaret gegangen war.

Er sah Kusserow an.

Das Auswärtige Amt wertete die Ereignisse in der kroatischen Krajina als innerstaatlichen Konflikt. Kusserow wusste das, und es passte ihm nicht. Seine Frau war Halbkroatin, er selbst Kommunisten- und Serbenfresser. Nicht erst seit dem Wahlsieg Tuđmans redete er in seinen Artikeln einer »Selbstbestimmung« der Teilrepubliken Slowenien und Kroatien innerhalb einer »Konföderation« das Wort.

Und das hieß in letzter Konsequenz: der Sezession.

Die deutsche wie die internationale Politik dagegen sahen zum jugoslawischen Staatsverband keine Alternative. Auch das wusste Kusserow, auch das passte ihm nicht. Und man musste ihn ernst nehmen. Der Einfluss der *Berliner Nachrichten* auf die liberalkonservativen Wähler war groß. Kusserow und seine Zeitung bildeten Meinungen.

»Soweit mir bekannt ist«, erwiderte Ehringer, »sorgen sich die kroatischen Serben seit der Verfassungsreform um ihre Zukunft. Sie vom staatskonstituierenden Volk zu einer Minderheit mit entsprechend weniger Rechten herabzustufen war nicht dazu angetan, die Gemüter zu beruhigen. Genauso wenig, dass überall in Kroatien wieder das rot-weiße Schachbrett auf Flaggen, Wappen und Polizeiuniformen auftaucht, das die Serben vermutlich mit dem Ustaša-Staat assoziieren. Selbstverständlich gibt ihnen das ...«

Kusserow schüttelte den Kopf. »Sie lassen sich von der kommunistischen Propaganda blenden, Ehringer.«

» ... nicht das Recht, die Autonomie auszurufen.«

»Nun ...«, begann Marković.

Kusserow fiel ihm ins Wort. »Ehringer, Himmel noch mal, begreifen Sie nicht? Milošević schafft ein Großserbien, und die Welt lässt ihn gewähren. Die Chance, ihm Einhalt zu gebieten, kommt nur einmal! Handeln Sie! Jetzt! Die deutsche Regierung muss ihre Solidarität mit dem kroatischen Volk erklären. Unterstützen Sie Tudman dabei, Kroatien aus der großserbischen Überfremdung zu führen!«

Ehringer versuchte, sich zu erinnern, woher er diesen letzten Satz kannte. Dann fiel es ihm ein. Eine Formulierung Johann Georg Reißmüllers kürzlich in der F.A.Z. Er unterdrückte ein Schmunzeln. Der große Kusserow stahl Wörter.

»Herr Ehringer«, sagte Marković sanft, »wir Kroaten wollen frei sein, genau wie Ihre Landsleute aus Ostdeutschland.«

»Dagegen ist auch nichts einzuwenden.«

»Aber?«, warf Kusserow ein.

»Zumal die Teilrepubliken seit 1974 laut Verfassung das Recht auf die Sezession hätten«, sagte Marković.

»Eine völkerrechtlich umstrittene Interpretation, wie Ihnen bekannt sein dürfte.«

»Aber?«, wiederholte Kusserow knurrend. Seine buschigen weißen Brauen waren nach oben gezogen, die Stirn lag in scharfen Falten. Er war Anfang sechzig und gesundheitlich angeschlagen. Die Kraft reichte gewöhnlich für ein paar fulminante Minuten, dann ebbte der Sturm ab. Auf seiner Stirn glänzte Schweiß, es würde nicht mehr lange dauern.

»Aber nicht um den Preis eines Krieges«, antwortete Ehringer.

»Tyrannei, damit der Status quo gewahrt bleibt?«

»Die internationale Gemeinschaft ist sich in dieser Frage einig. Deutschland kann und will da nicht ausscheren, zumal mir scheint, dass Sie beide bereits ein paar Schritte weiter sind als die kroatische Regierung. Wollen die Slowenen und die Kroaten nicht im Oktober einen Verfassungsentwurf für die Umwandlung in eine losere Form der Konföderation vorlegen? Offiziell ist von Unabhängigkeit nicht die Rede.«

»Seien Sie nicht albern, Ehringer. Die Serbo-Kommunisten zerren ganz Südost in den Abgrund, politisch, wirtschaftlich, kulturell. Die Freiheit ist Kroatiens einzige Chance zu überleben.«

»Und würde möglicherweise einen Krieg auslösen.«

»Nicht wenn Deutschland Zagreb unterstützt.«

»Mit Waffen und Soldaten, Herr Kusserow? Präventiv? Ist das Ihr Ernst?«

»Die halbe Welt schickt zurzeit Waffen und Soldaten nach Kuwait. Ist Kroatien weniger wert?«

Ja, dachte Ehringer, so war es nun einmal. Kroatien stand nicht auf der Agenda der Regierung.

Wie hatte Margaret einmal gesagt?

Schöne Küste, aber zu wenig Öl.

Sie empfing ihn nackt. Ihr Körper schimmerte rötlich im Abendlicht, das durch die hohen Fenster drang, ihr dunkles Haar fiel offen über die Schultern. »Schnell, mach schnell«, flüsterte sie heiser.

Ehringer legte Krawatte und Anzugjackett ab.

Er wusste, dass es nicht um Lust ging, sondern um etwas anderes. Worum, das hatte er noch nicht herausgefunden. Der Sex mit Margaret war … seltsam. Sie wurde passiv. Fremdbestimmt. Sie unterwarf sich.

Komm, lass uns vögeln, flüsterte sie auf Partys, im Kino, zu Hause. Lass es uns hier tun, lass es uns dort tun, lass es uns jetzt sofort tun. Im Bett, im Auto, im Büro. Im luxuriösen Badezimmer eines Bundesministers a. D.

Wenn sie sich ausgezogen hatten, erstarrte sie. Es fiel ihr schwer, ihm in die Augen zu sehen. Sie berührte ihn nicht. Von hinten, lockte sie wie ein ferngesteuertes Maschinchen, das magst du am liebsten, das gefällt dir doch am besten, oder? Sie drehte sich um, reckte ihm den Po entgegen, Komm, steck ihn rein …

Über ein Jahr lang hatte er sich aufs Glatteis führen lassen. Ein weiteres Jahr hatte es gedauert, bis sie geredet hatte.

Mit zwanzig war sie an einen wundervollen Mann geraten, der sie drei Monate nach der Hochzeit zu schlagen begann. Und immer noch wundervoll war und tief drinnen so verletzt und so einsam!

Und manchmal sehr, sehr grausam.

Acht Jahre hatte sie gebraucht, um ihn zu verlassen.

Der nächste Mann war nur wenig besser gewesen.

Nachdem sie erzählt hatte, tat Ehringer, was ihm möglich war. Viel war es nicht. Er kannte sich nicht aus, war weder Experte im Bett noch in Sachen Psyche. Er wusste nicht, wie er sich verhalten sollte. Ob er reden oder schweigen sollte. Dass sie ihn nicht anschauen wollte, während sie mit ihm schlief, war schmerzhaft, auch wenn er wusste, dass es kein »nicht wollen«, sondern ein »nicht können« war. Er war ratlos.

Er schlug eine Therapie vor, möglicherweise seien noch Reste eines Traumas vorhanden. Margaret wies ihn wütend aus der Wohnung, schloss sich für Stunden ein. Nackt ließ sie ihn wieder herein, noch im Flur sank sie panisch auf alle viere.

Immerhin begriff sie rasch, dass er sie nach ihrer Offenbarung nicht weniger liebte, sondern nur noch mehr. Ihr Mut beeindruckte ihn, ihr Vertrauen ehrte ihn, ihr Leid bewegte ihn.

»Fick mich«, stöhnte sie. »Komm, fick mich!«

Als es vorbei war, blieben sie auf dem Flokati des Ministers a. D. liegen, aneinandergekuschelt wie Kinder, stumm im Ansturm der widerstreitenden Gefühle.

9

MITTWOCH, 13. OKTOBER 2010
ROTTWEIL

Saša Jordan dachte an das Gespräch mit Igor, das etwa eine Stunde zurücklag.

Sie sind hier, hatte Igor gesagt.

Und so war es: Jemand war hier.

In Mantel und Schuhen saß Jordan in seinem Hotelzimmer und rekapitulierte die vergangenen Stunden. Er hatte mit zwei kroatischen Verkäuferinnen auf einem Bauernmarkt gesprochen. In einer Bäckerei Kaffee getrunken. Sich mit Igor getroffen.

Zu keinem Zeitpunkt hatte er sich beobachtet gefühlt.

Und doch wurde er, wurden sie verfolgt.

Der Faden zwischen Rahmen und Türblatt zerrissen, das Kreidepulver auf den Klinken der Badezimmertür verwischt. Sein Koffer war geöffnet worden, eine vorsichtige Hand hatte die Ordnung kaum wahrnehmbar durcheinandergebracht. Auch das Bett war durchsucht worden. Die Fotos, die er am Nachmittag mit der Digitalkamera gemacht hatte, bewiesen es.

Polizei und Verfassungsschutz schloss Jordan aus. Das Zimmermädchen kam am Vormittag, ab Mittag befand sich nur noch der Rezeptionist in dem kleinen Hotel. Jordan hatte sich erkundigt, niemand hatte seit dem Mittag nach ihm gefragt.

Auch Marković, den er eben angerufen hatte, wusste sich keinen Reim darauf zu machen. *Wenn es ein Problem gibt, musst du es schnell lösen, Saša. Ohne Zeugen, ohne Aufsehen.*

Jordan erhob sich. Probleme wie dieses, dachte er, ließen sich vielleicht bei einem Abendspaziergang durch einsame Gassen lösen.

Sorgfältig brachte er Spuren von Kreidepulver auf den Badezimmertürklinken auf, befestigte den Faden mit Hilfe von Reißzwecken wieder zwischen Blatt und Rahmen der Zimmertür.

Als er auf die Straße trat, schlugen die Kirchenglocken acht. Die Dämmerung hatte eingesetzt, es würde rasch dunkel werden.

Dass jemand an ihm dran war, überraschte ihn nicht, er hatte es zahllose Male erlebt.

Überraschend war nur, dass er es erst so spät bemerkt hatte.

Fünfzehn, zwanzig Minuten lang ging er durch die Straßen, die ihm mittlerweile fast schon vertraut waren. Schließlich gelangte er in einen kleinen öffentlichen Park.

Wieder rührten sich seine Instinkte nicht.

Wieder war jemand da.

»Lass uns reden, Kroate«, sagte eine Männerstimme hinter ihm.

Jordan wandte sich um. Im Schein der Weglampe sah er einen mittelgroßen Mann, der Kopf im Dunkeln, eine Hand in der Jackentasche. Die Stimme war die eines älteren Serben, Ende vierzig, Anfang fünfzig.

Das richtige Alter für den Krieg, dachte er, die richtige Ausbildung ohnehin – ein Mann, den nicht einmal er wahrnahm.

Die beiden anderen spürte er. Irgendwo hinter ihm, irgendwo rechts von ihm.

Dann hörte er sie auch. Schritte, Rascheln, Atemzüge.

»Nicht bewegen«, sagte der Mann vor ihm.

Eine Messerklinge rechts an seinem Hals, aus den Büschen trat im selben Moment der Dritte, ein Junge um die zwanzig, tastete ihn mit höhnischem Blick ab, nahm die Pistole und den Dolch an sich, verschwand wieder zwischen den Büschen.

Der Mann vor ihm kam lautlos näher. Er sah durchtrainiert aus, war trotzdem schmal. Hellgraues Haar, hellgrauer Schnurrbart, die Augen lagen reglos auf Jordan. Ein ehemaliger UDBA-Agent vielleicht, auf jeden Fall ein ehemaliger Soldat.

»Ćavar«, sagte der Mann. »Warum interessiert dich der?«

»Nicht näher, das reicht«, erwiderte Jordan und spürte, wie die Messerklinge tiefer in seinen Hals gedrückt wurde. Sie konnte nicht besonders scharf sein, noch schnitt sie nicht in seine Haut.

Der Mann war stehen geblieben. »Also?«

»Warum interessiert er *dich*?«

Der Mann lächelte. »Es werden viele Lügen über ihn verbreitet.«

Jordan hatte den Dialekt erkannt: ein Serbe aus der Krajina.

Er wartete.

»Ein Aufschneider und Feigling«, sagte der Mann. »Sein Vater behauptet, er war ein Held. Ein paar mehr solcher ›Helden‹, und die Krajina wäre heute noch serbisch.«

Jordan wies mit dem Daumen auf die Büsche zu seiner Rechten. »Helden wie die beiden hier?«

Der Mann lächelte. »Wie sollen sie ohne Krieg etwas lernen? Ich tue, was ich kann.«

»Deine Söhne?«

»Ein Sohn, ein Neffe.«

»Der mit dem Messer?«

»Der Neffe.«

»Bring ihnen bei, wen sie meiden müssen«, sagte Jordan.

»Männer wie dich?«

»Ja.« Er hörte den Neffen hinter sich kichern. Jetzt ritzte das Messer die Haut auf. Blutstropfen liefen ihm kühl über die Brust, die Seite.

»Sava«, sagte der Mann.

Der aus den Büschen trat auf den Weg, Jordans Waffen in den Händen. »Hast ein großes Maul«, sagte er. In seiner Stimme lag Spott, in seinen Augen die Lust zuzuschlagen. Soldaten wie er waren bei Kämpfen die Ersten, die fielen. Sie waren zu ungestüm, zu zornig, zu siegesgewiss. Sie töteten ein paar Feinde, triumphierten und starben.

»Vlad?«, sagte der Mann.

»Mhm«, machte der hinter Jordan.

»Meidet Männer wie ihn.«

Für einen Moment herrschte Schweigen.

»Thomas Ćavar«, sagte Jordan dann.

»Ein Aufschneider, ein Feigling und ein Mörder. Soll in der Krajina geholfen haben, die zu töten, die geblieben waren. Sein Regiment war in Benkovac und Ervenik. Wir haben dort Verwandte verloren.«

»Sie wären wohl besser gegangen.«

»Die Krajina ist seit mehr als vierhundert Jahren auch unsere Heimat, Kroate, seit die Habsburger uns zum Schutz vor den Türken geholt haben.«

»Und seit mehr als vierhundert Jahren versuchen wir, euch loszuwerden. Was ihr ›Krajina‹ nennt, ist seit tausend Jahren Kroatien.«

Der Mann winkte ab. »Darum soll es jetzt nicht gehen.«

Wie sich die Geschichten glichen, dachte Jordan. Auch seine Vorfahren, Donauschwaben, hatten die Habsburger zum Schutz vor den Türken geholt, wie er von Milena wusste, dem schönsten Mädchen von Briševo. Auch sie waren anfangs entlang der Militärgrenze angesiedelt worden, erst später in der ganzen Pannonischen Tiefebene.

»Du fragst in der Stadt nach Ćavar. Lebt er noch?«

»Und wenn?«, erwiderte Jordan.

Sava trat einen Schritt vor. »Das lass unsere Sorge sein, Kroate.«

»Er würde sich für das verantworten müssen, was er getan hat«, sagte der Mann.

»Dann haben wir dasselbe Ziel«, entgegnete Jordan.

»Die Frage ist: Glaubst du, er lebt noch?«

»Möglich ist alles.«

Jordans rechte Hand war an seinem Körper entlang nach oben geschnellt, bevor Vlad reagieren konnte. Als er das Messer bewegen wollte, schwebte die Klinge längst in der Luft. Jordan hatte sich ein Stück aus der Umklammerung herausgedreht, hielt die Messerhand nun mit der Linken fest. Während er Vlad mit der Rechten nach vorn stieß, rammte er das ausgestreckte rechte Bein und die Hüfte mit Wucht nach hinten und brachte ihn so zu Fall.

Vlad schrie auf, das Messer fiel zu Boden. Jordan spürte, wie der Arm aus dem Schultergelenk sprang.

Als Vlad lag, brach er ihm das Handgelenk.

»Nicht, Sava!«, rief der Mann.

Der Sohn hatte die Pistole gehoben, auch er zu spät, Jordan hatte Vlad bereits halb nach oben gezerrt, kniete geschützt hinter ihm, die Schneide des Messers lag an der bloßen Kehle.

»Du hast zwei Sekunden, dann wird er sterben«, sagte er.

Der Mann schlug Savas Pistolenhand nach unten. »Jetzt haben sie gelernt.«

»Noch nicht«, sagte Jordan und stieß Vlad das Messer in den Oberschenkel. Im Aufspringen zog er die Pistole aus dem Wadenholster und richtete sie auf Savas Vater. »*Jetzt* haben sie gelernt.«

Der Mann war aschfahl geworden. Er stieß Sava vor. »Kümmer dich um ihn«, sagte er, reichte ihm ein Taschentuch. »Aber er muss aufhören zu schreien.«

Jordan hob seine Waffen auf, spürte den Blick des Mannes auf sich. Er dachte, dass er von nun an sehr wachsam sein musste.

Sie entfernten sich ein paar Schritte.

»Wenn du länger in Rottweil bleibst, werden sie sich rächen«, sagte der Mann. »Und ich werde ihnen helfen.«

Jordan nickte. Die Jungen fürchtete er nicht. Vor dem Mann hatte er Respekt.

Dumpf klang Vlads Wimmern herüber, Sava hatte ihm das Taschentuch in den Mund gesteckt.

»Ich habe nie geglaubt, dass man seine Leiche nicht findet, weil er in einem Massengrab liegt«, sagte der Mann. »Die serbischen Massengräber sind eine Erfindung der Muslime und der Faschisten, sie sind Propaganda. Ihr seid gut gewesen in Propaganda. Wo drei tote Muslime am Straßenrand lagen, wurde ein Massengrab daraus gemacht.«

»Die Leiche meines Bruders wurde in einem serbischen Massengrab gefunden.«

»So?«

»Die Redak-Grube bei Ljubija, zehn Kilometer westlich von Prijedor.«

Republika Srpska.

Jordan sah, wie ihn der Mann im Halbdunkel musterte. Beide, dachte er, fragten sich, wo der jeweils andere gekämpft haben mochte. Prijedor lag nicht weit von der kroatischen Krajina entfernt.

Genauso Briševo und Omarska.

»Warst du auch in Benkovac und Ervenik?«, fragte der Mann.

»Nein. Und du in Bosnien?«

»Nein, nur in der Krajina.« Der Mann nickte nachdenklich. »Hast du das Grab deines Bruders gesehen?«

»Fotos, zwei, drei Jahre später.«

»Fotos?« Der Mann lachte. »Die waren manipuliert.«

Jordan zuckte die Achseln. »Darum soll es jetzt nicht gehen.«

Er stand so, dass sich der Mann zwischen ihm und den beiden Jungen befand. Von Vlad war nichts mehr zu hören. Er hatte beschlossen, wenigstens tapfer zu sein, dachte Jordan, wenn er schon so furchtbar dumm gewesen war.

»Also«, sagte der Mann. »Lebt Ćavar?«

»Ich weiß es nicht.«

»Falls er lebt, was wirst du tun?«

»Ihn töten«, sagte Jordan.

10

MITTWOCH, 13. OKTOBER 2010
BERLIN

Nach und nach zerplatzten die Schaumblasen, legten den kaputten, alten Körper frei. Ein liebgewonnenes Ritual an Badewannenabenden: erraten, welches Bläschen als Nächstes dran sein würde. Manchmal behielt er recht, meistens scheiterte er.

So brachte man die Minuten rum.

Sein Penis tauchte zwischen den Bläschen auf.

Der Sex mit Margaret an jenem Abend auf dem Flokati ... Richard Ehringer erinnerte sich an jedes Wort, jedes Detail. Das galt für die meisten Momente, die ihm mit Margaret vergönnt gewesen waren. Seit achtzehn Jahren rekonstruierte er die Stunden und Minuten mit ihr zwischen 1985 und 1992.

Das schwarze Kleid, der schwarze BH auf dem weißen Teppich ...

Plötzlich waren in der Diele Schritte zu hören.

»Ich komm rein!« Wilberts Stimme, dann ein lautes Klopfen an der Badezimmertür.

»Noch nicht!«, rief Ehringer.

»Die halbe Stunde ist rum.«

»Komm in fünfzehn Minuten wieder.«

»Bis dahin sind Sie verschrumpelt.«

Die Tür ging auf, Ehringer legte die Hände auf seinen Penis und brüllte: »Raus!«

Die Tür krachte zu.

»Fünfzehn Minuten, verstanden?«

Wilberts Schritte entfernten sich. »Fünfzehn Minuten, verstanden?«, wiederholte er mit verstellter, hoher Stimme. »Ja, Mann, verstanden, fünfzehn Minuten, und ich bin schuld, wenn Sie verschrumpeln, mir doch egal.«

Rrrums, die Wohnungstür.

Ehringer lächelte. Wilbert, der erste Zivildienstleistende, mit dem ihn eine Art Freundschaft verband. Sie war bizarr und ein bisschen rau, aber sie existierte. Zwei Monate blieben ihr noch vergönnt, dann würde der Dienst enden, Wilbert die Welt umrunden, ein Nachfolger Ehringer in die Badewanne heben.

Doch bei aller Liebe: Ein erigierter Penis war Privatsache.

Er begann zu masturbieren. Die Erektionen waren dauerhafter, seit er querschnittsgelähmt war, die Ejakulationen kamen spät. Der einzige Vorteil der Spastik, wenn man so wollte. Aber was er fühlte, geschah im Kopf, am Penis spürte er nichts.

Als Wilbert das Bad eine Viertelstunde später betrat, hatte Richard Ehringer den Stöpsel gezogen und duschte in der leeren Wanne Seifenreste von dem kaputten, bleichen alten Körper.

Es gab weitere Abendrituale.

Um zwanzig Uhr die *Tagesschau*. Anschließend, je nach Wochentag, eine Reportage, ein politisches Magazin oder Fußball. Um 21.45 Uhr das *heute-journal*, um 22.15 Uhr – falls sie denn kamen – die *Tagesthemen*.

Um 22.45 Uhr ins Bett. Lesen bis höchstens 23.30 Uhr.

Die Bücher: Biographien und Autobiographien von Politikern. Alles über Andalusien.

Alles über Kraniche.

Wilbert legte ihm hin und wieder Romane auf den Sekretär. *Abgefahren, müssen Sie lesen!* Romane, deren Seiten zerfleddert, eingerissen, verschmutzt waren, als hätten sie in den Tiefen eines

Rucksacks halb Europa durchquert. Max Frisch, Jack Kerouac, Henry Miller, was man als Neunzehnjähriger eben las, 1963 wie – und das mochte ein Grund für die Freundschaft sein – offenbar auch 2010.

Kennen Sie?
Natürlich.
Der Wahnsinn, was?
Allerdings.

Heute war Fußballabend, doch Ehringer hatte den Fernseher ausgeschaltet. Er saß im Bademantel am Sekretär, über eine handgeschriebene Liste gebeugt. Eine Frage trieb ihn um.

Auf der Liste stand:
Petar Ćavar/Rottweil
Milo Ćavar/Rottweil
Jelena (?)/?
Markus »Mägges« (Bachmann?)/?
Lorenz

Hinter »Lorenz« hatte er ein Häkchen gesetzt.

Falls es Zweifel gab, dachte er, läge es nahe, den Vater oder den Bruder anzurufen. Doch was hätte er sagen sollen? Entschuldigen Sie die Störung, erinnern Sie sich an mich? Wie geht es Ihnen? Können Sie sich einen Grund vorstellen, weshalb sich kroatische Regierungskreise für Thomas interessieren – fünfzehn Jahre nach seinem Tod? Ist es vielleicht theoretisch möglich, dass er ...

Undenkbar.

Abgesehen davon, dass er die Ćavars nicht belügen wollte. Er hatte an ihrem Tisch gesessen, ihre Speisen gegessen.

Anders verhielt es sich bei Markus, dem Freund.

Er hatte nachgesehen: Einen Markus Bachmann gab es nicht im Raum Rottweil. Der Vorname war richtig – das wusste er genau –, der Nachname falsch.

Er fuhr den lahmen, lärmenden PC von Wilberts Freundin hoch, den man ihm als »Schnäppchen« verkauft hatte. Als er endlich online war, rief er das Telefonbuch auf und versuchte alle Namensvarianten, die ihm einfielen.

Wurde fündig.

»Der Thomas lebt nicht mehr«, sagte Markus Bachmeier. »Schon lange nicht mehr.«

»Oh ... Das wusste ich nicht.«

»Er ist im September 1995 gestorben, in Bosnien. Im Krieg.«

»Wie furchtbar!«

Bachmeier schwieg, und Ehringer fragte sich, ob er ihm die Lüge und die gespielte Überraschung abkaufte.

»Wie ist das passiert? Ich meine ... Verzeihen Sie. Eine sehr voyeuristische Frage.«

Bachmeier sagte nichts.

»Ich habe oft an ihn gedacht in letzter Zeit, und da ...« Ehringer hielt inne.

Die Leitung wie tot. Aber er hörte Bachmeier atmen.

Sekunden verstrichen.

»Er hat manchmal von Ihnen gesprochen. Sie sind der Politiker im Rollstuhl.«

Ehringer ließ sich gegen die Lehne sinken. »Ja.«

»Er hat erzählt, was Sie für ihn getan haben. Und dass er Sie später besucht hat. Im Krankenhaus.«

Im Krankenhaus, in der Reha. Ein hartnäckiger Junge mit einer Mission ...

Da ist jemand für Sie. Ein junger Mann. Er sagt, Sie kennen ihn aus Rottweil.

Ich will niemanden sehen.

Er ist schon zum zweiten Mal hier.

Er soll verschwinden.

In Ehringers Augen standen Tränen.

»Er mochte Sie.«

»Er hat mir Ćevapčići von seiner Mutter mitgebracht. Ich hatte einmal bei ihnen gegessen, und die Ćevapčići ...« Seine Stimme versagte.

Margaret und er, Jelena und Thomas, dessen Bruder Milo, die Eltern. Er sah das Wohnzimmer mit den vielen Ziertellern vor sich, den Tisch mit den zahllosen Schüsseln und Platten, sämtliche kroatischen Speisen, die der Herrgott einst erfunden haben mochte, dazu Berge von Pommes frites, ein Ort maßloser Übertreibung, genauso die Dankbarkeit der Eltern, die keine Grenzen zu kennen schien.

»Er hat Ihnen vertraut.«

Ehringer fuhr sich mit dem Saum des Bademantels über die Augen. Vertraut?

»Sie haben ihm geholfen. Bei der Sache mit den Waffen.«

Das Gespräch hatte eine merkwürdige Wendung genommen. Worauf wollte Bachmeier hinaus?

»Mein Freund, der Politiker, hat er manchmal gesagt.«

Ehringer lachte höflich.

»Ich hab gedacht, Sie wissen es bestimmt. Dass er tot ist.«

Die falsche Lüge also. Ein sehr ferner Freund, der nicht erfahren hatte, dass Thomas nicht mehr lebte ... Aber jetzt konnte er nicht mehr zurück. »Nein, leider nicht.«

»Der Thomas hatte viele Freunde«, sagte Bachmeier.

Ehringer wartete.

»Vor ein paar Tagen war ein anderer hier. Ein Kroate, glaub ich. Ein Freund von ihm und Jelena. Ich dachte, ich kenne alle Freunde von ihnen, aber den kenne ich nicht. Na ja.«

»Hat er gesagt, wie er heißt?«

»Nein. Er hat fast nichts gesagt. Ich hab gedacht, schade, dass er nicht dabei war, damals in Bosnien. Er sah aus, als hätte er ihn beschützen können.«

Ehringer brauchte einen Moment, um zu begreifen.

Militär oder Geheimdienst.

»Ich muss jetzt auflegen«, sagte Bachmeier.

»Wissen Sie, was aus Jelena geworden ist?«

»Sie ist mit ihren Eltern fortgegangen. 1995, kurz nach Dayton. Sie sind nach Serbien, soweit ich weiß. In die Vojva…«

»Die Vojvodina?«

»Ja. Also, dann … einen schönen Abend noch.«

Ehringer ließ das Telefon sinken.

Marković hatte sich also nicht mit seiner, Ehringers, Auskunft begnügt. Er hatte einen Mann nach Rottweil geschickt.

Hatte Bachmeier ihm mitzuteilen versucht, dass er sich bedroht fühlte? Doch weshalb hatte er es dann nicht gesagt?

Ehringer dachte an den Anruf aus Zagreb vergangene Woche.

Ein paar Minuten lang freundliches Geplänkel – schließlich hatte man jahrelang nichts voneinander gehört –, dann war Ivica Marković auf Thomas zu sprechen gekommen. *Kürzlich musste ich an den Jungen aus Rottweil denken, Thomas Ćavar … Erinnern Sie sich an ihn?*

Natürlich.

Was ist aus ihm geworden?

Ein Hobbysoldat für Ihre Sache, Marković. Das hat ihn das Leben gekostet, fünfundneunzig in Bosnien.

Marković hatte weitere Fragen gestellt.

Kennt man die Umstände seines Todes? Man könnte ihm posthum einen Orden verleihen. Ein Held des Vaterländischen Krieges! Keine Beerdigung? Kein Grab? Vielleicht ist die Leiche später gefunden worden?

Dann hätte mich die Familie informiert.

Wer weiß? Manchmal vergisst man die Wichtigsten, Herr Dr. Ehringer.

Auch dies ein merkwürdiges Gespräch. Auch da hatte Ehringer den Eindruck gehabt, dass mehr dahintersteckte, als man ihm sagte.

Nur was?

Er hatte den Rollstuhl quer durch das Wohnzimmer getrieben, die Balkontür geöffnet, hockte nun draußen in der kühlen, feuchten Luft und starrte auf die schwarzen Wolken. Die Planer des luxuriösen Heimes hatten die Wohnungen rollstuhlgerecht gestaltet, nur auf den riesigen Balkonen grotesk versagt. Sie hatten kein Geländer eingezogen, sondern eine gut einen Meter hohe Betonbrüstung. Ehringer, der im vierten Stock wohnte, sah nur Himmel.

Tagein, tagaus nur Himmel.

Als gäbe es nur die dinglose, unerklärliche Unendlichkeit und hin und wieder ein paar Vögel.

Er fühlte sich ausgesetzt auf seinem Balkon. Allein.

Immerhin ein guter Ort, um nachzudenken.

Ivica Marković hatte die Stürme, in die die HDZ nach Tuđmans Tod 1999 geraten war, weitgehend unbeschadet überstanden, im Gegensatz zu anderen Getreuen. Die Wahl 2000 war verloren gegangen, der Kurs der Partei korrigiert worden, sie hatte sich ein demokratischeres, EU-taugliches Gepräge gegeben. Sie hatte belastete Mitglieder ausgeschlossen, auch aus dem Regierungs- und Verwaltungsapparat waren HDZ-Leute entfernt worden. Marković, seit 1992 im Innenministerium für die Geheimdienste zuständig, war für eine Weile von der politischen Bildfläche verschwunden. 2003, nach der erneuten Regierungsübernahme der HDZ, war er im Verteidigungsministerium wieder aufgetaucht.

Noch immer gehörte er zu den einflussreichsten Mitgliedern der Partei, wenn er auch im Hintergrund operierte. Noch immer zog er die Strippen, beeinflusste, manipulierte.

Seine politische Einstellung hatte sich, soweit Ehringer wusste, nicht geändert. Die junge kroatische Nation ging ihm über alles. Dass kroatische Kommandeure des Unabhängigkeitskrieges in Den Haag vor Gericht standen – und Tuđman nur deshalb nicht, weil er rechtzeitig gestorben war –, musste ihn zutiefst empören.

Die Anklageschrift sprach von keinen geringen Verbrechen gegen die Menschheit, die im Zuge der Operation »Sturm« begangen worden seien: ethnische Säuberung durch Bedrohung, Plünderung, Zerstörung, Mord, Vertreibung. Ziel der politischen und militärischen Führung Kroatiens sei die endgültige Vertreibung aller kroatischen Serben aus der Krajina gewesen. Neben den drei Lebenden waren die vier Toten aufgeführt, die an dem »gemeinsamen kriminellen Unternehmen« von damals beteiligt gewesen seien: Präsident Franjo Tuđman, Verteidigungsminister Gojko Šušak, die Generalstabschefs Janko Bobetko und Zvonimir Červenko.

»Sturm« war erfolgreich gewesen. Die Krajina zurückerobert, zweihunderttausend kroatische Serben geflohen.

Auch Thomas Ćavar hatte in jenem August 1995 unter Gotovina in der Krajina gekämpft. Fünf Wochen nach »Sturm« war er in Bosnien in einen serbischen Hinterhalt geraten und ums Leben gekommen.

Fünfzehn Jahre später rief Ivica Marković an und schickte einen Mann nach Rottweil, der Fragen stellte.

Der Wind wehte Ehringer Regentropfen ins Gesicht. Er wendete den Rollstuhl, im Schwung glitt ihm das Telefon vom Schoß. Fast lautlos kam es auf dem Schuhabstreifer auf.

Als er sich über die Rollstuhllehne beugte, um es aufzuheben, kam ihm ein Gedanke.

Ein vollkommen absurder Gedanke.

Marković war ein Geheimdienstmann und ein Überlebenskünstler. Sein wichtigstes Gut war Wissen. Er würde alles tun, um sich Wissen zu beschaffen.

Vorsichtig legte Ehringer das Telefon in seinen Schoß.

Und wenn er abgehört wurde?

11

MITTWOCH, 13. OKTOBER 2010
BERLIN

Sie waren noch bei der Vorspeise und Karolins Buchmessenbericht, als Adameks Telefon klingelte. Eine nicht gespeicherte Nummer, die Vorwahl 0741. Düstere Ahnungen beschlichen ihn.

»Dienstlich?«, fragte Karolin.

Er stand auf. »Entschuldigt mich.«

»Aber du hast keine Bereitschaft!« In ihrer Stimme hielten sich Empörung und Stolz die Waage. Er musste schmunzeln.

»Bin gleich wieder da.«

Er ging in den Regen hinaus, suchte Schutz im nächsten Hauseingang.

Hocherfreut Daniela Schneider …

Der Regen fiel schräg, der Schutz war zu schmal. Vereinzelte Tropfen sprenkelten das weiße Hemd. Adamek fröstelte, eher ein inneres als ein äußeres Empfinden. Auf dem Tisch erkalteten französische Delikatessen, die ihm plötzlich ähnlich gleichgültig waren wie der portugiesische Fisch, der ihnen folgen würde.

Biste jetzt zum Jourmet jeworden? Der Adamek als Feinschmecker, jibt's det?

Mit der freien Hand rieb er sich die Augen. Zu vieles war ihm gleichgültig geworden.

»Machen die Kollegen in Rottweil nie Dienstschluss?«

Daniela Schneider lachte. »Ich bin daheim. Störe ich?«

»Allerdings.«

»Nur ein kurzer Nachtrag, dann sind Sie mich wieder los.«

Adamek seufzte. »Du.« Er drückte sich in die Ecke zwischen Tür und Hauswand. Die Schuhe blieben dem Regen ausgeliefert, sie gefielen ihm ohnehin nicht mehr. Während er Schneider lauschte, sah er zu, wie die Tropfen das schwarze Leder malträtierten.

Sie hatte erfahren, dass sich zwei Kroaten in Rottweil nach Thomas Ćavar erkundigten. Gezielt sprachen sie seit ein paar Tagen »Mitbürger« aus dem ehemaligen Jugoslawien an, in Geschäften, Lokalen, Friseursalons, auf Märkten, in der kroatischen katholischen Mission, im Gottesdienst. Kriegskameraden von Ćavar, sagten beide. Sie seien ihm vor Jahren in Kroatien begegnet, hätten für ein paar Wochen Einheit und Leben geteilt, bevor er nach Bosnien gegangen sei. Beide stellten ähnliche Fragen: Wann er zurückgekehrt sei. Wo und wie er gestorben sei. Ob er in Rottweil beerdigt worden sei. Ob Jelena Janić, von der er viel erzählt habe, noch hier lebe.

»So?«, sagte Adamek.

»Erst du, jetzt die beiden.«

»Oder umgekehrt.«

Schneider lachte. Sie hatte ein intensives, zufriedenes Lachen, aber er fand es eine Spur zu laut. Er fragte sich, wie sie aussehen mochte. Die Stimme und das Lachen und das Schwäbisch klangen nach Provinz, Fröhlichkeit, Übergewicht.

Nach Hitparade, Schlagzeilen und Groschenromanen.

Der Regen war heftiger geworden, er spürte das Tropfengetrommel durch das dünne Leder links wie rechts auf dem Fußrist. Unter den Sohlen wurde es feucht.

»Was hat es mit Ćavar auf sich?«, fragte Schneider.

»Nichts.«

»Bullshit.«

Adamek kicherte.

Er erzählte von Ehringer und dessen Verbindung zu Thomas Ćavar. Den Verwandtschaftsgrad erwähnte er nicht.

»Na also«, sagte Schneider. »Ein ehemaliger Mitarbeiter vom Auswärtigen Amt, der für Kroatien zuständig war. Ein Deutscher mit kroatischen Eltern. Zwei Kroaten, die Fragen stellen. Der Kroatienkrieg.«

»Ćavar ist in Bosnien gestorben.«

»Mutmaßlich.«

»Was willst du von mir, Kollegin?«

»Mehr Informationen.«

»Es gibt keine. Es gibt keinen *Fall*.«

»Und wenn Ćavar damals nicht bei Kriegshandlungen umgekommen ist, sondern ermordet wurde?«

Ein Gedanke, den Adamek bisher mit Erfolg verdrängt hatte. Ein Mord in einem Krieg, der Onkel darin verwickelt, fünfzehn Jahre später tauchten Fragen auf. Oder Zeugen.

Und eine übereifrige Oberkommissarin.

»Ich muss jetzt wieder rein.«

»Na gut. Ich halte dich auf dem Laufenden.«

»Habt ihr da unten nichts Besseres zu tun?«

Schneider lachte wieder, verdrossen schüttelte Adamek den Kopf.

Auf dem Rückweg zum »Jacques« waren die Schuhe doppelt so schwer, er hatte ihr Leben erfolgreich verkürzt.

»Ach, ein Fall, der ein paar Leuten Kopfzerbrechen bereitet.«

»Ein Mord?«, fragte Marion.

Adamek zuckte die Achseln, während er dem Fisch die Wange aus der Höhle grub. Das Auge starrte ihn seltsam traurig an, ein Fado-Auge, dachte er. Vor nicht allzu langer Zeit mochte es die Fluten des Tejo durchdringen oder auf die verschwommene Küstenlinie der Algarve geblickt haben, nun hockte ein griesgrämiger Deutscher über ihm, der sich nach einem Döner mit scharfer Sauce sehnte. Kein Anblick, mit dem man vom Diesseits in einen Verdauungstrakt wechseln wollte, er hatte Verständnis.

»Vermutlich was Politisches.«

»Du kannst nicht darüber sprechen?«, fragte Christoph.

Adamek schüttelte den Kopf.

Marion und Christoph, die besten Freunde Karolins, er Kurator im Deutschen Historischen Museum, sie Theaterkritikerin, vielleicht auch umgekehrt, manchmal war Adamek sich da nicht sicher, beide in beiden Bereichen so fundamental beschlagen, als hätten sie sich seit Kindertagen mit nichts anderem beschäftigt. Sie wohnten in Mitte, fuhren nur unter Protest in den wilden Süden Kreuzberg und Neukölln. Einzige Ausnahme: der In-Kiez Kreuzkölln an der Bezirksgrenze mit seinen Szenelokalen wie dem »Jacques«. Sie tarnten ihre Abneigung als Faulheit, gepaart mit Überheblichkeit, doch Adamek spürte, dass sie ganz einfach Angst hatten. Angst vor den von Migranten und ihren Sprachen dominierten Straßenzügen, vor den Alkoholikern und Junkies, vor der deutschen Hartz-IV-Gesellschaft, vor dem Schmutz, der steinernen Ödnis, der Verwahrlosung.

Sie fanden sich nicht zurecht in der Verwahrlosung.

»Politisch? Inwiefern?«

»Er kann doch nicht darüber sprechen, Marion«, sagte Christoph.

»Ach komm, Lorenz, nur ein Anhaltspunkt, bitte!« Ihre Wangen glühten vom Rotwein und von der Neugier, die strengen Augen leuchtend und groß. Sie trug merkwürdig aufgeplusterte Kleidungsstücke in schlammfarbenen Tönen, die billig aussahen und sehr teuer waren. Sie hatte eine wundervolle Stimme und wusste mehr, als im Brockhaus stand. Authentische Gefühle bekam man von ihr nur, wenn sie angetrunken war wie jetzt. In Karolins Kreisen mussten Gefühle erst über innere Mauern klettern, bevor sie sich zeigen konnten, die meisten blieben erschöpft auf der Strecke.

Menschen wie Adamek halfen ihnen auf und pflegten sie.

Er senkte den Blick und betrachtete das tote Auge des Fisches, das Wangenloch darunter. Er fühlte sich ähnlich ausgeweidet, ohne dass er gewusst hätte, weshalb. Lag auf einem Teller, hatte aufgehört zu zappeln.

Karolins Hand strich über seine Schulter. »Schatz?«

Er sah Marion an. »Aber es bleibt unter uns.«

»Natürlich!«

Die drei beugten sich vor, Adamek sprach mit leiser Stimme. Ein ehemaliger Mitarbeiter des Auswärtigen Amtes, in eine schmutzige Geschichte verwickelt. Unbekannte aus Osteuropa, in Deutschland eingesickert, stellten Fragen nach einem Toten. Marion wollte wissen, was das bedeute, »schmutzig« – Sex, Kinderpornos? Er trank einen Schluck Wein, betrachtete das satte Dunkelrot, das sich in der Höhlung seiner Hand bewegte, auch der Wein war portugiesisch. »Krieg«, sagte er sanft und stellte das Glas ab.

Ein Nachtisch war ihm nicht vergönnt.

Die Reste waren gerade abgetragen, da klingelte das Telefon erneut. »Entschuldigt«, sagte er, stand auf, ging hinaus, erneut litten die Schuhe. »Richard?«

»Du musst herkommen«, sagte der Onkel.

12

MITTWOCH, 13. OKTOBER 2010
ZAGREB/KROATIEN

Der Wind weckte Yvonne Ahrens.

Sie war vor der Website des Internationalen Strafgerichtshofs für das ehemalige Jugoslawien eingenickt, hatte von New York geträumt, von einsamen Tagen und Nächten in Manhattan. In ihrem Traum hatte sie in einem steinernen Kubus inmitten des Central Park gewohnt. Wenn sie vor die Tür trat, waren die Grünflächen menschenleer, genauso bei der Heimkehr, wenn sie von der Fifth Avenue auf einen der Parkwege einbog. Keine Menschen, keine Tiere, nur das, was sie hinterließen – ausgespuckte Kaugummis, Zigarettenkippen, ein kaputter Ball, Exkremente. Als füllte sich der riesige Park nur in ihrer Abwesenheit mit Leben, das sich zurückzog, bevor sie wieder erschien.

Da stieß der Wind das angelehnte Fenster auf, und sie öffnete erschrocken die Augen.

Es hatte aufgehört zu regnen, in den Pfützen spiegelte sich das warme Gelb der Zagreber Straßenleuchten. In Sweatshirt, Jeans und Turnschuhen ging sie am *Trg Tomislava* entlang in Richtung Zentrum. Vor den schwarzen Wolken glommen auf den beiden Altstadt-Hügeln vereinzelte Lichter, Gradec mit dem Regierungsviertel, Kaptol mit der Kathedrale. Durch die Quermagistralen der Unterstadt brauste der Abendverkehr, die Straßenbahnen krochen kreischend in die Kurven. Keine Stadt, die sie kannte, erschien ihr so inbrünstig laut wie Zagreb.

Sie genoss es. Der Lärm überlagerte die Stille.

Sie hatte den weitläufigen *Trg Bana Jelačića* erreicht. Menschentrauben an den Straßenbahnhaltestellen, Passanten überquerten den Platz, Jugendliche posierten in Gruppen, an den Häusern Videoschirme und Neonwerbung.

In der *Pekarnica* am Westende des Platzes herrschte Gedränge. Geduldig wartete sie, ließ den Blick über Bureks, Pizzastücke, Sandwiches, Gebäck gleiten.

Ein freundlicher Gruß, man kannte sie.

Sie zahlte, nahm den Käse-Burek entgegen, als neben ihr eine Männerstimme erklang, die sie schon einmal gehört hatte.

Auch Ivica Marković bestellte *burek sa sirom*.

»*Gospodine* Marković …«

Das charmante Lächeln, die freundliche Stimme, auf Deutsch sagte Marković: »Burek in der Nacht … Wir scheinen ähnliche Laster zu haben, *gospodo* Ahrens.«

»Höchstens dieses eine.«

Er lachte.

Zusammen gingen sie zur Tür. Erst jetzt bemerkte sie, dass Marković nicht allein war. Ein schlanker Mann hielt sich dicht an seiner Seite. Draußen, auf dem für Autos gesperrten Platz, parkte eine schwarze Limousine, vor der ein weiterer Leibwächter wartete. Beide um die vierzig, Bürstenschnitt, kantige Gesichter, Kriegsveteranen.

Marković berührte ihren Arm. »Gehen wir ein paar Schritte zusammen, während wir unsere kleine Sünde genießen?«

»Wenn Sie bereit sind, über den Kapetan zu sprechen.«

Er nickte. »Das werden wir, *gospodo* Ahrens.«

13

MITTWOCH, 13. OKTOBER 2010
BERLIN

Kondensator, Spule, Kabel. Die einfachste Version einer in Reihe zu schaltenden Telefonwanze.

Seit drei Minuten starrte Lorenz Adamek auf den Sender und fragte sich, ob er verarscht wurde.

»Verarschst du mich?«

»Wie bitte?«

Er zeigte auf das geöffnete Mobilteil mit der Wanze, das auf dem Schreibtisch lag. Richard Ehringer schüttelte den Kopf, der Mund ein Strich, die Brauen in Richtung Nasenwurzel gezogen, die Augen hart. Die stumme Empörung wirkte echt.

Vorsichtig setzte Adamek das Telefon zusammen, steckte es auf die Station. Dann trat er hinter den Rollstuhl, packte die Griffe, schwang den Onkel herum und schob ihn zur Balkontür.

»Es regnet«, sagte Ehringer schroff.

»Ich weiß.«

Auf dem Balkon fixierte Adamek die Bremsen. »Falls das Zimmer auch verwanzt ist.« Sein Blick glitt über die weißen Beinchen des Onkels, die der uralte, ausgewaschene Morgenmantel freigab. Zwischen den hellblauen Säumen schimmerte die Brust. So hatte er ihn noch nie gesehen, halbnackt und ... verwundbar.

Er rieb sich die stechende Lendenwirbelsäule, trat langsam zur Brüstung und sah auf die nächtlich leere Straße hinunter. Der Wind fuhr ihm kalt über die Kopfhaut, Regentropfen krochen über die kahlen Stellen.

Der Onkel hatte ihn belogen, verarschte er ihn auch?

Ein einsamer, verbitterter Exdiplomat, der keine Macht mehr hatte, keine Aufgaben im Leben, keine Hobbys, keine Freunde, keine Familie, abgesehen von einem Neffen, an dem er fast dreißig Jahre lang kein Interesse gezeigt hatte. Hatte er einen kleinen, technisch veralteten Sender in sein Telefon montiert, um ein bisschen mehr Aufmerksamkeit für sein Anliegen zu bekommen?

Adamek wandte sich um, sie starrten einander an.

»Red endlich, Richard.«

»Nicht in diesem Ton!«

»Was erwartest du? Du hast mich belogen!«

»Dich belogen? Das wird ja immer schöner.«

»Ich hab dich im Rhinluch gefragt, ob es weitere Anhaltspunkte gibt, und du hast Nein gesagt. Wenn das mal keine Lüge war.«

Ehringer blinzelte, vielleicht das Regenwasser, vielleicht der Zorn. »Drück dich präzise aus«, erwiderte er, »und du erfährst, was du wissen willst. Das solltest du bei der Kripo eigentlich gelernt haben.«

»Ach, Bullshit.«

»Werd nicht unverschämt, Lorenz!«

»Hast du dich damals strafbar gemacht?«

Ehringer riss die Augen auf, die hohlen Wangen röteten sich.

»Ich muss das wissen, Richard.«

»Raus.« Ehringer deutete in Richtung Wohnzimmer.

»Nicht bevor du...«

»Raus!«

Adamek zuckte die Achseln. Er kehrte ins Wohnzimmer zurück und verriegelte die Tür von innen. Im Schein der Balkonbeleuchtung sah er, dass Ehringer die Bremsen löste und den Rollstuhl wendete. Die wenigen verbliebenen Haare klebten ihm nass am Schädel, der Morgenmantel war an den Schultern und den Armen dunkel vom Regen. Wütend starrte er herein.

Adamek setzte sich aufs Sofa.

Wartete.

Auf einem Teakholz-Sideboard gegenüber standen gerahmte Fotos, nur eines war auch aus der Distanz gut zu erkennen, ein Porträt Margarets. Eine ungewöhnliche Aufnahme von ihr. Sie wirkte nicht selbstbewusst und zielstrebig wie auf allen anderen, die er in Zeitungen und im Internet gesehen hatte, sondern sanft und beinahe verletzlich. Die Sonnenbrille ins kurze Haar geschoben, hinter ihr ein blauer Himmel, das Sommerkleid dasselbe wie auf dem Foto vom Flughafen, auf dem Weg nach Andalusien.

Er verstand, weshalb die Medien aus den beiden ein Polittraumpaar gemacht hatten.

Und was war geblieben? Das Foto einer schönen Frau, dünne weiße Beine, die sich ohne Rollstuhl nicht mehr fortbewegen konnten.

Adamek rieb sich die Augen und begann den stummen Countdown seiner Kapitulation.

Bei fünf barst das Glas der Balkontür, eine Splitterfontäne flog in den Raum, fluchend sprang er hoch. Der Rollstuhl schoss an ihm vorbei ins Zimmer, prallte seitlich gegen den Schreibtisch, kam zum Stehen.

Zitternd senkte der Onkel die vor dem Kopf emporgereckten Arme und flüsterte: »Du verdammter Hurensohn!«

Schnittwunden an Knien und Schienbeinen, Händen und Unterarmen, Blutspritzer auf dem Morgenmantel, im Gesicht, eine entsetzte Nachtschwester, ein aufgewühlter Adamek. Nur der Onkel wirkte ruhig. »Nicht so schlimm«, murmelte er.

Die Wunden nicht, dachte Adamek. Die Vorstellung, dass sich

ein Sechsundsechzigjähriger im Rollstuhl durch eine Türscheibe katapultierte, schon.

Sie befanden sich in der Krankenstation des Heims, Ehringer saß in einem weißen Kittel auf der Behandlungsliege. Die Wunden waren gesäubert und desinfiziert. Die Schwester, eine junge, müde Sächsin mit rot gefärbten Haaren, griff nach Mull und Verband.

»Ich mache das«, sagte Adamek. »Lassen Sie uns allein.«

»Das geht nicht.«

Er hielt ihr den Dienstausweis hin. »Es geht.«

»Dann passen Sie aber auch auf, dass ihm nicht wieder eine Tür drauffällt, ja?« Sie verließ den Raum.

Adamek seufzte. Sie hatten ihr erzählt, ein Windzug habe die Balkontür zugeworfen.

»Kannst du das wirklich, oder ist es irgendeine perfide Art der Folter?«, fragte Ehringer.

»Wehrdienst bei den Sanitätern.« Adamek setzte sich vor den Onkel, langte mit zittrigen Händen nach dem Verband. »In Rottweil fragen zwei Kroaten nach Ćavar.«

»So?«

»Scheint dich nicht zu überraschen.«

»Nein.«

Immerhin, Ehringer wirkte friedlich, wenn auch erschöpft. Und fast ein wenig stolz – Richard Ehringer, bald siebzig, seit vielen Jahren an den Rollstuhl gefesselt und doch auf seine Weise unbezwingbar.

»Nicht so fest, bitte.«

Adamek lockerte den Verband ein wenig, wickelte weiter Stoff um den kräftigen Unterarm, während Ehringer von einem Telefonat am selben Abend mit einem Jugendfreund Thomas Ćavars erzählte.

»Wie bitte? Geheimdienst oder Militär?«

»Nur meine Interpretation.«

»Würde die Wanze erklären.« Adamek durchtrennte den Stoff längs auf ein paar Zentimetern und verknotete die Enden.

Sie wandten sich dem anderen Arm zu.

»Woher kommt dein plötzliches Interesse an Ćavar?«

»Ich habe vor einer Woche einen Anruf von einem Bekannten von früher bekommen, Ivica Marković. Ein Vertrauter Tuđmans, war jahrelang in Deutschland, hat in Bonn für die Unabhängigkeit Kroatiens geworben. Der Verfassungsschutz hat ihn damals überprüft, weil er enge Kontakte zu nationalistischen Exilantenorganisationen hatte. Anfang der Neunziger ist er nach Kroatien zurück, wie viele Emigranten. Hat in Zagreb unter Perković die kroatischen Geheimdienste koordiniert. Inzwischen hat er einen unauffälligen Job im Verteidigungsministerium, aber im Hintergrund zieht er noch immer die Strippen.«

»Klingt nach einem eher unangenehmen Menschen.«

»Nein, sehr charmant«, sagte Ehringer. »Aber skrupellos.«

Und offensichtlich unantastbar. Einer der wenigen Tuđman-Getreuen, die noch immer im Machtzentrum säßen. Die politische Wende, die Untersuchungen der Tuđman-Zeit durch das Haager Tribunal, die Demokratisierung der Gesellschaft hätten ihm nichts anhaben können.

Adamek nickte. Er wusste nicht viel über Kroatien und diesen dummen, grauenhaften Krieg. Das Haager Tribunal hatte nicht nur Serben, sondern auch Kroaten im Visier? Soso.

Die Finger waren verbunden, der Unterarm an der Reihe. Adamek entfernte blutgetränkten Mull, desinfizierte erneut, brachte frischen Mull auf. Die Schnitte an diesem Arm waren tiefer.

Nein, er wusste so gut wie nichts. Es hatte einen Krieg gegeben. Einen Kroaten namens Tuđman mit Kassenbrillengestell, den man als flüchtiger Zeitungsleser erst positiv dargestellt bekommen hatte, später war irgendwie der Lack ab gewesen – warum, hatte man nicht mitgeteilt bekommen oder vergessen. Dann hatte es einen Serben mit teigigem Gesicht namens Milošević gegeben, der war ein Schlächter gewesen und geblieben, genau wie seine beiden Komplizen: der verrückte Psychiater mit der weißen Haartolle und der verkniffene General mit der Armeekappe. Außerdem hatte es einen Bosnier gegeben, einen kränklich aussehenden alten Muslim, dessen Volk die Serben vertrieben hatten.

An mehr erinnerte er sich nicht.

»Und dieser Marković hat sich nach Ćavar erkundigt?«

»Er wollte wissen, was aus ihm geworden ist, und ihm posthum einen Orden verleihen. Ich fand das ... nun ja, etwas merkwürdig. Bitte nicht so *fest*, Lorenz.«

»Tut mir leid.«

»Jedenfalls habe ich mich deshalb an dich gewandt. Hätte ja sein können, dass du etwas findest.«

»Etwas, das Marković' Interesse erklärt?«

Ehringer nickte.

»Und wer ist dieser Perka...«

»Perković. Du solltest von ihm gehört haben, er steht auf eueren Fahndungslisten. Das BKA sucht ihn mit internationalem Haftbefehl. Er war Mitglied des jugoslawischen Geheimdienstes und angeblich in die Morde an zwei Exilkroaten 1977 und 1983 in Deutschland durch die UDBA involviert.«

»Morde an Kroaten? Und dann hat er in den Neunzigern den kroatischen Geheimdienst geleitet? Erklär mir das.«

Ehringer lachte. »Mein Lieber, so ist nun mal die Politik, undurchsichtig, komplex, voller Cäsaren und Bruti, faszinierend, aber manchmal auch gefährlich. Perković hat die kroatische Abteilung des UDBA geleitet und dafür gesorgt, dass Tuđman 1987 wieder einen Pass bekam, als erster Oppositioneller überhaupt, soweit ich weiß. Entsprechend hoch stand er bei ihm im Kurs, er war seit 1991 dritter Mann im Staat nach Tuđman und dem Verteidigungsminister, Šušak, der aus dem kanadischen Exil gekommen war. Man sagt, dass der kroatische UDBA-Zweig hinter den radikalen kroatischen Exilorganisationen stand, was einiges erklären würde.« Er zuckte die Achseln. »Perković' Sohn hat übrigens als Sicherheitsberater des vorigen und des jetzigen Staatspräsidenten Karriere gemacht.«

»Man sollte eben nicht vom Vater auf den Sohn schließen.«

»Oder vom Onkel auf den Neffen.«

Sie lachten leise.

»Und der Sohn weiß natürlich nicht, wo der Vater ist«, sagte Adamek.

»Sogar das BKA weiß, wo er ist – wenn ich recht informiert bin, in Zagreb. Kroatien liefert eigene Staatsbürger nur an das Tribunal in Den Haag aus, nicht an andere Staaten, nicht einmal an den großen Freund Deutschland.«

Adamek war mit dem zweiten Arm fertig, begann mit dem linken Bein. Beide Knie waren kreuz und quer zerschnitten, hatten die Scheibe mit der größten Wucht durchschlagen, bevor der Rest des Körpers gefolgt war.

Fassungslos schüttelte er den Kopf. Ehringer dagegen blickte beinahe erfreut auf seine Knie.

Verdammter Idiot.

»Das ist zu fest, Lorenz.«

»Du spürst da was?«

»Das *sehe* ich.«

Adamek lockerte seufzend. »Und der Sender?«

»Was für ein Sender?«

»Die Wanze.«

»Ach so. Marković.«

Adamek nickte. »Die Kerle in Rottweil auch?«

»Ich denke schon.«

»Aber warum? Warum interessiert sich Marković für einen Toten?«

»Kannst du dir das nicht denken?«

Adamek sah auf. »Weil Ćavar damals nicht gefallen ist, sondern ermordet wurde?«

Ehringer musterte ihn erstaunt, und im selben Moment begriff Adamek, dass es eine zweite Möglichkeit gab.

Keine Leiche, kein Grab.

War Thomas Ćavar noch am Leben?

14

MITTWOCH, 13. OKTOBER 2010
ZAGREB / KROATIEN

Schweigend waren sie vom Platz des Ban Jelačić durch die schmale, kopfsteingepflasterte Radićeva in die Oberstadt hinaufgegangen. An der Abzweigung zum Steinernen Tor blieben sie stehen, im Gleichklang das letzte Stückchen Burek kauend. Seltsame, viel zu intime Momente, dachte Yvonne Ahrens. Wortlos durch die milde Nacht gehen, gemeinsam essen. Nur die Leibwächter störten das Bild. Der Mann aus der Bäckerei drei, vier Meter hinter ihnen, die schwarze Limousine etwa zwanzig Meter entfernt.

Dunkelheit lag über der Stadt, durchbrochen vom sattgelben Schein der Straßenleuchten, der die hübschen, alten Häuser wie Theaterkulissen wirken ließ. Kulissen ohne Publikum – andere Menschen waren nicht zu sehen.

»Darf ich?«, sagte Marković.

Sie reichte ihm die Papierserviette, folgte ihm mit dem Blick, während er auf einen Mülleimer zuging.

In den ersten Minuten nach ihrer Begegnung in der Bäckerei hatte sie sich keine Gedanken darüber gemacht, ob er zufällig oder absichtlich dort gewesen war. Dann waren ihr die warnenden Worte von Irena Lakič eingefallen, und sie hatte gedacht, dass dieser Mann ganz sicher nichts dem Zufall überließe.

Die Begegnung war geplant gewesen.

Immerhin, sie war nicht ganz unvorbereitet. Nach dem Gespräch mit Irena hatte sie im Internet recherchiert und alles über

Marković zusammengetragen, was offiziell zugänglich war. Sie kannte ihren Gegner also ein wenig.

Lächelnd kam er zurück.

Zugegeben, ein attraktiver Gegner. Vital, charmant, ein Sechzigjähriger, der wie ein früh ergrauter Mittvierziger wirkte. Der hellbraune Anzug und der Mantel maßgeschneidert, dazu farblich passend Krawatte und Schal, die Budapester elegant und wunderschön. Ein Mann, den man sich gut als zärtlichen Vater oder Ehemann vorstellen konnte. Dem man eines Tages vielleicht von einem Wintermorgen vor zwölf Jahren erzählen konnte, an dem ein Kind tot in seinem Bettchen gelegen hatte und eine Ehe an der Unerklärbarkeit zerbrochen war.

Da lag die Gefahr. Man wollte ihm vertrauen.

»Wie kommt es, dass meine Anfrage bei Ihnen gelandet ist?«

»Nun, ich spreche Deutsch.«

Natürlich wusste sie, dass dies nicht der wahre Grund war. Marković arbeitete im Verteidigungsministerium in der Abteilung Afghanistan, war für die Kommunikation der kroatischen Regierung mit der ISAF und der NATO zuständig – in Kundus waren knapp dreihundert kroatische Soldaten stationiert. Ihre Anfrage bezüglich des Kapetan war auf seinem Schreibtisch gelandet, obwohl der offizielle Weg zu ihm verschlungener kaum hätte sein können. Befasste er sich inoffiziell mit kroatischen Kriegsverbrechen?

Marković wies auf das Steinerne Tor schräg über ihnen, *Kamenita vrata,* einziger Rest der historischen Ummauerung Zagrebs aus dem 13. Jahrhundert. »Wollen wir?«

Sie bogen in den schmaleren Zugang ab. Hinter ihnen entfernte sich die Limousine, das Tor war für Autos nicht passierbar.

Ahrens drehte den Kopf, begegnete dem Blick des Leibwächters. Keine Passanten, nur sie drei.

Marković berührte ihren Arm. »Wenn Zvonimir Ihnen Angst macht, schicke ich ihn weg.«

»Das heißt, Sie fürchten sich nicht mehr vor mir?«

Er lachte heiter.

Aber er hatte recht, Zvonimir machte ihr Angst. Nur hätte sie das nie zugegeben. »Sprechen wir über den Kapetan.«

»Gern. Darf ich raten? Sie haben nichts herausgefunden.«

»Ja«, gab sie zu.

»Kein Wunder, wenn selbst die Armee nichts findet.«

»Ich bin nicht davon überzeugt, dass sie etwas finden *will*.«

»Sie tun uns Unrecht.«

Die nächste Lüge.

Laut dem Jahresbericht 2010 von Amnesty International und dem Fortschrittsbericht der EU-Kommission zu Kroatien kooperierte Zagreb noch immer nicht uneingeschränkt mit dem Haager Tribunal. Während des Krieges von kroatischen Soldaten und Polizisten an Serben verübte Verbrechen wurden nur in Einzelfällen aufgeklärt und geahndet. Der UN-Menschenrechtsrat hatte den kroatischen Behörden 2009 eine Frist von einem Jahr eingeräumt, um das zu ändern. Zahlreiche von Den Haag angeforderte Militärdokumente zur Operation »Sturm« wurden nicht übergeben. Journalisten, die über Kriegsverbrechen berichteten, erhielten keinen ausreichenden Schutz durch die Regierung. Auch der ungeklärte Mord am Tribunal-Zeugen Milan Levar im Jahr 2000 und der mangelnde offizielle Wille zur Untersuchung des Falles wurden in dem ai-Bericht erwähnt.

Sie wählte ihre Worte vorsichtig. »Vielleicht wollen Sie keine weiteren Artikel über kroatische Kriegsverbrechen, solange der Prozess gegen Gotovina läuft?«

Marković blieb stehen. Seine Stirn lag in Falten, sein Blick wirkte verletzt. Sanft sagte er: »Selbst wenn Ihr Kapetan ein Verbrechen begangen haben sollte, könnte man doch nicht General Gotovina dafür verantwortlich machen.«

»Jemand muss für die Kriegsverbrechen zur Rechenschaft gezogen werden. Deshalb wurde Gotovina angeklagt. Nicht weil er selbst Dörfer zerbombt, Häuser niedergebrannt und Zivilisten ermordet hätte, sondern weil es unter seinem Oberkommando geschehen ist.«

Sie nahmen den Spaziergang wieder auf.

Marković sprach über Gerechtigkeit. Ein Volk werde angegriffen und dürfe sich nicht wehren? Sei das gerecht? Fragen, wie sie in Kroatien oft gestellt würden. Viele Menschen verstünden nicht, weshalb die Generäle, die den Krieg für Kroatien gewonnen hätten, in Haft säßen.

Natürlich dürfe man sich wehren, sagte Ahrens. Doch auch im Krieg habe man sich an Regeln zu halten. Und Gotovinas Armee habe während der Operation »Sturm« gegen diese Regeln verstoßen. Man könne nicht die Verbrechen der Serben ahnden und die von Kroaten und Bosniaken ignorieren.

»Und Ihr Kapetan …«, begann Marković.

»Nicht meiner – *Ihrer*. Ein Kapetan der kroatischen Armee.«

Lächelnd berührte er ihren Arm, eine Geste, die ihr mittlerweile fast selbstverständlich vorkam. »Sie glauben, dass er Kriegsverbrechen begangen hat?«

»Zumindest legt das Foto diese Möglichkeit nahe.«

»Ein Foto, auf dem ein wütender Mann einem anderen Mann eine Pistole an den Kopf hält …«

»… mit der Bildunterschrift: ›Ein serbischer Schlächter zittert vor der gerechten Strafe durch den jungen Kapetan.‹«

»Auch das ist doch kein Beweis, meine Liebe.«

»Ja, die Beweise fehlen leider noch.«

»Sie sind eine mutige Frau, *gospodo* Ahrens. Das gefällt mir.

Aber vielleicht haben Sie sich in Bezug auf diesen Kapetan ein wenig verrannt? Wir haben Dutzende Soldaten von damals befragt und keinen Hinweis auf seine Identität erhalten. Ein Soldat von vielen im Vaterländischen Krieg. Vielleicht hat es ihn ja nie gegeben, wer weiß? Vielleicht ist er ein Mythos? Im Krieg werden die merkwürdigsten Dinge erzählt.«

»Und die merkwürdigsten Fotos gemacht?«

Marković lachte erneut.

»Haben Sie mit dem Autor des Artikels gesprochen?«

»Wir konnten ihn noch nicht identifizieren«, sagte er.

»Und der Serbe auf dem Foto?«

»Ein alter Mann schon damals, vor fünfzehn Jahren. Er wird kaum noch am Leben sein. Und wissen wir, ob er nach der Flucht aus der Krajina je nach Kroatien zurückgekehrt ist?«

»Sie gehen davon aus, dass er den Tag, an dem das Foto aufgenommen wurde, überlebt hat?«

»Natürlich! Ein alter Zivilist – wer sollte ein Interesse daran gehabt haben, ihn zu töten?«

Sie traten in den unbeleuchteten Durchgang des Steinernen Tors. Rechter Hand, noch vor der Biegung, brannten in einem Behältnis drei Opferkerzen, zur Linken funkelten Lichtreflexe auf den Gitterstäben, die das Marienbild schützten.

»Sie kennen die Legende?«, fragte Marković.

»Ja.«

1731 waren die Nachbarhäuser und die hölzernen Bestandteile des Wehrturms abgebrannt. Nur das Bild der Maria mit dem Jesuskind hatte das Feuer überstanden. Ein Ort der kurzen, stillen Andacht für Gläubige, die auf dem Weg durch das Tor innehielten, um zu beten.

Plötzlich wurde ihr bewusst, dass sie allein war – Marković war nicht zu sehen, auch Zvonimir war verschwunden.

Da drang ein Flüstern an ihr Ohr, eine heisere Stimme wisperte etwas auf Kroatisch. Die alten Gemäuer warfen das Echo zurück, ein vielfaches Zischen, die Wörter verschwammen ineinander, sie glaubte *smrt* zu verstehen, »Tod«, vielleicht *na život i smrt*, »auf Leben und Tod« ...

Sie wollte lachen, brachte keinen Ton heraus. Rasch eilte sie ins Freie. In der Nähe erklang ein Motor, der immer lauter wurde, auf dem Kopfsteinpflaster das Stakkato sich rasend schnell drehender Räder – Marković' schwarze Limousine raste auf sie zu.

Dann bremste der Wagen hart und blieb ein paar Meter vor ihr stehen.

Schauer liefen ihr über den Nacken. Die Begegnung geplant, der Spaziergang vorbereitet, genauso dessen abruptes Ende. Sie wollten ihr Angst einjagen.

Aber wer, dachte sie, *wer?* Marković und *wer?* Die Armee? Die Regierung? Eine Kriegsveteranenorganisation? Von Ante Gotovina gesteuerte Nationalisten?

»Eine Stadt voller Mythen und Legenden«, sagte Marković hinter ihr.

Sie fuhr herum.

Er bückte sich, wischte sich Staub von den Knien. Auch Zvonimir war wieder da.

»Sie sind blass, *gospodo*, ist Ihnen nicht gut?«

»Ich bin nur müde.«

Müde, verängstigt, wütend.

Am liebsten hätte sie kehrtgemacht. Doch hier, am Rand der Oberstadt, war noch immer niemand außer ihnen zu sehen. Hundert Meter weiter, auf dem Markusplatz, wo sich das kroatische Parlament befand, gab es zumindest Wachposten und Kameras.

Sie gingen weiter, an der Limousine vorbei. Die Angst blieb, ein Kribbeln im Nacken, Zvonimir wieder dicht hinter ihnen, jetzt wendete der Wagen und folgte, der Motor brummte drohend.

Auf nicht einmal einem halben Quadratkilometer drängte sich hier oben ein Großteil des politischen, historischen und kulturellen Lebens von Zagreb. Gepflasterte Gassen, Gebäude mit selten mehr als zwei Stockwerken, Museen, staatliche Institutionen, die Markuskirche. Doch keine Lokale, Cafés, Diskotheken – nach Dienstschluss war *Gornji grad* wie ausgestorben.

Im Schimmer der Nacht leuchtete das rot-weiß-blaue Ziegeldach von St. Markus mit den beiden großflächigen Wappen des früheren Königreichs und Zagrebs. Sie traten auf den Platz, dessen rechte Flanke das beleuchtete Parlamentsgebäude einnahm. Fast reglos hingen über einem der Eingänge zwei Flaggen, die kroatische mit dem rot-weißen Schachbrettmuster und die der Europäischen Union. Hinter den Fensterscheiben erhellte Räume, aus einer Tür traten zwei Männer, stiegen in eine schwarze Limousine, die der von Marković glich.

Ahrens atmete auf. Nun musste sie nur noch unversehrt nach Hause kommen.

Marković hob eine Hand und deutete auf den Sabor. »Das frei gewählte Parlament des demokratischen Staates Kroatien.«

»Mit der Ustaša-Flagge.«

»Nein, nein, es gibt einen Unterschied. Die Ustaša-Flagge beginnt links oben mit einem weißen Quadrat, die neue, demokratische mit einem roten.«

»Ob die kroatischen Serben den Unterschied aus der Entfernung sehen konnten?«

»Wer sehen will, der sieht.«

»Nach der Unabhängigkeit hat der demokratische Staat Kroatien die Ustaša-Version als Wappen gewählt. Erst nach Intervention der EG wurde das geändert.«

»So?« Er zuckte die Achseln. »Ein Staat, der nach fast neunhundert Jahren unabhängig wird, begeht in der Aufregung Fehler.«

Marković hatte den Ustaša-Staat von 1941 übersprungen, doch sie hakte nicht nach. Sie konnte sich die Antwort denken: Ein Staat von Hitlers Gnaden war nicht unabhängig.

»Fehler wie Morde und ethnische Säuberungen?«

»Sie haben auf alles eine Antwort, nicht wahr?«

»Leider nein.«

Ein Taxi kam die Straße herauf, hielt vor dem Sabor. Eine Frau stieg aus.

»Weshalb schreiben Sie nicht über die Gräueltaten der Serben? Über Srebrenica, Goražde, Sarajevo, die Konzentrationslager, die Massenvergewaltigungen, die ethnischen Säuberungen?«

»Weil darüber schon viel geschrieben wurde. Es ist Zeit, auch einmal einen anderen Blick auf den Krieg zu werfen, bevor das, was es noch zu erzählen gibt, vergessen oder verdrängt wird.«

Das Taxi fuhr in ihre Richtung weiter. Sie hob die Hand, der Fahrer blendete auf und verlangsamte.

Marković' Hand lag auf ihrem Arm. »Alles, worum ich Sie bitte, ist: Geben Sie unserem jungen Land eine Chance.«

»Gut, hier ist Ihre Chance: Wer ist der Kapetan?«

»Eine Legende, *gospodo*.« Marković' Stimme klang traurig. »Er hat keinen Namen, er hat nie existiert.«

Das Taxi hielt vor ihnen, sie öffnete die Tür. »Chance verspielt, *gospodine*.«

Dann saß sie auf kaltem Leder, atmete teures Parfüm ein, spürte die Augen des Fahrers im Rückspiegel auf sich liegen. Sie nannte ihre Adresse, sah ihn nicken. Der Wagen fuhr an.

Und hielt wieder.

Zvonimir war vor das Taxi getreten, stand reglos da, die Hände vor dem Unterleib verschränkt. Angst und Wut ergriffen sie, hastig sagte sie auf Englisch: »Können Sie um ihn herumfahren?«

Der Fahrer schüttelte den Kopf.

Da klopfte Marković an das Fenster neben ihr. Ohne dass sie die Hand bewegt hätte, senkte sich die Scheibe.

Er bückte sich leicht. »Fast hätte ich es vergessen. Ich möchte Sie zu einem Empfang des Innenministers für Zagrebs Kulturschaffende einladen, zu denen Sie ja auch gehören. Freitagabend, zwanzig Uhr. Sie werden interessante Menschen kennenlernen. Auch Irena Lakič wird kommen. Haben Sie Zeit?«

Ahrens antwortete nicht.

»Machen Sie mir die Freude, *gospodo*. Gute Nacht.«

Die Scheibe glitt nach oben, der Wagen fuhr an. Sie legte den Kopf an die Lehne, schloss die Augen. Klassische Musik erklang aus dem Radio, eine Mozart-Symphonie. Die Angst brach sich Bahn, sie lachte lautlos, mit Mozart durch die kroatische Nacht, an illuminierten Theaterkulissen vorbei, in den zitternden Gliedern ein veritabler Schreck. Beobachtet und bedroht von Menschen aus einer anderen, einer eisernen Welt, die mit aller Kraft ein Bild der Vergangenheit bewahren wollten, das sie zu ihrem Ideal erkoren hatten.

Die nicht begriffen, dass auch sie dieses Land liebte und das Ideal nur deshalb zertrümmerte.

15

MITTWOCH, 13. OKTOBER 2010
ROTTWEIL

Saša Jordan war lautlos gekommen und lautlos gegangen. Niemand hatte ihn gehört, nicht einmal der Hund Methusalem.

Zweihundert Schritte von Bachmeiers Hof entfernt blieb er im Gras neben der Schotterstraße stehen. Der Himmel schwarz, kein Stern zu erkennen, tiefe Wolken lagen über dem Tal, die Dunkelheit vollkommen.

Vier Minuten, schätzte er, bis die Glocken der fernen Kirche zwei Uhr schlügen.

Das Signal für Igor.

Dann musste Jordan schnell sein. Dreihundert Meter zum Wald, ein Kilometer zu dem Forstweg, den Igor mit dem Auto passieren würde. Auf Nebenstraßen würden sie an Rottweil vorbei nach Norden fahren. Sie hatten die Hotelzimmer gekündigt, würden in einer Hütte im Wald wohnen, zwanzig Kilometer in Richtung Stuttgart, bis der Anruf kam.

Falls er kam.

Wie so oft in den vergangenen Tagen dachte Jordan an die unruhigen Augen von Markus Bachmeier, die eine andere Geschichte erzählt hatten als sein Mund.

Ihr müsst euch sicher sein, hatte Marković gesagt.

Dann lassen Sie uns freie Hand, hatte Jordan erwidert.

Es hätte alles so schnell gehen können. Sie hätten sich Bachmeier oder Milo Ćavar geholt, hätten eine Stunde später Gewissheit gehabt. Längst hätten sie Deutschland verlassen.

Doch Marković wollte keine Gewalt, kein Blut. Zu gefährlich, fand er. Irgendjemand würde ihre Spuren zu den Toten von Zadolje im August 1995 zurückverfolgen. Sie würden dem General keinen Gefallen tun. In ihrem Wahn würden die Ankläger ihm auch das anlasten, was heute und hier geschah.

In Deutschland, hatte Marković gesagt, musste es ohne Blut gehen. In Zagreb, bei der Journalistin, die Thomas Ćavar aus den Kellern des Vergessens geholt hatte, verfügte man über andere Möglichkeiten.

Marković hatte nie gekämpft. Er wusste nicht, dass es manchmal nicht ohne Blut ging. Wie wenige Stunden zuvor bei Jordans Begegnung mit dem Serben aus der Krajina, dem Sohn Sava und dem Neffen Vlad.

Die Hand in der Jackentasche, wandte er sich um.

Unsichtbar lag der Hof in der Nacht.

Er war froh, dass der Hund nichts gehört hatte. Dass er ihn nicht hatte töten müssen.

Mit einem blubbernden Schnarchen und leisen Seufzern hatte Methusalem in seiner Hütte gelegen, erschöpft von der Anstrengung eines weiteren Tages in einem unbegreiflich langen Leben. Nur ungern hätte Jordan dieses Leben beendet. Zwanzig Jahre waren ein Wunder. Ein solches Wunder durfte man nicht vorsätzlich beenden. Man musste warten, bis es von selbst geschah.

Während er über den Vorplatz zur Scheune geschlichen war, hatte er begriffen, dass nicht nur der Hund loyal war. Bachmeier hätte ihn längst durch einen geeigneteren Hofhund ersetzen können. Er hatte es nicht getan.

Auch er wartete, bis Methusalem der Müdigkeit erlag.

Es ging immer um Loyalität. Um Freundschaft und darum, was man für Freunde zu tun bereit war.

Lügen, zum Beispiel.

Er war früher oft hier, wir waren Freunde, das stimmt. Aber wie gesagt. Er ist im Krieg gefallen.

Jordan war jetzt sicher, dass Bachmeier gelogen hatte. Die unruhigen Augen und die selbstlose Loyalität zu einem alten, nutzlosen Hund sagten alles.

Die Glocke schlug einmal, ließ dem Klang Zeit, sich gemächlich über das Tal zu senken. Jordan dachte an Briševo, sah die Häuser in seiner Straße brennen, hörte die Schreie, das aufgeregte Gebimmel der katholischen Kirche verstummt, seit Granaten das Gebäude zerrissen hatten.

Beim zweiten Glockenschlag betätigte er den Fernauslöser. Ein fast schwächlicher Knall durchbrach die Stille, als die Bombe explodierte.

Aus der geborstenen Scheunenwand züngelten Flammen.

Er wandte sich um und lief los, und in das Geräusch seiner Schritte mischten sich das ferne Prasseln des Feuers und erste panische Rufe.

II
Zadolje

16

DONNERSTAG, 14. OKTOBER 2010
NAHE STUTTGART

Braungoldene Felder im milden Sonnenlicht, am Horizont grüne Hügel. In Berlin Winter, im Süden Herbst, Lorenz Adamek hatte damit gerechnet und war doch überrascht.

Vierzehn Uhr, der Zug stand kurz vor Stuttgart auf freier Strecke. Keine Sekunde Verspätung bislang, jetzt raste ihm die Zeit davon. Zehn Minuten zum Umsteigen in Stuttgart.

Er erhob sich, holte die Reisetasche von der Ablage und ging in Richtung Tür. Becken und Hüfte waren steif, dabei war er während der fünfeinhalbstündigen Fahrt vermutlich länger gelaufen, als er gesessen hatte. Zehnmal hatte er den ganzen Zug durchschritten, um die eigensinnigen Knochen in Bewegung zu halten, fünfmal hin, fünfmal zurück; beim dritten Mal hatten ihn die ersten Fahrgäste gegrüßt.

Er reihte sich in die Schlange im Gang ein.

Was man nicht alles tat für die Familie.

Bitte, Lorenz, klär das für mich.

Die verbundenen Arme und Beine, die vom Regen wirren Haare, das erschöpfte Gesicht nachts um eins, wer hätte da Nein sagen können? Auf den Knien des Onkels hatte der blutbespritzte, von Glassplittern durchsetzte blaue Morgenmantel gelegen, den er im letzten Moment vor dem Mülleimer gerettet hatte. *Her damit!*, hatte er die Krankenschwester angeherrscht, und irgendein mächtiges Gefühl war ihm rot ins Gesicht geschossen, eine Mischung aus Verzweiflung und Zorn.

Also hatte Adamek den Mantel vom Balkon der Krankenstation ausgeschüttelt und Ehringer anschließend das Versprechen abgerungen, ihn reinigen zu lassen. Wortlos hatte Ehringer genickt und den Mantel auf seinen Schoß gebettet.

Schweigend kehrten sie in die kleine Wohnung zurück, der Onkel eingesunken im Rollstuhl, der Neffe stützte sich müde auf die Handgriffe. Durch die zerstörte Glastür pfiff der Wind, unter den Rädern und Schuhen knirschten Scherben.

Gegen eins begann Adamek mit den Aufräumarbeiten, Ehringer hielt die Mülltüte und ließ nicht locker.

Du könntest ein paar Tage Urlaub nehmen. Ich bezahle alles.

Kommt nicht in Frage.

Kommt nicht in Frage? Was soll das heißen?

Wenn ich es tue, dann offiziell, mit der Bitte um Ermittlungshilfe durch die Rottweiler.

Ein Test natürlich, er vertraute dem Onkel nicht. Auf allen vieren kniend, Schaufel und Besen in den Händen, musterte er ihn.

Von mir aus.

Und du musst wegen der Wanze Anzeige erstatten.

Gut, gut, wie du meinst. Hauptsache, du kümmerst dich.

Vielleicht, dachte Adamek jetzt, während der Zug noch immer stand, hatte der Morgenmantel seine letzten Widerstände gebrochen. Ein Mantel mit spanischem Etikett aus einem Geschäft mit Adresse in Sevilla. Er musste zwanzig Jahre alt sein.

Verdiente Pause vom Politbetrieb in einem aufreibenden Jahr. Jetzt gönnen sie sich zwei Wochen Andalusien.

Er konnte nur ahnen, was Richard Ehringer mit dem zerfallenden Kleidungsstück verband.

Hm … nach Rottweil?, fragte Karolin, als er um zwei endlich zu Hause war. *Rottweil wie die Rottweiler?*, fragte seine Chefin um sieben im Büro. *Und warum fliegst du nicht?,* fragte Daniela Schneider kurz darauf am Telefon. *Hasch Flugangsch?*

Blödsinn. Das Becken klemmte und wollte nicht für eine Stunde zwischen Sitzlehnen eingezwängt verbringen.

Um Viertel nach acht hatte Adamek den Zug bestiegen, seine Wanderung nach Stuttgart aufgenommen.

Endlich fuhren sie weiter, wenn auch im Schneckentempo.

Als er kurz darauf schwäbischen Boden betrat, blieben ihm drei Minuten zum Umsteigen. Er eilte den Bahnsteig hinunter, geriet in eine Gruppe Demonstranten, verhakte sich, verfluchte Stuttgart 21 samt seiner Gegner stumm. Gefangen in einer Wagenburg aus Menschen sah er zu, wie sich keine dreißig Meter vor ihm die Türen des Regionalzuges nach Rottweil schlossen.

17

SAMSTAG, 26. JANUAR 1991
STUTTGART

Thomas Ćavar hielt sich abseits der Bühne und der Menge auf dem Schlossplatz. Er war nicht nach Stuttgart gekommen, um zu demonstrieren, sondern aus beruflichen Gründen: Er war jetzt Chauffeur.

Er fuhr Josip Vrdoljak.

Wann immer Josip zu einer seiner winterlichen Reisen zu den »Kroaten in Baden-Württemberg« aufbrach, tat er es in Thomas Ćavars rotem Ford Granada.

Aber er ist nicht gepanzert!, hatte sein Vater eingewandt.

Dafür unauffällig, hatte Josip erwidert.

Er hat nicht mal Winterreifen...

Das lässt sich ändern.

Am nächsten Morgen hatte der Granada auf Winterrädern gestanden, bezahlt von der Partei. Auch von einem Autotelefon war gelegentlich die Rede. *Für den Fall, dass Tuđman anruft. Oder Jelena,* sagte Josip dann mit einem Zwinkern. Noch war es nicht so weit, ein Anruf von Tuđman schien nicht unmittelbar bevorzustehen.

Ein Telefon für den Granada, dachte Thomas zufrieden. Das Leben wurde immer besser.

Grundsätzlich jedenfalls.

Im Augenblick saß er auf einem harten Treppenabsatz an der Flanke des Schlossplatzes, gähnte vor Langeweile, schlotterte vor Kälte. Die Flugblätter gegen den »neobolschewistischen und großserbischen Unrechtsstaat«, die er sich unter den Hintern geschoben hatte, brachten nicht viel. Handschuhe trug er aus Prinzip nicht, die Turnschuhe waren eingerissen und feucht. Nur am Kopf war ihm warm – Jelena hatte ihm zum Geburtstag eine Russenmütze aus Cord und Pelz genäht, die Seitenklappen schützten auch die Ohren. *Wie süß du aussiehst,* hatte sie gesagt, und Milo hatte salutiert und gerufen: *Mein Held der Lüfte!*

Die Russenmütze war zur offiziellen Dienstkleidung geworden. Wenn er Josip fuhr, dann nur noch mit Mütze.

Die Lautsprecher warfen eine hohe Stimme über den Platz, auf der Bühne stand eine kleine, runde Frau. Was sie sagte, war kaum zu verstehen, sie sprach zu schnell und zu leise. Josip hatte ihn der Frau vorgestellt. Ivana Kuhn von der Deutsch-kroatischen Gesellschaft.

Oder der Kroatischen Kulturgesellschaft?

Er ließ den Blick über die Menge gleiten. Deutsche, Slowenen, Albaner – und Tausende kroatische Emigranten. Ganz vorn sah er für einen Moment seinen Vater, er stand bei anderen HDZ-Leuten. *Fünfzehntausend Teilnehmer,* hatten Josips Leute geschätzt. *Damit schaffen wir es in die Zeitung!*

Kaum einer der fünfzehntausend schien noch zuzuhören. Sie hatten einen kalten halbstündigen Marsch hinter sich, vom Marienplatz hierher, hatten schlecht ausgesteuerte kroatische Volkslieder gehört, einen offenen Brief an Bundeskanzler Kohl sowie mehrere Reden, eine langweiliger als die andere. Die Transparente und Fahnen hingen schlaff herab, man rauchte, unterhielt sich, trat von einem Fuß auf den anderen.

Wartete auf Josip Vrdoljak.

Anfang Dezember waren sie von Balingen aus, wo Josip wohnte, zu ihrer ersten gemeinsamen Dienstreise aufgebrochen: Albstatt, Rottenburg am Neckar, Herrenberg, am Spätnachmittag über Mötzingen und Horb zurück nach Balingen. Thomas fuhr langsam und umsichtig, obwohl er nervös war. Das Wort »gepanzert« ging ihm nicht aus dem Kopf. War Josip in Gefahr? Hatte ihn der jugoslawische Geheimdienst im Visier?

Die Morde an kroatischen Emigranten in Deutschland in den siebziger und achtziger Jahren durch die UDBA hatten damals auch in Rottweil für Aufsehen gesorgt. Als Kinder waren Thomas und Milo in der Abenddämmerung über Zäune gestiegen und durch Gärten geschlichen, um Sioux-Indianer oder UDBA-Agenten zu jagen.

Waren die Agenten nun tatsächlich nach Schwaben gekommen?

Er behielt die Autos vor und hinter ihnen im Blick. Stiegen sie aus, blieb er dicht bei Josip. In den Wohnzimmern und Küchen der Diaspora starrte er wachsam in die fremden Gesichter.

Lässt du bitte meinen Arm los? Oder zerrst wenigstens nicht dran rum?

Wir sollten schnell zum Auto.

Wir haben Zeit, Junge.

Wenn die UDBA ... Bestimmt sind Sie denen ein Dorn im Auge!

Die UDBA hat vielleicht noch Augen, Thomas, aber sie sieht nicht mehr über die Grenzen Serbiens hinaus.

In die Menge kam Bewegung. Rufe erklangen, die Ersten klatschten, dann immer mehr.

Es war so weit.

Fünfzig Meter von Thomas entfernt trat Josip im Mittagsgrau als letzter Redner ans Mikrofon und rief: »Landsleute!«

Beifall und Jubel explodierten, rot-weiß-blaue Flaggen wurden geschwenkt, dazu Wimpel, Mützen, Schals mit dem rot-weißen Schachbrettwappen. Die Transparente spannten sich wieder, zeigten ihre Slogans: »Wir wollen kein zweites Litauen in Kroatien«,

»Kroatische Demokratie von Militär bedroht«, »Für die Heimat bereit«.

»Wir wollen Frieden!«, rief Josip.

»Frieden!«, erwiderten die Menschen, »Frieden!«

Thomas kannte viele persönlich, manche seit Jahren, andere erst, seit er für Josip arbeitete. Immer wieder wurde er an diesem Tag gegrüßt, riefen ihm die Leute freundliche Worte zu. Mädchen sahen ihn mit großen Augen an, Jungs grinsten und senkten den Blick. Man respektierte ihn. Er fuhr Josip Vrdoljak.

Ein Autotelefon?

Dann könntest du mich immer anrufen.

Ich ruf dich doch nicht an, wenn du fährst, Tommy!

Er lächelte vor sich hin. Jelena, die überall Gefahren sah, dem Leben nicht vertrauen konnte. Bald waren sie fünf Jahre zusammen.

Die fünf besten von zwanzig Jahren.

Die ersten fünf vom Rest ihres gemeinsamen Lebens.

Er tastete nach der Zigarettenschachtel, fand sie nicht. Im Auto hatte er sie Milo gegeben, der nach Stuttgart mitgekommen war, um Besorgungen zu erledigen. Ganz oben auf der Einkaufsliste: Bonn. Die Mutter hatte bald Geburtstag, ein Bonner Teller fehlte noch.

Er stand auf, ging über den Kiesweg zum Rand der Menge.

»Und die Freiheit!«, schallte es über den Platz.

»Freiheit! Freiheit!«

Josip wartete, bis die Rufe verklungen waren, eine Faust erhoben, ein wuchtiger, leidenschaftlicher Mann, der keine Mühe hatte, Tausende in seinen Bann zu ziehen. Thomas hatte rasch begriffen, worin sein Geheimnis lag – er verhielt sich nicht wie andere Politiker. Er trug schlichte Kleidung, billige Schuhe, ließ sich von einem Zwanzigjährigen in einem verbeulten roten Ford über die Dörfer fahren. Fast täglich ging er in die Kirche, er sang mit Tränen auf den Wangen Volkslieder aus der Heimat, und seinem zerfallenen Gesicht war anzusehen, dass er zu viel geschmuggelte *Šljivovica* trank.

Die Menschen mochten ihn. Er sprach ihre Sprache, teilte ihre Sorgen und vor allem ihre Sehnsüchte.

»Frieden und Freiheit für unsere Heimat, für Kroatien!«

»Kroatien! Kroatien! Kroatien!«

»Die Heimat!«, wiederholte Josip zärtlich.

Für einen Moment herrschte Stille. Das Wort schien im Klang der vollen Stimme über dem Schlossplatz zu schweben, eine Art traurige Frage, so kam es Thomas vor, auf die niemand eine Antwort zu geben wagte.

Zum ersten Mal schnürte ihm das Wort die Kehle zu. Das Wort und eine unbestimmte Sehnsucht.

Dabei hatte er doch eine Heimat, dachte er. Eine, in der Frieden und Freiheit herrschten und die ihm Jelena geschenkt hatte. In der es das Leben grundsätzlich gut meinte mit ihm, auch wenn es ungemütliche Tage wie diesen brachte.

Josip sprach weiter. Thomas kannte die Rede, sie war im Granada entworfen, korrigiert und schließlich ins Diktafon gesprochen worden.

Was sagst du dazu?

Ich weiß nicht. Sie ist sicher gut.

Aber?

Ich hasse die Serben nicht.

Weil Jelena Serbin ist?

Ja. Und andere Leute in Rottweil.

Aber die Serben hassen uns, *Thomas. Vielleicht nicht die in Rottweil, aber die anderen. Die in der Krajina, in Bosnien, in Belgrad.*

Die kenne ich nicht.

Ich schon, Thomas. Gut genug, leider.

Josip fragte oft nach seinen Eindrücken. Ein Sechzigjähriger, der sich interessiert zeigte an dem, was die Jugend dachte. Der sich Rockmusik erklären, von Kinofilmen erzählen ließ. *Ach, deswegen die hohen Stiefel ... Dann möchte ich das nicht sehen, nein, das gefällt mir nicht, die Julia Roberts als Prostituierte ...*

Ein-, zweimal pro Woche buchte die Partei Thomas und den Granada. Nach und nach vertrieb der Lavendelduft alle anderen Gerüche aus dem Wageninneren. Die Rückbank wurde zum Büro, Josip saß in der Mitte, vertieft in Gedanken oder Geschriebenes, rechts und links von sich Papiere, Broschüren, Bücher, Korrespondenz. Hin und wieder legte er Thomas die linke Hand auf die Schulter und erkundigte sich nach der Familie, nach Jelena, dem Stand der Dinge in Sachen Studienplatzbewerbung.

Nicht vergessen, 15. Januar, du denkst doch daran?
Und was mache ich, wenn die mich nach Berlin schicken?
Dann tauschst du mit jemandem aus Stuttgart.
Wenn ich jemanden finde.
Wirst du. Wer will schon in Stuttgart studieren, wenn er nach Berlin kann?

Sie lachten viel, Josip hatte Humor, wenn er nicht gerade in Sorge um die Heimat war.

Denn die Lage spitzte sich zu.

Eine erste geheime Konferenz zwischen hochrangigen Republikvertretern und Generälen der Jugoslawischen Volksarmee Anfang Januar hatte kein Ergebnis gebracht.

Die Slowenen verlangten eine neue Form der Konföderation oder die Unabhängigkeit. Die Serben wollten Jugoslawien erhalten oder ein vergrößertes Serbien, das auch serbische Siedlungen in anderen Republiken umfasste. Die Kroaten ließen die Gegend um Knin von Spezialeinheiten des Innenministeriums abriegeln.

Unter den Krajina-Serben mehrten sich die Rufe nach Hilfe durch die Armee.

»Dr. Kohl, verehrter Herr Genscher!«, rief Josip in seinem langsamen Deutsch. »Flehend bitten wir um Ihre Hilfe! Das bolschewistisch-totalitäre Regime in Belgrad versucht, die junge Demokratie in Kroatien zu ersticken! Reichen Sie uns Ihre starke Hand! Helfen Sie, die Bedrohung abzuwehren, bevor es zu spät ist!«

»Genscher! Genscher!«, skandierten Tausende, dann riefen sie: »Wir sind das Volk!«

Thomas trat zu einer Gruppe kroatischer Jugendlicher aus Rottweil. »Habt ihr eine Kippe?«

Einer schnippte ihm einen brennenden Stummel vor die Füße.

Er zuckte die Achseln. Nicht alle respektierten ihn. Manche hatten Probleme mit ihm, wegen Jelena. Vor allem die Ustaschenfamilien.

»Hier«, sagte ein Mann aus Hausen am Tann. Er war unrasiert und müde und hatte Tränen in den Augen.

Thomas nickte und ließ sich Feuer geben.

Sie hatten vor einer Woche auf dem Hof des Mannes selbstgemachten Kulen gegessen. *Für einen Winterkulen ausgezeichnet,* hatte Josip gesagt. *Wird nie wie daheim schmecken,* hatte der Mann erwidert. *Die deutschen Schweine furzen zu oft.*

»Danke«, sagte Thomas.

»Besucht uns im Sommer wieder. Der Sommerkulen ist noch besser.«

»Die bläst scheiße, deine Serbennutte«, sagte der Junge, der ihm die Zigarette vor die Füße geworfen hatte, auf Serbokroatisch. Alle sprachen Serbokroatisch in letzter Zeit, auch die, die weitaus besser Deutsch konnten.

»Dafür lässt sie sich in den Arsch ficken«, sagte einer neben ihm, der ganz in Schwarz gekleidet war.

»Als hättest du schon mal gefickt«, sagte Thomas.

»Deine Serbennutte haben alle gefickt.«

In plötzlicher Wut schlug Thomas zu, erwischte den Jungen mit der Hand am Hinterkopf. Er hob die Faust, um nachzusetzen.

»Nein!«, sagte der Mann aus Hausen am Tann und umklammerte seinen Arm. Er wies auf die zahlreichen Polizisten in der Nähe.

»Um Mitternacht«, stieß Thomas hervor.

»Da fick ich deine Schlampe«, sagte der in Schwarz.

»Mitternacht«, bestätigte der Erste.

»Schlagt keine Landsleute, schlagt die Serben!«, zischte der Mann aus Hausen.

»Erst die Verräter, dann die Serben«, sagte der in Schwarz.

»Er gehört zu Josip Vrdoljak, du Idiot, er tut mehr für unsere Sache als ihr beiden zusammen!«

»Um Mitternacht«, sagte der in Schwarz.

Thomas wandte sich ab. Es war nicht das erste Mal, es würde nicht das letzte Mal sein. Im Rottweiler Stadtgraben nahe der Hochbrücke waren schon einige nächtliche Schlachten geschlagen worden. Er gewann nicht immer, doch das war nicht das Problem: Jelena schöpfte Verdacht. Die Platzwunden und blauen Flecken ließen sich nicht jedes Mal durch Missgeschicke, Stürze oder Fußballfouls erklären.

Er hatte sich geschworen, ihr die Wahrheit zu verheimlichen. Er wollte nicht, dass sie wusste, wie manche über sie sprachen, und dass er sich ihretwegen schlug. Er wollte ihr Sorgen nehmen, nicht Sorgen bringen.

Durch das Rauschen des Zorns drang Josips Stimme, der nun

wieder Serbokroatisch sprach: »… guter Freund hat vor kurzem gesagt, dass man nicht alle Serben hassen darf, nur weil Babić, Martić, Jović, Milošević Serben sind. Und ich sage euch: Er hat recht!«

Thomas sah zur Bühne hinüber. Dieser Teil der Rede war neu. Sein Zorn erlosch, der gute Freund, das war er.

»In unserer Sorge um die Heimat«, sagte Josip, »in unserer Angst und Wut dürfen wir eines nicht vergessen: Gott, unser Herr, lehnt Hass als Sünde ab. Als Menschen wollen wir hassen, als Katholiken dürfen wir es nicht. Vergessen wir das nie! Nur in unserem Glauben sind wir stark. Ich danke dir, mein Freund, für diese Mahnung! … Und jetzt wollen wir für einen Augenblick schweigen und der Heimat im Stillen gedenken.«

Josip zündete eine der dünnen Kerzen an, die von Helfern zu Tausenden verteilt worden waren, und hielt sie hoch. Die Menge tat es ihm gleich. Zahllose Flämmchen flackerten im winterlichen Grau.

Kerzen?, hatte Thomas Stunden zuvor gefragt, als sie in der Nähe des Schlossplatzes aus dem Granada gestiegen waren.

Wegen Weihnachten, hatte Milo gespottet.

Josip hatte gelacht. *Nein, Milo Ćavar, nicht wegen Weihnachten.* Die Kerzen sollten Politiker, Medien, die Bevölkerung Deutschlands darauf aufmerksam machen, dass sich die Kroaten in derselben Situation befanden wie eineinhalb Jahre zuvor die Menschen in der DDR: Sie sehnten sich nach Freiheit und Demokratie, aber sie wurden von einem kommunistischen Regime unterdrückt.

Es gibt einen Unterschied, hatte Milo gesagt. *Die Kroaten bewaffnen sich. Eure Revolution wird nicht friedlich bleiben.*

Eure *Revolution*? Die *Kroaten*?, hatte ihr Vater gerufen. *Du bist in Osijek geboren, Milo!*

Und Deutscher geworden.

Josip hatte in die Hände geklatscht und gesagt: *Na, dann hilf der Revolution wenigstens beim Tragen.*

Sie hatten gelacht, alle vier, zusammen Kartons voller Flugblätter zur Bühne geschleppt, wo Josip in diesem Moment die heruntergebrannte Kerze ausblies, erneut die Arme hob und rief: »Es lebe die Heimat!«

Da war es wieder, das Wort, und wieder schnürte es Thomas die Kehle zu.

Bonn hatte Milo nicht bekommen, dafür Görlitz. Er wickelte den Teller aus und hielt ihn vor den Rückspiegel.

»Sehr schön«, lobte Josip.

»Sie wird sich freuen«, krächzte ihr Vater, heiser vom Demonstrieren.

Sie hatten Stuttgart verlassen, befanden sich auf der Autobahn. Thomas hatte Milo neben sich, auf der Rückbank saßen Josip und ihr Vater. Vorn wurde Deutsch gesprochen, hinten Serbokroatisch. Unter den Ohrenklappen der Russenmütze klangen die Stimmen der anderen gedämpft.

»Was schenken wir ihr, wenn sie alle Deutschlandteller hat?«, fragte Thomas.

»Ihr könntet ein Kroatienzimmer einrichten«, schlug Josip vor.

Im Rückspiegel sah Thomas den Vater nicken. »Das sollten wir sowieso tun. Am Tag der Unabhängigkeit.«

Milo stöhnte. »Sie hat über vierhundert Teller, reicht das nicht? Ich träume schon von ihnen.«

»Du träumst von Mamas Tellern?«, fragte Thomas.

»Von Mamas Tellern und Jelenas Titten.«

Grinsend schlug Thomas ihm die flache Hand aufs Bein, kassierte einen Hieb gegen den Oberarm. Dem Granada machte es nichts, ruhig und gleichmütig bewegte er sich in Richtung Südwesten, der Motor schnurrte im immergleichen Ton.

»Apropos«, sagte er. »Um Mitternacht.«

Sie wechselten einen Blick. Milo nickte.

»Hat jemand Zigaretten?«, fragte ihr Vater.

Milo reichte die Schachtel herum, die vorderen Fenster wurden einen Spalt geöffnet, sie rauchten schweigend.

Wenn er um Mitternacht in den Stadtgraben ging, war Milo immer dabei. Viel brachte es nicht, Milo wurde von Jahr zu Jahr träger und langsamer. Hatte er den Gegner einmal auf dem Boden, gewann er – er musste sich nur mit ganzem Gewicht auf ihn setzen oder legen. Doch die Ustaschen waren flinker, und meistens unterlag er, obwohl er ein paar Jahre älter war als sie. *Dobro,* keuchte er dann und hob die Hände, *ist gut.* Die Ustaschen klopften ihm auf die Schulter, und wenn sie auseinandergingen, verabschiedeten sie sich von ihm. Thomas spuckten sie vor die Füße, seinem Bruder reichten sie die Hand. Sie selbst waren hier geboren worden, in der Fremde, Milo aber *dort* – in der Heimat.

Thomas schnippte die Zigarette aus dem Fensterschlitz. Draußen war es fast dunkel. Grauschwarze Schneewolken hingen tief über dem Land. Die Dörfer und Höfe waren schon nicht mehr zu erkennen, der Schwarzwald mit dem Himmel verschmolzen. Er hätte sich blind zurechtgefunden, zu Fuß, mit dem Rad, dem Auto. Er kannte jeden Quadratmeter entlang des Neckars zwischen Schwarzwald und Schwäbischer Alb, von Stuttgart hinunter zum Bodensee.

Ein Gefühl wie vorhin auf dem Schlossplatz löste diese Region nicht in ihm aus. Vielleicht, dachte er, war »Zuhause« nicht gleichbedeutend mit »Heimat«.

»Nachrichten, Thomas«, sagte Josip.

Er schaltete das Radio ein, suchte einen der SDR-Sender. Die beiden Älteren reckten die Köpfe vor, alle lauschten gespannt. Schwere Bombenangriffe der Alliierten auf Basra und die irakischen Truppen, irakische Raketen auf Israel und Saudi-Arabien. In Bonn eine Großdemonstration gegen den Golfkrieg, mehr als 200.000 Teilnehmer, für Washington wurden ähnliche Zahlen erwartet.

»So viele!«, raunte ihr Vater ehrfürchtig, und Josip sagte, das müsse man eben neidlos anerkennen.

In Somalia war Siad Barre gestürzt worden, bei den Australian Open kämpfte am morgigen Sonntag Boris Becker gegen Ivan Lendl um den Titel und Platz 1 in der Weltrangliste. Und in Stuttgart hatten am Mittag achttausend Kroaten für »Freiheit und Demokratie« demonstriert.

Josip und ihr Vater jubelten.

»Wir sind im Radio!«

»Im Radio!«

»Und wenn wir im Radio sind, sind wir vielleicht auch im Fernsehen!«

»Stellt euch das vor! Im Fernsehen!«

»Aber wir waren fünfzehntausend!«

»Mindestens, eher mehr!«

»Nicht zu glauben, wir sind im Radio!«

Im Radio!, dachte Thomas beeindruckt.

Ihr Vater begann, die kroatische Hymne zu singen, und Josip fiel ein. Hände rüttelten an seinen Schultern. »Singt mit!«, rief Josip begeistert. Milo lachte nur, Thomas schwieg, er kannte die ersten beiden Zeilen, »*Lijepa naša domovino/Oj junačka zemljo mila*«, »Unsere schöne Heimat/Heldenhaftes liebes Land«, dazu die Melodie, mehr nicht.

»Das lässt sich ändern«, sagte Josip, nachdem die letzte Strophe gesungen war, und sprach bis Haigerloch geduldig Zeile für Zeile vor.

»*Teci Dravo, Savo teci* ...«

»*Teci Dravo, Savo* ...«

Ihr Vater stöhnte. »Dein Akzent ist eine Scheiße!«

»Du musst das ›R‹ rollen«, sagte Milo.

»*Drrrravo*«, wiederholte Thomas. »Die Save, das ist ein Fluss, oder?«

»Er kennt die Save nicht!«, rief ihr Vater.

»Ja, ein Fluss«, sagte Josip. »Sie fließt durch ganz Kroatien, von Zagreb im Norden bis zur Donau im Südosten.«

»Durch Slowenien und Serbien fließt sie auch«, warf Milo ein.

»Nicht mehr lange«, sagte ihr Vater.

»Und *bura*?«

»Die *bura* ist ein Wind.«

»Der stärkste Wind der Welt!«, krächzte ihr Vater.

»Wegen der *bura* ist der Velebit so kahl«, sagte Milo.

Thomas warf ihm einen Blick zu. »Der was?«

»Du weißt wohl gar nichts über die Heimat? Ich muss mich entschuldigen, Josip. Meine Söhne sind schlechte Kroaten, einer wie der andere!«

»Kein Wunder«, sagte Milo. »Wir sind Deutsche.«

»Deutsche, die aussehen wie Kroaten?«

Milo lachte leise. »Höchstens wie Jugoslawen.«

»Jugoslawen?«, rief ihr Vater. »Wie soll das gehen? Wie kann einer gleichzeitig aussehen wie ein Kroate, ein Bosnier, ein Herzegowiner, ein Serbe, ein Slowene, ein Mazedonier, ein Kosovare und ein Montenegriner? Heh? Du redest Unsinn, Milo. Du bist und bleibst ein Kroate, wenn auch ein missratener.«

»Ich bin Deutscher, Papa.«

»Gib mir lieber noch eine Zigarette, statt solchen Unsinn zu reden.«

Wieder machte die Schachtel die Runde, flammten Feuerzeuge auf, wurden die Fenster heruntergekurbelt.

»Und du, Thomas?«, fragte Josip. »Was bist du?«

Er zuckte die Achseln. »Chauffeur.«

Alle lachten, Josip klopfte ihm auf die Schulter, sagte: »Der Velebit ist ein Gebirge an der kroatischen Küste, und jetzt sing, Thomas, sing!«

»An der *jugoslawischen* Küste«, sagte Milo, doch da sangen sie schon, der Vater, Josip, er, »*Lijepa naša domovino / Oj junačka zemljo mila*«, »Unsere schöne Heimat / Heldenhaftes liebes Land«, dreimal hintereinander und jedes Mal lauter; singend fuhren sie in Balingen ein.

Nachdem die letzten Töne verklungen waren, klopfte Josip ihm auf die Schulter und rief: »Jetzt bist du ein *kroatischer* Chauffeur!«

Mit amerikanischem Auto und russischer Mütze, dachte Thomas zufrieden.

»Was wird dann mit Jelena?«, fragte Milo.

»Mit Jelena?«

»Wenn du jetzt Kroate bist.«

Er lenkte den Granada in eine Seitenstraße. »Versteh ich nicht.«

»Wenn es Krieg gibt, musst du dich entscheiden.«

»Entscheiden?«

Milo schwieg.

»Zigarette«, sagte Thomas. Milo steckte ihm eine Zigarette in den Mund, entzündete sie. »Warum muss ich mich entscheiden?«

»Hier rechts«, sagte Josip ruhig.

»Weiß ich.« Thomas bremste im letzten Moment, bog ab. »Es wird keinen Krieg geben.«

»Die Armee rückt aus den Kasernen aus, die Kroaten bewaffnen sich«, sagte Milo. »Und Tuđman ...«

»Es wird keinen Krieg geben«, wiederholte er.

Er hielt vor Josips Haus, starrte auf seine Hände, die das Lenkrad nicht losgelassen hatten. Die Fingerspitzen der rechten schmerzten leicht, Ustaschenköpfe waren hart.

Vielleicht, dachte er, war es an der Zeit, dass er allein in den Stadtgraben ging. Es war eine Sache zwischen ihm und den Ustaschen, Milo hatte nichts damit zu tun. Und er war keine Hilfe mehr. Ja, dachte Thomas, er würde allein gehen.

Im Rückspiegel begegnete er Josips Blick; er machte keine Anstalten auszusteigen.

Noch immer sprach niemand.

Dann räusperte Milo sich. »Tuđman will die Unabhängigkeit, und das geht nicht ohne Krieg. Eine halbe Million Serben leben in Kroatien. Glaubst du, die schauen einfach zu, wenn Kroatien sich für unabhängig erklärt? Die Krajina ist schon abgeriegelt.«

Neben Thomas' Ohr erklang die aufgeregte Stimme ihres Vaters: »Wenn es Krieg gibt, dann ist das die Schuld der Serben, nicht unsere!«

»Egal«, sagte Milo.

»Egal? Das ist nicht egal!«

»Für Tommy ist es egal. Wenn es Krieg gibt, muss er sich entscheiden.«

Thomas wandte sich Milo zu, stieß hervor: »Warum?«

»Weil Jelena Serbin ist.«

»Na und? Was spielt das für eine Rolle? Was geht uns der Krieg an?«

»Wir wollen nicht streiten«, sagte Josip sanft. Wieder berührte ihn die große Hand, warm lag sie auf seiner Schulter. »Jelena ist in Kroatien geboren, richtig?«

»In Vukovar.«

»Na also! Dann ist sie keine Serbin, sondern eine orthodoxe Kroatin. Wo ist das Problem, Milo Ćavar?«

Es gibt kein Problem, dachte Thomas und sah wieder auf seine Hände.

»Vukovar ist das Problem«, sagte Milo.

Der Sonntagmorgen eisig und grau, wie die Gedanken. Natürlich hätte der Krieg mit ihnen zu tun. Er würde alles zerstören.

Als Jelena mittags kam, hatte Thomas kaum geschlafen. Dafür hatte er eine Lösung.

»Sch«, flüsterte er und deutete auf Milos Bett.

»Ist er krank?«

»Zu viel getrunken.«

»Was? Der Milo?« Sie streifte die Schuhe ab, schlüpfte zu ihm unter die Decke und murmelte: »Mein Sonnenschein und ich …« Als sie sich an ihn schmiegte, zuckte er zusammen. Der Ustasche in Schwarz hatte einen Schlagring am Finger gehabt. Sein Körper hatte Wülste und Dellen wie der Granada, nur buntere.

»Kalt«, flüsterte er.

»Entschuldige. In zehn Minuten gibt's Mittagessen, sagt deine Mama.«

Sie küssten sich.

Stunden der Entscheidungen, der Lösungen.

Milo war am Boden zerstört gewesen. *Du lässt mich nicht mitkommen?*

Es ist meine Angelegenheit.

Aber es war immer unsere Angelegenheit!

Jetzt nicht mehr.

Später, im Stadtgraben, hatte er oben auf der Hochbrücke im Widerschein des Mondes eine Gestalt gesehen, die zu ihnen heruntergeblickt hatte. Am Ende des dritten und letzten Kampfes war sie verschwunden.

Thomas war gegen zwei nach Hause gekommen, Milo erst im Morgengrauen. Wortlos war er ins Zimmer gewankt, angezogen aufs Bett gefallen.

Er löste sich von Jelena. »Hast du die Nachrichten gesehen?«

»Ja.«

»Achttausend, haben sie gesagt, aber es waren mehr, sicher fünfzehntausend.«

»Fünfzehntausend Demokraten.«

»Na ja, ein paar Ustaschen waren auch dabei.«

Sie grinsten.

Kein idealer Moment, dachte er. Der schnarchende Milo, die Dunkelheit, der Geruch nach Alkohol und Körperausdünstungen, und statt des Mondes oder der Sonne hing ein Poster des VfB Stuttgart über ihnen.

»Heiraten wir«, flüsterte er.

Jelena gab ein seltsames Geräusch von sich, das er bei ihr noch nie gehört hatte. Eine Art Fiepen, wie der Welpe Methusalem fiepte, während man ihm den Bauch kraulte.

»Wenn man sich nach fünf Jahren nicht sicher ist, dann nie. Ich bin mir sicher. Und du?«

»Du würdest eine Serbin heiraten, Tommy?«

»Sicher. Eine Serbin, eine Jüdin, spielt keine Rolle.«

Sie kicherten.

Milo hatte behauptet, dass Tuđman im Wahlkampf 1990 gesagt habe, er danke Gott dafür, weder mit einer Serbin noch mit einer Jüdin verheiratet zu sein. Ein Scherz natürlich, Tuđman hatte Humor, auch wenn Milo anderer Ansicht war. Doch Milo führte seinen eigenen Krieg, revoltierte gegen den Vater und alles, wofür der stand. In dem, was Milo sagte, war zu viel Milo und zu wenig Wirklichkeit.

»Und du?«, wiederholte er. »Bist du dir nicht sicher?«

»Doch. Aber dein Vater wäre dagegen. Josip auch.«

»Josip nicht. Er sagt, du bist keine Serbin, sondern eine orthodoxe Kroatin.«

Jelena lachte rau. »Was es plötzlich alles gibt.«

»Außerdem ist es mir egal, ob jemand dagegen ist.«

»Ich weiß.«

»Also?«

Sie strich ihm mit der Hand über die Wange. »Wir warten noch.«

»Worauf?«

»Bis wir herausgefunden haben, was wir sind, Tommy. Kroaten, Serben oder Deutsche.«

18

DONNERSTAG, 14. OKTOBER 2010
ROTTWEIL

Natürlich, dachte Lorenz Adamek, als er aus dem Bahnhofsgebäude auf die sonnige Straße trat.

Daimler-Land.

Er ging auf den schwarzen C-Klasse-Kombi zu, der in zweiter Reihe stand. Daniela Schneider lehnte am Kotflügel, die Arme verschränkt, eine Sonnenbrille im blonden Haar. Neben dem mächtigen Wagen kam sie ihm zerbrechlich vor.

Der Eindruck täuschte. Sie war zwar klein, aber kräftig, üppig, wellig.

»Hocherfreut«, sagte er. »Lorenz.«

Ein Lächeln glitt über ihre Lippen. »Gleichfalls. Daniela.«

Sie reichten sich die Hand. Im Sonnenlicht glitzerte ein goldener Ehering mit rosafarbenem Stein.

»Was macht das Becken?«

»Probleme.«

»Der einzige Orthopäde, den ich kenne, sitzt wegen Steuerhinterziehung.«

»Verdammt.«

Die Google-Fotos hatten Schneider mit zum Pferdeschwanz gebundenen Haaren gezeigt, jetzt hingen sie offen über ihre Schultern. Schon am Bildschirm war Adamek die lange Nase mit dem sagenhaft ebenmäßigen, hohen Rücken aufgefallen, ohne die das Gesicht beliebig gewesen wäre. So fand er es außergewöhnlich.

Staunend betrachtete er die Nase, die sogar das Schwäbeln aufwog.

»Isch nur ä Neeßle«, sagte Schneider kühl.

»Entschuldige.«

»Du hast im Internet mehr Haare, wenn ich das anmerken darf.«

Er runzelte die Stirn. »So?«

»Und weniger Falten.«

»Und du siehst im Internet freundlicher aus.«

»Du charmanter.«

»Ja, ich hatte gute Jahre«, knurrte er.

Schmunzelnd öffnete sie ihm die Beifahrertür. »Sagt dir der Name Markus Bachmeier etwas?«

»Ein Jugendfreund von Ćavar.« Adamek zog den Mantel aus, ließ sich vorsichtig auf den Sitz sinken. Tief in seinen Eingeweiden, wo Erfahrung, Instinkt und Sorge hausten, rumorte es plötzlich. »Was ist mit ihm?«

»Seine Scheune ist heute Nacht in die Luft geflogen.«

Schneider fuhr zügig, selbstbewusst, nicht allzu rücksichtsvoll. Wer zu langsam war, wurde überholt, wer zu lange stand, durch Annäherung vorangedrängt. Adamek fand die Straßen Rottweils zu schmal und kurvenreich für eine solche Fahrweise, aber er sagte nichts – wo der schwarze Daimler hinkam, wich alles Blech und Fleisch wie von Zauberhand zur Seite.

Zuerst zu Bachmeier, hatte Schneider vorgeschlagen.

Zuerst zu Ćavar, hatte er erwidert.

»Du denkst also, dass er lügt«, sagte er jetzt.

»Bachmeier? Ja.«

Markus Bachmeier hielt Fremdeinwirkung für ausgeschlossen. Brandstiftung? Wer solle so etwas tun, er habe keine Feinde.

Nein, Ursache des Brandes sei ein Kurzschluss in einem defekten Kabel gewesen. Eine Angestellte, die auf dem Hof wohnte, wollte dagegen eine »Explosion« gehört haben. Zwei Zeugen von anderen Landwirtschaftsbetrieben im Tal hatten von einem »lauten Knall« gesprochen. Nein, nein, hatte Bachmeier gesagt, definitiv keine Explosion. Einen Knall hätte er gehört – er sei noch wach gewesen. Die Scheune habe ganz plötzlich in Flammen gestanden.

Ein Kurzschluss in einem Kabel, ein Funke im Heu.

»Was sagt die Feuerwehr?«, fragte Adamek.

»Offiziell noch nichts.«

»Und inoffiziell?«

»Mutmaßlich ein Sprengkörper.«

»Wie bitte?«

Schneider wandte sich ihm zu. Sie hatte die Sonnenbrille aufgesetzt, und Adamek sah nur ein schiefes Lächeln, die faszinierende Nase und zwei riesige braune Fliegenaugen. »Eine Bombe, die per Fernbedienung gezündet wurde.«

»Ach komm, du verarschst mich.«

Sie wandte sich ab, das Lächeln blieb. »Einer der Kroaten war am Samstag auch bei Bachmeier.«

Ein benachbarter Landwirt hatte von einem »Osteuropäer« berichtet, der sich nach Arbeit erkundigt habe. Er habe den Mann zu Bachmeier geschickt. Die Beschreibung passte auf einen der Fremden, die in der Stadt nach Thomas Ćavar gefragt hatten.

»Das mit der Arbeit war ein Vorwand«, sagte Schneider. »Sie wissen, dass Bachmeier und Ćavar befreundet waren.«

Adamek seufzte lautlos. Genauso zielstrebig und rücksichtslos, wie sie fuhr, stellte Daniela Schneider Hypothesen auf. »Woher sollten sie das wissen?«

»Frag deinen Herrn Ehringer.«

Wenn er ehrlich war, hatte der Onkel diese Frage schon beantwortet.

Adamek erzählte von Ivica Marković und der Wanze.

»Kroatisches Verteidigungsministerium?« Schneider stieß einen Pfiff aus. »Die hören einen deutschen Diplomaten ab?«

»Exdiplomaten.«

»Um was herauszufinden?«

»Das ist die Frage.« Er hob die Hand. »Vorsicht, Radler ...«

»Hat gleich Rot.« Sie schnalzte mit der Zunge, die Ampel schaltete um, im letzten Moment bremste der Radler.

Adamek rollte die Augen.

Sein Blick blieb an zwei Bubengesichtern hängen, die ihn von einem Foto aus anstrahlten. Es baumelte an einem Lederband vom Rückspiegel herab. Die Buben wirkten sehr brav und hatten zusammen sieben Zähne. Die Nase kannte und schätzte er bereits.

Sie bogen in eine Gasse mit Kopfsteinpflaster, hielten hinter einer kleinen Kreuzung. Schneider nickte in Richtung des dunkelgelben Eckhauses und machte Anstalten auszusteigen.

»Warte«, sagte Adamek.

Es gab drei Möglichkeiten.

Erstens, Thomas Ćavar war nicht bei Kriegshandlungen ums Leben gekommen, sondern ermordet worden, vielleicht sogar hier, in Rottweil, nicht in Bosnien.

Zweitens, er lebte.

Drittens, die Phantasie ging mit ihnen durch.

»Er wurde ermordet«, sagte Schneider. »Und dein Exdiplomat hängt mit drin.«

Adamek seufzte. »Wenn wir da reingehen, wissen wir von nichts, okay? Und stellen vor allem keine unbewiesenen Behauptungen auf.«

Ein dünnes Lächeln, die rechte Braue zeigte sich über dem Fliegenauge. »Was tun wir dann?«

»Das, was wir am besten können.«

»Schießen?«

»Nerven.«

Hunderte kreisrunde Augen im Halbdunkel, reglos von den Wänden starrend, als verfolgten sie jede Bewegung im Raum mit Argwohn. Sprachlos blickte Adamek auf die Zierteller, ein Albtraum aus Porzellan und Kitsch.

Sie setzten sich an den Esstisch. Das Licht war ausgeschaltet, vor den beiden Fenstern standen Schwaden von Zigarettenrauch.

»Was ist mit meinem Sohn?«, fragte Petar Ćavar.

Er sprach langsam und mit starkem Akzent, seine Stimme klang nach Verbitterung und Zorn. Dorthin mussten sie, dachte Adamek, in das Leid und die Wut. »Nicht Milo«, sagte er. »Thomas.«

Ćavar stutzte. »Thomas ist tot.«

»Mein Beileid«, murmelte Schneider, die Augen unnatürlich groß, der Mund süßlich klein und rund. Adamek heftete den Blick auf ihr Haar, das einen unsichtbaren Lichtschein zu reflektieren schien, inmitten des farblosen Raumes leuchtete wie eine wohltuende Miniatursonne.

Vielleicht brachte es auch nur die Scheinheiligkeit zum Glimmen.

»Wie ist er gestorben?«, fragte er.

»Die Serben haben ihn ermordet, in Bosnien, am 12. September 1995.« Ćavar drückte die Zigarette im Aschenbecher aus. Die Fingerkuppen waren gelb verfärbt, die Stimme wässrig, hin und wieder hustete er. Er war unrasiert und ungekämmt, das Hemd falsch geknöpft und ungebügelt, er roch nach Schweiß und Vernachlässigung. Ein Mann, der zu viel verloren hatte, dachte Adamek. Einen von zwei Söhnen und die Ehefrau.

»Hat er dort gekämpft?«, fragte Schneider.

Ćavar stieß ein Schnauben aus. »Was tut Soldat im Krieg?«

»Er kämpft«, sagte Adamek ruhig.

»Er hat für Heimat gekämpft und ist für Heimat gestorben.« Ćavar hielt ihnen die Zigarettenschachtel hin, sie lehnten ab.

»Die Heimat, das ist Kroatien?«

»Was sonst? Wir sind Kroaten.«

»Thomas wurde in Deutschland geboren«, warf Schneider ein.

Ćavar klopfte sich gegen die Brust. »In Herz er war Kroate.«

»Wie Sie«, sagte Adamek.

»Wie ich«, bestätigte Ćavar.

Petar Ćavar, 1940 im slawonischen Osijek geboren, 1969 als Gastarbeiter ins Land gekommen, nachdem die Bundesrepublik mit Jugoslawien ihr achtes und letztes Anwerbeabkommen geschlossen hatte. Anfangs war er in Stuttgart in der Asbestindustrie beschäftigt gewesen, 1970 hatte er bei einem Rottweiler Unternehmen als Monteur von Großflächenwerbung angefangen und Frau und Sohn nachgeholt. 1971 die Geburt von Thomas, 1995 dessen Tod, 1996 war Ćavars Frau »an der Trauer eingegangen«, wie Schneider »in der Stadt« erfahren haben wollte, genauso, dass Ćavar seit 1998 berufsunfähig war, weil die Ärzte bei ihm Lungenfibrose diagnostiziert hatten. Jetzt hoffe er, hatten die Gewährsleute »in der Stadt« berichtet, auf den baldigen Tod, bislang jedoch vergeblich – vielleicht weil der Tod dieser Familie nicht noch mehr Leid zufügen wolle.

»War Thomas in der kroatischen Armee?«, fragte Adamek.

»*Domobranska pukovnija.* 134. Heimatschutz-Regiment.«

»Unter dem Kommando von Ante Gotovina?«, erkundigte sich Schneider.

Ćavar nickte sichtlich überrascht, Adamek war beeindruckt.

Die nächste Zigarette glomm auf.

Adameks Blick glitt an Schneider vorbei zum Fenster gegenüber, er sehnte sich nach Luft und Licht. Unauffällig neigte er den Kopf zur Seite. Zwischen Dachfirsten sah er blauen Himmel, auf Fensterscheiben spiegelte sich die Sonne.

Er dachte an den Balkon im 24. Stock, an Freiheit, Weite, Sonnenlicht. An die Wärme von Karolins Körper, wenn sie sich frühmorgens an ihn schmiegte, um ihn noch ein paar Minuten im Bett zu halten.

Das Leben konnte auch anders. Konnte einem die Frau und den Sohn nehmen und die Einsamkeit und den Zorn bringen.

Hunderte Zierteller an die Wände hängen …

So viele, dass nur in der Laibung zu beiden Seiten des Fensters Platz für Fotografien geblieben war.

»Und Milo?«, fragte er. »Hat er auch für Kroatien gekämpft?«

Ćavar winkte ab. Milo, sagte er, sei ein lieber Junge, aber weich und unentschlossen. Ohne Ideale. Kein Soldat. »Ein Deutscher«, knurrte er mit einem grimmigen Schmunzeln. Die Zigarette im Mundwinkel stand er auf und ging hinaus.

Mit einer Flasche Mineralwasser und drei Gläsern kam er zurück.

»Wann haben Sie zum letzten Mal von Thomas gehört?«, fragte Schneider.

»30. August 1995.«

»Hat er angerufen?«, erkundigte sich Adamek.

»Ja.«

»Was hat er gesagt?«

»Dass er mit Kameraden nach Bosnien gegangen ist.«

»Noch etwas?«

»Dass er helfen will, Serbokommunisten aus Bosnien jagen.

Dass er Mutter und Vater liebt. Und wollte Milo sprechen, aber war nicht da.«

»Hat er Jelena erwähnt?«, fragte Schneider. »Jelena Janić?«
»Nein.«
»Seine Freundin«, sagte Schneider zu Adamek.

Er nickte. Ehringer hatte von ihr erzählt. Die beiden hätten ihn manchmal gemeinsam besucht im Krankenhaus in Bonn und in der Reha in Baden-Württemberg. *Ein großartiges Mädchen,* hatte er gesagt, *schön, mutig, klug. Stark genug für diesen Kindskopf, dachte ich, aber am Ende hat sie kapituliert.*

»Ist sie noch in Rottweil?«, fragte Adamek.

Ćavar schüttelte den Kopf. »Familie ist nach Serbien gegangen, Ende 1995.« Er zuckte die Achseln. »Sie war nicht wichtig. Eine von vielen. Die Mädchen mochten meinen Sohn.« Er klopfte Asche vom Zigarettenstummel, zog ein letztes Mal daran, drückte ihn aus. Die andere Hand lag schon auf der Schachtel.

Adamek erhob sich. »Darf ich?« Er deutete auf die Fotos in der Laibung.

Ćavar nickte wortlos.

Auf jeder Seite des Fensters hingen ein knappes Dutzend Aufnahmen, mit Tesafilm untereinander befestigt. Rechts zwei Jungen unter zehn, dann dieselben Jungen als Teenager, als junge Männer, da sahen sie dem Vater im Gesicht am ähnlichsten, der eine mit Wuschelkopf, fröhlich, dünn, der andere älter, ein wenig fülliger, skeptischer – Thomas und Milo. Links ihre verstorbene Mutter, auch hier war die Ähnlichkeit unverkennbar. Dann Milo mit Anfang dreißig, eine deutsch aussehende Frau im Arm. Zwei pummelige Mädchen – Studioporträts, beim Spielen in einem Garten, mit Milo, mit der deutschen Frau. Schließlich ein drittes Mädchen, deutlich jünger, schmal und scheu, ein Nachkömmling, vielleicht ungeplant, dachte Adamek.

Da kam ihm ein anderer Gedanke.

»Milos Frau und Kinder?«

»Ja.«

»Er hat drei Töchter?«

»Ja.«

»Wie alt?«

»Dreizehn, zwölf und acht.«

Adamek lächelte versonnen. »Drei Töchter.« Er konnte den Blick nicht von dem dritten Mädchen lösen, das keinerlei Ähnlichkeit mit den beiden anderen aufwies, auch nicht mit Milo oder der deutschen Frau.

Kein Kuckuckskind, kein Adoptivkind, kein uneheliches Kind, darauf hätte er plötzlich jeden Eid geschworen.

Das dritte Mädchen war die Tochter von Thomas.

Ćavar hatte Sliwowitz gebracht, »echte kroatische *Šljivovica*, nicht von deutsche Supermarkt«. Adamek hatte eingewilligt, es ging gegen halb sechs, spätestens wenn man das Haus verließ, befand man sich im Feierabend, und vielleicht regte der Schnaps ja die Gedanken an, half, Ćavars Lüge zu erklären und den Widerspruch aufzulösen: Thomas war 1995 gestorben und hatte 2002 eine Tochter gezeugt.

Falls Adamek recht hatte.

Auch Schneider trank. »Scheiße«, sagte sie ächzend und griff nach dem Wasserglas.

Ćavar lachte spöttisch.

Sie saßen nun beinahe im Dunkeln, das Licht blieb ausgeschaltet.

Wir brauchen ein Foto von Jelena, hatte Adamek geflüstert, während Ćavar den Sliwowitz holte. *Schau dir das Mädchen ganz unten an.* Schneider hatte die Bilder betrachtet, lächelnd wieder

Platz genommen – in der Akte »Kroatien« vor ihr lag bereits ein Foto von Jelena, aus deren Einschreibung an der Uni Stuttgart im Herbst 1990, Studiengang Architektur und Stadtplanung.

Sie hatten einen raschen Blick darauf geworfen. Eine gewisse Ähnlichkeit bestand, für Adamek deutlich erkennbar, für Schneider ansatzweise.

»Sagt Ihnen der Name Ivica Marković etwas?«, fragte Adamek.

Ćavar füllte sein Schnapsglas, trank, erwiderte dann, Ivica Marković sei zwischen 1990 und 1992 hin und wieder in Stuttgart gewesen, beim Kreisverband Stuttgart der HDZ, der *Kroatischen Demokratischen Gemeinschaft*. Der Vorsitzende, Josip Vrdoljak, ein Freund der Familie, habe sie miteinander bekannt gemacht. Auch Thomas habe ihn gekannt, er sei ein Jahr lang Vrdoljaks Chauffeur gewesen, und bei ein paar Gelegenheiten sei Ivica Marković mitgefahren. Ein guter Mann, der Ivica, er habe viel für die kroatische Befreiung von der serbischen Unterdrückung getan. Tag für Tag habe er versucht, Politiker in Bonn, Baden-Württemberg und anderswo von der Wahrheit zu überzeugen, bis sie die Tragödie des kroatischen Volkes verstanden und dessen Recht auf Freiheit endlich anerkannt hätten.

»Von der Wahrheit?«, fragte Schneider.

»Dass Tschetniks wollten ganz Kroatien erobern.« Ćavar leerte das Glas. »Ist Befragung jetzt fertig?«

»Noch nicht«, sagte Adamek. »Sie haben keinen Kontakt mehr zu Marković?«

Ćavar verneinte. Seit dessen Rückkehr nach Zagreb 1992 habe er ihn nicht mehr gesehen.

Adamek schenkte Mineralwasser in die drei Gläser und trank.

»Ich brauche Licht«, sagte er.

»Licht?«, murmelte Ćavar.

Adamek lehnte sich zur Wand hinüber, betätigte den Schalter

neben der Tür. Im Licht der Deckenlampe funkelten und strahlten die Zierteller, als würden sie jeden Tag geputzt. Blinzelnd begegnete er Schneiders Blick, der zu fragen schien: Darf ich?

Er nickte.

»Wissen Sie, dass sich in den letzten Tagen zwei Fremde nach Thomas erkundigt haben?«, fragte sie. »Kroaten.«

»Ich habe es gehört.«

»Haben Sie eine Ahnung, weshalb?«

»Sie waren Kameraden von Thomas in Krieg.«

»Kennen Sie sie?«

»Nein.«

»Haben sie nicht mit Ihnen gesprochen?«

»Nein.«

»Die beiden waren Kameraden Ihres Sohnes und haben Sie nicht kontaktiert?«, fragte Adamek. »Ist das nicht merkwürdig?«

»Vielleicht er hat ihnen schlecht gesprochen von mir.«

»Wer hat Sie damals vom Tod Ihres Sohnes informiert?«

»Damir.«

»Wer ist das?«, fragte Schneider.

»Anderer Kamerad.«

»Wie heißt er mit Nachnamen?«

Ćavar zuckte die Achseln. »Damir aus 141. Brigade von Kroatische Armee.«

Um sechs Uhr dreißig am Morgen des 14. September 1995 hatte das Telefon der Ćavars geklingelt, ein Mann – Damir – hatte ihnen mitgeteilt, dass ihr Sohn zwei Tage zuvor nahe Drvar bei einem serbischen Überfall ums Leben gekommen sei. Die Serben hätten seine Leiche und die anderer mitgenommen und in eines ihrer Massengräber geworfen. Nur seine Mütze sei gefunden worden.

Ćavar brach ab. Er hatte plötzlich Tränen in den Augen.

Die Russenmütze, ein Geschenk, fuhr er fort. Thomas habe sie fast ununterbrochen getragen, selbst im Sommer. Damir habe versprochen, dafür zu sorgen, dass die Mütze und Thomas' übriger Besitz nach Rottweil geschickt würden. Es sei nie etwas angekommen. Nichts sei ihm geblieben von seinem jüngeren Sohn.

»Haben Sie bei der Armee nachgefragt?«, sagte Adamek.

»Wir haben Brief geschrieben.«

»Und?«

»Armee hat nicht geantwortet. Es war Krieg, Chaos. Es gab zu viele Tote.«

»Sie haben Damirs Worte nie angezweifelt?«

»Nein.«

Schneider beugte sich vor. »Hatten Sie nicht ... eine letzte Hoffnung? Dass es ein Irrtum war?«

Ćavar schüttelte den Kopf

»Sie haben sich nicht an das Rote Kreuz gewandt? An die kroatische oder die bosnische Regierung?«, fragte Adamek.

»Nein.«

»Warum nicht, Herr Ćavar?«

Die Antwort war einfach und plausibel.

Sie hatten nie wieder etwas von Thomas gehört.

Kurz darauf bat Adamek, die Toilette benutzen zu dürfen. Ćavar, dessen Hände vom Sliwowitz zitterten, erhob sich halb und wies den Weg. An der Tür wandte Adamek sich um, formte in Schneiders Richtung das Wort *Bachmeier* mit den Lippen.

Sie nickte. »Sie kennen Markus Bachmeier?«

»Ja«, sagte Ćavar.

Im dunklen Flur tastete Adamek nach dem Lichtschalter. Die Gästetoilette lag zu seiner Linken vorn bei der Haustür, das Telefon stand zu seiner Rechten auf einem Tischchen neben der Treppe. Er zog den Funkpeiler aus der Jackentasche und klappte die kleine Antenne auf. Der Peiler schlug an, noch bevor er das Telefon erreicht hatte. Er war nicht weiter überrascht. Sie hörten Ehringer ab, sie hörten Ćavar ab.

Jagten Bachmeiers Scheune in die Luft.

Doch wer? Und warum? War außer Marković und den beiden Männern, die in Rottweil nach Thomas fragten, noch jemand im Spiel?

Er wollte sich eben zur Toilette wenden, als er über sich Geräusche hörte – wie schlurfende Schritte. Dann war es wieder still bis auf die Stimme Ćavars, die gedämpft durch die Wohnzimmertür drang.

Die Holzstufen waren mit einem ausgeleierten Läufer beklebt, knarzten in der Mitte, an den Rändern nicht.

Drei Türen im ersten Stock, nur eine war geöffnet, das Bad.

Er warf einen Blick hinein. Gelbe Kalkränder in Waschbecken und Wanne, der kleine Mülleimer quoll über, auf dem Boden daneben benutzte Taschentücher, vor Wanne und Klo fleckige hellblaue Vorleger.

Sekundenlang lauschte er an der linken der beiden geschlossenen Türen. Schließlich drückte er die Klinke hinunter.

Ein Jungenzimmer.

Zwei einzelne Betten, über dem einen ein Poster der Meistermannschaft des VfB Stuttgart von 1984, über dem anderen eines vom FC Bayern 1985. Ein uralter Röhrenfernseher, ein Schrank aus dunklem Holz, an den Wänden Plakate von Bands und Schauspielern. Im spärlichen Abendlicht erkannte er Queen und Phil Collins, die kahlgeschorene Sinéad O'Connor, Marius Müller-Westernhagen, Sharon Stone in *Basic Instinct* und, fast verborgen im Dunkel neben dem Schrank, Pierre Brice und Lex Barker als Winnetou und Old Shatterhand.

Er schmunzelte. Sie gehörten derselben Generation an, Thomas, Milo und er, und wenn er als Zwanzigjähriger Poster an seine Zimmerwände gehängt hätte, dann vielleicht diese. Abgesehen vom VfB natürlich, stattdessen Borussia Mönchengladbach, die legendäre Fohlenelf mit Allan Simonsen.

Lautlos schloss er die Tür.

Auch aus dem anderen Zimmer drang kein Geräusch. Eine Hand am Hüftholster, schob er die Tür auf.

Niemand.

Irritiert rieb er sich den schmerzenden Hüftknochen. Er musste sich getäuscht haben.

Ein ungemachtes Doppelbett, ein ähnlicher Schrank wie im Jungenzimmer, nur größer, eine Kommode und erneut Zierteller, wenn auch längst nicht so viele wie im Wohnzimmer, etwa dreißig Stück aus Kroatien – »Osijek« las er auf dem einen, »Zagreb« auf dem nächsten, »Dubrovnik« daneben.

Plötzlich gerieten Kopfkissen und Bettdecke in Bewegung, ein Haarschopf und ein Arm tauchten auf. Eine Frauenstimme murmelte in reinstem Schwäbisch: »Hat ja lang gedauert, wer war's denn?«

Oder etwas Ähnliches.

Seufzend schloss Adamek die Tür, schaltete das Licht an und sagte leise: »Kripo, entschuldigen Sie die Störung.«

Der Schopf fuhr herum, eine welke Frau um die sechzig starrte ihn an. Adamek legte den Finger an die Lippen, zeigte seinen Dienstausweis.

Sie nickte mechanisch.

Er wartete, bis der nackte Arm unter die Decke geschlüpft war, dann kniete er sich vor das Bett. »Wer sind Sie?«, flüsterte er.

»Eine Freundin«, erwiderte sie ebenso leise.

»Aus der Nachbarschaft?«

Wieder ein Nicken, diesmal rascher. Eine Hand tauchte auf, zupfte an den kurzen, künstlichen Locken.

»Haben Sie einen Namen?«

Die Frau schüttelte den Kopf.

»Nur für mich.«

Sie presste die Lippen aufeinander. In den kleinen Augen standen Tränen.

»Nur für mich«, wiederholte er.

»Wiebringer«, hauchte sie.

»Vorname?«

»Elisabeth.«

»Danke.«

Schweigend sahen sie sich an. Jetzt liefen die Tränen in Strömen.

»Ich wart, bis es dunkel ist, dann lauf ich heim«, sagte sie.

Adamek nickte. »Ist bald so weit.«

»Eine Stunde wart ich noch.«

»Das sollte reichen.«

Ein unterdrückter Schluchzer. »Ich bin verheiratet …«

»Ich weiß.« Er stand auf, setzte sich auf den Rand des Bettes.

»Aber ich tu's nicht mehr«, flüsterte sie. »War das letzte Mal heute, das hab ich mir geschworen. Ich bin nicht so. Dass ich so was tu. Ich hab's auch erst getan, als ihm die Marija gestorben war.«

»Geht mich nichts an, Frau Wiebringer.«

»Er dauert mich so, und ich kenn ihn doch schon so lang.«

»Dann kannten Sie den Thomas auch?«

Sie riss die Augen auf, schlug sich eine Hand auf den Mund. »Der arme Tommy, wurde im September fünfundneunzig in Bosnien ermordet, die Leich haben sie in ein Massengrab geworfen.«

»Wer hat ihn ermordet?«

»Die anderen natürlich. Die Feinde.«

»Die Muslime?«

Sie schüttelte den Kopf. »Die anderen. Die Kommunisten.«

»Die Slowenen?«

»Richtig, die Slowenier.«

»Oder die Serben?«

Sie schlug sich gegen die Stirn. »Ja, die waren's, die Serben. Kann ja kein Mensch auseinanderhalten.«

»Was hat der Tommy denn in Bosnien gemacht?«

»Na, gekämpft! Er war ja innerlich ein Kroate. Ein Deutscher vom Pass, aber ein Kroate vom Herz.«

»Den Milo und seine Töchter kennen Sie auch?«

»Natürlich!«

»Wie heißen die Mädchen gleich noch mal?«

»Anna und Julia.«

Adamek nickte, und Elisabeth Wiebringer wirkte erleichtert, lächelte sogar flüchtig, als hätte sie einen Test bestanden.

»Die Anna ist jetzt dreizehn und die Julia zwölf«, flüsterte sie.

»Ja«, sagte Adamek. »Der Tommy hatte eine Freundin, bevor er ...«

»Die Jelena!«, unterbrach sie ihn strahlend.

Der nächste Test, wieder bestanden.

»Eine Serbin, nicht wahr?«

»So ein hübsches, gescheites Mädchen! Wenn sie nur keine Serbin gewesen wär.«

»Hübscher als die anderen?«

»Die anderen?«

»Seine andere Freundinnen.«

»Aber es gab keine anderen, Herr ...«

»Adamek.«

»Es gab nur die Jelena, Herr Adamek.«

»Ja, das dachte ich mir. Nur Jelena, die Serbin.« Er stand auf.

»Er hat sie heiraten wollen«, sagte Elisabeth Wiebringer.

»Woher wissen Sie das?«

»Alle wussten es. Er hat's ja allen erzählt.«

»Aber Jelena wollte nicht?«

»Schon, aber erst nach dem Krieg.«

»Was hat sein Vater dazu gesagt?«

Sie zuckte die Achseln. »Dem Tommy konnte niemand was ausreden.« Sie rutschte ein Stück in seine Richtung. »Sie verraten mich nicht, oder?«

»Nein.«

»Kommissarsehrenwort?«

»Kommissarsehrenwort. Licht aus?«

»Ja, bitte.«

Im Flur hielt Adamek inne. Wieder die Formel – *Im September 1995 in Bosnien von den Serben ermordet, die Leiche in ein Massengrab geworfen.*

Elisabeth Wiebringer glaubte sie, da war er sicher.

Lautlos stieg er die Stufen hinab.

Die Formel, die ein Märchen war.

19

DONNERSTAG, 14. OKTOBER 2010
ZAGREB/KROATIEN

»*Ein Serbe?*«

»Er ist der Einzige mit dem Kampfnamen ›Kapetan‹ in unseren Datenbanken.«

Yvonne Ahrens betrachtete den Artikel, der umgedreht auf Jagoda Mayrs Schreibtisch lag. Selbst aus dieser Perspektive waren die Aggressivität des Kapetan und die Angst des alten Mannes auf dem Foto unverkennbar.

Der Kapetan ein *Serbe?* Hatten die kroatischen Journalistenkollegen 1995 im nationalen Siegesrausch aus Versehen einen Milizenführer der Krajina-Serben zu einem ihrer Helden gemacht? Undenkbar, dass sie sich so getäuscht hatten. Doch was war schon undenkbar in diesem Krieg?

Seit ein paar Minuten saß Ahrens im Zagreber Büro des Internationalen Strafgerichtshofs für das ehemalige Jugoslawien. Vor dem einzigen Fenster des kleinen Raumes glühte ein roter Himmel, färbte die Wände, Gesicht und Arme von Jagoda Mayr rot. Ganz allmählich wurde das Rot dunkler.

Mayr, siebenundfünfzig, promovierte Juristin, entsprach haargenau dem Bild, das Ahrens sich von Kroatinnen gemacht hatte, bevor sie nach Zagreb gezogen war: orangefarbenes Haar, bleicher Teint, zahllose Zigaretten, in permanenter Bewegung, nicht allzu stilsichere, dafür umso körperbetontere Kleidung. Ein bisschen rau, ein bisschen distanziert, ganz plötzlich herzlich.

Mayrs Familie väterlicherseits stammte aus Kärnten, war im

Laufe der Jahrhunderte immer tiefer nach Süden gerutscht und schließlich in Zagreb gelandet; dort war sie geboren worden. Ihr Deutsch hatte starke slawische und österreichische Einschläge, ließ alte k.u.k.-Zeiten anklingen.

Die Anfänge des ganzen Dilemmas.

Der eine Teil des Balkans unter österreichisch-ungarischer Herrschaft, der andere unter türkischer. Im Widerstand gegen die fremden Herrscher waren die nationalen Identitäten entstanden, die erst die Gemeinsamkeiten, später die Unterschiede der einzelnen slawischen Völker betont hatten. Noch zu Beginn des 20. Jahrhunderts hatten viele Kroaten und Serben einen gemeinsamen Staat gefordert. Vor allem in Bosnien-Herzegowina entstanden immer mehr Bewegungen mit revolutionärem Charakter, Vorbilder waren Italiens Garibaldi und Russlands Bakunin. Ihre Ziele: Befreiung von Österreich-Ungarn, Vereinigung der Südslawen in einem eigenen Staat, Gleichberechtigung der Frauen, demokratische Partizipation der Bürger.

Manche der überwiegend jungen Revolutionäre waren bereit, dafür zu sterben – und zu töten.

So auch Gavrilo Princip, bosnischer Serbe und »jugoslawischer Nationalist«, wie er später vor Gericht sagte. Für die Befreiung und die Vereinigung wurde Princip, unterstützt vom serbischen Geheimdienst und dunklen Bünden, zum Prinzenmörder. Am 28. Juni 1914 tötete er in Sarajevo den Thronfolger der verhassten Besatzungsmacht, Erzherzog Franz Ferdinand, und dessen Frau Sophie.

Vier Jahre später waren die Ziele erreicht, Serben, Kroaten und Slowenen in einem Staat vereint. Weitere dreiundzwanzig Jahre später zogen sie los, um sich gegenseitig zu vernichten.

»Hören Sie überhaupt zu?«, fragte Jagoda Mayr.

»Entschuldigen Sie.«

»Dragan Vasiljković, genannt Kapetan Dragan.« Während sie nach links langte, nach rechts, hier ein Papier verschob, dort zur Zigarettenschachtel griff, erzählte Mayr, dass Kapetan Dragan Anfang der neunziger Jahre Schlagzeilen gemacht habe, es gebe sogar Comics über ihn. Sie inhalierte tief. »Seit Mai sitzt er in Australien in Auslieferungshaft.«

»Aber ein *Serbe*?«

Mayr lächelte inmitten einer Rauchwolke, sprang auf, um das Fenster zu kippen, warf sich wieder in den Drehstuhl, zog den Rock straff. »Man kann sich's nicht immer aussuchen.«

Dragan Vasiljković, 1954 in Belgrad geboren, 1969 nach Australien ausgewandert, 1991 zurückgekehrt. Im Krieg hatte er eine paramilitärische Einheit der Krajina-Serben geführt, die für zahlreiche Verbrechen verantwortlich gemacht wurde, darunter Folter und Mord. Eines ihrer Opfer: Egon Scotland, Reporter der *Süddeutschen Zeitung*, der in Jurinac südlich von Zagreb in einem mit »Presse« markierten Fahrzeug angeschossen und tödlich verletzt worden war.

»Sie erinnern sich?«

Ahrens nickte. Sie erinnerte sich gut.

Ende Juli 1991, sie war dreiundzwanzig gewesen, im ersten Jahr an der Deutschen Journalistenschule in München. Sie schlief mit einem SZ-Volontär, aß täglich in der SZ-Kantine zu Mittag, träumte von einer Festanstellung beim SZ-Feuilleton. Sie hatte Egon Scotland nie gesehen und brach doch in Tränen aus, als die Nachricht von seinem Tod die Runde machte. Neunzehn Jahre später, siebzig Kilometer von Jurinac entfernt, klang in einem in dunkelrotes Nachmittagslicht getauchten Büro des ICTY der Name jenes Mannes in ihren Ohren nach, dem Scotlands Mörder damals unterstellt gewesen war.

»Haben Sie ein Foto?«

Mayr drehte den Monitor zu ihr, und Ahrens blickte auf einen Mann in Schwarzweiß, an dem alles länglich zu sein schien: das Gesicht, die Ohren, die wuchtige Nase, die scharfen Wangenfalten, der Hals, der schlaksige Körper. Auf dem hellgrauen Haar ein Barett, das Uniformhemd fast bis zum Nabel aufgeknöpft, eine Hand in die Taille gestützt. In Vasiljković' Miene lagen Skepsis, eine Andeutung von Unsicherheit, die Haltung eine fast lächerliche Pose. Da gerierte sich einer, der von einem Tag zum anderen Anführer geworden war, wie ein wilder, erfahrener Kämpfer und hatte es damit bis zum serbischen Helden gebracht – als Gründer einer Paramiliz mit dem lächerlichen Namen »Kninđe«, Ninjas von Knin.

»Juli 1991«, sagte Mayr. »Da war er sechsunddreißig.«

»Er sieht aus wie Mitte fünfzig.«

Mayr wechselte zu einem anderen Foto. »Hier ist er Mitte fünfzig.«

Vasiljković war 2004 unter falschem Namen nach Perth gezogen, 2006 dort verhaftet worden, eine australische Journalistin hatte ihn aufgespürt. Drei Jahre Auslieferungshaft folgten, 2009 kam er frei, der kroatische Antrag war abgelehnt worden – ein fairer Prozess sei in Kroatien nicht möglich. Im März 2010 korrigierte ein Gericht dieses Urteil, Vasiljković floh, wurde in New South Wales gefasst. Nun wartete er im Gefängnis auf die Entscheidung des zuständigen Ministers. Das zweite Foto zeigte ihn nach der Haftentlassung 2009 – dunkler Anzug mit Krawatte, gebräuntes Gesicht, das Haar inzwischen weiß. Er wirkte erleichtert, selbstzufrieden. Doch wieder lag in dem länglichen Gesicht Unsicherheit, und die Züge um den Mund und die nach oben gezogenen Augenbrauen kamen Ahrens fast weinerlich vor.

Sie zog den Artikel mit dem Foto zu sich. Eine gewisse Ähnlichkeit bestand, auch wenn sich das vor Wut verzerrte Gesicht des unbekannten Kapetan nur schlecht für einen Vergleich eignete.

Die Wut, dachte sie, passte nicht. Sie konnte sich Vasiljković nicht derart aufgebracht vorstellen. Sie traute ihm jede Grausamkeit zu, doch nicht begangen aus Wut, sondern aus Überheblichkei, Selbstinszenierung, Eitelkeit.

Außerdem war ihr Kapetan – nein, Marković' Kapetan – auf dem Foto von 1995 keine vierzig Jahre alt, sondern eher Mitte zwanzig.

»Ich glaube nicht, dass er es ist«, sagte sie. »Er ist zu alt.«

Mayr drehte den Artikel mit der Zigarettenhand um. »Schwer zu sagen. Was hat er da eigentlich auf dem Rücken?«

»Einen Helm, der am Kinnriemen hängt.«

»Nein, nein, das ist kein Helm.«

»Ein Helm, eine Kappe.«

»Eine Mütze. Schauen Sie nur, muss aus weichem Material sein, so wie das eingedrückt ist.« Mayr klopfte mit dem Fingernagel auf das Foto. »Das ist eine Uschanka.«

»Eine was?«

»Eine Russenmütze.«

Es war dunkel geworden in dem nüchtern eingerichteten Büro, halbhohe Schränke an zwei Seiten, dazwischen der Schreibtisch. Keine Pflanzen, keine Bilder, die Wände kahl, auch Familienfotos hatte Jagoda Mayr nicht aufgestellt. Als sollte nichts Schmückendes darüber hinwegtäuschen, dass es hier Tag für Tag um grausame Verbrechen ging.

Mayr stand auf und schaltete das Licht ein. Im unfreundlichen Schein der Lampe waren in unregelmäßigen Abständen schwärzliche Punkte an den Wänden zu erkennen.

Ahrens stutzte.

»Mücken«, bestätigte Mayr freudlos und wies auf eine Fliegenklatsche, die am Rand des Schreibtischs lag. »Kroatische, serbische und muslimische Mücken.«

Der Reihe nach zeigte sie auf zerschlagene Insektenreste. »Blaškić, Mucić, Gotovina, Milošević, Glavaš, Plavšić, Markać, Janković, Karadžić, Norać, Ademi, Vasiljković ...«

Immer mehr Namen füllten den Raum, während Mayr sich mit erhobenem Arm im Stuhl langsam um die eigene Achse drehte und Ahrens' Blick von Fleck zu Fleck glitt. Namen, die als wundervoll klingende Chiffren die Grausamkeiten der jugoslawischen Zerfallskriege nacherzählten und ihr zum größeren Teil unbekannt waren. Kein Wunder, allein der ICTY hatte seit 1993 mehr als 160 Personen angeklagt.

Mayr war beim letzten Fleck angekommen – Župljanin – und drehte sich wieder zu ihr. »Vierundfünfzig in vier Jahren. Die Biester sind flink, viele erwische ich leider nicht. Aber ich habe Geduld.«

»Da«, sagte Ahrens und deutete auf die Wand.

Mayr griff zur Fliegenklatsche. »Ihr Kapetan«, sagte sie und schlug zu.

Die Mücke sirrte hektisch davon.

»Verflucht. Ich hoffe, Sie sind nicht abergläubisch.«

Ahrens lächelte. »Vielleicht haben wir noch eine Chance.«

»Die richtige Einstellung. Was machen wir jetzt mit Dragan Vasiljković?«

»Er ist es nicht.«

»Wir könnten die kroatische Justiz hinzuziehen. Die finden es sicher heraus.«

Ahrens hob die Brauen. Die kroatische Justiz?

Wie so oft in den letzten Tagen dachte sie an Irena Lakić und deren Warnungen. *Sprich von jetzt an mit niemandem mehr darüber, okay? Nur noch mit mir.* Du wirst paranoid, dachte sie.

»Die kroatische Regierung ist bereits informiert«, sagte sie und erzählte von Marković.

Mayr kannte ihn. Ein Urgestein der HDZ, operierte schon immer lieber aus dem Hintergrund als im Rampenlicht. Ein Politiker, der nie ein höheres Amt angestrebt hatte und deshalb vom Wohlwollen der Öffentlichkeit weitgehend unabhängig war.

Ahrens gab sich naiv. »Unterstützt er das Tribunal?«

»Kaum jemand in Kroatien unterstützt das Tribunal. Es ist hier nicht sehr populär, wissen Sie. Keiner versteht, weshalb unseren Generälen der Prozess gemacht wird.« Mayr stand auf, hantierte an einem Hängeregister, kam mit einer weiteren Akte zurück und klatschte sie auf den Tisch. »Wenn Marković an Ihrem Kapetan dran ist, müssen Sie sich vorsehen. Er ist ein beinharter Verteidiger.« Sie lächelte. »Spielen Sie Fußball?«

Ahrens schüttelte den Kopf.

»Ich schon, im Sturm. Eine Altdamenmannschaft, sagt man so? Lauter Juristinnen, das macht das Spiel sehr sauber, keine von uns will wegen Körperverletzung oder Beleidigung verklagt werden.« Sie stieß ein raues Lachen aus. »Spaß beiseite. Wenn Sie gegen eine Verteidigung anrennen, die von Ivica Marković organisiert wird, sind Sie verloren. Die Raumaufteilung ist perfekt, seine Leute sind immer auf Ballhöhe und jederzeit bereit, taktische Fouls zu begehen. Falls Sie trotzdem mal zur Gefahr werden, lässt er Sie weggrätschen. Sie werden gegen Ivica Marković kein Tor schießen, Frau Ahrens.«

»Und Sie?«

Mayr breitete die Arme aus, als wollte sie die Welt umarmen, nicht nur ein kleines Büro mit von Mückenresten verunzierten Wänden. »Ich ja. Denn ich bin das Tribunal, und das Tribunal ist die UNO, die NATO und vor allem die EU. Kroatien muss mit Den Haag zusammenarbeiten, sonst wird die Aufnahme in die

EU weiter verschoben. Das Tribunal ist der Schutzschild, unter dem ich arbeiten kann.«

Doch auch dieser Schutz sei nicht allumfassend. Wer kroatische Kriegsverbrechen recherchiere, begebe sich in Gefahr. Nach wie vor würden Zeugen des Tribunals oder kroatischer Gerichte bedroht, solidarisierten sich hohe Politiker mit den in Den Haag Inhaftierten. Die meisten Kroaten sähen die im Zuge der Operation »Sturm« begangenen Kriegsverbrechen als legitim an, sei es doch um die Befreiung kroatischen Territoriums gegangen, schlimmstenfalls um Vergeltung für viel grausamere serbische Verbrechen. »Deshalb kommen hier kaum Fälle vor Gericht, bei denen es um Kriegsverbrechen von Kroaten geht. *Jutarnji List* zufolge sind das nur zwei Prozent aller Verfahren, und das liegt nicht an der Relation, sondern am politischen Willen. Sollten Gotovina, Čermak und Markać im Dezember freigesprochen werden, wird Kroatien den ICTY vielleicht überhaupt nicht mehr unterstützen. Denn ein Freispruch würde bedeuten: Wir Kroaten haben keine Kriegsverbrechen begangen.«

»Sie rechnen tatsächlich mit einem Freispruch?«

Mayr zuckte die Achseln. »Ich rechne mit fünf Jahren für Gotovina, so lange saß er in Untersuchungshaft. Am Tag nach der Urteilsverkündung ist er frei, und dann wird es jeder, der kroatische Kriegsverbrechen untersucht, noch schwerer haben. Stellen Sie sich darauf ein, dass Ihnen noch sechs, sieben Wochen bleiben, um herauszufinden, wer Ihr Kapetan ist.«

»Er ist nicht *mein* Kapetan.«

»Wie auch immer.« Mayr schlug die Akte auf. »Ich habe vielleicht was für Sie. Haben Sie von Zadolje gehört?«

»Nein.«

»Ein Dorf von zwanzig Häusern im Dreieck Knin, Benkovac und Gračac, südliche Krajina.«

Ahrens nickte. Der Sektor Süd während der Operation »Sturm«, Befehlsbereich Ante Gotovinas.

In Zadolje, fasste Mayr zusammen, während sie hin- und herblätterte, hatten im Juli 1995 fünfundvierzig Menschen gelebt, alle Serben. Nach Beginn der kroatischen Militäraktion am 4. August waren die meisten von ihnen nach Bosnien geflohen, sechs überwiegend ältere waren geblieben. Am 25. August rückten einige Trupps der kroatischen Armee, außerdem Sonderpolizisten des Innenministeriums in Zadolje ein. Sie brannten einen Großteil der Gebäude nieder und töteten die serbischen Zivilisten. Fünf hatten sich in Häusern versteckt – zwei Frauen, einundfünfzig und neunzig Jahre alt, drei Männer, fünfundvierzig, fünfundsechzig und achtzig. Kopfschüsse, drei Opfern war die Kehle durchgeschnitten worden. Der sechste, ein achtundsiebzigjähriger Mann, lag auf der Straße, zwei Einschusswunden im Gesicht, eine von einem aufgesetzten Schuss in die Stirn, die andere Kugel abgefeuert, als er schon auf dem Boden gelegen haben musste.

Zufällig kamen am Tag darauf Menschenrechtsbeobachter der UNO in den Ort. Nur deshalb waren die Morde von Zadolje zeitnah und genauestens dokumentiert worden.

»Kalt, nicht wahr?«, fragte Mayr und war schon am Fenster, um es zu schließen.

Ahrens nickte. »Haben Sie die Namen der Mörder?«

»Wir sind ziemlich sicher, dass die Serben von einem Polizisten und einem Soldaten getötet worden sind. Drei der eine, drei der andere. Den Namen des Polizisten kennen wir, er trat zwei Tage später auf eine serbische Mine und flog in die Luft, was sehr praktisch, aber natürlich unbefriedigend ist.« Sie hob einen Finger in Richtung Wand. »Bebić. Wer der andere Mörder ist, wissen wir noch nicht. Es muss Zeugen geben, aber wir kommen nicht an sie heran. Polizei und Armee weigern sich, die Namen der Männer rauszugeben, die in Zadolje waren.«

»Zu welcher Einheit gehörte der Soldat?«

»134. Heimatschutz-Regiment.«

»Und Sie vermuten ...« Ahrens beendete den Satz nicht.

Das Datum, dachte sie.

Der Überfall auf Zadolje hatte sich am 25. August 1995 ereignet. Ihr Blick fiel auf das Foto des Kapetan und die Bildunterschrift. *25.8.95, bei Knin: Ein serbischer Schlächter zittert vor der gerechten Strafe durch den jungen Kapetan.*

»Das Datum, ja.« Mayr rollte dicht an den Schreibtisch heran, legte die Arme auf die Unterlagen, in der Rechten die Zigarette, in der Linken das Feuerzeug. Sie wisse aus Unterlagen des ICTY, dass das 134. ein Problemregiment gewesen sei. Die Befehlskette habe nicht funktioniert, es sei zu Plünderungen, Brandstiftung und anderen Verbrechen gekommen. »Und noch was.« Sie zog eine Fotografie aus der Akte – eine kleine, teilweise gesprengte Kirche mit geschwärzten Mauern. »Die orthodoxe Kirche von Zadolje.«

Ahrens verglich sie mit der Ruine hinter dem Kapetan und seinem Opfer. »Könnte sein, oder?«

Mayr nickte.

»Also doch kein Serbe.«

»Nein, nein, der Serbe war ein Test.« Mayr lachte. Sie kategorisiere, sagte sie, ausländische Journalisten in »Serbenjäger«, »Kroatenjäger« und »Wahrheitsjäger«. Die ersten beiden seien ihr suspekt. Ganz gleich, was sie fänden – seien sie Serbenjäger, »belege« es Verbrechen der Serben, seien sie Kroatenjäger, die von Kroaten. Willkommen seien ihr nur die Wahrheitsjäger, Idealisten von der traurigen Gestalt wie sie selbst.

»Und ich habe den Test bestanden?«

»Dragan Vasiljković hat Ihr Bild der Ereignisse gründlich erschüttert, Sie waren grün im Gesicht. Aber Sie hätten ihn als Kapetan akzeptiert und Ihr Bild korrigiert. Ja, Sie haben den Test bestanden.«

»Danke.« Ahrens lächelte kühl. »Ich war grün im Gesicht, weil ich mich gefragt habe, ob Sie mich manipulieren. Immerhin sind Sie Kroatin.«

Mayr strahlte. »Sie haben eine wichtige Lektion gelernt! Unterschätzen Sie niemals einen Verteidiger vom Schlage Ivica Marković'. Der hat seine Spione überall.« Sie legte den Zeigefinger auf die Lippen und deutete unter den Schreibtisch.

Sie lachten.

Mayr schlug vor, das Artikelfoto in die Zadolje-Akte aufzunehmen. Sie und ihre Leute würden es herumzeigen – vielleicht lasse sich die Identität des Kapetan feststellen. »Ein Foto des mutmaßlichen zweiten Mörders! Wunderbar! Wenn er noch lebt, identifizieren wir ihn damit. Vielleicht machen wir einen Deal – wenn er redet, bekommt er Strafminderung. Den Haag kann im Prozess gegen Gotovina, Markač und Čermak jede Unterstützung gebrauchen, spätestens für die Berufung. Gotovina hatte das Oberkommando, Markač hat die Sonderpolizei geführt, und wenn wir jetzt den zweiten Mörder von Zadolje identifizieren und als Zeugen der Anklage gewinnen …«

Ahrens nickte zufrieden. Das Team nahm Formen an. Irena Lakić, Jagoda Mayr, sie selbst.

Mayrs Faust sauste vor, die Fliegenklatsche krachte gegen die Wand. »Ha! Da klebt er, Ihr Kapetan.«

Wieder lachten sie.

Das Klingeln des Telefons unterbrach sie. Mayr hob ab, blätterte raschelnd in einem Kalender. »Freitagabend? Ja, gern … Nein, mein Mann kann nicht mitkommen, er ist verreist …«

Ahrens folgte der Bleistiftspitze, die in fahrigen Buchstaben einen Termin für den morgigen Freitag eintrug. *Kulturempfang/ Innenministerium, 20 Uhr.*

Sie lächelte.

Ja, sie hatte eine wichtige Lektion gelernt: Wenn es um Ivica Marković ging, gab es keine Zufälle. Der Anruf hatte nur eine Bedeutung – ihr mitzuteilen, dass ihre Gegner wussten, was sie tat, wohin sie ging, mit wem sie sprach.

Mayr hatte aufgelegt. »Haben Sie die Nerven für eine Leiche?«

Ahrens verstand sofort. Die Toten von Zadolje waren fotografiert worden. »Ja.«

Mayr loggte sich in die Datenbank des ICTY ein. Sie musste nicht lange suchen: Miloš Karanović, der Achtundsiebzigjährige, der auf der Straße liegend gefunden worden war. Obwohl ihm sein Mörder das halbe Gesicht weggeschossen hatte, erkannten sie ihn wieder. Der Hemdkragen, der Haaransatz, die Form des Ohrs – dies war der Mann, den der Kapetan auf dem Foto bedrohte.

Der erste Beweis, *gospodine* Marković, dachte sie. Der alte Zivilist *war* getötet worden.

»Schon mal jemanden gesehen, der so zugerichtet war?« Mayr schloss die Datei.

Ahrens nickte. »In Buenos Aires.«

»Foto oder Leiche?«

»Mehrere Leichen. In Tokio auch.«

»Macht Ihnen nichts aus?«

Ahrens zuckte die Achseln. »Nein.«

»Mir reicht so ein Foto. Miloš Karanović wird mich mit seinem hübschen Gesicht in meinen Träumen besuchen.« Verlegen blinzelte Mayr Tränen weg, nickte in Richtung Wand. »Das gibt mir die Kraft, mich Tag für Tag mit denen da zu befassen. Die

Wut darüber, dass sie mich nicht schlafen lassen. Verlieren Sie nie die Distanz?«

»Nur bei schönen Dingen.« Ahrens lächelte. »Wenn es um Zagreb geht. Ihre Sprache.«

»Na, Schönheit ist bekanntlich relativ.«

Kurz darauf verließ Ahrens das mit Mücken und Kriegsverbrechern gesprenkelte Büro von Jagoda Mayr. In der Straßenbahn, auf dem Weg zu ihrer nächsten Verabredung, dachte sie an Miloš Karanović.

Einer der beiden Männer auf dem Zeitungsfoto hatte nun einen Namen, eine Identität. Auch sein Mörder würde nicht mehr lange unbekannt bleiben.

20

DONNERSTAG, 14. OKTOBER 2010
NAHE ROTTWEIL

Saša Jordan und Igor trafen eine Entscheidung. Sie konnten nicht mehr warten, mussten handeln, der Plan von Ivica Marković war überholt.

»Reden wir mit Milo«, sagte Igor.

Jordan schüttelte den Kopf. »Bachmeier.«

Milo war ein Verräter an der kroatischen Sache – aber auch starrsinnig. Er hatte sich dem Vater widersetzt und war seinen eigenen Weg gegangen. Mit Milo würden sie Schwierigkeiten haben.

Bachmeier dagegen mochte loyal sein, doch er war weich. Er würde nicht lange durchhalten, wenn Igor einmal angefangen hatte.

Nachdem Jordan die Bombe gezündet hatte, waren sie wie geplant Richtung Norden gefahren und hatten die restliche Nacht und den größten Teil des Tages in der verfallenen Hütte verbracht. Beide hatten immer mehr am Sinn von Marković' Anweisungen gezweifelt. Einfach nur abwarten, ob sich einer der Abgehörten am Telefon verriet? Und wenn es sichere Leitungen gab? Wenn sie sich trafen? Was sollte das Warten bringen?

Zumal Warten gefährlich war. Es schuf der Sehnsucht Raum.

Ein, zwei Stunden lang hatten sie als Gedankenspiel erwogen, die Aktion abzubrechen. Einfach verschwinden, erst für ein paar Wochen untertauchen, dann über die Alpen nach Italien, über Triest auf den Balkan, über die grüne Grenze nach Bosnien, hinunter in die zweite Heimat, die es wie Briševo nicht mehr gab: Herceg-Bosna. Nur ein Stückchen davon war rein kroatisch geblieben, der Kanton West-Herzegowina. Keine lieblichen Täler wie hier, sondern weite, fruchtbare Ebenen, der einsame Karst, der Fluss Trebižat mit seinen Wasserfällen.

An der Hüttenwand sitzend, inmitten von Laub, Spinnweben, Tierkot, entwarfen sie ein zukünftiges Leben.

Ein kleiner Bauernhof, ein paar Ziegen, ein paar Kühe, scharfe Hunde ...

Eine scharfe Frau ...

Für dich, Saša, nicht für mich, ich brauche nur ein paar Tiere und Ruhe, das reicht schon, das ist nicht zu viel und nicht zu wenig ...

Ein Café mit Plastikstühlen draußen, wo die alten Männer den Tag verbringen ...

»Široki Brijeg«, flüsterte Igor.

Jordan schüttelte den Kopf, er zog Ljubuški vor. In Široki Brijeg hatten Titos Kommunisten 1945 Hunderte Kroaten ermordet. Kein Ort, der irgendwann vergessen würde.

»Aber wir gehen nicht, oder?«

»Noch nicht«, antwortete Jordan.

Thomas Ćavar war zu gefährlich, als dass sie der Sehnsucht nachgeben und untertauchen durften.

Sie schuldeten Marković und vor allem dem General Loyalität. Seit fünf Jahren saß Ante Gotovina in einer Zelle in Den Haag, umgeben von Krawattenträgern, die hilflos mit Paragraphen auf seine Feinde schossen. Der gefährlichste war der Vorsitzende Richter selbst, ein Niederländer. Die Niederländer waren Jugo- und Serben-Freunde gewesen, Ende 1991 hatten sie versucht, die Deutschen davon abzubringen, Kroatiens Unabhängigkeit anzuerkennen. Und niederländische UN-Soldaten trugen die Schuld an Srebrenica, sie hatten die Stadt den Serben überlassen. Noch am Tag vor den ersten Massenmorden hatte ihr Kommandeur mit Ratko Mladić Schnaps getrunken.

Angesichts solcher Feinde durften sie den General nicht alleinlassen.

Die Schlussplädoyers waren vor sechs Wochen gehalten worden, doch falls weitere Einzelheiten zu Zadolje bekannt wurden, schoben die Richter die Urteilsverkündung womöglich auf. Spätestens in einem Berufungsverfahren wäre das eine Gefahr.

Igor lächelte. »Ljubuški ... Es ist gut, ein Ziel zu haben, Saša.«

Um 17.35 Uhr dann der Anruf, der alles änderte: Die Kriminalpolizei bei Petar Ćavar, der Alte hatte wenige Minuten zuvor Milo informiert.

Jordan hatte das Band vorgespielt bekommen.

Rate, wer gerade hier war, die Kriminalpolizei, ein Kommissar aus Berlin und eine aus Rottweil, sie haben nach Thomas gefragt.

Haben sie gesagt, warum?

Nein. Vielleicht sagen sie es dir, sie sind auf dem Weg.

Und damit waren Marković' Anweisungen überholt gewesen.

Mit einem neuen Plan kehrten Jordan und Igor am frühen Abend in das Tal zurück.

Jordan brauchte eine Weile, um zu verstehen, was passiert war.

Diesmal waren sie über einen der Hügel nördlich des Hofes gekommen. Auf halber Höhe hatten sie sich mit Feldstechern im Wald niedergelassen, um auf die Dunkelheit zu warten.

Nur Bachmeier hielt sich noch auf dem Hof auf. Seine Frau, die Tochter und die Angestellte waren eine Viertelstunde zuvor von einem älteren Mann abgeholt worden. Ein Lieferwagen mit der Aufschrift GÄRTNEREI PAULI, der Mann hatte zwei Koffer auf der Ladefläche verstaut.

Tapferer, vernünftiger Mägges, hatte Jordan gedacht, schickst die Familie in Sicherheit, um dich allein zu stellen.

Der Abschied war kurz ausgefallen.

Nachdem der Lieferwagen in der Ferne verschwunden war, hatte Bachmeier sich schwerfällig hingesetzt, in den Staub des Vorplatzes, die Ellbogen auf den Knien, der Rücken rund.

Zehn Minuten später saß er noch immer dort.

»Was ist los?«, flüsterte Igor. »Hat sie ihn verlassen?«

»Vielleicht wartet er auf uns«, erwiderte Jordan.

Schließlich erhob Bachmeier sich. Er holte eine Schubkarre und eine Schaufel aus dem Stall, trat an den Rand des angrenzenden Feldes und begann zu graben.

Da begriff Jordan.

»Was zum Teufel tut er?«, fragte Igor.

»Er hebt ein Grab aus.« Jordan setzte das Fernglas ab und griff nach dem Mobiltelefon. Es war Zeit, Marković mitzuteilen, dass sich der Plan geändert hatte.

Anschließend würde er an einer Beerdigung teilnehmen.

»Ein Grab für einen Hund«, sagte er.

Durch den Wald ging Jordan zum Hof hinunter. Die Sonne war jenseits der Hügel verschwunden, das Tal lag in weichem Licht. Er gab sich keine Mühe, leise zu sein. Bachmeier, davon war er überzeugt, wusste, dass er kommen würde. Auch deshalb war er geblieben, nicht nur, um den Hund Methusalem zu begraben.

Das Telefonat mit Marković hatte nicht lange gedauert. Er war zu Besuch bei »einem alten Freund« in Berlin und hatte nicht offen reden können. *Gut,* hatte er gesagt. *Tut es.*

Der Stall schob sich vor Jordans Blick. Dann hatte er den Hof erreicht und betrat den Vorplatz.

Bachmeier bemerkte ihn nicht. Noch immer schaufelte er

Erde in die Schubkarre. Der Boden war hart, Bachmeier langsam. Jordan hörte ihn keuchen, das hellblaue Polo-Hemd war durchtränkt von Schweiß.

Jetzt sah er auf, hielt inne. Als sich sein Atem beruhigt hatte, sagte er: »Was wollen Sie von mir? Der Tommy ist tot.«

»Ich möchte helfen.«

»Helfen?«

Jordan wies auf das halb ausgehobene Grab.

Bachmeier blickte lange darauf, dann sagte er: »Er hatte ein schwaches Herz, hat sich bei der Explosion zu sehr erschreckt.«

Jordan nickte. »Er hieß Methusalem, oder?«

»Das wissen Sie auch?«

»Ja.« Jordan zog die Jacke aus, warf sie auf den Grasstreifen zwischen Straße und Feld.

»Sie wissen alles.«

»Wo Thomas ist, weiß ich nicht.«

»Dabei hab ich's Ihnen schon dreimal gesagt.«

Jordan langte nach den Griffen der Schubkarre. »Wohin?«

»Hinter's Haus. Bei den Gemüsebeeten.«

Die Schubkarre war schwer, die Anstrengung tat gut. Langsam schob er sie am Haus vorbei. Er freute sich darauf, Igor beim Bau eines kleinen Bauernhofes in der West-Herzegowina zu helfen. Sie würden ein im Sommer kühles, im Winter warmes Steinhaus mit kleinen Fenstern und Kamin bauen, in dem Igor sich vor den Erinnerungen verbergen konnte.

Ein Haus, in das Erinnerungen nicht hineinkamen.

Jordans Blick fiel auf die Hundehütte. Er glaubte nicht an das Schicksal, auch nicht an einen Gott, die Welt war karstig und sinnentleert und voller Hornvipern wie der Velebit. Wenn er an etwas glaubte, dann an den Menschen. Jeder verfolgte ein Ziel, und weil er es erreichen wollte, war er bereit, ihm alles andere unterzuordnen. Und das hieß auch: zu akzeptieren, was unumgänglich war.

Er hatte den Hund verschont und doch getötet.

So, dachte er, während er die Schubkarre ausleerte, war es eben.

Er rollte die Karre zum Stall, fand eine zweite Schaufel, kehrte zu Bachmeier zurück.

Sie arbeiteten schweigend, doch aus jedem Blick, jeder Bewegung Bachmeiers sprachen die Angst und die Trauer und die Wut eines Menschen, dem kein Ziel mehr geblieben war, nur der Tod.

21

DONNERSTAG, 14. OKTOBER 2010
BERLIN

Das Andalusien-Porträt, Ehringers Lieblingsfoto von Margaret.

In den ersten Tagen hatte sie sich merkwürdig unsicher durch Sevilla bewegt, wie durch einen Nebel aus Eindrücken und Gefühlen. Ihre Antworten immer einen Moment zu spät, ihre Blicke unruhig, die Bewegungen ziellos und schwer.

Der erste Urlaub in vielen Jahren.

Ich mag Urlaub nicht, hatte sie immer gesagt. *Nichts tun, wie langweilig.*

In Spanien hatte Ehringer verstanden, worin das Problem lag. Die eine Margaret war in Bonn geblieben, eine andere, unbekannte erwartete sie in Andalusien. Der Übertritt fiel ihr schwer, sie vertraute der anderen nicht. Sie irrte herum und fand sich nicht gleich.

An einem dieser Tage war das Foto entstanden.

»Sevilla«, antwortete er.

»Ich erinnere mich.« Ivica Marković, der auf dem Sofa hinter ihm saß, seufzte. »Wie grausam das Leben ist.«

Ehringer wandte sich um. Marković war, was er war, doch sein Mitgefühl kam von Herzen. Er hatte Margaret verehrt. »Sie mochte Sie. Weiß Gott, warum, aber sie mochte Sie.«

Marković lachte. »Das war nicht immer zu spüren.«

Ehringer nickte.

Ein Samstag im Februar 1991, ein überfüllter Raum im Frankfurter Römer, Politiker, Diplomaten, Journalisten, Menschenrechtler, Kroatien-Lobbyisten wie Ivica Marković. Draußen, vor den Fenstern, dichtes Schneetreiben und siebentausend Schemen, Kroaten, Slowenen, Albaner und Deutsche, die »Wir sind das Volk!« und »Kein Krieg in Kroatien!« skandierten. Drinnen sagte Margaret erbost: *Sie sind ein Nationalist, Marković, und zwar von der schlimmsten Sorte!*

Ich bin verzweifelt, Frau Dr. Ehringer! Wir sind den Tschetniks wehrlos ausgeliefert! Wir wollen den Frieden und ernten den Krieg!

Blödsinn! Ihr Verteidigungsminister versucht, über den amerikanischen Botschafter Waffen aus den USA zu bekommen, er lässt Kalaschnikows über die ungarische Grenze transportieren, er ruft zum Waffenschmuggel auf, er bildet Bürgerwehren. Verschonen Sie mich mit diesem scheinheiligen Getue von der verfolgten Unschuld. Sie, Tudman, Špegelj und all die anderen gerieren sich als harmlose Demokraten, dabei sind Sie nationalistische Provokateure. Sie wollen keinen Frieden, Sie wollen die Unabhängigkeit, seit Jahren und um jeden Preis, und wenn dabei noch die eine Hälfte Bosniens mit herausspringt, umso besser.

Ich bitte Sie, von Bosnien kann keine ...

Und soll ich Ihnen noch was sagen? Sie wollen die Konfrontation mit Milošević, weil Sie die Hoffnung haben, dass sich das Serben-Problem in der Krajina dann auf eine endgültige Weise lösen lässt.

»Sie mussten sie beruhigen.«

»Ja«, sagte Ehringer. *Rette mich, da kommt Kusserow*, hatte er ihr ins Ohr geflüstert.

Lächelnd hob Marković die Arme. »Ach, die Frauen, was ...«

»Sie hatte mit vielem recht«, unterbrach Ehringer ihn. »Leider haben wir das zu diesem Zeitpunkt nicht erkannt. 1992 hat Tudman gesagt, dass es keinen Krieg gegeben hätte, wenn Kroatien ihn nicht gewollt hätte. Und Ihr ehemaliger Innenminister Boljkovac hat letztes Jahr erklärt, dass der Krieg Absicht war.«

Er redete sich in Rage. Margarets Haltung zur Jugoslawien-Krise – und natürlich die Art, wie sie sie vertreten hatte – hatte sie die Karriere gekostet.

Und letztlich das Leben.

»In der Biographie von Hudelist können Sie nachlesen, dass die Teilung Bosniens von Anfang an eines von Tuđmans Zielen war. Angeblich hat er im Juli 1991 sogar Kohl und Genscher gegenüber entsprechende Andeutungen gemacht. Und den Slowenen hat er gesagt, Kroatien habe kein Interesse daran, dass Bosnien-Herzegowina weiterexistiere. Und dass die Anerkennung ein Fehler war, wissen wir spätestens seit Ausbruch des Bosnienkrieges.«

»Sie hat den Krieg in meiner Heimat beendet!«

Ehringer zuckte erschöpft die Achseln.

Die deutsch-kroatische Legende.

Kohl und Genscher hatten die Anerkennung gegen alle internationalen Widerstände Ende 1991 durchgepeitscht. Also wurde dieser Mythos gepflegt, wenn er auch allmählich Risse bekam. Denn die anderen hatten recht behalten, jene, die vor einer frühen Anerkennung gewarnt hatten. Die Amerikaner, die Franzosen, die Engländer. Der bosnische Präsident Izetbegović, UNO-Generalsekretär Perez de Cuellar, EG-Vermittler Lord Carrington, Hansjörg Eiff, der deutsche Jugoslawien-Botschafter, Karl Lamers, der außenpolitische Sprecher der CDU-Fraktion im Bundestag, all die anderen.

Margaret.

Ihr gebt das wichtigste Druckmittel gegen die Kroaten und die Serben aus der Hand und provoziert eine Kettenreaktion!

Ehringer schloss die Augen.

Das schreckliche Frühjahr 1992.

Die Serben hatten Anfang des Jahres erreicht, was sie erreichen wollten: die Kontrolle über die serbischen Siedlungsgebiete in Kroatien und den UNO-Schutz des Status quo. Sie hatten den Krieg nicht fortsetzen müssen.

Nein, die Anerkennung hatte nicht zum Ende des Kroatienkrieges geführt, sondern zum Unabhängigkeitsreferendum in Bosnien. Die Serben boykottierten die Abstimmung, folglich setzten sich die bosnischen Kroaten und die Muslime mit ihrem Wunsch nach Eigenstaatlichkeit durch. Ein paar Tage später erklärte das Parlament die Unabhängigkeit. Kurz darauf schlugen die bosnischen Serben, die seit Monaten auf die eigene Autonomie hingearbeitet hatten, los und besetzten zwei Drittel des Landes.

Der bosnische Albtraum begann.

Die deutsche Anerkennungspolitik hatte katastrophale Folgen gezeitigt. Deshalb, davon war Ehringer mittlerweile überzeugt, war Hans-Dietrich Genscher im Mai 1992 als Außenminister zurückgetreten.

Da hatte Margaret bereits nicht mehr gelebt.

Er schöpfte Atem, öffnete die Augen.

Ja, sie hatte recht gehabt, mit fast allem, er nicht. Und doch war sie selbst in ihrer Partei isoliert gewesen, schon im Februar 1991, als die Demonstration in Frankfurt stattgefunden hatte. Hans Eichel, eben zum hessischen Ministerpräsidenten gewählt, hatte ein Grußwort an die Demonstranten geschickt, Heidemarie Wieczorek-Zeul, die europapolitische Sprecherin der SPD-Bundestagsfraktion, hatte ihre Unterstützung bekundet, genauso Joschka Fischer, hessischer Umweltminister, und andere. Draußen, im Schnee, sprach Tilman Zülch, Vorsitzender der Gesellschaft für bedrohte Völker, der die Schirmherrschaft übernommen hatte, zu den Teilnehmern der Kundgebung. Drinnen sagte Margaret: *Richard, Tudman verharmlost die Ustaša, das Konzentrationslager Jasenovac, holt sich radikale Nationalisten ins Boot, schürt bei den kroatischen Serben alte Ängste ... Lasst euch doch nicht von diesem Volksverhetzer vorführen!*

Ein Stück Kuchen, Schatz?

Nein, verflucht!

Sie hatten sich vor Friedrich Kusserow zum Kuchenbüfett gerettet, doch als Ehringer sich umdrehte, sah er, dass ihnen der Alte folgte. Mit eckig-barschen Gesten bahnte er sich einen Weg durch die Menge. Vor allem der Außenminister und die Jugoslawien-Experten des AA standen im Fadenkreuz aufgebrachter alter Antikommunisten wie Kusserow von den *Berliner Nachrichten*, Reißmüller von der F.A.Z., Ströhm von der *Welt*, allesamt Verlorene aus dem ehemals deutschen Osten, wie Margaret einmal spöttisch angemerkt hatte – Ostpreußen, Böhmen, Tallinn.

Nun hatten sich die Verlorenen aufgemacht, Kroatien zu retten, im Verbund mit dem engagierten Journalismus der Linken. Ihre Streitmacht wuchs im Laufe des Jahres 1991 rapide an. Während Kohl und Genscher aus Rücksicht auf die internationalen Partner noch zögerten, ergriffen Politik, Medien und Bevölkerung Deutschlands immer deutlicher für Kroatien Partei.

Margaret Ehringer dagegen verlangte Differenzierung, lautstark und bei jeder sich bietenden Gelegenheit. Doch Differenzierung war in jenen Tagen nicht en vogue.

Die Presse begann, sich auf sie einzuschießen.

Weil sie einen wirksamen Minderheitenschutz für die Serben in der Krajina einforderte, galt sie plötzlich als antikroatisch. Weil sie Tuđman einen »berechnenden Nationalisten« nannte, als Milošević-freundlich. Weil sie die Mitte 1991 proklamierte Unabhängigkeit Kroatiens als »zu früh«, »fatal« und »gefährlich« bezeichnete, als Jugo-Nostalgikerin und verkappte Kommunistin. Für eine stellvertretende Vorsitzende des größten Landesverbandes der SPD eine politische Katastrophe.

»Geht es Ihnen nicht gut, Dr. Ehringer?«

»Doch, doch. Entschuldigen Sie. Nur die Erinnerungen.«

Mit langsamen Armbewegungen rollte Ehringer zum Couchtisch zurück. Die Verbände um die Hände behinderten ihn, an den Knien scheuerte die Hose, die Schorfe rissen auf. Zweimal an diesem Tag schon hatte Wilbert Mull und Verband erneuert. Die nächste melodramatische Aktion musste besser durchdacht werden. Sich auch noch die wenigen funktionierenden Teile des Körpers zu ruinieren war schlichtweg dumm.

Achtzehn Uhr, ein betriebsamer Tag. Erst die Kriminaltechniker des Neffen, dann der Glaser, abschließend ein überraschender Besuch aus Zagreb – *Ich bin gerade in Berlin und würde Sie gern besuchen, lieber Freund.* Immerhin, die Unruhe hatte positive Aspekte: keine weiteren Telefonwanzen, eine neue Glasscheibe für die Balkontür, Gebäck vom Savignyplatz.

Ehringer nahm die Strickjacke vom Schoß, schlüpfte hinein. »Lassen wir die Toten ruhen, Marković.«

»Wenn sie *uns* nur ruhen lassen würden.«

»Der Junge ist zerfallen und verrottet, warum bereitet er Ihnen Sorgen? Fliegen Sie nach Hause, kümmern Sie sich um Ihr Land, und lassen Sie dem armen Kerl seinen Frieden.«

»Er hat mehr verdient als das. Einen Orden, wenigstens ein anständiges Grab.«

»Bosnien ist sein Grab, und das ist anständig genug. Begleiten Sie mich in den Speisesaal? Das Essen hier ist sehr zu empfehlen. Das Fleisch ist gestern noch glücklich über brandenburgische Wiesen gerannt, und der Koch wurde von einem elsässischen Sternerestaurant abgeworben.«

Marković erhob sich lächelnd. »Gute Köche sind rar.«

»Wie gute Schneider.«

Marković nickte. Sein langjähriger Schneider, erzählte er betrübt, sei vor einigen Jahren gestorben. Der Sohn habe übernommen, ein schläfriger Mensch, alles dauere nun doppelt so lange, und hin und wieder finde sich eine vergessene Nadel im Stoff.

»Erlauben Sie mir, dass ich Sie schiebe?«

»Wenn Sie sich nicht an den Ausdünstungen eines nutzlosen Körpers stören.«

»Es gibt Wichtigeres, Dr. Ehringer.«

»Hier nicht. Hier sind die Ausdünstungen ein Hinweis auf das Maß des Verfalls. Wer nur ein wenig riecht, pflegt sich noch. Wer stark riecht, hat aufgegeben.«

Mit sicheren Griffen drehte Marković den Rollstuhl herum und schob ihn zur Wohnungstür. Im langen, stillen Flur des vierten Stocks sagte er: »Sie riechen überhaupt nicht.«

»Wie charmant Sie lügen.«

Im Aufzug trafen sich ihre Blicke. Beide lächelten. Ehringer begriff, dass Marković sich keine Blöße geben würde. Auch wenn er einen Invaliden vor sich hatte, würde er ihn niemals unterschätzen.

Sie saßen an einem kleinen Fenstertisch, blickten über die Spree auf den Schlosspark. Marković hatte sich als vorbildlicher Pflegeheimbesucher erwiesen. Gelassen grüßte er die Verfallenden, wechselte ein paar Worte mit Ehringers wenigen Bekannten. Als eine russische Oligarchenmutter beherzt furzte, ließ er sich nichts anmerken.

Er bestellte das Cordon bleu, Ehringer das Steak.

Während sie aßen, erzählte Marković von seiner Frau. Ehringer erzählte von Margaret.

Freunde unter sich.

Schon vor zwanzig Jahren hatte Ehringer gespürt, dass Marković ihn mochte. Er hatte nie verstanden, weshalb. Er hatte

Genscher und das Auswärtige Amt repräsentiert, die bis in den August 1991 hinein den Wunsch der Kroaten nach Anerkennung der Unabhängigkeit nicht unterstützt hatten.

Schließlich sagte Marković: »Alles, worum ich Sie bitte, ist, sich mit Thomas Ćavars Vater in Verbindung zu setzen.«

»Was sollte er mir anderes mitteilen, als ich schon weiß?«

»Die Familie steht in Ihrer Schuld. Man würde Sie nicht belügen, wenn Sie ...«

»Belügen? Herrgott, wovon sprechen Sie?«

Ganz abgesehen davon, dachte Ehringer, dass man ihn dann schon belogen hätte. Denn Anfang 1996 hatte er in Rottweil angerufen, um zu hören, wie es Thomas ging. Ob er und Jelena endlich geheiratet, weshalb sie ihn so lange nicht besucht hatten. Der Vater war drangegangen, hatte wortkarg vom Tod seines Sohnes berichtet.

In fünfzehn Jahren hatte Ehringer nicht einen Moment lang daran gezweifelt, dass dies der Wahrheit entsprach.

Und jetzt?

Ohne gewichtige Gründe trat ein Mann wie Ivica Marković nicht aus der Deckung. Ließ keine Wanzen platzieren, schickte keine Leute nach Rottweil, flog nicht selbst nach Berlin, um sich mit durchschaubaren Lügen zu diskreditieren.

Die These des Neffen hatte Ehringer verworfen – dass der Junge damals möglicherweise ermordet worden sei und dies nun ans Licht zu kommen drohe. Vielleicht, dachte er, weil ihm das andere lieber wäre.

Dass der Junge *lebte*.

Er spürte, wie ihm Tränen in die Augen schossen. Eine Entschuldigung murmelnd, rollte er zur Toilette und verriegelte die Tür.

Die verfluchten Tränen ließen sich nicht bändigen.

Er hatte Thomas Ćavar an jenem Tag im Februar 1991 in Frankfurt kennengelernt. Etwa eine Stunde nach der Abschlusskundgebung war die Tür des Saales aufgegangen, zwei Männer waren eingetreten, ein großer Sechzigjähriger, ein schmaler Zwanzigjähriger mit Russenmütze, beide schneebedeckt, Josip Vrdoljak und Thomas Ćavar.

Marković hatte sie ihm vorgestellt.

Ich bin Herrn Josips Chauffeur, hatte Thomas gesagt.

Sie waren mit dem Auto von Stuttgart gekommen, hatten im Schneechaos für zweihundert Kilometer sieben Stunden gebraucht und die Demonstration verpasst.

Meine Schuld, sagte Thomas.

Ach was, bei der Kälte hätten wir uns hier nur den Tod geholt, sagte Vrdoljak.

Eine halbe Stunde später verabschiedeten sie sich.

Termin um acht in Rottweil, erklärte Vrdoljak lächelnd.

Abendessen bei den Ćavars.

Nur wenige Monate später, im Sommer 1991, war Ehringer selbst mit Margaret zu den Ćavars eingeladen worden und hatte verstanden, weshalb man ein Abendessen bei ihnen auch im größten Schneesturm nicht verpassen wollte.

Er betätigte die Spülung und kehrte in den Speisesaal zurück.

»Reden wir endlich Klartext, Marković. Das mit dem Orden und dem anständigen Grab kaufe ich Ihnen nicht ab. Schon gar nicht, nachdem ich Ihre Wanze in meinem Telefon gefunden habe.«

Marković lächelte überrascht.

Dann sprach er.

Thomas Ćavar habe im August 1995 in der Krajina »Schändliches« getan. Dinge, die sich kein Soldat irgendeines Landes erlauben dürfe. Wäre man seiner damals habhaft geworden, so wäre er unehrenhaft aus der Armee entlassen worden und hätte sich vor einem kroatischen Gericht verantworten müssen. Da die Umstände seines Todes derart mysteriös seien – keine Zeugen, keine Leiche, weder Vermissten- noch Todesanzeige –, sei es durchaus möglich, dass er sich der Verhaftung entzogen habe, indem er seinen vermeintlichen Tod inszeniert habe. Und weil die Familie nie nach ihm habe suchen lassen, müsse man davon ausgehen, dass sie informiert sei.

Und vielleicht auch weitere Menschen.

»Gute Freunde wie Sie, Dr. Ehringer.«

»Was ich weiß, habe ich Ihnen gesagt.«

»Wer ist Lorenz?«

Ehringer lächelte kühl. Die beiden Telefonate zum Thema, die Marković' Leute abgehört hatten – mit Lorenz, mit Markus Bachmeier. »Mein Neffe.«

»Lorenz Adamek. Er ist heute in Rottweil eingetroffen. Ermittelt er offiziell?«

»Das müssen Sie ihn selbst fragen.«

»Die Polizei hinzuzuziehen war unvernünftig, Dr. Ehringer. Es versetzt die Beteiligten in Stress. Sie könnten die Geduld verlieren. Jemand könnte ... zu Schaden kommen.«

»Verstehe.«

»Rufen Sie den Vater an, um das zu verhindern.«

»Ich bin gegen Drohungen allergisch.«

Marković seufzte. Geduldig spießte er ein Kartoffelstück auf, kaute lange. »Das Telefonat mit Markus Bachmeier ... ein seltsames Gespräch, finden Sie nicht?«

»Überhaupt nicht.«

»Wir haben es von Stimmexperten analysieren lassen. Bachmeier hatte Angst. Und er hat gelogen. Warum, Dr. Ehringer?«

»Ihre Experten hören die Flöhe husten.« Ehringer legte Messer und Gabel zur Seite. Er hatte einen furchtbaren Fehler begangen.

Der Invalide hatte den Gesunden unterschätzt.

Er hatte Markus Bachmeier in Gefahr gebracht.

Marković' Telefon summte, er entschuldigte sich und zog es hervor.

Das Gespräch war kurz, Ehringer verstand nur *dobro*, »gut«.

»Wieso kommen Sie jetzt damit?«, fragte er, als Marković das Handy wieder einsteckte. »Nach fünfzehn Jahren?«

Marković erwiderte, eine Journalistin habe ihn aufgesucht und zu Ćavar befragt. Sie sei sehr hartnäckig. Natürlich könne er ihr nicht verbieten, Nachforschungen anzustellen. Leider könne er sie aber auch nicht schützen, falls sie tatsächlich auf Ćavar stoße. Man müsse dann mit dem Schlimmsten rechnen.

»Machen Sie sich nicht lächerlich, Marković!«

»Sie waren sein Freund, Dr. Ehringer. Es ehrt Sie, dass Sie ihm nichts Böses zutrauen.«

»Der Junge ...«

»... war im Krieg«, unterbrach Marković. »Er ist zwischen 1991 und 1995 wiederholt nach Kroatien gereist, um zu kämpfen.«

Und der Krieg veränderte einen Menschen, dachte Ehringer.

Er selbst war Zeuge der Veränderung geworden. Jener Thomas, den er im Februar 1991 kennengelernt hatte, war nicht mit dem vom Frühling 1995 zu vergleichen, als er ihn zum letzten Mal besucht hatte. Der eine war ein freundlicher, fröhlicher, etwas naiver, impulsiver Schlaks gewesen, der andere ein düsterer, schweigsamer, schon traumatisierter Mann, der sich die eine Sehnsucht – endlich eine Heimat zu haben – erfüllen musste, indem er die andere aufs Spiel setzte – mit seiner großen Liebe Jelena glücklich zu werden.

»Sie glauben tatsächlich, dass er noch ...« Ehringer sprach nicht weiter.

In der Fensterscheibe spiegelten sich die Lichter des Speisesaals. Zwei Schatten davor, Marković und er.

Und ein unsichtbarer dritter.

Thomas Ćavar lebte.

»Was meinen Sie mit ›Schändliches‹?«, flüsterte Ehringer.

»Seine Verbrechen«, erwiderte Marković.

22

DONNERSTAG, 14. OKTOBER 2010
ROTTWEIL

Lorenz Adamek saß in Milo Ćavars Wohnzimmer und blickte in einen kleinen Garten hinaus, in dessen Mitte fast reglos zwei pummelige Mädchen hockten, die Köpfe dicht zusammen, als erzählten sie einander traurige Geschichten.

Geschichten von einem kleinen scheuen Schwesterlein, das so ganz anders aussah als sie selbst.

Anna, Julia und Ljilja.

Er wiederholte den Namen im Geiste, er tat sich schwer mit der Aussprache. Ljilja. Auch das, dachte er, hatte ihm diesen Krieg so fremd gemacht. Dass er die Namen der Menschen und der Orte nicht aussprechen konnte. Die Zeichen auf und in den Buchstaben nicht verstand.

Er hatte nach der dritten Tochter gefragt. Sie sei bei Freunden, hatte Milo Ćavar erwidert.

Ljilja, dachte Adamek und beschloss, sie Lilly zu nennen. Lilly, die Tochter von Thomas – und Jelena?

Sie waren zu dritt, Ćavars Frau war einkaufen. In der Luft lag ein vager Geruch von verbranntem Holz, der ihn anfangs irritiert hatte. Die Erklärung war einfach: Vermutlich war Milo am Nachmittag auf Bachmeiers Hof gewesen.

Die Doppelhaushälfte befand sich in einer Neubausiedlung am Rande Rottweils. Verkehrsberuhigte Straßen, die Häuser adrett, viele Kinder, aus gekippten Fenstern drangen die Stimmen der Eltern ins Freie. Ein Ort, der nicht weit von Adameks früheren Sehnsüchten entfernt war. Ein Haus wie dieses, zwei Töchter, die im Garten spielten, eine dazu passende Frau.

Es hatte Möglichkeiten gegeben, er hatte die Abzweigungen verpasst.

Milo Ćavar hatte sich im Vergleich zu den Fotos stark verändert, war noch fülliger, noch skeptischer geworden. Das Gesicht teigig, unter den Augen Ränder der Müdigkeit, die dunklen Haare lichteten sich, auf der Nase saß eine silbern gerahmte Brille. Ein ernsthafter, verantwortungsbewusster Mann, mittlerweile Filialleiter der Privatbank, bei der er seit 1998 arbeitete.

Und doch log dieser Mann.

»Herr Ćavar«, sagte Schneider, »in Rottweil wurde 2002 keine Geburtsurkunde auf den Namen Ljilja ausgestellt.«

»Sie wurde nicht in Rottweil geboren.«

»Sondern wo?«

»In Kroatien. In Osijek.« Seine Stimme war weich und freundlich. Ein Anlageberater im Gespräch mit zwei Kunden, denen er die Sorge um die Sicherheit einer Geldanlage nehmen wollte. Doch Adamek hörte auch Unruhe darin. Milo Ćavar sehnte den Moment herbei, in dem sie wieder gingen.

»Sie haben sie hier nie ins Familienbuch eintragen lassen.«

»Das haben wir vergessen.«

»Wurde in Osijek eine Geburtsurkunde ausgestellt?«

»Ja, natürlich.«

»Können wir sie sehen?«

»Leider haben wir sie auf der Rückfahrt verloren.«

»Sie sind mit dem Auto gefahren?«

»Ja.«

»Wie verliert man eine Geburtsurkunde in einem Auto?«

»Vielleicht haben wir sie bei meinen Großeltern vergessen.«

Schneider wirkte konzentriert. Auch sie wusste natürlich, dass

Milo log. Sie versuchte, ihn durch Fragen in eine Sackgasse zu führen, bis sich die Wahrheit offenbarte. Ihre Taktik basierte auf dem Wissen, das sie durch akribische Recherche erworben hatte. Ihre Strategie war die Logik.

Eine gute Stategie.

Adamek versuchte zu begreifen, weshalb sie hier nicht zum Ziel führen konnte.

»Ljilja ist in keiner Schule in Rottweil angemeldet.«

Schweigen.

»Sie ist acht, Herr Ćavar. Wo geht sie zur Schule?«

»Hier.«

Schneider schüttelte den Kopf. Die Sonnenbrille verrutschte im Haar, sie legte sie auf den Couchtisch. »Nein.«

»Sie hat den Nachnamen ihrer Mutter.«

Erneut schüttelte Schneider den Kopf. Keine Ljilja Lehmberg an einer Rottweiler Schule.

Milo hatte den Blick auf seine Hände gesenkt, die im Schoß lagen.

Sekunden verstrichen, ohne dass ein Wort fiel.

Adamek unterdrückte ein Gähnen. Der Tag war lang gewesen, das Glas Sliwowitz tat ein Übriges. Er wollte eine Schmerzspritze, ein Bett, einen Fernseher, ein Bier aus der Minibar.

Er wollte endlich verstehen.

»Ljilja ist nicht von meiner Frau.«

»Dann verraten Sie uns, wer die Mutter ist«, sagte Schneider.

»Das kann ich nicht.«

»Weil die Mutter es nicht will?«

»Ja.«

»Sie war ebenfalls in Osijek? Zusammen mit Ihnen?«

»Sie wohnte damals dort.«

»Das heißt, Sie waren neun Monate davor auch in Osijek?«

»Ja.«

»Mit dem Auto, nehme ich an.«

»Ja.«

»Haben Sie noch irgendwelche Reisebelege? Tankquittungen, Restaurantrechnungen?«

»Nein.«

»Aber es gibt die Stempel der Grenzposten, richtig? Slowenien gehört erst seit Januar 2008 zu den Schengen-Staaten, Kroatien ist nicht in der EU.«

Milo lächelte entschuldigend. »Manchmal stempeln sie, manchmal nicht.«

Adamek richtete den Blick wieder auf die Mädchen im Garten, die sich nicht gerührt zu haben schienen. Sie saßen da, als wären sie mit dem Erdboden und miteinander verwachsen. Nichts anderes kümmerte sie, nicht die kühle Abendluft, die allmählich heraufziehende Dämmerung, die beiden Fremden im Wohnzimmer ihrer Eltern.

Und plötzlich verstand er, worum es ging: um Verbundenheit.

Thomas und Milo, die beiden Brüder, der eine Bayern-Fan, der andere Stuttgart-Fan. Hatten ein Zimmer geteilt, bis sie Anfang zwanzig gewesen waren. Das Zimmer existierte noch, dieselben Poster wie damals, dieselben Betten, dieselben Schränke ...

Dieselbe Verbundenheit – Thomas hatte ein Kind bekommen, Milo gab es als seines aus.

Thomas lebte, Lilly war bei ihm. Milo log, um die beiden zu schützen, vor wem auch immer – den deutschen oder den kroatischen Behörden, Ivica Marković, dem Haager Strafgerichtshof, einem Schatten aus dem Krieg, dessen Rache Thomas fürchtete.

Adamek erhob sich. »Ich möchte Ihnen etwas zeigen.«

Er trat zu dem schnurgebundenen Telefon, das jemand auf den Esstisch gestellt hatte, und wartete, bis Milo neben ihm stand. Während er die Muschel abschraubte, hielt er den Atem an.

Er hatte Marković richtig eingeschätzt.

»Sehen Sie das?« Er deutete auf den Sender. »Das ist eine Wanze. Ihre Telefongespräche werden abgehört.«

Er setzte die Muschel wieder auf das Gewinde. Erzählte von den Wanzen im Telefon des Vaters und Richard Ehringers, ein alter Freund Ihres Bruder, Sie erinnern sich? Erzählte von Ivica Marković, der für dies alles wohl verantwortlich sei, die Wanzen, die Sprengung von Bachmeiers Scheune, die Suche nach Thomas, auch Marković einer von dessen früheren Bekannten.

Milo war blass geworden. Stumm stand er da, erstarrt wie die beiden Mädchen im Garten.

Eine versteinerte Familie.

Ein Klingeln ließ Adamek zusammenfahren. Er fixierte das Telefon auf dem Esstisch. Doch das Geräusch kam aus seiner Jackentasche.

Ein aufgeregter Onkel. »Du musst zu Bachmeier! Marković war hier. Er …«

»Bei dir? In Berlin?«

»Lass mich ausreden, verdammt!«

Adamek schwieg, während Ehringer erzählte. Dann steckte er das Handy weg und sah Milo an.

Er zwang sich zur Ruhe.

Er hatte verstanden, dass es um Liebe ging, jetzt musste er noch verstehen, was Milos Sorge war. Warum durfte niemand erfahren, dass Thomas lebte? Dass Lilly *seine* Tochter war?

Aber ihm blieb keine Zeit.

»Wir müssen wissen, wo Ihr Bruder ist, Milo. Bevor Marković ihn findet.«

»Thomas ist 1995 in Bosnien …«

»Nein«, unterbrach Adamek, »er lebt. Und er ist, warum auch immer, in Gefahr. Wie alle, die wissen, wo er ist. Ihr Vater, Sie und vor allem Markus Bachmeier.«

23

DONNERSTAG, 14. OKTOBER 2010
ZAGREB/KROATIEN

Wieder war Yvonne Ahrens gewarnt worden.

Was du tust, ist gefährlich, hatte Goran Vori gesagt.

Sie saßen in einem lauten Lokal in der Unterstadt, mühten sich mit in Öl ertränkter Pizza ab, Irena, Vori, sie, während sie sich in einem Gemisch aus Kroatisch, Englisch und Deutsch unterhielten.

Goran Vori war in den neunziger Jahren einer der ersten kroatischen Journalisten gewesen, die über Kriegsverbrechen der eigenen Armee geschrieben hatten. Er wusste alles über Gospić im Velebit-Gebirge, wo eine Spezialeinheit des Innenministeriums im Oktober 1991 über fünfzig serbische Zivilisten ermordet hatte. Über die Operation »Medak«, bei der eine kroatische Brigade im September 1993 verwundete serbische Soldaten getötet und Zivilisten gefoltert und ermordet hatte.

Über »Sturm« – und über Zadolje.

Deshalb hatte Irena ihn mitgebracht.

Doch Vori war der Falsche, um Warnungen auszusprechen. Wollte man von der Sonne gesagt bekommen, dass man in der Dunkelheit stolpern könne? Ahrens sah, dass er die Lippen bewegte, und hörte nichts. Goran Vori war *hinreißend*.

Ende vierzig, mittelgroß, unrasiert, die halblangen Locken zum Zopf gebunden, versunkener Blick, die Lippen entschlossen. Die Stimme war tief und ruhig, um die Augen lagen Kränze aus Lachfältchen.

Vor allem seine Gelassenheit zog sie an. Ein Mann, den nichts erschüttern konnte. Der nicht zerbrechen würde.

»Ich weiß«, erwiderte sie. »Aber es ist mein Job. Ich will nicht weglaufen.«

»Nein, du willst verprügelt werden und sterben«, sagte Irena.

Ahrens seufzte freundlich.

»Hast du von Milan Levar gehört?«, fragte Vori.

Auch er versuchte es also mit den alten Geschichten. Sie nickte.

Levar hatte Ende der neunziger Jahre in Den Haag als Zeuge der Anklage zu Gospić ausgesagt. Unter anderem seinem Mut war es zu verdanken, dass die für die Massaker verantwortlichen kroatischen Kommandeure Norac und Orešković 2003 zu zwölf und fünfzehn Jahren Haft verurteilt worden waren.

Zu diesem Zeitpunkt hatte Levar nicht mehr gelebt. Er war im August 2000 in seiner Heimatstadt Gospić von einer Bombe getötet worden.

»Hat der Norac-Prozess nicht in Kroatien stattgefunden?«, fragte sie.

»In Rijeka«, bestätigte Vori. »Der zweite war in Zagreb. Da ist er wegen ›Medak‹ noch mal zu sieben Jahren verurteilt worden.«

Ahrens lächelte. »Na also.«

»Egal«, sagte Vori. »Glaub uns.«

Aus dem Lautsprecher über ihr drang eine kroatische Schnulze. Vor ihr saß dieser stoische, düstere Mann.

Sie räusperte sich. »Ich glaube euch.«

»Besser wäre es«, sagte Irena. Hunderttausende hätten während des Prozesses für Norac demonstriert. Ivo Sanader, damals Vorsitzender der HDZ und bis letztes Jahr kroatischer Premierminister, habe erklärt, er bedaure das Urteil und hoffe in der Berufung auf Freispruch. »Das ist das Spannungsfeld, in dem wir

Kroaten uns bewegen. Wir verurteilen Kriegsverbrecher und feiern sie zugleich als Helden. Wir sind gute Katholiken und töten Nestbeschmutzer.«

»Goran haben sie in Ruhe gelassen«, wandte Ahrens ein.

»Sie haben mich *am Leben* gelassen.«

»Alles andere haben sie ihm genommen«, sagte Irena. »Zwei Ehefrauen, Freunde, Auftraggeber.«

»Du hast da ...« Vori tupfte Irenas Kinn mit der Serviette ab. »Öl.«

»Du bekommst keine Aufträge mehr?«

Vori schüttelte den Kopf, Irena sagte: »Schau bei Wikipedia nach. ›Persona non grata bei den kroatischen Printmedien‹.«

»Wozu brauche ich Print?« Vori deutete mit dem Finger auf das schwarze MacBook, das vor ihm auf dem Tisch lag. »Ich habe mein Blog.«

»Und wer bezahlt dich dafür? Niemand.«

»Da vridilo je«, sagte Vori und lächelte zum ersten Mal.

»Da vridilo je«, sang Oliver Dragojević über ihnen, »das war's wert«.

»Ich hasse seinen Zynismus«, sagte Irena. »Er ist so kalt, aber auch selbstmitleidig. Übernimm endlich Verantwortung für dein Leben, Goran, damit es nicht so weitergeht wie die letzten fünfzehn Jahre.«

»Die letzten fünfzehn Jahre waren nicht schlecht. Zwei wunderbare Frauen, ein wichtiger Preis ...«

Irena schüttelte verärgert den Kopf. Vori werde seit Mitte der Neunziger verleumdet, bespitzelt, verhaftet, tags darauf wieder freigelassen. Gerüchte klebten an ihm wie verfaulende Blutegel. In den Achtzigern habe er angeblich auf der Gehaltsliste der UDBA gestanden. In den Neunzigern sei er wegen Wahnvorstellungen in psychiatrischer Behandlung gewesen. Er habe Steuern hinterzogen, Kinder misshandelt, seine Ehefrauen geschlagen. Er sei Stammgast in Bordellen, homosexuell, drogensüchtig. Er habe im Krieg für die Serben Morde begangen. »Hab ich was vergessen?«

»Ich glaube nicht.« Vori hatte die schmalen weißen Hände auf dem Laptop verschränkt, wirkte entspannt, aber auch ein wenig desinteressiert. Ein Mann, dem man nichts mehr nehmen konnte, weil er nichts mehr besaß. Der sich frei fühlte, nicht verloren.

»Wer lanciert solche Geschichten? Marković?«

Irena hob die Hände, ließ sie fallen. »Marković, das Innenministerium, der Geheimdienst, die Veteranenverbände, die letzten Tuđman-Treuen, die Rechtsnationalisten, was weiß ich.«

»Egal«, sagte Vori. »Es werden immer weniger.«

»Es kommen neue dazu.«

Er zwinkerte Ahrens zu. »Die katholische Kirche.«

»Er bereitet eine Artikelserie über die Verstrickung des Klerus in die Ustaša-Verbrechen vor.«

Die Musik hatte gewechselt. Keine Schlager mehr, sondern Pop – Yammat, Ahrens' kroatische Lieblingsband. Das Problem war einfach und komplex zugleich. Vori ließ sie an Sex denken, Sex an Liebe, Liebe an einen verzweifelten Mann, der Mann an ein winziges Mädchen, das am Morgen des 8. Januar 1998 stumm geblieben war, das Mädchen an ihre Schuld. Wenn sie Vori in die Augen sah, sah sie diese Schuld.

Sie hatte noch keine Lösung für das Problem.

»Das Schlimmste war das mit den Huren«, sagte Irena. »Alles andere war so lächerlich oder weit hergeholt oder einfach *egal*. Aber Stammgast bei Huren ...«

Endlich begriff Ahrens – Irena war eine der beiden Ehefrauen gewesen.

»Erfunden wie alles andere«, sagte Vori sanft.

»Hol mir noch ein Bier, Goran, ja?«

Er stand auf und ging zur Bar. Ein älterer Mann rief ihm einen Gruß zu, Vori hob die Hand, erwiderte etwas, das im Stimmengewirr unterging.

»Ich habe ihm nicht geglaubt«, sagte Irena.

»Das war die Absicht, nehme ich an.«

Irena nickte.

»Liebst du ihn noch?«

»Ach, nur ein bisschen. Ist ja lange her, neun Jahre.« Irena schob die Brille, die nach vorn gerutscht war, zurück.

»Hast du ihn deshalb vor mir versteckt?« Ahrens lächelte entschuldigend. Erst Oliver Dragojević, dann Yammat, dazu das Bier ...

Vori kam mit drei weiteren Gläsern zurück. »Nino ist hier.« Im direkten Licht der Wandlampe wirkte sein Gesicht grau und müde.

»Nino ist Ressortleiter beim *Večernjak*«, sagte Irena. »Hat Goran fünf Jahre lang nicht mit dem Arsch angeschaut.«

Vori zuckte die Achseln. »Er hat einen hässlichen Arsch.«

»Dabei mögen die Österreicher unseren Helden.«

»Der *Večernji list* gehört Styria«, erklärte Vori.

»Ich weiß.«

Der kroatische Zeitungsmarkt war sehr übersichtlich aufgeteilt. Die Styria Media Group aus Graz hatte den *Večernjak* gekauft, die WAZ-Gruppe besaß neunundvierzig Prozent der Europapress Holding, Eigentümerin von *Jutarnji list, Slobodna Dalmacija, Globus, Playboy* und *Cosmopolitan*.

»Reporter ohne Grenzen Österreich hat ihm den Press Freedom Award verliehen«, sagte Irena.

»Der einzige Preis meines Lebens.«

»Seitdem denkt er, er ist es ROG und der Welt schuldig, sich und die Menschen, die ihn lieben, für die Wahrheit zu opfern.«

Vori hob das Glas, sie stießen an. »Auf die Wahrheit.«

»Scheiße«, sagte Irena. »Die Menschen, die dich lieben, sind wichtiger als die Wahrheit.«

»Auch die werden immer weniger.«

»Auch da kommen neue dazu.«

Sie lachten.

Irena wischte sich Tränen unter den Brillengläsern weg. »Yvonne will wissen, warum ich dich vor ihr versteckt habe.«

Vori lächelte. »Hat sie mich denn gesucht?«

Ja, dachte Ahrens und spürte, wie ihr das Blut ins Gesicht schoss.

»Sie ist ein bisschen wie du, aber eben nicht ganz. Für sie ist es ein Job, für dich eine Mission. Sie will ihren Job gut machen. Dann möchte sie das Licht ausschalten und in Ruhe schlafen. Sie wird auf der Strecke bleiben, Goran.«

»Sie ist erwachsen.«

»Sie ist fremd hier und ein bisschen naiv.«

»Sie sitzt mit euch am Tisch«, sagte Ahrens.

Irena und Vori sahen sie an.

Sie lächelte. »Sprechen wir über Zadolje.«

»Nicht jetzt«, erwiderte Vori und stand auf. »Kannst du das …?«

»Natürlich«, sagte Irena.

Vori sah Ahrens an. »Komm. Wir haben eine Verabredung.«

24

DONNERSTAG, 14. OKTOBER 2010
NAHE ROTTWEIL

Tapferer, dicker Mägges, dachte Saša Jordan.

Lag weinend auf dem Boden und verriet den Freund nicht.

Sie hatten ihn ins Wohnzimmer geführt und gefesselt auf eine Plastikplane gezwungen, die Igor im Stall gefunden hatte. Wer schon liegt, kann nicht mehr fallen, hatte einer der Aufseher in Omarska gesagt. Auch von den Serben konnte man lernen.

»Bald ist er so weit«, sagte Igor.

»Gut.«

Jordan saß am Fenster und behielt die Schotterstraße im Auge, Igor kümmerte sich um Bachmeier, der hohe, kindliche Laute ausstieß, nur noch aus Schmerzen und Angst bestand.

Und aus Willen.

Ein wahrer Freund, dachte Jordan.

Allmählich sank die Dämmerung über das Tal. Vor den Linsen des Fernglases geschah nichts. Hin und wieder drang ein ferner Traktorenmotor an Jordans Ohr, sonst war es still, bis auf die dumpfen Schlaggeräusche und das Wimmern hinter ihm.

Er wusste, wie Bachmeier die Schmerzen und die Angst ertrug, so, wie er selbst und Igor Omarska ertragen hatten: mit Hilfe der Erinnerungen. Nur Erinnerungen machten das Leid erträglich und rechtfertigten, dass man so viel erduldete.

Sie hatten an das Briševo ihrer Kindheit und Jugend gedacht, Bachmeier würde an die Jahre mit Thomas denken. Helle Sommertage auf den Wiesen und in den Wäldern, Fußball auf dem staubigen Vorplatz des Hofes. Im Heu küssten sie die ersten Mädchen, in der Schule schoben sie einander Spickzettel zu. Dann brachte Thomas die schöne Jelena mit, von nun an waren sie zu dritt, der deutsche Kroate, die Serbin, der dicke Mägges.

Vielleicht war er ja selbst ein wenig verliebt …

Die Loyalität verbot ihm solche Gefühle.

Thomas, der beste, der einzige Freund. Es lohnte sich, für ihn zu leiden.

Schleier der Erinnerung. Was dahinter geschah, durch Igor, sah Bachmeier nicht. Er spürte es nur.

Irgendwann würde er abwägen. Die Erinnerung und Thomas – oder Theresa und Nina. Ein ferner Freund oder die Ehefrau und die Tochter.

Sie selbst entscheiden, ob Sie leben oder sterben, hatte Jordan gesagt.

Natürlich würde Bachmeier sich am Ende für das Leben entscheiden, für Frau und Tochter. Er müsste nur reden, dann würden der Schatten hinter dem Schleier der Erinnerung und mit ihm die Schmerzen verschwinden.

Nur reden.

Thomas würde ihm verzeihen. Wenn er der beste, der einzige Freund war, würde er verstehen und verzeihen.

Reden oder sterben, Tommy, verstehst du?

So ungefähr würde Bachmeier denken.

Er wusste nicht, dass er in einen Krieg geraten war, in dem er nicht überleben durfte. Der Schatten Igor würde erst verschwinden, nachdem er ihm die Augen für immer geschlossen hatte.

»Wir haben vielleicht nicht mehr viel Zeit«, sagte Jordan.

In der Ferne, jenseits der Zufahrt zum Tal, flackerte seit Sekunden die Korona von mehreren Blaulichtern über den Baumkronen. Vier, fünf Einsatzwagen, die auf der Landstraße von

Rottweil aus in Richtung Westen fuhren. Gebannt folgte er ihnen mit dem Blick.

Igor trat neben ihn. Jordan reichte ihm das Fernglas, doch Igor wehrte ab. »Ich sehe sie.«

Die Blaulichter bewegten sich jetzt langsamer voran, verharrten schließlich. Falls sie nicht zu einem Verkehrsunfall ausgerückt waren, sammelten sich die Einsatzkräfte an der Zufahrt zum Tal.

Dann verließen sie die unsichtbare Landstraße im Neunziggradwinkel, kamen auf sie zu.

Der Wald verschluckte sie.

»Fünf Minuten.«

»Das reicht nicht«, sagte Igor.

Jordan stand auf. Sorgsam darauf bedacht, nicht in Blut zu treten, ging er am Rand der Plane in die Hocke. Bachmeiers Atemzüge kamen mit unregelmäßigen Pausen, die Arme zitterten, die Finger zuckten. Die Augen waren zugeschwollen, aus den Mundwinkeln floss Blut.

»Sie sind sehr tapfer«, sagte er auf Deutsch. »Sie haben sich entschieden, für einen Freund zu sterben.«

Der Kopf bewegte sich kaum wahrnehmbar zur Seite. Nein.

Nein, ich will nicht sterben.

»Ihre Frau und Ihre Tochter werden Sie in guter Erinnerung behalten. Das ist ein großer Trost. Ihrem Freund Thomas bringt es nichts, wir finden ihn auch ohne Ihre Hilfe. Wenn Sie nicht reden, holen wir uns Milo. Wenn Milo nicht redet, den Vater. Irgendjemand *wird* reden. Vielleicht Milos Frau? Oder *Ihre* Frau … Weiß Theresa, wo Thomas ist? Weiß es Ihre Tochter?«

Wieder die Kopfbewegung, dann ein Flüstern: »Der Tommy ist doch tot …«

»Nein«, sagte Jordan.

Er kehrte ans Fenster zurück. Für einen Moment noch herrschte Ruhe im Tal, dann flammten am Waldrand die ersten Blaulichter auf. Vier Streifenwagen, ein ziviler. Jetzt waren auch die Martinshörner zu hören.

Er wandte sich Igor zu. »Bereit?«

»Ja.«

Sie knebelten Bachmeier und zogen ihn auf die Beine. Igor überprüfte die Fesseln und führte ihn hinaus, Jordan legte die Plane zusammen und folgte ihnen. Schon bevor er zum ersten Mal hier gewesen war, hatte er den Grundriss des Hofes studiert – Marković und dessen unbezahlbare Kontakte. Sie würden kaum mehr als fünfzig Schritte machen und doch einen weiten Weg zurücklegen. Mit Markus Bachmeier in die eigenen Erinnerungen, den eigenen Albtraum zurückkehren.

In die Dunkelheit.

25

DONNERSTAG, 14. OKTOBER 2010
NAHE ROTTWEIL

Schneider hatte das Blaulicht aufs Dach gesetzt, sie rasten über die Landstraße nach Westen. Meist fuhr sie auf dem Mittelstreifen oder links, sie war die Herrin auch des außerstädtischen Verkehrs.

Und Lorenz Adamek vertraute ihr.

Durch einen Wald gelangten sie in ein stilles Tal, die Hügel von dunklem Rot bedeckt, in der Ebene Wiesen, Äcker und Felder, die Sonne war eine Stunde zuvor untergegangen. Das, dachte Adamek, war doch viel erfreulicher, als im 24. Stock über einer Stadt zu sitzen, um sie nach Feierabend nicht mehr berühren zu müssen: den Fuß in eine solche Landschaft zu setzen.

In der Ferne tauchten zwei Gebäude auf, umspielt von flackerndem Blaulicht. Schneiders halbe Dienststelle war vor Ort.

»Und wenn er ein Kriegsverbrecher ist?«, sagte sie.

»Ćavar?«

»Es würde erklären, warum Marković ihn finden will. Sie wollen vertuschen, was er getan hat. Kroatien will in die EU, und da ist dieser Prozess in Den Haag.«

Auch Adamek war der Gedanke gekommen. Er gefiel ihm nicht.

Er dachte an den Onkel, Genschers Experten für Jugoslawien, von Mitte Mai 1991 an Leiter des Südosteuropa-Referats des Auswärtigen Amtes. Nein, der Gedanke, dass ein guter Freund Richard Ehringers ein Kriegsverbrecher gewesen sein könnte, gefiel ihm überhaupt nicht.

»Hast du mal ein Foto von ihm gesehen?«, fragte Schneider.

»Von wem?«

»Dem General, der in Den Haag einsitzt.«

»Nein.«

»Er sieht toll aus. Sehr männlich und heldenhaft.«

»So?« Adamek rang sich ein Lächeln ab. »Dein Beuteschema? Generäle?«

Schneider lachte. »Nein. Eher Buchhalter, Bankangestellte, so was.«

»Die Zuverlässigen und Soliden.«

»Mit Zeit für die Kinder, wenn man dienstlich unterwegs ist.«

»Verstehe.« Sein Blick streifte das Foto mit den beiden braven Buben, und für einen Moment fühlte er sich den Zuverlässigen und Soliden unterlegen. Sie hatten Familien gegründet, er nicht.

»Und deins?«

Er sah sie an. Nasen, dachte er, spielten inzwischen eine gewisse Rolle. »Intellektuelle.«

»Ach ja? So mit Stock im Arsch?«

Er lachte. Ja, mit Stock im Arsch, warum nicht, ihm gefiel das. Die Momente, wenn der Stock mal draußen war. Doch auch sonst, wenn sie beredt die Welt und die Menschen erklärten und in ihren Augen die Angst vor der Wirklichkeit schimmerte.

»Das macht Spaß?«

»Ja«, sagte er.

Sie passierten einen Bauernhof. Eine Handvoll ältere Menschen saßen auf einer Holzbank vor dem Wohnhaus, blickten hinüber zum Nachbarn Bachmeier, ferne, ratlose Zuschauer. Adamek verspürte den Wunsch, sich zu ihnen zu setzen, ihnen bei einem Glas Selbstgebranntem die Furcht vor dem Bösen zu nehmen, das in ihr Tal eingedrungen war.

Aus dem Teerbelag wurde Schotter. Erst spät nahm Adamek

gegenüber vom Stall vier stählerne Träger wahr – mehr war von der Scheune nicht geblieben. Nachdem er ausgestiegen war, sah er auch das Aschefeld mit den verkohlten Resten von Dach und Wänden.

Ein Hauptkommissar empfing sie, Georg Scheul, ein untersetzter Mann Mitte vierzig mit Schnauzer und unterwürfigem Blick, der immer wieder Hilfe suchend zu Schneider glitt. Die Kollegen, berichtete er, seien bereits im Haus und im Stall gewesen, hätten jedoch niemanden angetroffen. Einer sei ein Vetter vom Bachmeier und habe dessen Frau angerufen. Sie sei gegen dreiviertel sieben mit der Tochter fort, jetzt wieder auf dem Weg hierher.

»Fort?«, fragte Adamek.

»In Sicherheit. Wegen dem Feuer.«

»Das Feuer ist aus.«

»Es ist zu gefährlich, sagt er. Sie haben hier jede Menge alte Kabel. Er will alle überprüfen. Nicht dass es noch mal passiert.«

»Sagt wer?«

Scheul errötete. »Sagt Bachmeier, sagt seine Frau.«

Er sprach starken Dialekt und nuschelte, und Adamek verstand ihn kaum. Vielleicht, dachte er, sollte das so sein.

Berliner Kripoleute machten es Fremden im eigenen Revier auf andere Weise schwer. Sie waren Platzhirsche, harte Männer und Frauen, erprobt in der Kälte der Metropole, und fühlten sich deshalb überlegen. Sie hatten alles gesehen, im Gegensatz zu den Fremden. Den Dialekt nutzten sie zur geographischen Verortung. Sie brauchten ihn, um sich heimisch zu fühlen in der Kälte, nicht als Geheimsprache zur Abgrenzung.

»Weiß sie, wo er ist?«

»Nein.«

»War er hier, als sie fort ist?«

»Ja.« Scheul hatte zu schwitzen begonnen, obwohl ein kühler Abendwind durchs Tal zog.

»Fahrzeuge?«

Scheul hob einen kurzen Arm. »Das Auto steht hinter dem Stall. Der Traktor ist auch da. Das Fahrrad hat einen Platten. Wenn, dann ist er zu Fuß weg.«

»Mit dem Bein?«, fragte Schneider.

»Sie waren schneller als wir«, sagte Adamek und sah sie nicken.

Zuerst zu Bachmeier, hatte sie am Nachmittag vorgeschlagen. Wenn er auf sie gehört hätte, dann hätten sie bereits mit ihm gesprochen. Jetzt war es vielleicht zu spät.

Das war das Problem mit den Berlinern, dachte er. Sie fühlten sich auch im fremden Revier überlegen.

Scheul sagte etwas.

»Was?«, fragte Adamek gereizt.

»Wir haben Spuren«, wiederholte Schneider.

Scheul führte sie zu einem der Streifenwagen, die am Anfang des Vorplatzes geparkt waren. Adameks Herzschlag setzte für einen Moment aus – neben dem Wagen, am Rand des Feldes, befand sich ein Grab mit einem Holzkreuz aus zurechtgesägten Brettern. Um die Streben waren frische Wiesenblumen geflochten.

Aber das Grab war viel zu klein für einen Mann.

»Achtung, bitte«, sagte Scheul.

Sie blieben stehen.

Auf der Querstrebe stand in schwarzer Handschrift: *Methusalem 15.8.1990 – 14.10.2010.*

»Dem Bachmeier sein Hund. Herzinfarkt, wegen dem Feuer.«

»Kein Hund wird zwanzig Jahre alt«, sagte Adamek.

»Der hier schon. Aber am Ende war er fast taub und blind.«

»Sagt wer?«

»Der Vetter.«

Adamek betrachtete den versandeten Boden um das Grab. Zwei unterschiedliche Sohlenprofile. Bei einem Paar war der linke Eindruck tiefer, der rechte Schuh weniger belastet worden – Bachmeier mit dem kaputten Bein. Er hatte Arbeitsschuhe getragen. Das zweite Profil gehörte zu Straßenschuhen.

»Als seine Frau gefahren ist, war er allein«, sagte Scheul. »Aber der Nachbar« – der kurze Daumen zeigte über die Schulter – »hat zwei Männer graben gesehen. Eine halbe Stunde lang, sagt er. Dann sind sie eine Weile dagestanden. Dann waren sie plötzlich fort.«

Adamek warf einen Blick auf den Nachbarhof, der mindestens zweihundert Meter entfernt lag. »Ihr habt gute Augen hier.«

»Eher gute Ferngläser.« Zum ersten Mal lächelte Scheul. »Er glaubt, er kennt ihn. Einer vom Balkan, hat vor ein paar Tagen bei ihm nach Arbeit gefragt.«

»Weiß er den Namen?«

»Nein.«

»Wir brauchen Phantombilder und einen Hubschrauber«, sagte Adamek.

»Einen Hubschrauber?«, fragte Scheul.

»Sie sind noch nicht lange weg und zu Fuß«, erklärte Schneider. Sie berührte Adameks Arm. »Die Phantombilder sind schon in Arbeit. Die Hubschrauberstaffel ist in Stuttgart.«

»Ruf an. Und lass Straßensperren errichten.«

»Straßensperren?«, fragte Scheul.

»Sie haben ihn entführt«, erklärte Schneider.

»Entführt?«

Ungeduldig wandte Adamek sich ab, während Schneider antwortete, und ging zu der viereckigen Brandstelle, aus der die Stahlpfeiler ragten.

»Ihm was *antun?*«, hörte er Scheul fragen.
Ihn töten, dachte er.
»Ihn töten«, sagte Schneider.

26

MITTWOCH, 3. APRIL 1991
NAHE ROTTWEIL

»Wo der Mägges bloß bleibt …«

»Ich weiß es nicht, Tommy.«

Sie lagen im nächtlich dunklen Stall der Bachmeiers auf dem Heuboden, schräg unter ihnen bewegten sich die Kühe im Schlaf. Aus dem Wohnhaus drangen laute Stimmen herüber, hin und wieder ein Schluchzer der Mutter. Ein milchweißer Streifen Mondlicht verlief längs über Jelenas Seite, seine Hand folgte ihm, strich ihr über Schulter, Arm, Taille, Po, kehrte zur Schulter zurück. Begann von neuem. »Lass uns schon mal anfangen«, sagte er.

»Ja, aber womit?«

»Keine Ahnung. Mit Küssen.«

Sie lachten leise.

Küssten sich.

»Mein Sonnenschein und ich …«, murmelte Jelena an seinen Lippen.

Halb neun, hilfst du mir?, hatte Markus vor zwei Stunden am Telefon gefragt.

Klar. Er half immer, wenn er Zeit hatte, manchmal mit, manchmal ohne Jelena.

Gelegentlich trank sich der alte Bachmeier ins Delirium, dann wurden Strafarbeiten verteilt. Die Frau hatte das Haus blankzuschrubben, der Sohn in Stall oder Scheune Aufgaben zu erledigen, die sinnvoll waren oder auch nicht. Waren sie nicht vor Mitternacht erledigt, wurde er verprügelt.

Manches war nur zu dritt bis Mitternacht zu erledigen.

Im Haus bellte Methusalem. Der Vater brüllte etwas, dann lachte er.

»Ich verstehe nicht, warum er nicht weggeht.«

»Der Mägges?«

»Ja.«

Jelenas Finger glitten über seine Wange. »Er will eben nicht.«

»Trotzdem.«

Der Hof war alles, was Markus hatte, alles, was er wollte. Geduldig harrte er aus, bis der Vater eines Tages nicht mehr sein würde. Ließ sich verprügeln, als Arbeitssklave missbrauchen.

So hatte jeder seine Probleme.

Selbst Josip, in dessen Schränken Motten hausten, die seine Kleidung fraßen – daher der Lavendelgeruch. Kein After Shave, wie Thomas lange geglaubt hatte.

Und dann war da die Krajina.

»Ruhig, Tommy«, sagte Jelena. »Wir müssen ruhig bleiben.«

Er suchte ihren Blick und nickte.

Lächle, Jelena, lächle …

Aber sie lächelte nicht.

Der Mittwoch nach dem Osterwochenende, das einen neuen Namen bekommen hatte: *Krvavi Uskrs na Plitvicama.*

Blutige Ostern in Plitvice.

Verschneite Straßen, ein blauer Bus aus Zagreb mit zerschossenen Fensterscheiben, Blutspuren im Schnee, ein Konvoi aus kroatischen Polizei- und Militärfahrzeugen.

Hast du's gesehen?

Ja, ich hab's gesehen, Tommy.

Wir reden nicht drüber, in Ordnung?

In Ordnung.

Im Wohnzimmer der Ćavars hatte Aufruhr geherrscht. Verwandte, Nachbarn, Parteifreunde gaben sich die Klinke in die Hand, ließen sich von Josip, der auf dem Stuhl unter Hamburg am Fenster saß, berichten und erklären, während im Hintergrund kroatische Radio- und Fernseherstimmen zu hören waren.

Am Karfreitag hatten bewaffnete Krajina-Serben die kroatische Aufsicht des Nationalparks vertrieben, um die Kontrolle über wichtige Verkehrsrouten zu übernehmen. Am Ostersonntag waren kroatische Polizisten und Sondereinheiten des Innenministeriums in den Park vorgedrungen, einer ihrer Busse beschossen worden. Ein Gefecht begann, zwei Polizisten starben, ein Kroate und ein Serbe, die ersten Toten des Konflikts. Am Ostermontag schob sich die Jugoslawische Volksarmee zwischen die Gegner, am Dienstag zwang sie die kroatischen Einheiten, sich zurückzuziehen.

Im Wohnzimmer der Ćavars sagte Josip: *Überall, wo Serben leben, werden sie uns Kroaten ermorden, ausrauben, vertreiben. Der Velebit wird serbisch, Save und Drau werden serbisch, die Baranja und Slawonien und die Lika. Für uns Kroaten wird in unserem eigenen Land kein Platz mehr sein, wenn die Tschetniks nicht aufgehalten werden!*

Was du tun sollst?, rief Milo in ihrem Zimmer. *Nichts, du Idiot! Fang an zu studieren und heirate Jelena und zieh mit ihr weg, weg von Papa und Josip!*

Milo *konnte* nicht verstehen. Er hatte viele Argumente, aber eine andere Sehnsucht – er wurde, weshalb auch immer, von der Revolte gegen den Vater getrieben. Um ihn zu widerlegen, beschaffte er sich Informationen, über die niemand sonst verfügte, nicht einmal Josip, und so bezweifelte Thomas, dass sie der Wahrheit entsprachen. In Zagreb, behauptete Milo, riefen Demonstranten »Raus mit den Serben, Kroatien den Kroaten!«. Angeblich hatten Tuđmans Verteidigunsminister und Innenminister gedroht, dass die Serben für immer vertrieben würden. Dass die Kroaten die Krajina einnehmen und serbische Familien bombardieren und Hackfleisch aus ihnen machen würden. Die Serben hätten verständlicherweise Angst, sagte Milo, dass die Ustaša auferstehe. Im Wahlkampf habe die HDZ erklärt, dass auch die bosnische Herzegowina zu Kroatien gehöre, und die bosnischen Kroaten würden das Wahlrecht für Kroatien bekommen – die *bosnischen* Kroaten, Tommy! –, und in der Krajina tauchten kroatische Schwarzhemden auf wie damals zu Ustaša-Zeiten ...

Tschetnik-Propaganda!, brüllte ihr Vater.

Blutige Ostern in Plitvice, unheilige Ostern in Rottweil.

»Da kommt Methusalem«, sagte Jelena.

Leise Schritte trippelten über den Scheunenboden, ein unterdrücktes Bellen erklang. Ein Hund, der wusste, wann er leise zu sein hatte. Der Geheimnisse bewahren konnte.

Jelena erhob sich. »Komm.«

Thomas setzte die Russenmütze auf, sie stiegen die Leiter hinunter, wo der Hund schon wartete. Das goldgelbe Fell glänzte schwach im Mondlicht, der Schweif ging hin und her. Die Schnauze suchte Jelenas Hand und vergrub sich darin.

Sie sahen sich seltener jetzt, nur noch alle zwei, drei Tage. Jelena studierte in Stuttgart, er fuhr Josip Vrdoljak.

Manchmal hatte er Angst, dass sie einen Studenten kennenlernte, den sie hübscher fand, intelligenter, *liebevoller.* Aber da war dieses Gefühl, dass sie zueinander gehörten. Er spürte es, Jelena spürte es. *Dann,* hatte Josip gesagt, *ist es auch so, dann gehört ihr zusammen, du und deine orthodoxe Kroatin.*

Wenn nur diese Wochen und Monate schon vorbei wären.

Jahre, hatte Milo gesagt. *Der Krieg wird Jahre dauern.*

Es wird keinen Krieg geben!

Er hat doch schon angefangen, Tommy.

Nicht darüber reden, nicht daran denken.

Jelena gelang das, ihm weniger. Sie hatte den Blick ganz auf das Leben hier gelenkt, auf sich, auf ihn, das Studium. Was »dort unten« geschah, nahm sie mit Betroffenheit wahr, aber ihre Stabilität geriet nicht in Gefahr. Sie rief ihre Verwandten in Vukovar und Borovo Selo an und fragte, ob sie helfen könne. Braucht ihr was? Seid ihr in Sicherheit? Wollt ihr herkommen? Sie ließ keinen Zweifel daran, wo ihr Platz und ihr Herz waren: hier, in Deutschland.

Nichts konnte an ihrer Haltung etwas ändern. Nicht die Vorwürfe ihrer Eltern, denen sie zu wenig serbisch dachte, nicht die Anfeindungen seines Vaters, der in ihr nur noch die Serbin sah. Nicht die Beleidigungen, die die Ustaschenenkel ihr als Freundin eines Kroaten inzwischen unverhohlen auf der Straße entgegenschleuderten.

Aufrecht ertrug sie, was man ihr an den Kopf warf.

Wir dürfen uns nicht da reinziehen lassen, Tommy, sagte sie oft.

Ich weiß, erwiderte er dann und schlug die Augen nieder und dachte an ein karges Gebirge über einer blauen Küste.

Kurz darauf kam Markus. Er schaltete das Licht ein und setzte sich zu ihnen. Das weiche, runde Gesicht glänzte feucht. »Der Heuboden«, sagte er.

Thomas ballte die Hände zu Fäusten. »Schon wieder? Fällt ihm nicht mal was anderes ein?«

Zum dritten Mal in diesem Frühjahr verlangte Markus' Vater, dass der Heuboden gekehrt wurde, der einem Gerümpellager glich. Neben den Dutzenden Heuballen zehn halb verrottete Pferdesättel, zwanzig Farbeimer, weil das Wohnhaus irgendwann gestrichen werden sollte, uralte Kleinmöbel, Werkzeug und anderer Krempel. Alles erst hinunter, dann wieder hinauf.

Die Ballen konnten sie werfen, der Rest musste über die Leiter getragen werden.

Markus rieb sich die Augen. »Er sagt, er ist krank.«

»Dein Vater?«, fragte Jelena.

»Sagt der Arzt.«

»Was hat er?«

»Darmkrebs. Er sagt, er macht es nicht mehr lang, höchstens noch ein paar Jahre. Es ist ein aggressiver Krebs.«

»Das tut mir leid, Mägges.«

»Ich hab dann keinen Vater mehr.«

»Vielleicht kriegen sie es in den Griff.«

»Er sagt nein.«

»Er sagt viel, wenn er betrunken ist«, warf Thomas ein.

Markus lachte, obwohl ihm wieder Tränen übers Gesicht liefen. »Ich hoffe, diesmal hat er recht.«

Niemand erwiderte etwas.

»Fangen wir an.« Thomas zog die Russenmütze ab und band sie Methusalem um den Kopf.

Schweigend gingen sie an die Arbeit. Erst die Ballen, sie schoben sie an den Rand des Heubodens und ließen sie die drei Meter hinabstürzen. Die Kühe wurden unruhig, wachten auf und muhten, Methusalem rannte mit der Russenmütze herum und sorgte für Ordnung. Bellte Kühe an, bellte Heuballen an.

Sie lachten, Markus weinte nicht mehr.

Bisher hatten sie sich immer Mühe gegeben, möglichst leise zu sein, jetzt nicht mehr. Selbst Markus schien es gleichgültig zu sein, ob sein Vater sie hörte.

Krvavi Uskrs na Plitvicama. Was zählte da ein Besoffener?

»Die Russen kommen!«, schrie Markus und warf einen Heuballen hinab.

»Die Russen und die Nazis!«, rief Jelena.

Die Ballen wurden zu Bomben. Zerrissen russische Panzer und Regimenter und Nazi-Horden.

Zerrissen Tschetniks ...

Josips Hände, die zeigten, wie Kroatien Stück um Stück verschwand, verschlungen vom großserbischen Traum. Nie, dachte Thomas, würde er den Velebit erkunden können, die Seen im Nationalpark Plitvice, Osijek, wo Milo, Vukovar, wo Jelena geboren war. Überall flohen die Kroaten. Alles wurde Serbien.

Die Heimat ging unter.

»Wisst ihr, was wir als Erstes machen, wenn er tot ist?«, rief Markus. »Wir kehren den Heuboden!«

Lachend trugen, zogen, schoben sie die Quader aus gebundenem Heu zum Rand des Bodens, warfen oder stießen sie hinunter. Vielleicht, dachte Thomas, wollten sie ja, dass der alte Bachmeier kam. Wollten ihm das Heu auf den Kopf werfen.

Er war an Markus vorbei zur Stallwand zurückgelaufen, um den nächsten Ballen zu holen. Ein Schrei ließ ihn herumfahren.

Markus war verschwunden.

Er hörte einen Aufprall, Holz barst, dann ein hohes Wimmern.

Jelena rannte zur Leiter, er folgte ihr, griff mit den Händen nach der Kante, schwang sich hinunter. Er landete auf einem der Heuballen, glitt ab, fand das Gleichgewicht wieder.

Sah ein linkes Bein in die Höhe ragen, als wäre es ohne Rumpf aus den Bodenplanken gewachsen, Fingerspitzen an unsichtbaren Händen tasteten von unten nach den Bretterkanten.

Methusalem, der mit den Zähnen an Markus' Hose zerrte, Jelena, die sich über ein Loch im Fußboden beugte.

Da erklang aus dem Untergrund eine hohe, verzweifelte Stimme: »Ich will nicht sterben ... Tommy ... Ich will nicht sterben ...«

Der alte Bachmeier nicht mehr ansprechbar, die Mutter aufgelöst und in Panik und keine Hilfe. Weder der Schlüssel für das Auto noch der für den Traktor waren zu finden. Sie mussten zum Nachbarn, dort stand, versteckt vor Markus' Vater, der Granada.

Thomas rannte in den Stall zurück. »Wir müssen ihn tragen!«

»Die Schubkarre!«, sagte Jelena.

Vorsichtig hoben sie Markus aus dem Hohlraum unter dem Fußboden. Er hatte sich erbrochen, stöhnte tonlos. Als er sein rechtes Bein sah, das an mehreren Stellen gebrochen war, verlor er das Bewusstsein.

Sie füllten die Karre mit Heu, legten ihn hinein. Thomas schob, Jelena hielt das verletzte Bein, Methusalem lief voran.

In der Dunkelheit fiel es ihnen schwer, auf dem schmalen, festeren Grasgrund neben der Schotterstraße zu bleiben. Immer wieder gerieten sie nach links oder rechts vom Weg ab, steckten fest, sackten in Schlaglöcher.

Markus erwachte, wimmerte: »Ich will nicht sterben, Tommy!«, fiel wieder in Ohnmacht.

Sie brauchten fast zehn Minuten für die zweihundert Meter.

Der Nachbar und seine Frau halfen, sie kannten sich ein wenig aus mit Verletzungen. Sie hoben Markus auf die Rückbank eines Kleintransporters und fixierten das rechte Bein.

»Ist der Alte besoffen?«, fragte der Nachbar.

»Ja«, sagte Thomas.

»Hol ihn der Teufel!«

Jelena setzte sich zu Markus, Thomas wollte im Granada folgen. Als der Transporter den Hof verließ, überlegte er es sich anders. Er startete den Motor und fuhr in die entgegengesetzte Richtung.

Schottersteine krachten im rasenden Rhythmus gegen den Unterboden. Die Scheinwerfer erfassten den Bachmeier'schen

Hof, verloren ihn wieder, während der Granada schlitternd darauf zuschoss.

Den Teufel brachte.

27

DONNERSTAG, 14. OKTOBER 2010
NAHE ROTTWEIL

Milena, das schönste Mädchen von Briševo ...

Einen Herbst und einen Winter lang waren sie ein Paar gewesen, er siebzehn, sie sechzehn. Er brachte ihr bei, wie man den grünen Zastava 128 ihres Vaters fuhr, sie erklärte ihm, wie man rechnete und schrieb und weshalb seine Vorfahren vor zwei Jahrhunderten aus der deutschen Pfalz in den Nordwesten Bosniens gekommen waren.

Die werde ich mal heiraten, erzählte er seinen Eltern.

Milena mit den Sommersprossen, einen halben Kopf größer als er, die Finger dünn und weiß wie die Zigaretten, die sie heimlich rauchten, die Brüste klein und rätselhaft, in den Augen saß ein starker Wille.

Im Frühjahr 1986 verschwand der Zastava mit Milena und ihrer Familie für immer jenseits der Hügel in Richtung Belgrad.

Ja, schlimm, sagte sein Vater. *Aber so ist es eben.*

In Omarska hatte er Igor von Milena erzählt.

Die große Dünne mit den Sommersprossen, die mit den Jungs auf Kaninchenjagd gegangen ist?

Genau.

Ja, ich erinnere mich. War sie nicht Serbin?

Sie war Jugoslawin, wie wir.

Ich hab sie sogar mal nackt gesehen, beim Baden im Fluss.

Ich nie. Erst lernen wir uns angezogen kennen, hat sie gesagt, und wenn wir uns dann noch mögen, lernen wir uns auch nackt kennen.

Ja, die war clever, die Milena ... Durftest du sie anfassen?
Hin und wieder, aber nur im Dunkeln. Hatte sie die Sommersprossen überall?
Ich glaube schon.

Sie hatten in einem ähnlichen Verlies gelegen wie in diesem Augenblick, mit Dutzenden anderen Gefangenen, inmitten von Ratten, Ungeziefer, Ameisen, tagelang. Die einen waren gestorben, die anderen hatten überlebt. Manche waren nach dem Krieg zu ihren Familien zurückgekehrt, manche in leere Häuser.

Manche kämpften noch immer.

So war es eben, dachte Jordan.

Er öffnete die Augen einen Spalt. Obwohl die Beleuchtung des Vorplatzes eingeschaltet war, drang kaum Licht in den Stall. Erst nach einer Weile erkannte er durch die Ritzen der Bodenplanken die Umrisse eines der Holzträger, die den Heuboden abstützten. Mehr war nicht zu sehen.

Er löste die Finger von Pistole und Messer, um sie zu entspannen. Seit mindestens fünfzig Minuten lagen sie in dem Hohlraum, vielleicht länger, Igor an der Wand, dann, auf dem Bauch, Bachmeier, dann er. Asseln und Spinnen liefen über seine Hände, Ameisen über Hals und Gesicht, unter der Jeans über seine Beine. Gelegentlich hörte er das Trippeln von Ratten oder Mäusen.

»Irgendwann kommen sie mit Hunden«, sagte Igor.

»Ich weiß.«

»Vorher sollten wir verschwinden.«

»Wir haben eine Geisel.«

»Vielleicht nicht mehr lange.«

Igor hatte recht. Bachmeiers Atemzüge waren schwächer geworden, und er gab kaum noch Laute von sich. Er war ein Feind, doch kein Soldat und würde an dem Knebel oder der Erschöpfung oder den Schmerzen sterben, falls sie ihn nicht bald an die frische Luft brachten.

Die Polizisten hatten den Stall durchsucht, waren keine dreißig Zentimeter über ihnen hin und her gelaufen. Jordan hatte die Augen geschlossen, um sie vor dem Schmutz zu schützen, den die Tritte durch die Ritzen fallen ließen.

Vor einer Viertelstunde war ein Lieferwagen auf den Hof gefahren. Er hatte das Motorengeräusch wiedererkannt – Gärtnerei Pauli.

Haben Sie ihn gefunden?, hatte eine Frau gerufen.

Ein Mann hatte erwidert: *Noch nicht.* Dann hatte er sich vorgestellt – Lorenz Adamek, Kripo Berlin.

Ihre Frau und Ihre Tochter sind zurück, hatte Jordan Bachmeier ins Ohr geflüstert.

Seitdem weinte Bachmeier wieder.

Kurz darauf hatten der Kleintransporter und vier, fünf weitere Autos den Hof verlassen. Wie viele Polizisten geblieben waren, ließ sich nur vermuten. Adamek und eine Kollegin, Jordan hatte sie sprechen gehört. Dazu ein Polizist, der die Bachmeiers kannte. Vielleicht andere, die sich leise verhielten.

Sie waren ins Haus gegangen.

Jordan drehte den Kopf und flüsterte: »Bald sind Ihre Frau und Ihre Tochter allein.«

Die Antwort war wegen des Knebels kaum zu verstehen: »Der Tommy ist ... tot ...«

»*Mrtav?*« Igors heisere Stimme.

»*Da.*« Jordan legte die Hand auf Bachmeiers Schulter. »Tapferer, dummer Mägges. Bist ohne Absicht in den Krieg geraten und musst dafür büßen.«

»Wenn wir ihn hier rausschaffen, bringe ich ihn zum Reden, Saša. Lange hält er nicht mehr durch.«

»Zu gefährlich.«

Mit einer Geisel in Bachmeiers Zustand zu fliehen war unmöglich, selbst in der Dunkelheit. In der Ferne kreisten zwei Hubschrauber, und sie mussten mit Straßensperren und Suchtrupps rechnen.

»Saša«, flüsterte Igor. »Ich muss hier raus.«

Jordan nickte. Er hatte damit gerechnet.

Noch einen Tag, Igor, höchstens zwei … Du hast schon so lange durchgehalten. Denk an Briševo, an deine Frau, als noch alles gut war mit ihr. Erzähl mal, hast du sie auch beim Baden beobachtet?

»Sieh dich draußen um«, sagte er. »Dann überlegen wir weiter.«

»*Hvala, Saša.*« Fast lautlos hob Igor die Holzbohlen an, die sie eine Stunde zuvor aus dem Boden gelöst hatten. Ein wenig mehr Licht fiel in den Hohlraum. Rasch glitt Igor ins Freie. Ein Rascheln, ein Knarzen, als er die Bohlen wieder einsetzte, dann war die Dunkelheit zurückgekehrt.

Im selben Moment nahm Jordan Geräusche vom Wohnhaus wahr. Die Tür war geöffnet worden.

»Hörst du, Nina?«, rief eine aufgeregte Frauenstimme aus dem Inneren.

»Ja-ha«, erwiderte ein Mädchen.

Die Mutter, die Tochter.

Ein hohes Summen erklang und näherte sich. Die Melodie kam Jordan bekannt vor. Ein Kinderlied, »Ich geh mit meiner Laterne«. Er hatte es vor über dreißig Jahren in Briševo von seiner Großmutter gelernt.

Die Stimme des Mädchens machte ein langsames, trauriges Lied daraus.

Auch Bachmeier hatte den Gesang bemerkt. Röchelnd bewegte er sich, soweit ihm das mit Hand- und Fußfesseln möglich war.

Jordan setzte ihm die Messerspitze an den Hals. »Ruhig, tapferer, dummer Mägges«, flüsterte er.

Über sich hörte er die eiligen Schritte Igors, der die Leiter zum Heuboden hinaufhastete. Dann sprang die Stallbeleuchtung an, und über die Bodenplanken tanzten kleine Füße.

28

DONNERSTAG, 14. OKTOBER 2010
NAHE ROTTWEIL

Keine Lügen diesmal, keine Formeln. Theresa Bachmeier war erst 1997 nach Rottweil gekommen und kannte Thomas Ćavar nicht, und Adamek glaubte ihr.

Doch vielleicht kannte sie jemand anderen.

Milo, der Bruder. Jelena, die große Liebe. Markus Bachmeier, der Jugendfreund. Menschen, die füreinander eingestanden waren und das – wie Milo – noch immer taten. Jelena hatte Deutschland vor Jahren verlassen, aber Milo und Markus waren in Rottweil geblieben, wie der Vater.

Nichts leichter, als sie heimlich zu besuchen.

Falls man noch lebte, natürlich.

»Haben wir ein Foto?«, fragte er.

Schneider nickte und öffnete den Aktenhefter.

Wieder saßen sie in einem Wohnzimmer, wieder brachten sie nichts als Unruhe und Angst.

Adamek kannte es nicht anders.

Er war der Bote, der von der Zerstörung berichtete und damit selbst zerstörte. Wenn er kam, öffnete sich der Abgrund, wenn er ging, war nichts mehr wie vorher. Er bewegte sich im Kielwasser der Verheerung, klebte an Mördern, Vergewaltigern, Entführern, war der brave Zwilling der Misslungenen.

Saß wie heute an Wohnzimmertischen und sah zu, wie Menschen zerfielen.

»Ja«, sagte Theresa Bachmeier, als das Foto von Thomas Ćavar vor ihr auf dem Esstisch lag. »Er war ein paar Mal hier. Aber er heißt nicht Thomas, sondern Tadeusz, und er ist kein Kroate, sondern Pole. Jedenfalls haben sie das gesagt.«

Adamek schob das Foto näher zu ihr. »Sind Sie sicher?«

»Er saß da, wo Sie sitzen, er hat mit uns gegessen, er hat mein Kind auf dem Arm gehabt, natürlich bin ich sicher, was denken Sie von mir?«

Flammend rote Flecken prangten auf ihrem Gesicht und ihrem Hals. Ihre Hände lagen, zu Fäusten geballt, auf dem Tisch. Sie war überfordert und hysterisch, verstand nicht, was vor sich ging. Sie hatte den Hof mit ihrer Tochter am frühen Abend verlassen, weil ein Kabelbrand die Scheune zerstört hatte und weitere Schäden drohten. In ein paar Tagen wären sie zurückgekehrt, bis dahin sollten neue Leitungen verlegt worden sein. Doch dann hatte der Polizistenvetter ihres Mannes angerufen, und noch auf dem Weg zu ihren Eltern war sie umgedreht. Zwei Stunden nach ihrer Abreise saß sie wieder in ihrer Wohnstube. Kripobeamte befragten sie, ihr Mann verschwunden, der Vetter wollte sich für die Nacht im Gästezimmer einquartieren. In der Ferne waren Hubschrauber zu hören, auf der Rückfahrt hatten sie Straßensperren passiert.

Und es würde vielleicht noch schlimmer kommen.

»Wann war er hier?«, erkundigte Schneider sich.

»Gott, *Sie* stellen Fragen.«

Je größer die Angst wurde, desto schnippischer ihre Antworten. Adamek verstand sie. »Wir suchen nach ihm. Nach Ihrem Mann. Mehr können wir im Moment nicht tun.«

»*Sie* suchen nicht nach ihm, Sie sitzen hier herum.«

Adamek lächelte. »Die Kollegen.«

»Werden sie ihn auch finden?«

»Ich hoffe es.«

Theresa Bachmeier nickte mechanisch. Ihre Hände wanderten zum Hals, die Finger rieben über die geröteten Stellen.

»Nicht kratzen«, sagte Adamek. »Bitte, das macht es nur schlimmer.«

»Mein Mann …«

»Nicht kratzen …«

»Wo ist mein Mann?«

»Ich weiß es nicht. Sie … jetzt bluten Sie.«

Sie starrte auf die rot gefärbten Fingerkuppen ihrer rechten Hand. Schneider reichte ihr ein Taschentuch, sie hielt es sich an den Hals. »Ich verstehe das alles nicht.«

»Dann erkläre ich es Ihnen«, sagte Adamek.

Bevor er fortfahren konnte, wurde die Küchentür geöffnet. Der Geruch nach gebratenem Fleisch zog in die Stube, der Polizistenvetter erschien. »Noch zehn Minuten.«

Niemand antwortete. Die Tür schloss sich wieder.

Theresa Bachmeier ballte die Faust um das Taschentuch. »Wo ist mein Kind?«

»Sie wollte in den Stall, zu den Kühen«, erwiderte Schneider.

»Weil es gleich Essen gibt. Sie muss sich die Hände waschen.«

»Soll ich sie holen?«

Theresa Bachmeier nickte. Dann suchte ihr Blick Adamek.

Er wartete, bis Schneider gegangen war.

»Zwei Kroaten haben Ihren Mann entführt. Sie kennen ihn nicht, er interessiert sie nicht. Sie wollen von ihm nur wissen, wo Thomas Ćavar – Tadeusz – ist. Offenbar haben sie eine alte Rechnung mit ihm zu begleichen. Einen der beiden haben Sie schon einmal gesehen.«

»Der von Samstag?«

Ein unheimlicher Kerl, hatte sie gesagt. *Wie er da gestanden ist, am Baum, und nur geschaut hat …*

»Dann ist er gar nicht wegen Arbeit gekommen? Mein Mann hat gelogen?«

»Er wollte nicht, dass Sie sich ängstigen.«

Sie blickte auf das Taschentuch hinab, faltete eine saubere Stelle nach oben und drückte es sich wieder an den Hals. »Will er den Kroaten denn nicht sagen, wo sein Freund wohnt?«

»Wahrscheinlich. Sonst hätten sie ihn nicht entführt.«

»Er muss ihm sehr am Herzen liegen.«

»Ja.«

Plötzlich schluchzte sie auf, hob das blutverschmierte Taschentuch und presste das Gesicht hinein.

Minutenlang weinte sie stumm, Adamek störte sie nicht.

Schließlich schneuzte sie sich. »Sie haben mir gesagt, dass sie sich von einer landwirtschaftlichen Ausstellung in Stuttgart kennen. Stimmt das?«

»Nein. Sie kennen sich seit ihrer Kindheit, sie sind in dieselbe Schule gegangen.«

»Nur Lügen«, sagte Theresa Bachmeier bitter.

»Ihr Mann hatte gute Gründe.«

»Die Kroaten?«

Adamek nickte.

Unvermittelt stand sie auf, nahm eine Tischdecke aus einer Vitrine, entfaltete sie. »Sie wollen wirklich nicht mitessen?«

»Nein, danke.«

Er half, die Decke geradezuziehen.

Sie holte drei Teller und Gläser aus der Vitrine, dem einzigen Bauernmöbel in der Stube. Alles andere sah nach Ikea aus, Kiefernholz oder weiß und nur wenige Jahre alt. Überall im Raum standen kleine Cola-Flaschen mit Wiesenblumen und Gräsern, auf dem Boden lagen Kinderbücher, über einem Stoffsofa hing ein riesiger Flachbildfernseher an der Wand.

»Erinnern Sie sich, wann Tadeusz hier war? Thomas?«

Theresa Bachmeier legte Besteck neben die Teller. Sie zitterte und hatte Mühe, sich zu beherrschen. »Das weiß ich nicht mehr … Ich hab kein so gutes Gedächtnis.«

Adamek ließ sich die Servietten reichen. »Wann haben Sie geheiratet?«

»Wann wir geheiratet haben?«

Er nickte.

»Na, am 3. März 1998.« Sie hielt inne, ihre Augen wurden groß. »Stimmt, da kam er zum ersten Mal, zwei Wochen nach der Hochzeit, wie wir vom Bodensee zurück waren. Das ist sie also, hat er gesagt, die Frau vom Mägges.«

»Weiter. Wann noch?«

Sie legte den Kopf schräg, schien nachzudenken.

»Nach der Geburt Ihrer Tochter?«

»Ja! Ein paar Monate danach, im Sommer 1999. Hat sie auf dem Arm gehalten, dann ist er mit dem Mägges raus zur Ernte, einen ganzen Tag war er da.«

Adamek nickte. »Denken Sie an wichtige Ereignisse. Jahrestage, Todesfälle, Firmung …«

Sie unterbrach ihn aufgeregt. »Einmal war der Mägges in Stuttgart im Krankenhaus, Darmkrebs, aber der Krebs war klein, und sie konnten alles entfernen. Im November 2003 war das, da hab ich ihn im Krankenhaus getroffen, seinen Freund Tadeusz, Thomas. Und als die Mutter vom Mägges gestorben ist, am 29. September 2006, ist er eine Woche nach der Beerdigung zum Abendessen gekommen, und dann war er später noch mal da, aber ich weiß nicht mehr, wann.«

»Sehen Sie, Sie haben doch ein gutes Gedächtnis.«

»Bloß mit Zahlen. Zahlen und Gesichter kann ich mir gut merken, aber mehr nicht.«

»Zahlen und Gesichter sind das Wichtigste«, sagte Adamek. »Ist Thomas allein gekommen?«

»Ja.«

»Mit dem Auto?«

»Nein. Der Mägges hat ihn immer irgendwo abgeholt. Was ich nicht verstehe … Wir kennen Leute, die Ćavar heißen.«

»Milo und seine Familie?«

Sie nickte.

»Milo und Thomas sind Brüder.«

»So? Aber sie haben nie von ihm gesprochen.«

»Weil alle glauben sollten, dass er tot ist.«

»Wegen den Kroaten?«

»Vermutlich, ja. Kennen Sie …«

»Aber er ist nicht tot.«

»Nein. Kennen Sie Milo gut?«

Sie schüttelte den Kopf. Er kam manchmal mit seinen Töchtern, Nina zeigte ihnen die Kühe und die Kaninchen. »Warum haben die Kroaten nicht den Milo gefragt, wo Thomas ist?«

»Weil er es ihnen auch nicht sagen würde.«

Der Kollege kam aus der Küche, je eine Flasche Mineralwasser, Cola, Saft in den Händen. »Gleich geht's los«, sagte er.

Adamek hatte ihn auf Anhieb gemocht. Ein stiller, pragmatischer Mensch, groß und kräftig. Selbst mit Küchenschürze schien er dazu auserkoren, andere zu beschützen.

»Wo bleibt denn Ihre Kollegin mit der Nina?«, fragte Theresa Bachmeier.

»Ich hole sie.«

Er stand auf und ging hinaus.

Auf dem Vorplatz blieb er für einen Moment stehen und füllte die Lungen mit der kühlen Abendluft. Der Schmerz im Becken war nun beständig da, hatte sich in seinen Nerven eingenistet.

Sitzen, Stehen, Gehen verschlimmerte es. Er freute sich aufs Liegen.

Langsam ging er über den Platz auf den Stall zu. Schon mit der Holzwand begann die Dunkelheit, rings um den Hof lag die Nacht. Ein paar Kilometer nördlich hörte er einen Hubschrauber in der Luft stehen, im Westen flog der zweite. Keine Nachricht von der Fahndung, keine Sichtung von Verdächtigen, nichts. Zwei fremdländische Männer mit einer Geisel fielen auf, zumal nachts in dieser Gegend nicht viele Menschen unterwegs waren. Alle größeren Straßen rund um das Tal von Sperren gesichert, auf den kleinen gelangte man nicht aus der abgeriegelten Zone.

Geheimdienst oder Militär, vermutete der Onkel. Ausgebildete, bewaffnete Spezialisten, die wussten, was zu tun war. Natürlich auch, dass ihre Chancen ohne Bachmeier besser standen.

Adamek betrat den Stall. Der Geruch von Kuhmist, Stroh, warmen Tierleibern schlug ihm entgegen. Etwa zwanzig Kühe, ein paar standen, die meisten lagen.

Sie saßen im Stroh neben der Tränke, die Polizistin, das Bauernkind, bereits Freundinnen, wie es aussah.

»Die Nina erzählt mir gerade von Methusalem.«

»Er ist heut früh gestorben, wie's gebrannt hat«, sagte Nina mit belegter Stimme. Sie trug ein grünes Kleid, grüne Strumpfhosen, grüne Turnschuhe. Sie hatte die Hände zwischen die Knie gepresst und starrte auf ihre Füße. Ihr Haar war dunkel, ihr Gesicht klein und spitz wie das ihrer Mutter.

»Das tut mir leid. Er ist sehr alt geworden, oder?«

»Ja.«

Sie sah ihn an, als erwartete sie weitere Fragen. Weil ihm keine einfielen, schwieg er. Er konnte nicht mit Kindern. Wollte vielleicht nicht mehr können. Die einzige Frage, die ihm durch den Kopf ging, brauchte er nicht zu stellen: *Kennst du Lilly?*

»Essen fertig?«, fragte Schneider.

Er nickte.

»Ich muss es noch der Molly erzählen«, sagte Nina.

»Ist das eine Kuh?«

»Eine *Katze*. Du bist ein komischer Polizist, wenn du dir das nicht denken kannst.«

»Ja«, sagte Adamek.

»Du sprichst auch komisch.«

»Ick weeß.«

Sie lachte ungläubig. »Aber ihr müsst weggehen. Die Molly lebt im Stall, aber sie kommt nicht, wenn wer Fremdes da ist.«

»Dann gehen wir«, sagte Adamek erleichtert.

Schneider erhob sich. »Fünf Minuten, okay, Schätzchen? Das Essen ist fertig.«

Nina war aufgesprungen und zwischen den Kühen verschwunden.

»Hörst du, Nina?«

»Ja-ha.«

Adamek und Schneider verließen den Stall. Vor dem Haus blieben sie stehen.

»Und?«

»Er war mehrere Male hier.«

Leise berichtete Adamek.

Sie überlegten, wie Bachmeier Thomas Ćavar infomiert haben mochte. Ćavar hatte einen falschen Namen benutzt, sich abholen lassen, war weder zur Hochzeit noch zur Beerdigung gekommen, sondern immer erst eine Weile danach – Vorsichtsmaßnahmen eines Flüchtigen. Dass Bachmeier ihn telefonisch oder per E-Mail kontaktiert hatte, war unwahrscheinlich.

»Höchstens aus einer Telefonzelle«, sagte Schneider.

»Oder er hat ihm Briefe geschickt.«

»Oder es gibt einen Kontaktmann.«
»Wir müssen noch mal mit Milo sprechen.«
Sie sah auf die Uhr. »Heute? Es ist halb zehn.«
»Egal.«
Sie gingen zur Tür.
»Wir suchen also nach einem Polen, der Tadeusz heißt.«
»Nein«, sagte Adamek. Er war davon überzeugt, dass Ćavar sich doppelt abgesichert hatte. Er würde es nicht riskieren, dass sich Theresa oder Nina Bachmeier verplapperten. Der Name »Tadeusz« half ihnen nicht weiter, genauso wenig wie die angebliche Herkunft, Polen.

Er konnte überall sein.

Mit Lilly – und mit Jelena?

29

DONNERSTAG, 14. OKTOBER 2010
ZAGREB/KROATIEN

Goran Voris Informant ließ sich Zeit.

Es war halb neun, sie standen an einer Straßenkreuzung beim Kroatischen Nationaltheater, nicht weit von Ahrens' Wohnung entfernt. Zehn, fünfzehn Minuten, hatte Vori prognostiziert, dann würde sein Mann am Straßenrand halten. Sie würden einsteigen, herumfahren, reden.

Inzwischen waren dreißig Minuten vergangen.

»Kein gutes Zeichen.«

»Glaubst du, er kommt nicht mehr?«

»Er ist längst da.«

Sie runzelte die Stirn.

Vori lächelte und sagte: »Er ist zweimal an uns vorbeigefahren. Ein alter grüner Opel Kadett, das Kennzeichen beginnt mit ›KA‹.«

»Und warum hält er nicht?« Vori hatte dem Informanten per SMS mitgeteilt, dass er sie mitbringen werde. Daran konnte es also nicht liegen.

»Vielleicht denkt er, dass wir observiert werden.«

»Du oder ich?«

»Du.«

Sie hatte damit gerechnet. Vori zu observieren lohnte sich nicht mehr. Niemand konnte ihn noch einschüchtern. Über viele Jahre hinweg hatte er gezeigt, dass er sich nicht in seiner Arbeit behindern ließ, weil er sie über alles andere stellte und jeden Verlust in Kauf nahm.

Außerdem war er schwer zu beschatten. Er hatte keinen offiziellen Wohnsitz, tauchte hier auf, dort, verschwand manchmal für Tage. Ins Internet ging er nur über öffentliche WLANs, die Handynummer wechselte er wöchentlich.

Er war zum Geist geworden.

»Nicht hinschauen«, sagte er.

Ahrens starrte vor sich auf die Straße, wartete, bis der grüne Kadett durch ihr Blickfeld fuhr. Am Steuer saß ein gedrungener, alter Mann, dessen ausgestreckter rechter Arm auf dem Lenkrad lag. Er sah nicht herüber.

Hielt wieder nicht.

»Und jetzt?«

»Wir warten. Er wird sich melden.«

Sie standen dicht nebeneinander, hatten die Köpfe zueinander geneigt, ihre Arme berührten sich. Flüsternd sprachen sie über Zadolje.

Irena hatte Vori den Artikel gezeigt. Er kannte ihn nicht, hatte auch das Foto mit dem alten Serben und dem Kapetan nie gesehen.

»Wer der Kapetan ist, weiß ich noch nicht«, sagte Ahrens. »Der Serbe hieß Miloš Karanović.«

»Der alte Mann, den sie auf der Straße getötet haben.«

Aus Voris Telefon drang Glockenläuten, eine SMS.

Er seufzte. »Wir müssen ein bisschen Verstecken spielen.«

Sie hatten sich getrennt. Vori war zu seinem Wagen gegangen, Ahrens an ihrer Wohnung vorbei zum Bahnhof. Ein paar letzte Besorgungen fürs Abendessen im Importanne Centar, dem unterirdischen Einkaufszentrum, wie immer kurz vor Geschäftsschluss, das kannte man von ihr.

Sie eilte durch die schmalen Gänge der nicht mehr ganz taufrischen Mall unter dem Starčevića-Platz, betrat einen Supermarkt, griff wahllos hierhin, dorthin.

Um neun rannte sie in der Tiefgarage auf Voris Fiat Panda zu, schlüpfte nach hinten und zwängte sich in den Fußraum vor der Rückbank.

»Wenn wir das öfter machen, brauchst du ein größeres Auto.«

»Ja«, erwiderte er und warf eine muffelige Decke über sie.

»Wohin fahren wir?«

»Novi Zagreb.«

Die Trabantenstadt im Süden Zagrebs aus den siebziger Jahren, jenseits der Save gelegen, die verschämt einen Bogen um die realsozialistischen Betonkolosse zog. Fast zweihunderttausend Einwohner, über fünftausend lebten allein im »Mamutica«, mit zwölfhundert Einheiten eines der größten Wohngebäude Europas.

Der sozialistische Traum.

Hier hatten sie alle auf engstem Raum nebeneinander existieren sollen, die Ärmeren, die Wohlhabenderen, die Einfacheren, die Anspruchsvolleren. Am Ende war das Mamutica, war halb Novi Zagreb ein trister Albtraum aus Beton mit leckenden Rohren, bröckelnden Fassaden, schlechter Isolierung, Dreck und viel Gewalt.

Im September hatte Ahrens für Henning Nohr eine Geschichte über das Mamutica geschrieben. Eine Wasserleitung war geborsten – die Bibliothek im Gebäude überschwemmt, der Bestand zum Teil vernichtet, »nicht einmal Bücher scheint das Schicksal den Verlorenen hier noch zu gönnen«.

Gut, gut, hatte Henning Nohr gegrummelt, *ein bisschen Sozialromantikkitsch braucht's auch, aber beim nächsten Mal bitte wieder was mit Pepp.*

Mit Pepp, dachte sie auf dem Boden von Voris altem Panda und musste lächeln.

Zehn Minuten lang wurde sie auf dem holprigen Straßenbelag durchgeschüttelt, dann hielt Vori. »Komm vor, sie sind weg.«

Sie setzte sich neben ihn. »Wenn da überhaupt jemand war.«

»Sicher. Er weiß schon, was er tut.«

Als sie die Save überquerten, glommen Tausende Lichter vor ihnen am Nachthimmel, die beleuchteten Schächtelchen der Hochhäuser von Novi Zagreb. Selbst die Luft, die durch das halb geöffnete Fenster drang, schien auf dieser Flussseite anders zu riechen – faulig, steinern, tot.

»Wer ist er eigentlich? Wie heißt er?«

Vori zuckte die Achseln. »Auf jeden Fall nicht Slavko.«

Slavko hatte viele Jahre in der Jugoslawischen Volksarmee gedient, dann noch ein paar in der Kroatischen Armee, seit 2000 war er pensioniert. Vor drei Jahren hatte er Vori zum ersten Mal über dessen Blog kontaktiert und ihm bei einem Telefonat Informationen zu den Operationen »Medak« und »Sturm« angeboten. Er habe seine Arbeit verfolgt, wolle dazu beitragen, dass Kriegsverbrechen geahndet würden. Als Zeuge vor Gericht werde er jedoch niemals aussagen – er habe Kinder und Enkel, eine kranke Frau, die ohne ihn nicht lebensfähig sei, eine hundertjährige Mutter. Er wolle nicht enden wie Milan Levar, und er wolle seine Familie nicht in Gefahr bringen.

Seitdem trafen sie sich alle paar Monate.

»Er kommt extra aus Karlovac hierher?«

»Nicht aus Karlovac. Das Nummernschild ist falsch, so unvorsichtig ist er nicht. Er lebt in Sisak.«

Karlovac lag fünfzig Kilometer von Zagreb entfernt, Sisak neunzig. »Muss ihm viel wert sein, dich zu treffen.«

»Mit mir zu reden.«

»Und er weiß etwas über Zadolje?«

Vori sah sie an. »Er war dort, mit dem 134. Regiment.«

»Hat er die Morde gesehen?«

»Nein.«

Für einen Moment war sie enttäuscht. Was sollte ein Treffen mit Slavko bringen, wenn er die Morde nicht beobachtet hatte? Dann fiel ihr ein, dass sie nicht unbedingt einen Zeugen brauchte – schon gar nicht, wenn er nie vor Gericht aussagen würde. Sie brauchte nur einen Namen.

Den Namen eines Mörders.

Das, dachte sie, war doch »was mit Pepp«, Henning. Ein Mörder wird identifiziert, kommt, falls er noch lebt, vor Gericht. Eine deutsche Tageszeitung berichtet als Erste darüber. Denn sie, Henning Nohrs Korrespondentin, hat den Mörder gefunden.

Vori erzählte von Slavko, der einmal gesagt hatte, er sei außen Kroate und innen Serbe. Er stammte aus den Kozara-Bergen in Nordwestbosnien, der Region um Prijedor und Omarska. Dort hatten im Sommer 1942 kroatische Ustaše und die deutsche Wehrmacht im Kampf gegen die Partisanen serbische Dörfer überfallen, zahlreiche Menschen umgebracht und Tausende Kinder verschleppt, darunter Slavko und dessen Geschwister. Die jungen Gefangenen wurden auf die drei »Kinderlager« der Ustaše verteilt, deren größtes Sisak war. Ein Außenlager des KZ Jasenovac zur »Umerziehung«, von 6700 Kindern starben hier bis 1945 1600. Viele überlebten nur deshalb, weil sie von Rot-Kreuz-Mitarbeitern als Hof- oder Haushaltshilfen aus dem Lager geholt, von Widerstandssympathisanten fortgebracht, von kroatischen Familien als »Verwandte« ausgegeben wurden.

Auch Slavko wurde auf diese Weise aus Sisak gerettet. Er hatte drei Geschwister verloren und bekam zwei neue. Er ging zur Armee und vergaß. Doch je älter er wurde, desto mehr Erinnerungen stiegen aus seinem Unterbewusstsein auf. Die abgemagerten Leiber, die kleinen Leichen, die Betten aus Stroh und dünnen Decken. Krankheiten, Schläge, Angst. Die Ustaša-Uniformen, in die man die Kinder gezwungen hatte, um aus ihnen Kroaten zu machen. Die Zeit schickte ihn zurück, legte seinen serbischen Kern frei.

Seit ein paar Jahren wohnte er mit seiner Frau wieder in Sisak. Jeden Tag ging er zum Fluss Kupa, dorthin, wo das Lager gewesen war. Erinnerte sich.

Vori hatte den Wagen vor einer Bar ausrollen lassen. Musik drang an ihr Ohr, ein Stück von Thompson.

Warten auf weitere Instruktionen.

»Die Kupa«, sagte Vori und lächelte.

An der Kupa hatten sie sich zum ersten Mal getroffen, nicht in Sisak, sondern bei Karlovac, in einer Nacht im Sommer 2007. Slavko hatte eine Stelle als Treffpunkt genannt – und auf der anderen Flussseite gewartet.

»Er hat angerufen und gesagt, ich soll rüberschwimmen. Er wollte sichergehen, dass ich allein bin. Ich habe gesagt, ich kann nicht schwimmen, kann ich mit dem Auto kommen? Verarsch mich nicht, hat er gesagt, jeder kann schwimmen, steig ins Wasser und schwimm rüber, dauert zehn Minuten, mit dem Auto dauert es eine Stunde, bis dahin bin ich weg. Ich habe gesagt, dann lassen wir es eben, ich war noch nie in einem Fluss, ich habe *Angst* vor Wasser, ich geh da nicht rein, lecken Sie mich am Arsch.«

Ahrens musste schmunzeln. Goran Vori, der aus Kriegsgebieten berichtet hatte und nichts und niemanden zu fürchten schien, hatte Angst vor Wasser. »Und weiter?«

Er war mit dem Auto auf die andere Seite gefahren, doch

Slavko hatte tatsächlich nicht gewartet. Zwei Monate später meldete er sich erneut, Vori wurde in ein Gebiet an der bosnischen Grenze gelotst, in dem sich noch zahlreiche Landminen befanden. Offenbar besaß Slavko genaue Karten mit gangbaren Wegen.

»Hast du auch Angst vor Minen?, hat er gefragt, und ich habe gesagt, kein bisschen, und er: Wunderbar, dann können wir ja endlich miteinander reden.«

Voris digitale Kirchenglocken schlugen erneut. Er las eine Adresse vom Display ab.

Das Mamutica im Viertel Travno.

Das »kleine Mammut« ruhte auf einem gigantischen ebenerdigen Garagensystem, die Eingänge lagen über Straßenniveau an einem breiten Betonweg. Sie liefen die Quertreppen hinauf, hielten auf einen von Laternen beleuchteten Hauseingang zu. Im Erdgeschoss Durchgänge und Geschäfte, Betriebe, Cafés über die ganze Breite von einem Viertelkilometer, dann zwanzig Stockwerke übereinandergeschichtet.

Die Tür war geschlossen, aber nicht verriegelt. Vori schob sie auf, sie traten ein.

»Haben wir einen Namen?«, fragte Ahrens.

»Nein. Wir treffen ihn im Keller.«

»Im *Keller?*« Sie blickte die Stufen hinab, die unter einer Schräge in einen dunklen Vorraum führten. »Du vertraust ihm, ja?«

»Nicht mehr als dir.«

Überrascht runzelte sie die Stirn. »So?«

»Die Frage ist wohl eher, wie sehr du mir vertraust.«

»Stimmt. Hast du eine Waffe?«

»Natürlich.«

Für einen Moment hatte sie vergessen, dass in diesem Land vor fünfzehn Jahren noch Krieg geführt worden war. Viele Männer in Voris Alter waren Veteranen. Andere, die nicht im Einsatz gewesen waren, hatten ihre Familien beschützt oder waren Kriegsreporter gewesen wie Vori. Waffen waren hierzulande alltäglich.

»Dann vertraue ich dir«, sagte sie. »Du gehst vor.«

30

DONNERSTAG, 14. OKTOBER 2010
NAHE ROTTWEIL

Als Schneider den Wagen zurück auf die Landstraße lenkte, war es Viertel vor zehn. Diesmal fuhr sie langsam und vorsichtig. Kein Grund zur Eile mehr. Sie hatten Feierabend.

Milo Ćavar hatte sich mit Kollegen getroffen. Wo, wusste seine Frau angeblich nicht. Wie lange er bleiben würde, ebenfalls nicht. Eine Weile werde es schon noch dauern.

Können wir ihn telefonisch erreichen?

Nein, er hat sein Handy vergessen, es liegt hier neben mir.

Adamek starrte durch die Windschutzscheibe. In der Dunkelheit vor ihm stand Milo Ćavar in einer Telefonzelle und rief: Sie haben den Mägges entführt!

Wie würde Thomas reagieren? Würde er kommen? Den Krieg eskalieren lassen?

Er rieb sich die Augen.

»Müde?«

»Geht so.«

Nina war gekommen, als sie sich gerade verabschiedet hatten, enttäuscht, weil sie Molly nicht gefunden hatte. Das Katzenhaus im Stall war leer.

Du bist schuld!, hatte sie zu Adamek gesagt. *Sie hat sich erschreckt, weil sie dich nicht kennt und weil du so komisch sprichst!*

Vielleicht kommt sie, wenn ich ganz weg bin, hatte er erwidert.

»Drei Sterne«, sagte Schneider. »Wir müssen sparen.«

»Solange ein Bett im Zimmer steht.«

»Sogar zwei. Die haben nur Doppelzimmer.«
»Na dann.«
»Was macht das Becken?«
»Alles taub.«
»Wenn du eine Massage brauchst ...«
Er sah sie schweigend an. Das Scheinwerferlicht eines entgegenkommenden Wagens ließ die herrliche Nase leuchten.
»Ja oder nein?«
»Ja«, erwiderte er.
Sie griff zum Handy, tippte mit der Rechten, während sie mit der Linken lenkte. Adameks Blick glitt von ihrer Hand zu dem Porträt der zwei Jungs, das zwischen ihnen baumelte. In der Dunkelheit waren die Gesichter nicht zu erkennen. Flüchtig dachte er an den Vater der beiden, Buchhalter, Bankangestellter, so was. Zuverlässig und solide, mit Zeit für die Kinder, wenn die Frau sich um den Kollegen aus der Hauptstadt kümmerte.
Eine SMS-Antwort traf ein.
»In Ordnung«, sagte Schneider lächelnd.
Er nickte.
Wunderte sich über sich selbst.
So schnell also wurde man zum Lügner und Betrüger.

31

DONNERSTAG, 14. OKTOBER 2010
ZAGREB/KROATIEN

»Ihr habt zehn Minuten«, flüsterte Slavko.

»Zu wenig«, sagte Yvonne Ahrens.

»Für heute muss es reichen.«

»Wird es«, sagte Vori. »Ist jemand an uns dran?«

Das Licht ging aus. Slavko machte es wieder an und schob ein Zündholz zwischen Schalter und Abdeckung. »An ihr.«

»Wer?«

»Das weiß ich nicht. Aber ihr habt sie abgehängt.«

Sie standen in einem schmalen Kellergang unter dem Mamutica, Slavko links von ihr, Vori rechts, der eine blickte den Gang hinunter, der andere hinauf, Slavko nervös, Vori gelassen. Eine Heizungsanlage brummte, in den Wänden rauschten Wasserrohre. Es war drückend schwül.

Slavko war etwas kleiner als Ahrens und kräftig für einen Mittsiebziger, den Bauchansatz verbarg er unter einem ausgeleierten roten Pullover. Das Gesicht war wulstig, die Stirn runzlig und breit, das graue Haare fingerlang.

Er sprach nur Kroatisch, Vori übersetzte, wenn nötig.

Ahrens zog eine Kopie des Artikels aus der Tasche. »Wissen Sie, wer das ist? Der Mann mit der Pistole?«

Slavko hielt den Zeitungsausschnitt in den Schein einer Deckenlampe. »Ein Kamerad aus meiner Kompanie. Der Deutsche.«

»Der Deutsche?«

»Ein Kroate aus Deutschland, Thomas.«

Ihr Blick wanderte von Slavko zu Vori. Beide sahen sie an.

Der Mörder kam aus Deutschland.

»Aus Deutschland bedeutet, er war Deutscher? Deutscher Staatsbürger?«

»Ja.«

Das hatte nun wirklich Pepp, dachte sie. »Wie heißt er mit Nachnamen?«

»Fällt mir im Moment nicht ein. Wir haben ihn nur ›Kapetan‹ genannt.«

»Er war der Kapetan Ihrer Kompanie? Ihr Captain?«

Über die unruhigen Lippen huschte ein Schmunzeln. »Nein, nein, er war nur ein einfacher Soldat, nicht einmal ein, wie sagt man bei euch, *Feldwebel*. Er war der Kapitän unserer Fußballmannschaft, deswegen ›Kapetan‹. Er sagte, ein Fußballteam braucht einen Kapitän, wenn ihr wollt, mache ich das. Er war einer der Besseren von uns, er war groß und ein guter Läufer.«

Am Ende des Ganges erklang ein Rascheln. Hastig drehten sie die Köpfe, hielten den Atem an, warteten. Ahrens' Herzschlag raste.

Als es still blieb, rückten sie näher zusammen.

»Die Fußballmannschaft des 134. Regiments?«

»Unserer Kompanie. Wir haben manchmal gegen andere Kompanien gespielt, wenn gerade nichts los war. Ich war Verteidiger, ich konnte links wie rechts schießen, wir haben trotzdem oft verloren.« Er gab ihr die Kopie des Artikels zurück. »Das Foto wurde in Zadolje aufgenommen, am Tag der Morde. Viel mehr kann ich dazu nicht sagen, ich habe nichts gesehen. Ich war feige damals. Ich bin es noch.«

»Gab es den Befehl, die Leute zu töten?«, fragte Vori.

»Nein.« Der Befehl hatte gelautet, die Häuser niederzubrennen, die Zurückgebliebenen zu vertreiben. »Aber manche Kameraden waren voller Hass auf alles Serbische oder traumatisiert, oder sie waren zu fanatischen Nationalisten geworden, vor allem die vom HVO, und so war klar ...«

Vori unterbrach ihn: »Vom HVO? Soldaten vom HVO waren in Zadolje?«

»Zwei Trupps, vielleicht acht, neun Mann. Wir vom Heimatschutz, Sonderpolizisten aus Zagreb und der HVO.«

»Der HVO?«, fragte Ahrens.

Der »Kroatische Verteidigungsrat«, erklärte Vori, die 1992 gegründete Armee der bosnischen Kroaten. Anfang August 1995 habe der HVO mitgeholfen, das bosnische Bihać zu befreien, doch in Kroatien habe er nichts zu suchen gehabt. Offiziell seien keine Soldaten des Verteidigungsrats in Zadolje gewesen.

»Jedenfalls ... Manche Kameraden warteten nur auf solche Gelegenheiten, und alle wussten das«, fuhr Slavko fort. »Die Offiziere hielten sie nicht zurück. Niemand hielt sie zurück. Auch das war bekannt.«

»Wissen Sie, wer die Morde begangen hat?«

»Einer der Sonderpolizisten aus Zagreb gab am Abend damit an, dass er drei der Leute in ihrem Kellerversteck getötet hatte.«

»Bebić«, sagte Ahrens.

»Nino Bebić, ja. Wissen Sie, was ein *Srbosjek* ist?«

Sie schüttelte den Kopf.

»Erklär es ihr.«

»Ein ›Serbenschneider‹«, sagte Vori. »Ursprünglich ein Spezialmesser für die Getreideernte. Du kannst dir vorstellen ...«

»Nein«, sagte Ahrens.

»Man nennt den *Srbosjek* auch ›Kehlenschneider‹«, sagte Slavko. »Die Ustaše haben ihn in Jasenovac benutzt, um in möglichst kurzer Zeit möglichst viele Insassen zu töten, vor allem Serben. Sie haben ihnen damit die Kehle durchgeschnitten.« Vori hob die

Hände, um die Beschaffenheit des Messers zu erklären. Eine Art halber Handschuh aus Leder, der um Handballen und Handgelenk geschlungen wurde, die Finger blieben frei. Aus der Unterseite ragte eine zwölf Zentimeter lange, leicht gekrümmte Klinge.

»Ein Garbenmesser«, sagte Ahrens.

»Aus deutscher Produktion, Gebrüder Gräfrath aus Solingen, du findest ein Foto auf meinem Blog. Die Ustaše hatten keine Gaskammern, sie brauchten also etwas, das ähnlich effektiv war. Der *Srbosjek* war sehr effektiv, man schaffte Hunderte Morde an einem Tag. Aus Jasenovac ist eine Wette überliefert: Wer tötet in einer Nacht die meisten Gefangenen mit dem *Srbosjek*? Ein Franziskanerpriester aus der Herzegowina gewann, Petar Brzica, man zählte am Ende 1360 Tote. Andere kamen nur auf elfhundert.«

»Die Zahlen könnten übertrieben sein«, sagte Slavko. »Ich habe gehört, dass Brzica mit unter siebenhundert gewonnen hat.«

»Siebenhundert Morde in einer Nacht«, flüsterte Vori.

Slavko zog ein Taschentuch aus der Hose und wischte sich über die Stirn. »Ich werde gleich gehen, fragen Sie schnell.«

»Hat Bebić die Leute von Zadolje mit dem *Srbosjek* getötet?«
»Ja.«

»Und Thomas? Der ›Kapetan‹? Hat …«

»Ćavar«, unterbrach Slavko sie. »So heißt er. Thomas Ćavar aus der Nähe von Stuttgart.«

Sie dachte an die Worte von Ivica Marković. *Vielleicht hat es ihn ja nie gegeben, wer weiß? Vielleicht ist er ein Mythos?* Ein Mythos mit Vor- und Nachnamen. Marković musste sie längst kennen, er war ihr Meilen voraus. Vermutlich wusste er auch, wo Ćavar sich aufhielt.

»Hat er die anderen drei Morde begangen?«

»Ich weiß es nicht. Zuzutrauen war es ihm. Er war traumatisiert, er sprach in dieser Zeit kaum noch. Er hatte Angst, war verzweifelt, im nächsten Moment konnte er vor Wut explodieren und sich mit den Kameraden schlagen. Nur beim Fußball verhielt er sich noch normal. Er war nicht für den Krieg gemacht.«

Slavko war am Tag nach den Morden angeschossen und ins Lazarett nach Split gebracht worden. Als er drei Monate später entlassen wurde, war der Krieg beendet. Er ließ sich nach Slawonien versetzen, in eine Schreibstube, sah Thomas Ćavar nie wieder, hörte nie mehr von ihm.

»Gebt mir ein paar Minuten«, sagte er und reichte ihnen die Hand.

Er eilte den Gang hinauf, Sekunden später war er durch eine Tür verschwunden.

Vori schwieg, während Ahrens sich hastig Notizen machte. Der Mörder Deutschkroate, dachte sie, ein deutscher Staatsbürger vor dem Strafgerichtshof ... Einer der letzten Verbrecher des jugoslawischen Krieges, der vielleicht angeklagt werden würde, war *Deutscher*.

»Gehen wir«, sagte sie.

Vori zog das Streichholz aus dem Schlitz im Lichtschalter. »Jetzt hast du beide Namen.«

»Ja.«

»Markovic und seine Leute werden das bald wissen.«

Langsam folgten sie dem Gang zur Tür. Ahrens wusste, was Vori damit ausdrücken wollte.

Die nächste Warnung.

Auch Marković selbst warnte sie erneut in dieser Nacht.

Als sie aus dem Mamutica nach draußen traten, lag ein orangefarbener Schimmer über der Straße. Der Wind wehte aufgeregte Stimmen und den Geruch von verschmortem Gummi zu ihnen herüber. In der Nähe heulten Sirenen.

Sie eilten zur Treppe am Ende des breiten Gehwegs. Am Straßenrand darunter brannte ein Auto.

Ein grüner Opel Kadett.

Im Sicherheitsabstand hatten sich Schaulustige um die Brandstätte versammelt. Ein paar Männer versuchten, die Flammen mit Löschgeräten zu ersticken.

Keine Bombe, dachte Ahrens flehend, während sie die Hand in Voris Arm krallte. Keine Bombe … Eine Bombe hätten sie doch gehört, selbst im Keller.

»Nicht hinschauen«, sagte Vori. »Rechts vom ersten Baum.«
»Slavko?«
»Ja.«

Sie hatten keine Bombe gebraucht. Sie hatten sein Auto abgefackelt, das reichte, damit Slavko verstand: Beim nächsten Mal sitzt du drin.

Unauffällig bewegte Ahrens die Augen, bis sie den Mann im roten Pullover sah. Er blickte nicht herüber.

»Komm«, sagte Vori.

Sie griff nach seiner Hand, eilte neben ihm die Treppe hinunter. Als sie auf halber Höhe erneut in Slavkos Richtung blickte, war er verschwunden.

Vori brachte sie nach Hause. Er parkte auf dem Gehweg, vor dem Durchgang zum Hof, stellte den Motor ab. »Er wird Geld für ein Auto brauchen. Ein paar Hundert Euro vielleicht.«

»Ich sorge dafür, dass er's bekommt.«

»Es ist nicht deine Schuld, falls du das denkst.«

Sie musterte ihn überrascht, dann stieg sie aus und ging in ihre Wohnung hinauf. In der stillen Dunkelheit am Fenster stehend, hörte sie die Stimme eines verzweifelten Mannes, immer wieder fiel dieses Wort, *Schuld,* und sie versuchte, nicht daran zu denken, und plötzlich war es ganz einfach, stattdessen dachte sie: Ich habe dich gefunden, Kapetan.

Thomas Ćavar.

32

DONNERSTAG, 14. OKTOBER 2010
ROTTWEIL

Natürlich war alles anders gekommen.

Lorenz Adamek lag bäuchlings auf einer Massageliege, nackt bis auf ein schmales Handtuch, das die untere Hälfte seines haarigen Hinterns verbarg, die obere war entblößt.

Dort fuhrwerkten gerade kräftige Hände herum.

Beckenknochen, Muskeln, Sehnen, Wirbel, die Hände kannten keine Gnade, fanden jeden wunden Punkt. Sie zerrten an seinen Beinen, verschraubten sein Becken, verschoben Knochen und Organe.

Und er stöhnte, schwitzte, litt.

Dicht vor ihm saß Schneider und gab sich Mühe, nicht zu lachen. Er sah ihre Füße, hörte ihr Gegluckse.

Die Füße bewegten sich, Dürrenmatts *Der Richter und sein Henker* wurde ihm vor die Nase gehalten. »Das liest du?«

»Das würde ich lesen, wenn ich Zeit hätte.«

»Intellektuellengeschenk?«

Er bejahte. Hörte das Buch auf den Schreibtisch plumpsen.

»Da?«, fragte Elfriede Münzinger und drückte tief in ihn hinein.

»Ja«, ächzte er.

Da saß der Kern des Schmerzes.

Elfriede Münzinger war Schneiders Hebamme. Eine freundliche Frau um die sechzig, die fünfzehnhundertacht Kinder auf die Welt geholt hatte, darunter neunhundertneun Mädchen, zwölf farbige, neun tote, einen aktuellen Fußballstar, *und bestimmt ein paar Polizisten und Mörder.*

Zwei Polizisten ganz sicher, hatte Schneider gesagt.

»Da auch«, ächzte Adamek.

Um den Schmerz zu verdrängen, rechnete er.

Bei rund siebenhundert Morden in Deutschland jährlich und einem Mordopfer pro hunderttausend Einwohner war die Chance, dass Elfriede Münzinger einen plärrenden Mörder in ihren Händen gehalten hatte, statistisch gesehen gering. Nicht ganz so unwahrscheinlich dagegen war, dass sie einen Polizisten ins karge Leben geholt hatte. Achtzig Millionen Deutsche, knapp unter dreihunderttausend Polizisten – auf hunderttausend Einwohner kamen rund dreihundertvierzig Kollegen.

»Morgen um neun haben wir einen Termin bei der Staatsanwaltschaft«, sagte Schneider und schlug die Beine übereinander. Ein Fuß wippte.

»So?«

»Wer weiß, was wir da finden.«

Adamek erwiderte nichts. Er hatte den Eindruck, dass Schneider recht genau wusste, was sie finden würden – und dass es mit ihm zusammenhing.

Vielmehr: mit dem Onkel.

»Weg«, sagte er um halb zwölf. »Die Schmerzen.«

Er saß seitlich auf der Liege und fühlte sich wie neu geboren.

Elfriede Münzinger lächelte. »Werden morgen wiederkommen.«

»Scheiße.«

»Wenn Sie fünfzig Jahre lang nicht auf sich aufpassen, dürfen Sie sich nicht beschweren.«

»Einundvierzig.«

»Und ich dachte, ich schmeichle Ihnen.«

Schneider lachte. Münzinger verzog keine Miene.

»Machen Sie mich bitte wieder ganz«, sagte Adamek.

Das Problem war das Becken. Verklemmt, schief, steif, alles andere dadurch aus der von der Natur vorgesehenen Ordnung gebracht. Die Beinlänge unterschiedlich, die Wirbelsäule gekrümmt, die Haltung bedenklich, der Gang besorgniserregend, Wirbel sprangen aus der Fassung. Ein Wunder offenbar, dass er ohne Ersatzteilkoffer verreisen konnte.

»Morgen zeige ich Ihnen Übungen«, sagte Elfriede Münzinger. Sie reichte ihm selbst im Sitzen kaum bis zur Schulter. Ihre Haare waren lang und weiß, ihre Hände schmal und klein. »Trinken, trinken, trinken, ja? Da muss jetzt viel rausgewaschen werden aus dem Körper.«

Sie klappte ihre Liege zusammen und ging.

Adamek schlüpfte in Hose und Hemd und öffnete die Minibar. »Bleibst du noch auf ein Bier?«

»Nein«, sagte Schneider.

Er trank das Bier allein.

Fünfzehn Minuten später fand er in Richtung Innenstadt einen schließenden China-Imbiss, der ihm in Fett getränkte, kalte Tagesreste zum halben Preis anbot.

Er schlief unruhig, träumte wirr.

Gegen vier erwachte er. Sein Magen war schwer und übersäuert, der Traum fast schon ein Gedanke, so nah an der Realität. Er hatte eine Katze Lilly in einem leeren Haus gesucht. Dann war das Haus nicht mehr leer gewesen, ein alter Mann war aufgetaucht und hatte gesagt: Die Lilly kommt nur, wenn niemand Fremdes da ist.

Minutenlang saß er auf dem Bett und dachte schlaftrunken nach. *Die Molly kommt nicht, wenn wer Fremdes da ist.*

Sie war auch nicht gekommen, nachdem die Fremden den Stall verlassen hatten.

Weil andere Fremde noch dort gewesen waren?

Das würde erklären, weshalb Dutzende Polizisten und zwei Hubschrauber bislang vergeblich unterwegs waren.

Er griff zum Telefon, der Polizistenvetter ging sofort dran. Ein guter Mann, dachte Adamek, hatte das Handy quasi auf dem Kopfkissen, hatte verstanden, worum es ging. Die Stimme rau vom Schlaf, aber er wirkte hellwach. Adamek wurde bewusst, dass er den Namen vergessen hatte. »Du unternimmst nichts«, sagte er.

Es raschelte, ein Atemstoß. Offenbar war der Polizistenvetter aufgesprungen und zog sich einhändig an.

»Ich wiederhole: Du unternimmst nichts. Du bleibst im Haus.«

»Schon gut, was ist passiert?«

»Ist Molly wieder da?«

»Die …?«

»Die Katze, ja.«

»Keine Ahnung. Soll ich nachschauen?«

»Ich habe gesagt: Du bleibst im Haus. War Nina nach dem Essen noch mal im Stall?«

»Ja, kurz.«

»War die Katze da?«

»Nein, noch nicht.«

»Später?«

»Nicht dass ich wüsste.«

»Nimm dein Telefon und deine Waffe, hol Nina, dann schließt ihr euch im Schlafzimmer bei der Mutter ein. Ich bin in dreißig Minuten da.«

Auch Adamek war aufgestanden, arbeitete sich in die Hose,

schob sich die Schuhe mit dem Fuß zurecht. »Entschuldige, aber ich habe deinen Namen vergessen.«

Der Polizistenvetter lachte angespannt. »Peter.«

»Sie sind vielleicht noch da, Peter.«

»Die Kroaten?«

»Die Kroaten und dein Vetter.«

Das Rascheln brach ab. Adamek wünschte, er hätte geschwiegen. Verbundenheit schrieben sie doch groß, hier in Rottweil. Aber ein Polizist, der nicht um eine Gefahr wusste, beging fast zwangsläufig Fehler. »Noch mal, Peter: Du bleibst im Haus.«

»Und wenn er mich braucht?«

»Nina und ihre Mutter brauchen dich jetzt mehr.« Adamek bückte sich, hebelte die Schuhe mit dem Finger über die Fersen. Er wusste, woran Peter dachte, also drohte er. Sollte der Tochter oder der Mutter etwas passieren, weil Peter den Vetter suchte, wäre die Karriere zu Ende.

»Verstehe.«

Wieder wusste Adamek, was der Polizistenvetter dachte.

Die ist mir doch scheißegal jetzt, die Karriere.

33

FREITAG, 15. OKTOBER 2010
NÖRDLICH VON HANNOVER

Die Autobahn weitgehend leer, Igor eingeschlafen, das Ziel nahe, da kamen Gedanken, mit denen man sich sonst nicht beschäftigte.

Saša Jordan überlegte, wann der Krieg zu Ende sein würde.

Wenn Ivica Marković es sagte? Wenn der ICTY die Arbeit eingestellt hatte? Wenn die Heimat nicht mehr bedroht wurde? Wenn Männer wie der Krajina-Serbe aus Rottweil und er selbst nicht mehr lebten?

Vielleicht, dachte er, konnte der Krieg auch nur in ihm selbst beendet werden. Doch dann müsste er Briševo und Omarska vergessen, und dazu war er noch nicht bereit. Die Rechnung war längst noch nicht beglichen. Selbst wenn Marković ihn, Igor und die anderen aus dem Dienst entließe, selbst wenn in Den Haag kein Prozess gegen einen Kroaten mehr stattfände, wäre der Krieg für ihn noch nicht zu Ende.

Er warf einen Blick auf Igor, der ihm das Gesicht zugewandt hatte und leise schnarchte. Igor würde ihn begleiten, wohin er auch gehen würde.

Ljubuški lag in weiter Ferne.

So fern vielleicht, wie Hamburg nahe lag. Keine dreißig Kilometer mehr, entnahm er einer vorübergleitenden blauen Tafel am Autobahnrand. Sie würden es vor der Morgendämmerung schaffen. Alles war einfacher, solange es dunkel war.

Er spürte, dass er wieder ruhig wurde. Wann der Krieg beendet war, zählte nicht. Wichtig war nur, dass sie diese Schlacht gewannen. Und das würden sie.

Tapferer, dummer Mägges, dachte er. Wofür all die Schmerzen?

Am Ende hatten sie doch erfahren, was sie wissen wollten.

Die Flucht aus dem Tal war ihnen ohne Bachmeier leichtgefallen. Aus irgendeinem Grund hatte die Polizei auf Spürhunde verzichtet, sodass sie nur hatten aufpassen müssen, auf dem Weg über den Hügel nicht gesehen und nicht gehört zu werden.

Das Auto war gut versteckt gewesen. Igor hatte sich in den Kofferraum gelegt, Jordan ein weißes Sweatshirt mit rotem Caritas-Logo angezogen. Auf den Seiten des weißen Autos prangte in Rot der Schriftzug »Caritas-Zentrum Rottweil«, am selben Tag frisch aufgebracht nach einer Fotografie von einem kroatischen Werkstattbesitzer in Marković' Diensten.

Sie hatten drei Straßensperren passiert und waren kein einziges Mal angehalten worden.

Jetzt war das Auto ein Problem. Es war zu auffällig.

Die ersten drei Stunden war Igor gefahren, Jordan hatte geschlafen. Dann hatten sie gewechselt. Er fühlte sich frisch und zuversichtlich. Endlich begann die nächste Phase der Operation.

Alles so, wie sie vermutet hatten, bis auf Jelena, da waren sie den Lügen aufgesessen. Erst mehrere Telefonate mit Ivica Marković um Mitternacht herum hatten für Klarheit gesorgt.

Imamović in Hamburg? Bist du sicher, Saša?

Ja.

Gut. Mal sehen, was sich herausfinden lässt.

Und Marković' Leute hatten bereits einiges herausgefunden.

Jelena Janić war nie in die Vojvodina gezogen, weder 1995 noch später, ihre Eltern waren ohne sie fortgegangen. Sie hatte keinen Russen geheiratet, sie war nicht nach Moskau gezogen.

Wie Thomas Ćavar war sie im Spätsommer 1995 spurlos verschwunden.

In dieser Nacht, fünfzehn Jahre später, waren die Spuren sichtbar geworden.

Thomas Ćavar war im September 1995 mit einem bosnischen Namen nach Deutschland zurückgekehrt, als Ajdin Imamović.

Ajdin, Jelena und Ljilja Imamović, Hamburg.

Marković hatte gelacht. *Der Sohn des Imam ...*

Ajdin, »Sonnenschein«, dachte Jordan, während er von der A7 auf die A1 in Richtung Hamburg-Zentrum fuhr. Fünfzehn Jahre lang war es Ćavar gelungen, der Vergangenheit zu entkommen. Nun hatte sie ihn eingeholt.

Tötet sie, hatte Marković gesagt.

34

FREITAG, 15. OKTOBER 2010
NAHE ROTTWEIL

Lorenz Adamek starrte in runde, bersteinfarbene Augen, die ihn reglos musterten.

Molly war zurückgekehrt.

Die Dienstwaffe in der Hand stand er im Stall, hatte eben die Beleuchtung eingeschaltet. Da saß sie, grau und schmal, keine fünf Meter entfernt, und rührte sich nicht.

Sah ihn nur an.

Die Katze, die Fremde nicht mochte.

»Wartet«, sagte er zu den uniformierten Kollegen, die im Schutz des Tors standen, um ihm bei Bedarf Deckung zu geben.

Diese beiden, dazu Peter im Haus, je zwei weitere Beamte bei Milo und dem Vater, mehr waren nicht im Dienst oder abkömmlich gewesen. Noch immer lief die Fahndung, wenn auch mit reduziertem Personal. Die einen waren in die Heimdirektionen und -reviere zurückgekehrt, die anderen schliefen, darunter Schneider und Scheul, die nicht erreichbar gewesen waren.

Adamek ließ sich auf ein Knie sinken. Der Blick der Katze folgte ihm.

Als Nina am Abend zum letzten Mal im Stall nach ihr gesucht hatte, war sie nicht auffindbar gewesen. *Weil du sie für immer vertrieben hast!*, hatte sie vor wenigen Minuten geschrien, und Peter hatte ausgerufen: *Was hast du nur mit dieser Katze?*

Er, Nina und Theresa Bachmeier waren mit den Nerven am Ende. Eine halbe Stunde Warten, im Zustand der Ungewissheit, in Gefahr oder nicht, und wo war der Mägges, war er womöglich …

Bald wissen wir mehr, hatte Adamek gesagt und das stickige Schlafzimmer rasch verlassen, das Schluchzen von Mutter und Tochter mit sich tragend, hinunter ins Erdgeschoss, über den beleuchteten Vorplatz, in den Stall.

»Siehst du jemanden?«, flüsterte einer der Kollegen nervös.

»Nur die Katze«, erwiderte Adamek.

Sie traten neben ihn, die Waffe erhoben, der Kopf drehte sich nach rechts, nach links.

»Ruhig … Bleibt ruhig.«

Die Katze hatte sich nicht von der Stelle bewegt. Ihr Blick wanderte über die Kollegen, heftete sich wieder auf ihn. Bei den Kühen kam Unruhe auf. Sie bewegten sich, hoben den Schädel, ein paar standen bereits.

Adamek überlegte, wo er sich verstecken würde, wenn er die Kühe nicht stören wollte. Nur der Heuboden käme in Frage. Doch dort würde jeder, der den Stall durchsuchte, nachsehen. Die Kollegen mussten am Abend oben gewesen sein.

Egal, dachte er. Die Verdächtigen waren fort. Irgendwann in dieser Nacht hatten sie den Hof und das Tal verlassen – ohne Bachmeier.

Langsam kam er hoch. Er steckte die Waffe ins Holster und zog den Schlüsselbund aus der Tasche. Die winzige Stablampe, ein Geschenk Karolins zum Vierjährigen, warf einen hellen bläulichen Punkt auf den Boden. Er ließ den Punkt auf die Katze zuwandern, bis er sich unmittelbar vor ihren Pfoten befand.

Mit gesenktem Kopf fixierte sie das Licht. Der Punkt sprang nach rechts, nach links, die Augen kehrten zu Adamek zurück.

»Sie fängt es nicht«, sagte einer der Kollegen.

»Nein«, sagte Adamek.

Während er entlang der Frontseite auf die Katze zuging, bewegte er die Lichtmurmel über die Bodenplanken. In den knapp fingerbreiten Zwischenräumen der Bretter dicht an der Wand – dort, wo die Katze saß –, befand sich kaum Schmutz. Das Licht fiel tiefer.

Stieß auf etwas Helleres.

Adamek machte einen weiteren Schritt, dann hatte er die Katze erreicht. Er kniete nieder, schob sie sanft beiseite und richtete die Taschenlampe auf den Spalt zwischen zwei Brettern. Obwohl er mit allem rechnete, dauerte es einen Moment, bis er realisierte, was er da sah, keine dreißig Zentimeter unter sich.

Ein halb geschlossenes Auge, blutverschmierte Haut, die Stirn weggeschossen.

Die Leiche von Markus Bachmeier.

35

FREITAG, 15. OKTOBER 2010
HAMBURG

Der Druck an der Stirn wurde stärker, holte ihn aus dem Schlaf. Kein Kopfschmerz, kein Finger von Lilly, kalt presste sich Metall gegen seine Haut. Die Mündung einer Pistole.

Er schlug die Augen auf.

Ein Schemen über ihm, das Gesicht im Dunkeln.

Rechts bewegte sich ein zweiter Mann, der über Jelena stand. Für einen Moment glänzte die Waffe an ihrer Schläfe matt im Schein der Straßenlaterne, der Lauf verlängert durch einen Schalldämpfer.

»*Dobro jutro, Kapetane.*« Der Schemen brachte den Kopf näher, sodass er das Gesicht erkannte.

»Saša«, flüsterte er.

Jelenas Hand, die unter der Decke nach seiner griff. Er umschloss sie fest.

Sie hatte recht behalten. *Eines Tages werden sie kommen, Tommy.* Er hatte sie nicht ernst genommen. Jelena, die überall Gefahren sah …

Sie hatten alle Spuren getilgt, unter einem neuen Namen gelebt, sich einen bosnischen Akzent antrainiert, niemanden eingeweiht. Nur drei Menschen von damals wussten, wo sie lebten, Milo, der Vater, Markus, und die würden nicht reden.

Dann Milos Anruf am gestrigen Abend – Markus' Scheune in die Luft gesprengt, Kroaten, die sich nach ihnen erkundigt hatten. *Verschwindet für eine Weile!,* hatte Milo gedrängt.

Aber Thomas war bequem geworden, hatte sich im Leben Ajdins eingerichtet, die neuen Zwänge über die alten gestellt – Lilly und die Schule, Jelena und das Büro, er selbst und die Firma, da konnte man nicht von einem Tag auf den anderen verschwinden, weil sechshundert Kilometer südlich die Geister der Vergangenheit aufgetaucht waren.

Er schloss die Augen, öffnete sie wieder. Auf Kroatisch sagte er: »Es ist ... so lange her, Saša. Fünfzehn Jahre. Der Krieg ist vorbei.«

»Nicht für uns.«

»Keiner wird reden. Zadolje ist vergessen.«

»Jemand in Zagreb ist auf Zadolje gestoßen, *Kapetane*. Es gibt ein Foto von dir.«

»Wer?«

»Eine deutsche Journalistin. Früher oder später hätte sie dich gefunden. Dann hättest du geredet.«

Bedächtig schüttelte Thomas den Kopf. Die Mündung an seinem Kopf bewegte sich mit. »Nein.« Er wusste, dass dies Jordan nicht genügen würde.

»Wir haben keine Zeit zum Diskutieren, Saša«, sagte der zweite Mann.

Jelena kroch mit einem heiseren Ächzen in seine Arme, ihre Hände auf seinen Wangen, ihre Stirn an seinem Mund, dann glitt eine Hand nach oben, und er spürte, wie sie den Lauf der Waffe an seinem Kopf beinahe zärtlich zur Seite schob.

»Nicht meine Frau und meine Tochter«, flüsterte er.

»Deine Tochter wird leben«, sagte Jordan.

Jelenas Lippen berührten seine, und er drückte sie an sich und dachte, dass er nicht ohne sie gehen wollte, auch nicht im Tod ohne sie sein wollte, schon gar nicht im Tod ...

Er hasste sich dafür.

»Nicht meine Frau, Saša ... sie hat euch nichts getan.«

»Sie ist aus Vukovar, die Eltern sind aus Borovo Selo. Du erinnerst dich an Vukovar und Borovo Selo, *Kapetane?*«

»Wegen Vukovar bin ich in den Krieg gegangen.«

»Eine gute Entscheidung. Später hast du eine schlechte Entscheidung getroffen.«

»Jelena hat damit nichts zu tun. Sie ...«

Der zweite Mann war auf seine Seite des Bettes zu Jordan getreten. Thomas kannte auch ihn aus Zadolje, doch der Name fiel ihm nicht ein.

»Machen wir ein Ende.«

Jordan nickte. *»Zbogom, Kapetane.«*

Leb wohl.

»Ne ... molim ...«, schluchzte Jelena.

Thomas versuchte, sie von sich zu schieben, aber sie klammerte sich an ihn. »Lasst sie, Saša, bitte ...«

Die Mündung bohrte sich wieder in seine Stirn. Auch der zweite Mann hob die Waffe.

Da klingelte dicht neben ihm das Telefon.

Der Anrufbeantworter sprang an, Lillys Stimme sagte: *»Ich und Mama und Papa sind nicht da. Wenn du was sagen willst, kannst du das machen, und dann rufen wir dich später an. Piiiiep.«*

»Tommy, sie haben den Mägges umgebracht!«, rief Milo.

Eine andere Männerstimme, tief und streng: *»Lorenz Adamek, Kripo Berlin. Wir müssen davon ausgehen, dass Markus Bachmeier verraten hat, wo Sie sich befinden, und dass Sie in Gefahr sind ...«*

Draußen war eine Sirene zu hören, dann eine weitere.

Die ferne Stimme sagte, vier Minuten, dann seien Einsatzkräfte bei ihnen, und er dachte, vier Minuten, was für eine bizarre Zeitspanne, so gering und doch zu lang.

Erneut ein metallisches Klicken, ein Wort aus der kalten Sprache des Krieges, an die er sich nie hatte gewöhnen können, obwohl er sie 1991 in Kroatien gelernt hatte. Auch die Waffe über Jelenas Hinterkopf war nun bereit, und er hörte sich sagen, tötet mich zuerst, Saša, ich will nicht eine Sekunde ohne sie leben, mich zuerst, bitte, doch vielleicht dachte er es auch nur, während er sie in den Armen hielt, ihren im Schluchzen zuckenden Körper, ihre Lippen auf seinen, ihre Hände an seinen Wangen, die dunklen Augen, die ihn verzweifelt ansahen, und er dachte: vierundzwanzig Jahre ... Vierundzwanzig Jahre mit Jelena, die fünfzehn davor hätte man vergessen können, und acht davon mit der kleinen Lilly, die ihr so ähnlich war, nur ein bisschen weniger stark, und die Tage und Wochen ohne Jelena im Krieg, in denen ihn der Gedanke an sie beinahe aufgefressen hätte, ihn am Ende dann gerettet und am Leben gehalten hatte, und er hörte die ferne Männerstimme sagen, falls Sie noch eine Waffe besitzen, dann holen Sie sie und verriegeln Sie die Tür, meine Kollegen müssen jeden Moment bei Ihnen sein, und dann eine andere Stimme, eine Stimme von damals, die sagte: »*Doći, Kapetane*«, komm.

Hände zerrten ihn hoch, trennten ihn von Jelena. Plötzliche Kälte erfasste ihn, nackt fiel er auf die Knie, wie er am Abend des 25. August 1995 nackt auf die Knie gefallen war, die Pistole am Kopf von derselben Hand gehalten. Wie damals schloss er die Augen und dachte an Jelena und an Milo, und dann dachte er, wie bizarr das Leben doch war, fünfzehn Jahre zwischen diesen beiden fast identischen Momenten, als wäre nur eine einzige Sekunde vergangen.

III

Soldaten

36

MITTWOCH, 8. MAI 1991
ZIMMERN OB ROTTWEIL

Zwölf ermordete kroatische Polizisten, die Leichen auf bestialische Weise verstümmelt. Borovo Selo änderte alles.

KEINE SERBEN!/NEMA SRBI! stand handgeschrieben auf einem Blatt Papier, das an der Eingangstür des Festsaals in Zimmern ob Rottweil klebte. Thomas hatte es schon von weitem bemerkt, als sie auf das Lokal zugefahren waren. Weiß hatte es im Schein der Straßenlaterne geleuchtet. Doch erst als sie davorstanden, begriff er, was es bedeutete.

Josip versuchte, Jelena zum Bleiben zu überreden. »Du bist sicher nicht gemeint, sie haben dich doch eingeladen, oder?«

»Jetzt haben sie mich wieder ausgeladen.«

»Aber du gehörst zu uns.«

»Fährst du mich heim, Tommy?«

Thomas löste den Blick von dem Blatt. »Gehen wir ins Kino, in den Doors-Film.«

»Du gehst zu Brans Feier, Tommy. Er ist dein Freund.«

»Er ist ein Arschloch.«

Sie deutete auf das Schild. »Das war bestimmt sein Vater.«

»Bran hätte es runterreißen können.«

»Er hat heute geheiratet, da denkt man nicht an so was.«

Thomas trat zur Tür, entfernte das Papier und zerknüllte es. »War da was?«

»Ja«, sagte Jelena.

Später, als er allein nach Zimmern zurückkehrte, dachte er, dass Milo recht gehabt hatte. Es herrschte Krieg, und der Krieg war auch nach Rottweil gekommen.

Irgendwann würde er sich vielleicht entscheiden müssen.

So wie Bran, der noch in der Hochzeitsnacht in Richtung Heimat aufbrechen würde, eine Partisanenpistole aus dem Zweiten Weltkrieg in der Rückbank seines weißen VW Golf verborgen.

Die Hochzeitsfeier wurde zum Abschiedsfest.

»*Lijepa naša domovino*«, sang Bran mit Tränen in den Augen zum Abschluss einer kleinen Rede im Biergarten, »*oj junačka zemljo mila.*«

Thomas starrte ihn schweigend an.

Kannst du die Wahrheit vertragen, Tommy?, hatte Bran zwei Jahre zuvor gesagt. *Mann, war ich in die verknallt! Wie in keine davor!*

»Du hast *Jelena* ausgeladen, du Arschloch«, sagte er auf Deutsch, als Bran zu ihm trat, eine Flasche Rakija und zwei Gläser in der Hand.

Bran nickte und antwortete auf Kroatisch: »Und übermorgen schieße ich auf ihre Sippe.« Er füllte die Gläser, reichte ihm eines. »*Živjeli*, Tommy, auf die Heimat, auf den alten Bran, den du schon gekannt hast, als du noch nicht wusstest, wozu das Ding zwischen deinen Beinen gut ist!«

Sie stießen an, tranken.

»Irgendwann kommt das Serbische durch«, sagte Bran, »spätestens wenn du sie geheiratet hast, dann wird sie hinterfotzig und verlogen und nörgelig und fett, und dann willst du sie bloß noch loswerden.«

»Sie hat mit denen da unten nichts zu schaffen.«

»Die Mörder unserer Leute waren vielleicht ihre Onkels oder Cousins.«

»Was kann sie dafür?«

»Sie ist auf deren Seite.«

»Sie ist auf gar keiner Seite.«

»Also auch nicht auf unserer, auf deiner.«

»Fick dich, Bran.«

Bran lachte betrunken. Er hatte sich die Haare kurz schneiden lassen, an den Seiten schimmerte die Haut durch. Er war breit und kräftig, hatte einen runden Rücken, winzige Augen, ein gedrängtes Gesicht mit Knollennase, für die zwischen den dicken Wangen eigentlich kein Platz zu sein schien. Er senkte die Stimme. »Wir können hier heute keine Serben brauchen, Tommy. Gibt was zu besprechen, und wir wollen nicht, dass es die Falschen hören.«

»Wir?«

»Ich und Josip Vrdoljak und die anderen.«

Thomas hatte keine Ahnung, wovon Bran sprach. Josip war das Zentrum des kroatischen Widerstandes im südlichen Baden-Württemberg und saß mittlerweile beinahe täglich im Granada, und doch schien Thomas nicht alle Geheimnisse zu kennen.

Er hob das Glas, bekam nachgeschenkt. »*Živjeli,* Bran, pass auf, dass sie dir kein Loch in den Arsch schießen, dick genug ist er ja.« Er stürzte den Rakija hinunter. Er sah ein weißes Auto durch eine bergige Landschaft fahren, dahinter lag das Meer, es war ein schöner Anblick.

»Wie geht's dem Dingsda?«, fragte Bran. »Dem Mägges?«

»Ist noch in der Reha.«

»Man muss mit einem Beinbruch in die Reha?«

»War ein dreifacher Bruch.«

Bran schüttelte sich. »Ich geh lieber in den Krieg als in die Reha.« Er kicherte. »Jemand hat gesagt, du hast seinen Vater verprügelt.«

»Er war zu besoffen, um zu helfen.«

»Aber nicht zu besoffen, um verprügelt zu werden.«

Sie grinsten, Bran schenkte nach. »*Živjeli,* du Sack.«

Sie tranken.

»Komm«, sagte Bran.

Sie gingen zu Josip, der sich mit Thomas' Vater und anderen HDZ-Leuten abseits versammelt hatte. Weitere Aktivisten erhoben sich wie auf ein geheimes Zeichen von den Bierbänken und kamen in ihre Richtung. Auch ein paar Ustaschenenkel waren darunter, mehrere Frauen und ein Priester der kroatischen katholischen Mission Rottweils.

»Und Milo?«

Bran schüttelte den Kopf.

Josip empfing sie mit einem Lächeln, in seinen Augen schimmerten Tränen. Er streckte die Hände aus, ergriff die Brans. »Mein Junge, du bist der Erste von uns, der geht, dir gebührt großer Respekt, du machst deinem Namen alle Ehre, du bist ein wahrer ›Beschützer‹!«

Er küsste ihn auf die Wangen. »Vor fünfzig Jahren haben die Tschetniks unseren Leuten die Kehle aufgeschlitzt, unsere Frauen vergewaltigt, unsere Kinder verbrannt oder verhungern lassen. Jetzt tun sie es wieder, und ich kann wieder nur zusehen! Damals war ich zu jung, um zu kämpfen, die Partisanen wollten es nicht, sie wollten, dass ich für sie koche, ich weiß nicht, warum, ich war der schlechteste Koch der Welt. Heute bin ich zu alt, ich sehe nicht mehr richtig, ich höre nicht mehr gut, ich habe Verstopfung, sonst würde ich mit dir runterfahren, Bran, mein Sohn, glaub mir. Damals haben die Älteren an meiner Stelle gekämpft, heute kämpft ihr Jungen an meiner Stelle, und dafür bedanke ich mich, es ist mir eine Ehre …«

Alle schlugen Bran auf die Schulter, umarmten und küssten

ihn. Thomas reichte ihm die Hand, Bran zog ihn an sich. Er roch nach Bier und Schnaps und schon ein wenig nach Krieg.

»Du warst doch mal in sie verknallt«, sagte Thomas und spürte, dass ihm der Rakija die Zunge schwer gemacht hatte.

»Man wird älter und klüger«, sagte Bran.

Thomas' Vater legte ihm die Hände auf die mächtigen Wangen und sagte, wie gern er zusätzlich zu den beiden halben einen ganzen Kroaten zum Sohn hätte. Die Ustaschenjungen machten Vorschläge, was Bran mit den Serbinnen anstellen solle, die er gefangennehmen werde. Einer der HDZ-Vorsitzenden trug ihm eine Botschaft für die Partei in Osijek auf. »Du brauchst gute Schuhe«, sagte ein Landwirt. »Regnet viel in Slawonien.«

Sie stießen auf Bran, seine Braut, seinen Golf an, auf die Rettung der Heimat, die Heimat selbst und wieder auf Bran.

»Ich wollte dir meinen *Srbosjek* mitbringen«, sagte ein alter Mann aus Split, »aber ich hab ihn nicht gefunden, hab ihn zu gut versteckt vor den Nachbarn, die sind aus Belgrad.«

Alle lachten.

»Bran«, sagte Josip, »fahr über Ungarn, nicht über Slowenien.«

»Ungarn? Ist das nicht ganz woanders?«

»Nein, es liegt gleich auf der anderen Seite der Drau.«

Josip hob die Hände horizontal übereinander, zeigte: Kroatien die untere, Ungarn die obere, und Thomas dachte, wie sehr Jugoslawien Josips Hände geworden war, mit Hilfe dieser riesigen arthritischen Hände verstand man eigentlich fast alles.

»Über Ungarn zu fahren ist sowieso sicherer, in Slowenien kontrollieren sie dich vielleicht. In Pécs bekommst du dann die Waffen, vier Kalaschnikows und ein paar Pistolen. Pécs, kannst du dir das merken?« Josip buchstabierte es.

»Pécs«, wiederholte Bran.

»Die Telefonnummer weißt du auswendig?«

Bran nickte und tippte sich an die Stirn.

»Sag sie mir ins Ohr.«

Bran gehorchte. Es dauerte eine Weile, er schien sich zu korrigieren.

»Nein«, sagte Josip, auf einen Notizzettel blickend. »Am Anfang nicht die 3, sondern die 2. Am Ende nicht die 4, sondern die 7.«

Bran rieb sich die Schläfen. »Ist gespeichert.« Er grinste.

»Von Pécs aus fährst du weiter nach Süden, dann kommst du in die Baranja und nach Osijek. Da erwarten dich unsere Freunde vor dem Urania-Kino. Du gibst ihnen die Waffen, und sie bringen dich ins Kampfgebiet.«

»Sie sollen mich nach Borovo Selo bringen«, sagte Bran. »Da hab ich eine Rechnung offen.«

»Zwölf Rechnungen«, sagte Thomas' Vater.

»Pass auf deine Eier auf«, sagte einer der Ustaschensöhne. »Ich hab gehört, die Tschetniks schneiden uns die Eier ab.«

»Sie rösten sie und essen sie«, warf ein anderer ein.

»Damit ihnen auch dicke kroatische Eier wachsen.«

»Lasst meine Eier meine Sorge sein«, erwiderte Bran. »Und die meiner Frau.«

»Geh jetzt zu ihr«, sagte Josip. »Sie hat ein Recht darauf, dass du dich um sie kümmerst, bevor du fährst.«

»*Živjeli!*«, sagte Bran, und alle hoben das Glas.

Die Tschetniks, hatte Josip am Vortag im Granada erklärt, waren aus Serbien nach Borovo Selo gekommen. Ihr Führer war ein Mann namens Vojislav Šešelj, der noch von einem der Tschetnikoffiziere aus dem Zweiten Weltkrieg den Titel »Woiwode« erhalten hatte. Dieser Mann, Šešelj, wollte die Kroaten vernichten und Serbien bis wenige Kilometer südlich von Zagreb ausdehnen. Seine Leute hatten die Leichen der kroatischen Polizisten verstümmelt, wie es die Tschetniks von damals getan hatten, und jetzt verteilten sie sich über Ostslawonien, um einen Ort nach dem anderen kroatenfrei zu machen.

Sie hatten auf einen Vorwand gewartet, um loszuschlagen. Am Abend des 1. Mai hatten die Kroaten ihnen diesen Vorwand geliefert. Vier Polizisten hatten die jugoslawische Flagge im Zentrum des von Barrikaden zerstückelten Borovo Selo einholen und die Schachbrettfahne hissen wollen. Serben verhinderten es, Schüsse fielen. Zwei Polizisten konnten fliehen, die anderen beiden wurden verwundet und gefangen genommen. Aus Osijek kam am Tag darauf Verstärkung, hundertsiebzig Kroaten, die sie befreien sollten, doch sie gerieten in einen Hinterhalt. Zwölf starben, über zwanzig wurden verletzt.

Am 3. Mai sagte Präsident Tuđman im kroatischen Radio im Wohnzimmer der Ćavars, dies sei der Beginn eines offenen Krieges, man werde alles tun, um die Freiheit und Souveränität Kroatiens zu schützen. Bewaffnet euch, wenn es nötig ist! Verteidigt euer Land!

Und dann, gestern, hatte das kroatische Fernsehen Fotos der Leichen aus Borovo Selo gezeigt. Einem der Polizisten war das Gesicht zerdrückt, einem der Arm abgehackt, einem die Rückenhaut abgezogen worden. *Sie jagen uns wieder,* hatte Josip geflüstert, während die Bilder über die Mattscheibe gelaufen waren, von atmosphärischen Störungen zersplittert, verlangsamt, entfärbt, als hätten sie zu Schwarzweißfilmen aus einer längst vergangenen Epoche gehört.

Thomas' Blick lag auf Bran, der in die Arme seiner Frau gewankt war. Für einen Moment vermischten sich die Zeiten und die Menschen, und er sah Bran an der Seite Titos, sie führten einen schwarzweißen Partisanentrupp durch schwarzweiße Wälder, und auch er selbst und Milo und ihr Vater waren dabei. Er trug die Russenmütze, und jemand nannte ihn »General«, er war der Anführer des Trupps, und weil er die Verantwortung für seine Leute trug, lief er als Letzter, denn hinter ihnen waren Tausende Deutsche und Ustaschen.

Er hob das leere Glas mit der Rechten, schwenkte mit der Linken die Russenmütze, rief: »*Živjeli,* Bran!«

Niemand schien es zu hören.

Mit den anderen setzte er sich an einen einzelnen Tisch, ein Kellner brachte unaufgefordert Bier. Nachdem er gegangen war, sagte Josip: »Es ist so weit.«

Einige nickten, andere murmelten Zustimmung. Thomas verstand nicht gleich, dann fiel ihm Tuđmans Radiorede ein. *Bewaffnet euch, wenn es nötig ist! Verteidigt euer Land!*

»Gebt, was ihr geben könnt, nicht mehr«, sagte Josip. »Es bringt nichts, wenn ihr die Mäuler daheim nicht mehr stopfen könnt.«

»Was geben?«, krächzte Thomas' Vater, der sehr betrunken war.

Josip lächelte. »Geld, Petar.«

»Geld? Für das Brautpaar?«

»Für Waffen«, sagte Thomas.

Sein Vater nickte aufgeregt und begann, in den Taschen zu kramen. Er zog hier einen Schein hervor, dort eine Münze. Am Ende lagen nicht ganz einhundert Mark auf dem Tisch.

Noch immer lächelnd steckte Josip das Geld ein. »Ein guter Anfang, Petar, ich danke dir. Das sind bestimmt ein oder zwei gebrauchte Pistolen.«

»Die Kirche …«, begann der Priester.

»Und woher bekommen wir die?«, fiel ihm Thomas' Vater ins Wort.

»Ich kenne jemanden, der jemanden kennt. Ein Franzose, Michel, ein Freund der Serben. Ich habe ihm eine kleine Lüge erzählt, jetzt freut er sich auf die Zusammenarbeit mit uns.«

»Die Kirche stiftet die Kollekte. Der Vatikan schätzt Präsident Tudman sehr.«

»Danke, Pater Alojzije.«

»Was für eine Lüge?«, fragte Thomas.

»Dass wir Serben sind.«

Für einen Moment herrschte Stille, dann brach Gelächter aus.

»Und wenn wir uns mit ihm treffen?«, fragte Thomas' Vater. »Keiner von uns sieht wie ein Serbe aus!«

»Wir furzen und rülpsen, das reicht«, sagte ein anderer.

Wieder lachten sie.

»Er trifft sich nur mit einem von uns.« Michels eiserne Regel, erklärte Josip mit gesenkter Stimme. Nie mehr als *eine* Kontaktperson. Ein Bote, der das Geld übergab und die Waffen in Empfang nahm und auf den Weg brachte. Irgendwann in den nächsten Wochen, irgendwo in Deutschland, wo und wann genau, würden sie erst kurz vorher erfahren.

»Und mit wem trifft er sich?«, flüsterte der Vater.

Schweigen legte sich über die kleine Gruppe.

»Ich dachte an Thomas«, sagte Josip.

»Ich auch«, sagte Thomas.

37

FREITAG, 15. OKTOBER 2010
ROTTWEIL

Lorenz Adamek sah zu, wie das Tageslicht langsam in den kleinen Garten kroch.

Wie die Wahrheit in die Lüge, dachte er.

Er saß auf demselben Sessel wie am Vorabend, verdrängte dieselben Gefühle, ein Haus wie dieses, zwei Töchter, eine passende Frau ...

Verdrängte den Anblick des zerfetzten Gesichtes von Markus Bachmeier, des malträtierten Körpers. Unter den Bodenplanken hatten sie auch eine zusammengefaltete, blutverschmierte Plane gefunden. Die Folterer hatten Übung gehabt.

Wieder stellte Schneider die Fragen, wieder kam sie nicht voran. Milo, in Schlafanzug und Morgenmantel, hatte die Hände auf die Knie gestützt und brachte vor Schluchzen kein Wort mehr heraus.

»Herr Ćavar ...«, sagte sie leise.

Sie hatten sie auf dem Weg zu Milo geholt. Adamek hatte im Wagen gewartet, der Kollege war zur Haustür gelaufen. Eine weitere verkehrsberuhigte Straße, eine weitere adrette Doppelhaushälfte in einer Neubausiedlung ... Dann war die kleine, energische Frau aus der heimlichen Sehnsucht auf die Straße getreten und hatte ihm angespannt zugewunken. Im Wagen hatte er ihr mitgeteilt, was geschehen war: dass er Markus Bachmeier gefunden hatte. Dass Bachmeier auf grausame Weise gefoltert und dann erschossen worden war.

»Herr Ćavar.« Schneider berührte Milos Schulter.

Die verweinten Augen blinzelten, die Brille lag auf dem Couchtisch. Milo hob die Hände, rieb sich über das Gesicht.

Erneut waren sie zu dritt, die Mutter kümmerte sich oben um die beiden Mädchen. Der Bote, der die Zerstörung brachte, hatte nur den Vater sprechen wollen, aber die ganze Familie geweckt.

Milo hatte mit einem abhörsicheren Handy, das er eigens seines Bruders wegen angeschafft hatte, in Hamburg angerufen. Aus der Ferne war für Sekunden Lillys fröhliche Stimme zu hören gewesen.

Piiiiep ...

Ein paar Minuten danach hatte sich ein Hamburger Kollege gemeldet. Jelena und Lilly unversehrt, Thomas von zwei Bewaffneten entführt, einer heiße Sascha, Thomas kenne ihn offenbar von früher, aus dem Jugoslawienkrieg.

»Hat Ihr Bruder mal einen Sascha erwähnt?«, fragte Schneider.

Milo schüttelte den Kopf.

»Wer könnte das sein?«

Hilfloses Achselzucken.

Wieder ein wenig mehr Licht draußen, Adamek konnte jetzt bis zur Mitte des Gartens sehen, wo am Vortag die beiden Mädchen gehockt hatten.

Er erhob sich. »Gehen wir raus.«

Auf der Terrasse streifte er Schuhe und Socken ab. Das Gras war feucht und kühl, er fand es belebend, Frische stieg durch seine Fußsohlen hinauf in die Beine. Er legte den Kopf in den Nacken, stemmte die Hände in die Hüften.

Er sehnte sich nach den Fingern von Elfriede Münzinger.

Zögernd traten Schneider und Milo auf die Terrasse.

»Kommt doch her.«

Milo schlich in Pantoffeln zu ihm, Schneider folgte. Sie standen in einem kleinen Kreis, die Köpfe dicht aneinander. Leise sagte Adamek: »Sie haben Ihren Bruder nicht getötet, obwohl sie die Gelegenheit hatten. Das heißt, sie brauchen ihn lebend. Vielleicht versuchen sie, ihn nach Kroatien zu bringen. Wir haben also etwas Zeit. Die Kollegen an den Grenzen werden gerade informiert, auch in Österreich, Italien, Slowenien, Ungarn, Kroatien.«

Milo nickte.

»Vielleicht kann er ja auch fliehen«, sagte Schneider. »Er war im Krieg, er weiß, wie man kämpft.«

»Erzählen Sie uns von ihm«, sagte Adamek.

Milo schneuzte sich, stieß, das Taschentuch noch an der Nase, hervor: »Er hat so viel ... *Unsinn* gemacht früher.«

»Ja«, sagte Adamek lächelnd.

»Er hatte es gut damals, wirklich, das Leben hat es gut mit ihm gemeint, er konnte sich den Unsinn leisten ... und war so liebenswert dabei. Er war naiv, als Kind und auch später, weil er immer alles richtig machen wollte, er wollte mutig sein und aufrichtig und liebevoll ... Er wollte sich opfern, er wollte *gut* sein. Verstehen Sie, was ich meine? Hatten Sie als Kind ein Idol, einen Helden? Wir alle haben doch einen Helden als Kind ...«

»Bei mir waren es die Western-Helden«, sagte Adamek.

»Western, ja ... Wir hatten einen eigenen Fernseher und haben viele Filme gesehen, einen nach dem anderen, auch Western, die Winnetou-Filme ...«

»Shane«, sagte Adamek, »kennen Sie den? *Mein großer Freund Shane* von 1953.«

»Oh, natürlich! Alan Ladd ... Tommy hat geweint, als Shane allein davongeritten ist.«

»Wer nicht?«

»Ich«, sagte Milo.

»Tommy war der kleine Junge, Sie waren Shane.«

»Die Aufgabe war erfüllt, die nächste wartete, ich war schon als Kind ein Spießer.« Thomas sei immer ein kleiner Junge geblieben. Auch mit zwanzig habe er so sein wollen wie seine Helden, das habe ihn angetrieben, auch wenn es ihm nicht bewusst gewesen sei.

»Hat er deswegen in Kroatien gekämpft?«, fragte Schneider.

»Ja, auch. Aber in erster Linie ging es um etwas anderes, um seine Sehnsucht nach einer Heimat.«

Thomas hatte sich, erzählte Milo, die Frage nach einer Heimat nie gestellt. Doch als 1990 die Nationalisten immer häufiger von »der Heimat Kroatien« gesprochen hatten, Parteileute aus Stuttgart, der Vater, kroatische Freunde aus Rottweil, da wurde sie wichtig. Er fühlte sich von einem Tag auf den anderen weder als Deutscher noch als Kroate, und das machte ihm zu schaffen. Egal, ob er mit Deutschen oder Kroaten zusammen war, immer kam er sich unvollkommen vor. »Erst als bei uns daheim ununterbrochen von Heimat die Rede war, ist bei ihm das Gefühl entstanden, dass er keine Heimat hat und dass ihm deshalb was Wichtiges fehlt. Etwas, das alle anderen haben.«

»Und das konnte nicht Deutschland sein?«, fragte Adamek.

»Nein.«

»Sehnt man sich nicht immer nach dem, was weit weg ist?«, warf Schneider ein.

»Ist das so?«, sagte Adamek.

Niemand antwortete.

Also, fuhr Milo fort, hatte Thomas begonnen, für Josip Vrdoljak zu arbeiten, den damaligen Vorsitzenden der HDZ Stuttgart. Er hatte ihn als Chauffeur gefahren, hatte in seinem Auftrag Geld gesammelt, war an einem Waffenschmuggel beteiligt gewesen, den Vrdoljak eingefädelt hatte. Und er war nach Kroatien in den Krieg gezogen, zum ersten Mal Ende 1991 für ein paar Wochen, nach dem Fall von Vukovar, dann jedes Jahr ein-, zweimal, wie andere Emigranten auch, Kroaten, Serben, Bosnier.

»Kriegstouristen«, murmelte Adamek.

»Und der Waffenstillstand?«, fragte Schneider. »In Kroatien war der Krieg doch Anfang 1992 zu Ende.«

»Ach so?«, sagte Adamek.

Sie hob den Blick. »Die UNO hat einen Waffenstillstand vermittelt, Milošević hat den Krieg für beendet erklärt.«

Trotzdem, sagte Milo, habe es serbische Angriffe und auch kroatische Militäraktionen gegeben, in Westslawonien, vor allem aber in Dalmatien, die Operationen »Tiger«, »Maslenica«, »Medak«, zuletzt »Blitz« und »Sturm«. Thomas sei immer informiert gewesen, habe von einem Kameraden rechtzeitig vorher einen Anruf erhalten, dann sei er wieder aufgebrochen, nachts, ohne sich zu verabschieden.

»Damir?«, fragte Adamek.

»Dietrich, ein Söldner aus Berlin.«

Adamek erinnerte sich – der ganze Abschaum hatte sich auf dem Balkan getummelt, Söldner, Neonazis, Profiteure, Verrückte, Skrupellose, Verbrecher, Größenwahnsinnige, die Waffenhändler der Welt. Kriegstouristen.

Und die Naiven natürlich.

Sie waren ins Haus gegangen, hatten sich in die Küche gesetzt. Milo schüttete Kaffeepulver in einen Filter, stellte Dosenmilch auf den Tisch. Schneider bekam eine Schale Müsli mit Obst, Adamek hatte weder Hunger noch Appetit, sein Magen war unverändert schwer und übersäuert.

Als der Kaffee fertig war, setzte sich Milo zu ihnen. Im Licht sah Adamek die Verzweiflung in seinen Augen.

Thomas war am 2. Mai 1995 wieder nach Kroatien gefahren. Die Krajina-Serben hatten Raketen auf Zagreb abgeschossen, als Vergeltung fand die Operation »Blitz« statt, die kroatische Armee griff dabei auch zwei UNO-Schutzzonen an. Fünfzehntausend serbische Zivilisten flohen nach Bosnien. Einen Tag später war die Aktion beendet, doch Thomas blieb. Gerüchte besagten, dass weitere Offensiven bevorstünden. In Bosnien eskalierte die Lage. Die bosnischen Serben stahlen UNO-Waffen, die NATO bombardierte Munitionsdepots, UN-Soldaten gerieten in serbische Gefangenschaft, Schutzzonen fielen. Der Einsatz amerikanischer Bodentruppen stand bevor, die Serben widerriefen alle Abkommen mit der UNO, NATO-Verbände sammelten sich in der Adria, und die Kroaten planten die Rückeroberung der Krajina, unterstützt von amerikanischen Militärs.

»Er wollte dort sein«, sagte Milo, »die Befreiung der Heimat miterleben. Das Ende.«

»Er hatte noch nicht genug?«, fragte Adamek.

»Ach, ich glaube schon. Aber er hatte Jelena verloren.«

Zwei Jahre lang hatte Jelena Thomas' Ausflüge in den Krieg ertragen, die Angst, den Zorn, die Unsicherheit. Dann hatte sie ihn vor die Wahl gestellt – der Krieg oder sie.

Er bekam einen Anruf, stieg in sein Auto, fuhr hinunter. Als er zurückkehrte, war sie fort.

»Wann war das?«, fragte Schneider.

»Im Herbst 1993.«

»Die Medak-Offensive?«

»Sie sind gut informiert.«

Sie winkte ab. »Ich habe gelesen, statt zu schlafen.«

Die Kroatische Armee, erklärte Milo Adamek, hatte bei der Operation »Medak« ein paar Quadratkilometer Krajina zurückerobert. Auf internationalen Druck hin musste das Gebiet jedoch wieder aufgegeben werden. Später wurde bewiesen, dass die Soldaten Kriegsverbrechen gegen die serbische Bevölkerung begangen hatten. Gerichte verurteilten ihren Kommandeur, Mirko Norac, wegen verschiedener Kriegsverbrechen unter anderem bei »Medak« zu langjährigen Haftstrafen.

»Jelena«, sagte Adamek, »wohin ist sie damals gegangen?«

»Nach Hamburg.« Milo schneuzte sich, räusperte sich. »Sie hat dort weiterstudiert. Niemand wusste Bescheid, ich auch nicht, nur ihre Eltern, und die durften es niemandem sagen. Monatelang hat Tommy die beiden belagert, jeden Tag ist er zu ihnen gegangen, hat Botschaften für sie hinterlassen, hat ihnen Briefe an Jelena gebracht. Aber was sie hören wollte, konnte er nicht sagen, er war noch nicht so weit, eigentlich weniger denn je, paradoxerweise, ich habe lange gebraucht, um das zu verstehen, aber …

Dadurch, dass er Jelena verloren hatte, hat er sich Kroatien noch mehr verbunden gefühlt. Er wollte nicht auch noch seine« – Milo setzte Anführungszeichen in die Luft – »›Heimat‹ verlieren. Außerdem hätte er das Gefühl gehabt, Kroatien im Stich zu lassen. Er fühlte sich … wie soll ich das erklären … angenommen, wissen Sie? Als hätte ihn die neue Heimat als Sohn angenommen, weil er für sie so viel aufs Spiel gesetzt hat. Er wurde Kroate, weil er nachts ins Auto gestiegen ist und alles zurückgelassen hat und runtergefahren ist, um Kroatiens Feinde zu bekämpfen. Er hätte die Zugehörigkeit zu seiner neuen Heimat wieder verloren, wenn er das nicht mehr getan hätte. Jelena hat das, glaube ich, verstanden, deshalb hat sie das alles so lange mitgemacht.«

Im Raum über ihnen klingelte gedämpft ein Wecker. Milo warf einen Blick auf die Küchenuhr, mit ihm Adamek. Es war halb sieben. Vor dem Fenster lag ein lichtes Grau, in dem Sonne zu erahnen war, ein milder Tag im süddeutschen Herbst.

Der Wecker verstummte.

Milo schenkte Kaffee nach, Schneider aß Obst, Adamek wartete. Das Nachdenken fiel ihm schwer, die Müdigkeit war übermächtig.

Der Hamburger Kollege rief an, Hassforther. Sie hatten eine Spur – ein Wagen mit der Aufschrift »Caritas-Zentrum Rottweil«, der in St. Georg abgestellt worden war. Nicht weit davon entfernt war ein schwarzer Fiat Bravo gestohlen worden – und ein schwarzer Bravo war von einem Hundehalter vor dem Haus der Imamović' gesehen worden.

»Du hörst von mir«, sagte Hassforther.

»Danke«, sagte Adamek.

Er gab die Informationen weiter.

»Caritas.« Schneider lachte ungläubig.

Sie stand auf, um zu telefonieren.

In Rottweil war kein Caritas-Auto gestohlen worden.

»Überprüft die Werkstätten«, sagte sie ins Handy, »jeden Kroaten im Landkreis, der irgendwas mit Autos zu tun hat.« Sie legte das Telefon auf den Tisch. »Wartet bitte«, sagte sie und verließ die Küche.

Adamek schwieg, bis er hörte, dass sich die Toilettentür im Flur schloss. »Kennen Sie Richard Ehringer?«

»Der Politiker aus Bonn.«

»Ja.«

»Er war mal zum Abendessen bei uns, mit seiner Frau. Margot, glaube ich.«

»Margaret.«

Milo nickte. »Meine Eltern hatten sie aus Dankbarkeit eingeladen, Dr. Ehringer hatte Thomas geholfen … Aber das wissen Sie sicher.«

»Nein.«

»Er hat sich beim Staatsanwalt für ihn eingesetzt, im Sommer 1991.«

»Beim Staatsanwalt?«

»Der Waffenschmuggel, von dem ich erzählt habe. Thomas hat versucht, Waffen nach Kroatien zu bringen.«

Adamek hörte die Spülung rauschen, die Toilettentür schabte über den Fußboden. »Und Ehringer hat ihn rausgehauen?«

»Ja.«

Schneider trat ein. Ihr Blick fand den Adameks, sie lächelte vielsagend. Sie wusste Bescheid, dachte er. Sie hatte dem Vater am Vorabend eine ähnliche Frage gestellt, als *er* hinausgegangen war, das Ziertellerzimmer verlassen hatte, um das Telefon zu überprüfen.

Der angekündigte Termin beim Staatsanwalt.

»Wir waren bei August 1995«, sagte er.

Milo nickte. »Am 25. August war Thomas mit mehreren Trupps seines Regiments in Zadolje …«

»Die Operation ›Sturm‹?«

»Nein, ›Sturm‹ war vorher.«

»Erzählen Sie erst davon, ich verliere den Überblick.«

»Tommy wurde im Juni dem 134. Heimatschutz-Regiment zugeteilt, sie waren in Biograd nahe Zadar stationiert und dem Kommando Split unterstellt. Befehlshaber war Ante Gotovina, vielleicht sagt Ihnen dieser Name …«

»Ja«, murmelte Adamek. »Ein kroatischer Held.«

Er sah Schneider schmunzeln, Milo stieß ein Schnauben aus. Der Krieg, sagte er, habe die Lächerlichen zu Helden gemacht. Gojko Šušak, den Pizzabäcker aus Kanada, der unter Tuđman erst Immigrations- und dann Verteidigungsminister geworden sei. Ante Gotovina, der mit achtzehn in die französische Fremdenlegion gegangen, später in Frankreich wegen Juwelendiebstahls verurteilt worden und 1990 nach Kroatien zurückgekehrt sei. Radovan Karadžić, den eitlen Dichter und auf Gruppentherapie spezialisierten Psychiater. Ratko Mladić, Slobodan Milošević, und wie sie alle hießen, die Wahnsinnigen, die Lächerlichen.

Am 4. August, fuhr er fort, hatte die Operation »Sturm« zur Rückeroberung der Krajina begonnen, hundertachtzigtausend kroatische Soldaten und Polizisten gegen vierzigtausend Mann der Krajina-Serben. Auf Anweisung von Milošević durften weder die Jugoslawische Volksarmee noch die Einheiten der bosnischen Serben eingreifen – die Republik Serbische Krajina sollte einem Friedensabkommen zwischen Zagreb und Belgrad geopfert werden, so wie Vukovar vier Jahre zuvor von Tuđman geopfert worden war, um die internationale Gemeinschaft endgültig auf die Seite Kroatiens zu ziehen.

»Nicht jetzt auch noch Vukovar, bitte«, sagte Adamek.

»Entschuldigen Sie.«

Während Spezialeinheiten der Kroatischen Armee an diesem 4. August tief in die Krajina und bis nach Bosnien eingedrungen waren, hatten ihre Brigaden und Regimenter, die zum großen Teil aus Freiwilligen und Rekruten bestanden, entlang der Frontlinie serbische Kräfte gebunden und Widerstandsnester gesäubert.

Wie ein entfesselter Sturm tosten die Kroaten über die Krajina.

Am 7. August befand sie sich wieder unter ihrer Kontrolle. Zweihunderttausend Serben flohen nach Bosnien, Dörfer und Städte wurden durchsucht, zum Teil zerstört. Wer geblieben war, wurde getötet oder vertrieben. Die Krajina sollte serbenfrei werden.

»Gotovina«, erklärte Schneider. »Das ist der Hauptanklagepunkt, er soll die ethnischen Säuberungen mit Tuđman und anderen beschlossen haben.«

»Verstehe«, sagte Adamek.

»Thomas' Regiment ist über Benkovac nach Ervenik vorgestoßen«, sagte Milo, »und ...«

»Das ist wo?«, unterbrach Adamek.

»Südliche Krajina. Ervenik liegt ungefähr dreißig Kilometer von Knin und fünfzig von der bosnischen Grenze entfernt. Am 25. August haben sie dann Zadolje erreicht, ein kleines serbisches Dorf. Die Bewohner waren fast alle geflohen, bis auf ...«

In der Tasche von Milos Morgenmantel klingelte das geheime Mobiltelefon, so laut, dass Adamek zusammenfuhr.

Milo sprang auf und riss es heraus. Setzte sich wieder. »Papa?« Die Stirn runzelnd, hörte er zu. »Eine was?«

Eine Journalistin hatte angerufen, aus Zagreb, und sich nach Thomas erkundigt.

»Eine *deutsche* Journalistin«, sagte Milo.

38

FREITAG, 15. OKTOBER 2010
NORDDEUTSCHLAND

Der 25. August 1995.

Drei alte serbische Zivilisten, zwei kroatische Kämpfer, die Rache wollten.

Sie würfelten um die Opfer. Nino Bebić, der hasserfüllte Polizist aus Zagreb, gewann jedes Mal.

Während er den drei Serben die Kehle durchschnitt, fanden die Soldaten einen vierten Dorfbewohner, einen alten Mann.

Deiner, sagte Nino Bebić großzügig.

Um zu überleben, verriet der alte Mann das Versteck zweier weiterer Serben. Kurz darauf lagen sechs Tote in Zadolje, und es stand drei zu drei.

Thomas Ćavar hatte lange nicht an Zadolje gedacht.

Wie aus weiter Ferne hörte er das Wimmern des alten Serben, der zwei Nachbarn dem Tod ausgeliefert hatte, um sich selbst zu retten. Glaubte schweißfeuchtes Haar in seiner Hand zu spüren, den harten Schläfenknochen unter der Mündung seiner Pistole.

»Wenn du damals geschossen hättest, wäre dir und deinen Leuten viel erspart geblieben«, sagte Saša Jordan.

Er drehte den Kopf in die Richtung, aus der die Stimme gekommen war.

Wenn er geschossen hätte, wäre auch er zum Mörder geworden, wie Nino Bebić und Saša Jordan und viele andere. Er wäre nicht desertiert, nicht inhaftiert worden, nicht geflohen, er hätte keinen anderen Namen angenommen, um nicht gefunden zu werden. Niemand hätte ihn gesucht.

Mörder und Komplizen.

Er hätte Jelena für immer verloren, Mord hätte sie ihm nie verziehen. Lilly wäre nicht geboren worden.

Dafür wäre Mägges noch am Leben gewesen.

Ich will nicht sterben, Tommy ... Ich will nicht sterben ...

Er drehte den Kopf zurück.

Er lag geknebelt und gefesselt auf einem kalten Betonboden, trug noch immer die Augenbinde, die Jordan ihm in Hamburg angelegt hatte.

Sie waren etwa eine Stunde gefahren, eine Weile Autobahn, dann über Land. In einer Garage hatten sie ihn aus dem Kofferraum geholt. Stjepan, der Kroate, dem die Garage und das Haus gehörten, war nicht begeistert gewesen. *Ihr habt eine Geisel? Davon war nicht die Rede!*

Es ist anders gelaufen als geplant.

Ihr könnt nicht mit einer Geisel herkommen, Saša!

Nur für ein paar Stunden, höchstens bis morgen früh.

Zwei Stunden, dann verschwindet ihr!

Schon gut, Stjepan. Wir ruhen uns aus, und dann bist du uns wieder los.

Wer ist der Mann?

Ein Verräter unserer Heimat.

Ein Verräter unserer Heimat? In welcher Zeit lebst du? Der Krieg ist vorbei, Mann!

Grummelnd hatte Stjepan sie in die Wohnung geführt, durch in den Angeln quietschende Türen, vorbei an geöffneten Fenstern, hinter denen Blätter im Wind raschelten. Thomas hatte Wiesen gerochen, Dung, die vertraute salzig-feuchte Luft der Küstenregion. Also hatten sie den Norden nicht verlassen.

Über eine schmale Steintreppe waren sie in den Keller gelangt. Stjepan hatte eine Waschmaschine in Gang gesetzt. *Damit euch auf der Straße niemand hört.*

Gorenje, hatte Jordan gesagt und gelacht.

Klar, was sonst. Suchen sie euch?

Ja.

Dann will ich keinen von euch oben sehen, klar? Ihr bleibt mit eurem Verräter hier unten. In zwei Stunden verschwindet ihr.

Jordan war zu ihm getreten, kniete sich neben ihn, er spürte einen Schuh an seiner Seite, die traurige, leise Stimme dicht an seinem Ohr. »Aber du hast nicht geschossen.«

»Nein«, flüsterte er.

»Du hast plötzlich verstanden, dass du nicht für den Krieg gemacht bist … Aber warum hast du nicht einfach den Mund gehalten und weggeschaut wie andere, denen es so ging wie dir? Warum hast du dich gegen deine Kameraden gestellt? Du hast die Befehle deiner Vorgesetzten missachtet, deine Heimat verraten, bist desertiert, und dann hattest du nicht einmal den Mut, die Strafe dafür auf dich zu nehmen.«

Eine Messerklinge berührte kühl seinen Hals. Jordan löste das Band um Thomas' Mund. »Nicht schreien, Kapetan.«

Ein Rascheln, Schritte, die sich entfernten.

Er richtete sich auf. Mit dem Ellbogen stieß er gegen eine Wand, er rutschte nach hinten, lehnte sich an.

Jordan sprach weiter. »Im Krieg hebt man die Waffe und schießt, oder man nimmt einen Stift und macht Schreibdienst. Viele andere Alternativen hat man als Soldat nicht.«

»Warum musstest du ihn töten?«, stieß Thomas hervor.

»Sprich Kroatisch«, sagte Jordans Begleiter. »Oder kannst du es nicht mehr?«

»Egal, Igor«, sagte Jordan. »Du meinst den tapferen, dummen

Mägges? Wäre dir dein Bruder lieber gewesen? Oder dein Vater? Du hast wieder einen Fehler begangen, Kapetan. Du hast Menschen, die sich nicht wehren können, in dein Geheimnis eingeweiht.«

Thomas kam auf die Knie, auf die Füße, aber er sah nichts, sah niemanden, auf den er sich hätte werfen können, wozu auch, seine Hände waren gefesselt. »Verstehst du denn nicht«, sagte er, und seine Stimme wurde lauter, »Thomas Ćavar ist tot, er ist 1995 in Bosnien gestorben, im Krieg, seine Leiche …«

»Sprich leise, Verräter!«, zischte Igor dicht neben ihm und stieß seinen Kopf gegen die Wand.

»… liegt irgendwo metertief unter der Erde in einem Massengrab, sie wird nie gefunden werden …«

»Auf die Knie.« Igor drückte ihn hinunter, hart schlug ein Pistolenlauf gegen die Seite seines Halses. »Wir hätten längst Schluss machen sollen.«

»Er existiert seit fünfzehn Jahren nicht mehr«, murmelte Thomas. »Er ist keine Gefahr für dich und deine Armee.«

»Warum ist er noch am Leben, Saša?«

Jordan antwortete nicht.

Zigarettenrauch drang in Thomas' Nase.

»Ich weiß es nicht. Vielleicht wegen seiner Frau und seiner Tochter.«

»Sie sind nicht hier. Soll ich es tun?«

»Lass ihn, Igor.«

»Er muss sterben.«

»Später. Lass ihn jetzt.«

Sterben, dachte Thomas.

In Hamburg hatte er Angst vor dem Tod gehabt, weil er das Leben und das Sterben gesehen hätte. Jordans Gesicht, Jelena, die vertraute Umgebung, die ihm so viel bedeutete und in der auch Lilly war und viele glückliche Jahre. Hier sah er nichts. Nicht Jelena, nicht Jordan, nicht den Tod, und so hatte er keine Angst.

»Wie ist das, wenn man den Krieg verlässt und nach Hause geht, zu seiner Familie?«, fragte Jordan.

Seine Stimme war so leise, dass Thomas sie im Glucksen der Waschmaschine kaum hörte.

Er ließ sich zur Seite sinken. Reden, sterben.

Er dachte, dass dies alles Teil seines Lebens war. Die Entführung, die Stunden hier, weitere Stunden und vielleicht Tage. Ein anderes Leben gab es nicht, ein Parallelleben, in dem ihm niemand mit dem Tod drohte und nach dem er sich sehnen konnte. Und es war auch kein neues Leben, es gab nicht Thomas' Leben und dann Ajdins Leben, er hatte sich etwas vorgemacht.

Es gab nur *dieses* Leben. Und das meinte es doch gut mit ihm …

»Vergisst man, was man getan und gesehen hat?«, fragte Jordan.

»Nein.«

»Das dachte ich mir. Es kommt einem irgendwie ins Blut, und man wird es nicht mehr los. Egal, wohin man kommt, es ist immer da.«

»Nicht überall«, sagte Igor.

»Doch. Weil es nicht in den Orten ist, sondern in einem selbst.«

»Nicht in Ljubuški.«

»Auch dort, Igor.«

»Ljubuški?«, murmelte Thomas.

»West-Herzegowina«, erwiderte Jordan.

Thomas dachte an die knotigen Hände von Josip Vrdoljak, die ihm Jugoslawien erklärt hatten und sicherlich auch die West-

Herzegowina einzuordnen gewusst hätten. Im November 1991 waren sie für immer erstarrt. Ineinander verschränkt hatten sie auf dem von Motten angefressenen braunen Jackett geruht, maniküriert für den Tod. Zum ersten Mal, seit Thomas ihn kannte, hatte Josip nicht nach Lavendel geduftet, sondern nach Seife und Parfüm.

Mit Vukovar war auch der bärenhafte Mann gefallen, die Nachricht vom Ende der Stadt hatte ihm das Herz zerrissen.

Wenn du gehst, nimm mich mit, hatte er drei Stunden vor seinem Tod geflüstert.

Wenige Tage später war Thomas in den Granada gestiegen, um sich den Kämpfern in Kroatien anzuschließen. Hinten, auf der Rückbank, hatte Josip Vrdoljak gesessen, die Hand auf seine Schulter gelegt und die Nationalhymne gesungen.

»Ich traue ihm nicht, Saša«, sagte Igor plötzlich.

»Dem Kapetan?«

«Dem Alten.«

»Stjepan?«

»Er wird uns verraten.«

39

DONNERSTAG, 20. JUNI 1991
BONN

Berlin also, dachte Richard Ehringer.

Aber es war knapp gewesen. Einhundertfünf Redner, eine fast zwölfstündige Debatte, der Ausgang so ungewiss, dass die F.D.P.-Fraktion den Außenminister telefonisch gebeten hatte, im Anschluss an die KSZE-Konferenz nach Bonn zurückzukehren, um vor dem Plenum zu sprechen und mit abzustimmen. Am Ende waren es 338 zu 320 Stimmen gewesen. Gegen 21.45 Uhr war der Antrag »Vollendung der Einheit Deutschlands« angenommen, die Verlegung des Regierungssitzes nach Berlin beschlossen.

»Am Wochenende schauen wir Wohnungen an«, sagte Margaret. »Erst mal Charlottenburg oder Zehlendorf, da können wir uns akklimatisieren. Dann wohnen wir uns alle zwei, drei Jahre tiefer ins Herz der Stadt vor.«

»Schlägt das nicht wöchentlich woanders?«

»Das ist ja das Faszinierende.«

Halb elf Uhr nachts, sie saßen im Taxi, unterwegs zum »Alten Treppchen« im Stadtteil Endenich. Die Berlin-Fans wollten feiern.

Ehringer wäre gern in Bonn geblieben. Berlin war nicht nur eine Stadt, es war der deutsche Bazillus Großmannsucht in der Kleingeisterei, der sich irgendwann unweigerlich in den Blutbahnen der bundesrepublikanischen Politik verbreiten würde.

Berlin, das Herz der deutschen Finsternis.

Doch die ruhigen Jahre waren ohnehin vorbei. Das politische

Bonn ächzte vor Erschöpfung – Wiedervereinigung, erste gesamtdeutsche Bundestagswahl, Verhandlungen zum Zwei-plus-Vier-Vertrag, Golfkrieg, Zerfall der Sowjetunion, am Ostermontag die Ermordung des Treuhand-Chefs Rohwedder. Kaum einer hatte die Kraft, sich auch noch mit der Balkankrise auseinanderzusetzen. Immerhin hatte man im Auswärtigen Amt eingesehen, dass Südosteuropa ein eigenes Referat benötigte, wenn es schon den Krieg nach Europa zurückbrachte. Seit Mitte Mai gab es das Referat 215, und er leitete es.

Jugoslawien im AA, das war nun er.

Er drohte am Einfachsten zu scheitern. Nicht genug Personal, zu kleines Budget, mangelhafte Ausstattung der Büros, die Sekretärin ging um halb fünf. Wer abends etwas zu diktieren hatte, musste sich in anderen Abteilungen auf die Suche nach einer freundlichen Schreibseele machen, die nicht überlastet war.

Er arbeitete länger, schwitzte stärker, schlief schlechter. Von allen Seiten beobachtete man ihn. Er war nicht mehr Stellvertreter, sondern Referatsleiter mit hochexplosivem Aufgabenbereich. Politisch besaß seine Abteilung keinen Einfluss, lieferte lediglich Informationen und Analysen, doch galt er jetzt naturgemäß als *der* Jugoslawienexperte im Auswärtigen Amt. Was weniger an seiner Kompetenz als daran lag, dass kaum einer im Lande die Ereignisse auf dem Balkan verstand.

Dafür atmete er Tag für Tag Gipfelluft: Über ihm nur noch der Leiter der Unterabteilung 21, der Politischen Abteilung 2, der Staatssekretär, dann kam schon der Minister.

Margaret war begeistert. *Weiter so, Vortragender Legationsrat Erster Klasse, zum Staatssekretär schaffen wir es auch noch!*

Ihre eigenen Ambitionen hatte sie begraben. Sie sei zu kompliziert und daher nicht kompatibel, hatte sie vor wenigen Wochen gesagt.

Ehringer dachte häufig an diesen Satz, und ganz allmählich begann er dessen tiefere Bedeutung zu erahnen: Ich bin mit dieser Welt nicht kompatibel. Mit sozialen Strukturen. Mit Menschen. Mit mir.

Das Taxi hielt vor dem »Alten Treppchen«. Sie stiegen aus, gingen die drei Stufen hoch, tauchten in Gelächter und laute Stimmen ein. Jemand hatte das ganze Lokal reservieren lassen, wer, war Ehringer nicht klar. Viele Rote, viele Gelbe, beim Feiern kam man nach wie vor gern zusammen. Dunkle Holzmöblierung nach traditioneller Art, alle Stühle und Bänke besetzt, in den ohnehin schmalen Gängen kaum ein Durchkommen. Später, hieß es, werde auch Genscher vorbeischauen.

Sie grüßten hier, grüßten dort, Margaret lachte wie lange nicht mehr. Sie hielt ein Glas Sekt in der Hand, das drei Meter später leer war und durch ein volles ersetzt wurde. Ehringer bemerkte die distanzierten Blicke, die sie streiften, sie war zum Dorn in der jugoslawischen Wunde des politischen Leibes geworden. Während sich landauf, landab Minister, Abgeordnete, Diplomaten, politische Beamte um eine Haltung zur Jugoslawienkrise bemühten und für jede Vereinfachung, jede Orientierungshilfe dankbar waren, kam Margaret mit immer neuen, irritierenden Informationen aus dubiosen Quellen, die wieder alles auf den Kopf zu stellen schienen.

Borovo Selo eine unentschuldbare Aggression der Serben?

Ja wisst ihr denn nicht, dass es ein Abkommen zwischen den lokalen Behörden gegeben hat, demzufolge kroatische Polizisten den Ort nicht ohne Einverständnis der serbischen Behörden betreten durften? Dass die jugoslawische Regierung die Morde verurteilt hat? Und kennt ihr nicht die Vorgeschichte? Habt ihr nicht von Josip Reihl-Kir gehört, dem Polizeichef von Osijek, einem Kroaten slowenisch-deutscher Abstammung, der seit Wochen zwischen den Serben und den Kroaten Slawoniens vermittelt und von den Hardlinern *beider* Seiten boykottiert wird? Wisst ihr nicht, dass Reihl-Kir den Tuđman-Vertrauten Gojko Šušak, einst Pizzeria-Besitzer in Kanada, jetzt Immigrationsminister, und andere HDZ-Extremisten in einer Nacht Mitte April zum Ortsrand von Borovo Selo führen musste, wo Šušak und dessen Kumpels dann drei Granaten aus Raketenwerfen abgefeuert haben? Dass sie lediglich eine Hauswand getroffen haben, ein Blindgänger aber im serbischen Fernsehen gezeigt wurde als Beleg für die Kriegslüsternheit der Kroaten?

Margaret, das ist so abstrus ... Warum um Himmels willen hätte Šušak das tun sollen?

Weil es nicht nur bei den Serben Kriegstreiber gibt.

Ein Minister feuert eine ... Ich bitte dich!

Ruf Reihl-Kir an.

Wer zum Teufel ist das? Ich kenne ihn doch gar nicht!

Lohnt sich bestimmt, ihn kennenzulernen.

Dann müsste ich auch mit Tausenden anderen Provinzbeamten telefonieren!

Knochige Finger pochten ihm auf den Arm, Friedrich Kusserow bellte ihm gegen den Lärm ein »Ehringer!« in die Flanke.

Sie gingen in den ebenfalls überfüllten Biergarten hinaus.

»Hier, sehen Sie.« Lächelnd entfaltete Kusserow ein Exemplar der *Berliner Nachrichten* vom Folgetag. Nur ein riesiges Wort in der oberen Hälfte, BERLIN, in Versalien, Fettdruck, mit Ausrufezeichen.

»Alle Achtung, Sie haben vorgedruckt?«

»Vierhunderttausend Stück.«

»Und wenn es Bonn geblieben wäre?«

»Wir haben seit Wochen Stimmen gezählt. Schlimmstenfalls wäre es 330 zu 328 ausgegangen.«

»Wussten Sie, dass der Außenminister extra wegen der Abstimmung zurückkommen wird?«

»Wir haben dafür gesorgt, dass man es für nötig hielt.«

Ehringer brachte ein Lächeln zustande. Er erinnerte sich an die Schlagzeile vom Vortag. »Es wird knapp!«, hatten die *Nachrichten* getitelt.

Kusserow reichte ihm die Zeitung, er bedankte sich, faltete sie und schob sie sich hochkant in die Jacketttasche.

»Ich weiß, Sie wären lieber in Bonn geblieben.«

»Allerdings.«

Kusserow tätschelte ihm den Arm. »Immer hübsch klein und in Deckung bleiben, nicht wahr? Die Welt will es anders, Ehringer. Sie wartet auf ein seiner Größe und wirtschaftlichen Bedeutung entsprechend repräsentiertes Deutschland.«

»Im Reichstag.«

»Richtig. Dort ist nun einmal seit alters der Sitz des deutschen Parlaments, Kaiserreich, Weimarer Republik, Drittes Reich. Hätten Sie den amerikanischen Kongress wegen Vietnam aus dem Kapitol vertrieben?«

»Ein etwas gewagter Vergleich, finden Sie nicht?«

Kusserow grinste spitzbübisch. »Zitieren Sie mich nicht, ich habe Alkohol getrunken, zum ersten Mal seit neunzehn Jahren.« Er beugte den Arm. »Hören Sie?«

Ehringer glaubte es knacken zu hören.

»Ein Glas Sekt, und meine Gelenke krachen wie morsches Gebälk. Was sagen Sie zur KSZE-Erklärung?« Kusserows Züge verzerrten sich vor Abscheu, als hätte er ein Stück verfaulten Fisch im Mund. Strähnen seines vollen weißen Haars lösten sich und fielen ihm in die Stirn, der Ekel schien ihnen jede Kraft geraubt zu haben.

Der Außenministerrat der KSZE hatte am Tag zuvor in Berlin

seine »freundschaftliche Besorgnis und Unterstützung im Hinblick auf die demokratische Entwicklung, die Einheit und territoriale Integrität Jugoslawiens« bekundet und forderte, dass die zerstrittenen Parteien den Dialog fortsetzten. Eine bizarr dürftige und fast ignorante Erklärung.

Ebenfalls am Vortag hatte sich der Bundestag in einer Verlautbarung für ein »erneuertes Jugoslawien« ausgeprochen, aber explizit das Selbstbestimmungsrecht der einzelnen Völker erwähnt. Das schien der Sachlage deutlich besser zu entsprechen. Schließlich wollten sich Slowenien und Kroatien Ende Juni für unabhängig erklären.

»International ist im Moment nicht mehr drin«, sagte Ehringer.

»Nun, da sind wir Deutschen weiter. Ich prognostiziere Ihnen, dass wir im Hinblick auf Jugoslawien eine Führungsrolle einnehmen werden.«

Ehringer hätte nicht dagegen gewettet. Noch schritt die deutsche im Gleichmarsch mit den anderen EG-Regierungen. Aber Kohl und Genscher waren sentimental und anfällig für Stimmungen. Und die Stimmung hierzulande begann sich zu verändern.

Die schrecklichen Bilder aus Borovo Selo, die kriegerischen Töne aus Belgrad, das parteiische Gebaren der Jugoslawischen Volksarmee, die Aggressivität der Krajina-Serben, dazu die traditionelle Verbindung zu den katholischen Kroaten – all dies hatte dazu beigetragen, dass Bevölkerung, Medien und Politik der Bundesrepublik immer deutlicher für Kroatien Partei ergriffen.

»Geben Sie mir rechtzeitig Bescheid, ich werde den Minister informieren, er soll es nicht als Letzter erfahren.«

Kusserow lachte hysterisch. »Verzeihen Sie, die Euphorie und der Alkohol ... Ich sollte hier vielleicht die Segel streichen.«

Sie reichten sich die Hand.

Kusserow trat nahe an ihn heran, ohne ihn loszulassen. »Passen Sie auf Margaret auf. Der Boulevard wird sie am Samstag abschießen.«

Ehringer zog die Hand zurück. Schweigend sah er in die wässrigen, geröteten Augen.

»Angeblich ist ein Kommunenfoto aufgetaucht, auf dem sie für eine Studentenzeitung von 1969 nackt mit vier jungen Männern posiert. Dazu gibt es ein Interview mit ihrem Exmann, es ist von gewissen ... Praktiken die Rede. Wir werden nicht mitmachen, aber das wird nichts ändern.«

»Können Sie es stoppen?«

»Wie sollte ich? Leider nicht.«

Ehringer nahm ihm das Bedauern ab.

»Sie wissen, was das bedeutet?«, fragte Kusserow.

»Es ist das Ende ihrer politischen Karriere.«

»Ich meine für Sie.«

Er nickte bedächtig.

Wenn er sich nicht wappnete, würde auch er fallen.

Er suchte sie, fand sie nicht. Aber sie hatte Spuren hinterlassen.

»Sie ist hackedicht«, sagte ein Parteifreund. »Und auf Krawall gebürstet.«

»Ich entschuldige mich für alles, was sie gesagt hat.«

»Entschuldige dich morgen noch mal, dann bleiben wir Freunde.«

Ein altgedienter CSU-Innenpolitiker sagte: »Sie kam mir sehr ... Wer ist Josef Reihel ...?«

»Josip Reihl-Kir?«

»Man solle ihn anrufen, er habe ganz andere Geschichten zu ...«

»Bringen Sie sie heim, Dr. Ehringer«, sagte seine Sekretärin. »Sie ist betrunken. Und verzweifelt, wenn Sie mich fragen.«

»Das tue ich gerade, oder?« Er wischte sich den Schweiß von der Stirn. »Entschuldigung.«

»Zum Glück ist Gansel nicht hier«, sagte eine Genossin Margarets. »Er würde ihren Parteiausschluss beantragen.«

»So schlimm?«

»Schlimmer.«

Das Gansel-Papier.

Norbert Gansel, stellvertretender Vorsitzender der SPD-Bundestagsfraktion, hatte nach einer Jugoslawienreise Ende Mai die Grundposition der Fraktion formuliert. Ehringer fand die vierseitige Erklärung einigermaßen differenziert und ausgewogen. Immerhin erwähnte sie die nationalistischen Tendenzen Kroatiens, für die ein Großteil der deutschen Öffentlichkeit blind war und auf die Margaret seit Monaten hinwies.

Margaret jedoch nahm nur einen Satz wahr: Die Anerkennung des Selbstbestimmungsrechts der Völker müsse Vorrang haben. *Und alles andere ist egal! Krieg? Na wenn schon! Vergewaltigte Frauen, getötete Kinder, zerstörte Städte, internationale Krise? Scheiß drauf! Hauptsache, wir achten das Selbstbestimmungsrecht der Völker! Natürlich nur der Völker in den ehemals kommunistischen Staaten. Nicht, dass die Basken oder die Katalanen oder die Flamen oder die Tamilen glauben, das würde auch für sie gelten.*

Er suchte weiter.

Schickte eine Außenamtsmitarbeiterin auf die Damentoilette. Warf einen Blick auf die Straße hinaus.

Begann sich Sorgen zu machen.

Im Biergarten stand sie plötzlich neben ihm, drängte sich an ihn, sagte, er dürfe sie doch nicht einfach allein lassen, ohne ein Wort zu sagen, sie habe ihn gesucht, plötzlich warst du weg, ich dachte schon, ich weiß nicht, was ich dachte, ich drehe mich um, und du bist einfach *weg* … Ihre Pupillen geweitet, die Augen feucht, der Atem roch stark nach Alkohol. Sie schlang die Arme um ihn und murmelte: »Lass uns vögeln, Vortragender Legationsrat Erster Klasse … gleich hier, wir mieten uns ein Zimmer, und …«

»Komm«, sagte Ehringer. Er fasste sie um die Taille, führte sie durch den Gastraum auf die Straße hinaus. Sie gingen ein paar Schritte in die Dunkelheit, blieben stehen.

Ich bin nicht kompatibel …

Etwas war mit ihr geschehen in den vergangenen Monaten. Sie stand vor einem Abgrund, der lange Zeit verborgen gewesen war, selbst in den schlimmen Jahren. Jetzt hatte er sich aufgetan – in den guten Jahren.

Der Zeit mit ihm.

Kusserows Warnung ging ihm durch den Kopf. Sie mussten darüber reden. Margaret musste vorbereitet sein.

Aber nicht heute, nicht hier.

»Sag's schon, Richard.«

Er senkte den Blick. Verdammt, was du tust, fällt auch auf mich zurück! »Du bist betrunken.«

»Na und?«

Er rang sich ein Lächeln ab. »Du beleidigst die Kollegen.«

»Das sollten sie gewöhnt sein.«

»Es betrifft auch mich, Margaret. Ich bin …« Er brach ab.

Er verstand nicht, wo der Fehler lag, wie sie an diesen Punkt hatten kommen können. Alles hatte so wunderbar begonnen, war noch immer wunderbar, sie liebten einander nicht weniger als damals. Keine Konkurrenz, kein Neid, jeder Erfolg des anderen wurde als eigener empfunden. Trotzdem eskalierte etwas, tat sich der Abgrund auf.

Sie zitterte jetzt, und er dachte, dass er sie gern in die Arme genommen hätte. Er traute sich nicht.

»Ich hab dir von Anfang an gesagt, dass ich kompliziert bin und dass ich mich nicht für dich ändern werde.«

»Ich will nicht, dass du dich änderst.«

Sie lachte auf. »Nicht *sehr* natürlich, nur *ein bisschen*. Du willst mich *nur ein bisschen* diplomatischer und angepasster und rücksichtsvoller und scheinheiliger. Nicht sehr, nein, nur so viel, dass ich nicht auch noch deine Karriere versaue.«

Er sagte nichts.

»Wir sehen uns zu Hause.« Sie wandte sich ab und schwankte davon.

40

FREITAG, 15. OKTOBER 2010
BERLIN

Der junge Mann aus Rottweil ist wieder hier, Dr. Ehringer.
Dann schicken Sie ihn wieder weg.
Diesmal hat er seine Freundin dabei.
Keine Besucher, verdammt.
Und etwas zu essen.
Hab keinen Hunger.
Aber es duftet so gut, Dr. Ehringer ...
Dann essen Sie's.
Sind Sie sicher? Es sind selbstgemachte Tschewapitschi.

Die Ćevapčići hatten ihn umgestimmt. Zumindest hatte er das in jenem Moment gedacht. Inzwischen wusste er, dass es natürlich nicht um Hackfleischröllchen gegangen war.

Thomas' Rettung aus den Klauen der Rottweiler Staatsanwaltschaft war das letzte gemeinsame »Projekt« von Margaret und ihm gewesen. Nur deshalb hatte er die beiden in sein Krankenzimmer gelassen – die ersten Besucher nach Margarets Tod.

Schüchtern hatten sie sich an den Tisch gesetzt, Thomas mit der Russenmütze auf dem Kopf, die in Alufolie eingeschlagenen Ćevapčići in den Händen, Jelena mit Handschuhen und Schal und Tränen in den Augen.

Vor den Fenstern Schnee, das Land weiß und stumm im März 1992. Drinnen Schweigen.

Nicht weinen, hatte Ehringer schließlich geflüstert.

Jelena hatte genickt und zu weinen begonnen.

Ehringer, wie damals in Schlafanzug und Bademantel, saß im Rollstuhl auf seinem Balkon und blickte über die Brüstung in den dunklen Morgenhimmel. Kälte strich ihm feucht über Gesicht und Nacken. Unsichtbare Vögel zwitscherten durcheinander, ähnlich den Stimmen und Erinnerungen in seinem Kopf.

Nein, danke, wir haben schon gegessen, die sind nur für Sie, Dr. Ehringer, meine Mama hat gesagt: Die bringt ihr ihm mit; wer was Gutes isst, der fühlt sich gleich ein bisschen getröstet. Aber eine oder zwei würde ich schon nehmen, wenn Sie ...

Und die müde, erschöpfte Stimme des Neffen: *Er lebt, Richard. Er hat seit 1995 in Hamburg gewohnt, mit Jelena und seiner Tochter. Marković' Leute haben ihn heute Nacht entführt.*

Was sagst du da?

Dass dein Thomas am Leben ist, aber vielleicht nicht mehr lange.

Maßloser Zorn überkam ihn. Marković, den er wider besseres Wissen immer für einen ehrenwerten Gegner gehalten hatte. Hatte auf seinem Sofa gesessen, an seinem Tisch. Hatte ihn belogen, benutzt, zum Narren gehalten.

Die Balkontür wurde aufgerissen.

»Was machen Sie hier draußen, Mann?«, rief Wilbert.

»Nachdenken.«

Ein flauschiger Berg aus Wolle und Haaren trat in sein Blickfeld. »Hier friert Ihnen doch das Hirn ein.«

»Verschwinde, Wilbert.«

»Warum sind Sie überhaupt schon auf?«

»Um einmal ein paar Minuten *allein* zu sein.«

»Hat schon jemand die Verbände gewechselt?«

»Glücklicherweise nicht.«

Der Berg verschwand. »Ich bin drinnen, falls Sie aufgetaut werden wollen.«

»Ja, ja. Übrigens, kann sein, dass ich dein Auto-das-kein-Auto-ist heute oder morgen brauche.«

Ein fröhliches Lachen füllte den Himmel. »Der Doc hat wieder Druck, was?«

Rrrums, die Balkontür.

Nein, kein Druck in den Lenden, sondern ein Vorname, tief in seinem Gedächtnis: Dietrich ...

Dann wieder eine andere Stimme: Ivica Marković, der wenige Tage vor der Rottweiler Rettungsmission aufgelöst vor ihrer Tür gestanden hatte, nicht im Maßanzug diesmal – die Not hatte ihn die Etikette vergessen lassen –, sondern im ausgeleierten Sweatshirt, er rang die Hände, bis sie ihn hineinließen und erfuhren, dass Thomas Ćavar versucht hatte, eine Lkw-Ladung Waffen nach Kroatien zu bringen.

Wer?, hatte Ehringer gefragt.

Margaret hatte ihm auf die Sprünge geholfen. *Der Junge mit der Russenmütze. Die Demonstration in Frankfurt, du weißt schon.*

Der mit dem Auto aus Stuttgart gekommen und im Schnee stecken geblieben ist?

Ein Anblick, den Ehringer nie vergessen würde. Der große Alte mit dem zerfurchten Gesicht, der schmale Zwanzigjährige mit der Uschanka, beide schneebedeckt.

Ich bin Herrn Josips Chauffeur ...

Marković hatte an jenem Sommerabend 1991 den Prediger gegeben, der vor Gram über das Schicksal eines seiner Schäfchen der Verzweiflung nahe war. *Frau Dr. Ehringer, ich flehe Sie an, helfen Sie ... Da hat ein dummer Junge einen dummen Fehler gemacht ... Lassen Sie ihn nicht sein Leben lang dafür büßen! Helfen Sie ihm, damit er auf den rechten Weg zurückkehren kann!*

Der linke wäre besser, hatte Margaret gesagt.

Herr Dr. Ehringer, ich bitte Sie! Im Gefängnis wäre er verloren!

Ich soll …? Einen Staatsanwalt …? Ausgeschlossen! So etwas tue ich nicht!

Margaret hatte sich bei ihm eingehakt und gesagt: *Gehen Sie, Marković, ich kriege ihn schon rum.*

Allzu lange hatte sie nicht gebraucht.

Sie hatte die Rettung von Thomas Ćavar zu ihrer Mission gemacht. Eine Stunde lang hatte sie auf ihn eingeredet, eine Stunde lang hatte er sich auf seine Integrität und seine Würde berufen und sich geweigert. Doch plötzlich begriff er, dass es auch um *ihre* Rettung ging. Wenn sie dem Jungen halfen, würde alles anders werden, würde alles wieder gut werden.

Drei Tage nach Marković' Besuch fuhren sie nach Rottweil.

Erst jetzt, fünfzehn Jahre später, verstand Ehringer, weshalb Marković so viel an der »Rettung« von Thomas gelegen hatte: Als Chauffeur von Josip Vrdoljak war der Junge die einzige offizielle Verbindung zur HDZ Stuttgart gewesen. Ohne Thomas hatte sich die ganze Schmuggelaktion von der Anbahnung des Geschäfts in der kroatischen katholischen Mission in Ludwigsburg über die Beschaffung der Waffen bis zum gescheiterten Transport als Privatinitiative darstellen lassen, als beinahe verständlicher Versuch baden-württembergischer Emigranten, der bedrohten Heimat beizustehen.

Es hatte funktioniert. Niemand hatte Vrdoljak oder die HDZ zur Rechenschaft gezogen. Geschweige denn sich bis zu Marković durchgearbeitet.

Das Gespräch mit dem Staatsanwalt, für das er sich noch heute schämte … Ein junger, eifriger, aufstrebender Mann, der an einem verregneten Juli-Vormittag die letzten Ideale über Bord geworfen hatte.

Ach, kommen Sie, der Junge ist kein Krimineller, er hatte ausschließlich ideelle Motive. Er war nicht von Profitsucht getrieben, sondern von Verzweiflung – wir alle wissen, was in der Heimat seiner Eltern geschieht.

Bei allem Respekt, Dr. Ehringer: Er war drauf und dran, gegen das Embargo zu verstoßen!

Das zu diesem Zeitpunkt noch nicht in Kraft war. Guter Mann, wollen Sie den Jungen wirklich in die Hölle schicken? Abgesehen von diesem Vorfall ist er ein Paradebeispiel für die Integration von Gastarbeiterkindern in unsere Gesellschaft. Geben Sie ihm noch eine Chance! Er wollte doch nur die Anerkennung seines Vaters gewinnen.

Sie verlangen, dass ich auf eine Anklage wegen Waffen…

Ich verlange es nicht, ich bitte Sie darum.

Ehringer hatte ein paar Namen fallen lassen, eine Einladung zu einem Mittagessen mit alten Bekannten ausgesprochen – und seine Zusage bekommen. Zwei Stunden später hatten sie in einem Stuttgarter Nobelrestaurant gesessen und mit dem baden-württembergischen Innenminister, dem Stuttgarter Leitenden Oberstaatsanwalt und Margaret über die drohenden Verluste der CDU bei der Landtagswahl im kommenden Jahr diskutiert.

Und Thomas wurde gerettet.

Margaret dagegen nicht. Natürlich nicht. Alles wurde immer schlimmer.

Dann starb sie, und er wurde zum Krüppel, und Thomas machte es sich zur Mission, *ihn* zu retten.

Aber es ist schön draußen, Herr Dr. Ehringer, wirklich.

Nein, ich will nicht.

Ein kleiner Verdauungsspaziergang…

Ein Spaziergang?

Spazierfahrt, meine ich. Ich schiebe Sie.

Durch den Schnee, ja?

Die haben einen Park hier, und die Wege sind geräumt.

Ich will nicht raus, verdammt. Es ist zu kalt.

Sie können meine Mütze haben. Jelena hat sie genäht, sie ist sehr warm, auch an den Ohren.

Wo ist sie überhaupt, deine Jelena?

Ach, Mittwoch ist doch ihr Tag bei den Großeltern.

Schweigend hatten sie den stillen weißen Park durchquert, ein Krüppel mit Russenmütze im Rollstuhl, ein keuchender Schlaks mit klappernden Zähnen. Viele Monate später hatte Ehringer erfahren, dass Thomas damals schon den ersten Kampfeinsatz hinter sich gehabt hatte und wenige Wochen später wieder nach Kroatien aufgebrochen war.

Nein, nicht allein. Mit einem Freund aus Berlin.

Einem kroatischen Freund?

Einem deutschen. Ein Söldner, aber er ist lustig. Ärgert sich immer über seinen Nachnamen.

Dietrich – und der Nachname?

Ehringer kam nicht darauf.

Erneut wurde die Balkontür aufgerissen.

»Hände hoch«, sagte Wilbert und trat mit Verbandszeug vor ihn.

Seufzend gehorchte Ehringer. »Du bist ein rücksichtsloser junger Mensch.«

»Und Sie sind ein sturer alter Mensch.«

Wilbert kniete sich vor ihn, zerschnitt vorsichtig den Verband der linken Hand.

»Lässt du dir etwa einen Bart stehen?«

»Yep.«

»Sieht merkwürdig aus. Wächst da nichts?« Ehringer klopfte mit der Rechten auf die stoppelige, löchrige Wange.

»Noch ein Wort, und Sie fahren mit der U-Bahn ins Puff.«

»Besser als mit deinem ...« Er tat, als ränge er nach der zutreffenden Bezeichnung.

»Wartburg.«

»Vor dreißig Jahren vielleicht. Heute ist es ein ... ein ...«

»Wurtbarg?«

»Eher ein Wurmsarg.«

Sie lachten.

Seine linke Hand war unter Weiß verschwunden, nun wurde die rechte bloßgelegt. »Ich weiß drei Dinge«, sagte er. »Erstens, den Vornamen: Dietrich. Zweitens, dass Dietrich als Söldner auf dem Balkan und anderswo gekämpft hat. Und drittens, dass er um 1991 herum in Berlin gewohnt hat. Findet deine Freundin ihn im Internet?«

»Yep«, sagte Wilbert. »Vielleicht.«

»Sag ihr, sie ist ein Engel.«

»Das passt ja mal gar ...«

Ehringer griff nach seinem Arm. »Marx!« Er lachte auf. »Dietrich Marx! Der Söldner, der sich immer über seinen Nachnamen geärgert hat!«

»Der Vorname ist auch nicht besser.«

Kichernd sank Ehringer gegen die Lehne zurück.

»Und den wollen Sie besuchen?«

Er nickte. »Falls er noch lebt und in Berlin ist.«

41

FREITAG, 15. OKTOBER 2010
NORDDEUTSCHLAND

»Hol ihn«, sagte Igor.

»Du täuschst dich bestimmt. Er kennt uns, und er ist Marković verbunden wie wir. Er würde uns nicht …«

»Ich täusche mich nicht, Saša. Ich weiß es. Er wird uns verraten.«

Jordan sagte nichts.

Da erklangen die unsicheren Schritte Stjepans auf der Treppe.

»Ein Wort, Kapetan, und der Alte stirbt«, sagte Jordan.

Die Tür wurde geöffnet.

»Ihr raucht hier drin?«

Igor lachte entnervt, Jordan entschuldigte sich.

»Nicht so schlimm«, sagte Stjepan. »Kannst mir auch eine geben, die erste seit Jahren. Hier, was zu essen. Ist nicht viel, mehr hab ich nicht da. Gebt ihm auch was, ich will nicht, dass er in meinem Haus schlecht behandelt wird.«

»Feuer?«

»Klar, ich hatte nicht vor, sie zu essen.« Stjepan kicherte, hustete. Stieß Rauch aus und seufzte skeptisch.

»Brot, Schinken, Käse, Gurken«, sagte Jordan. »Kapetan?«

Thomas schüttelte den Kopf.

»Kapetan? Ist er Soldat?«

»Schon lange nicht mehr.« Jordan erklärte, woher der Spitzname kam.

Da war er wieder, der 25. August 1995, vor den Morden ein

Fußballspiel. Am Abend des 24. waren Trupps des HVO zu Thomas' Regiment gestoßen, gemeinsam hatten sie in der Nähe von Zadolje kampiert. Nach dem Frühstück hatten sie gespielt, Republik-Kroaten gegen bosnische Kroaten, und weil der HVO keine ganze Mannschaft zusammengebracht hatte, hatten Thomas und zwei weitere Kameraden aus dem 134. auf Seiten der Bosnier gespielt.

Nach einer Stunde Spiel der Marschbefehl, die Bosnier hatten 7:6 geführt, Thomas drei Tore geschossen.

Kurz darauf hatten sie in den Straßen von Zadolje gestanden.

»Hier, seht nur«, sagte Stjepan. »Die Waschmaschine leckt. Seit fünfzehn Jahren läuft Wasser aus meiner Gorenje, verdammt. Immer nur ein paar Tropfen, gerade so viel, wie ein Hund braucht, um sein Revier zu markieren.«

»Eine Waschmaschine, die ihr Revier markiert«, sagte Jordan.

»Dabei rennen hier unten keine anderen Waschmaschinen rum.«

Sie lachten.

»Ich habe Ivica angerufen«, sagte Stjepan.

»So?«

»Du weißt, dass sein Vater und ich zusammen mit Josip Broz gekämpft haben.«

»Ja.«

»Vier Jahre Partisanenkampf ... und dann war es vorbei, Saša. Irgendwann sagt jemand, der Krieg ist aus, und dann hört man auf zu töten. Weil die Feinde keine Feinde mehr sind, verstehst du.«

»Was sagt Ivica?«, fragte Jordan.

»Dasselbe wie du. Dass der da ein Verräter ist aus dem Vaterländischen Krieg. Ich glaube, er war überrascht, dass er noch lebt.«

»Du musst dich getäuscht haben.«

»Nein, nein, er war überrascht. Wollte sich nichts anmerken lassen, aber ich hab's trotzdem gemerkt. Ihr werdet ihn töten, oder? Weil ihr denkt, dass die Feinde von früher immer noch Feinde sind.«

Niemand antwortete.

»Ihr werdet ihn töten, vielleicht sogar hier, in meinem Keller.«

»Ja«, sagte Igor.

»Also, hier ist mein Angebot«, sagte Stjepan. »Ihr könnt bis morgen früh bleiben, aber solange ihr hier seid, tut ihr ihm nichts.«

In seiner Stimme lag jetzt ein sonderbarer Klang, und Thomas dachte, dass Igor recht hatte. Stjepan würde sie verraten.

»Abgemacht«, sagte Jordan.

»Gut! Rauchen wir eine drauf.«

»Tust du uns noch einen Gefallen? Wir brauchen ein anderes Auto.«

»Ich habe keins mehr.«

»Wir geben dir Geld, und du kaufst eines.«

»Und die Papiere? Die Nummernschilder?«

»Das lass unsere Sorge sein.«

»Ich gehe los und kaufe irgendein Auto?«

»Ja. Irgendein unauffälliges, gebrauchtes Auto, das fährt.«

»Ich werde mir einen Spaß erlauben und ein paar probefahren.«

»Tu das, Stjepan.«

»Wenn die einen Fünfundachtzigjährigen ans Steuer lassen … Wie viel Geld habt ihr denn?«

»Sechstausend Euro.«

»Verflucht! Dafür bekommt man schon was.« Stjepan kicherte aufgeregt. Fragte, wo sie dann hin wollten, mit dem gebrauchten

Auto. Zu den Fähren nach Skandinavien? Oder nach Berlin und weiter nach Osten?

»Mal sehen«, sagte Jordan.

»In Berlin ist Mate Sjelo, der wird euch sicher helfen.«

»Mate Sjelo?«

»Du kennst ihn. Einer von Ivicas Mördern.«

Das Wort hing sekundenlang in der Luft. Dann setzte die Waschmaschine zum Schleudern an und schluckte es.

Stjepan sagte: »Jetzt ist es sieben, vor neun machen die Händler nicht auf. Ruht euch aus, dann gebt mir das Geld, und ich kaufe euch ein schönes, gebrauchtes Auto.«

Er verließ den Kellerraum, sie schienen ihn nicht aufzuhalten. Die Tür fiel ins Schloss, die mühevollen Schritte auf der Treppe. Da spürte Thomas eine Bewegung im Rücken, eine Hand legte sich über seinen Mund, die andere schlang den Knebel um seinen Kopf.

»Hol ihn, Saša, schnell!«, sagte Igor heiser an seinem Ohr.

Im Lärm der Waschmaschine war nichts zu hören, doch Jordan schien nach oben gelaufen zu sein.

Zwei, drei Minuten verstrichen, ohne dass ein Wort fiel.

»Du hast Glück«, sagte Igor beinahe freundlich und ließ von ihm ab.

Thomas sank zu Boden. Glück, dachte er.

Falls Stjepan sie verraten hatte, brauchten sie eine Geisel. Stjepan würde sterben, er würde leben.

Die Trommel der Waschmaschine verlangsamte, blieb stehen. Wasser wurde abgepumpt, der Motor sprang an, schien Schwung zu holen für den abschließenden Schleudergang.

Schritte auf der Treppe, die Tür flog auf.

»Verflucht, von einer Geisel war nicht die Rede!«, rief Stjepan zornig.

»Wir müssen weg«, sagte Jordan, »er hat vor zehn Minuten den Notruf gewählt.«

»Der Krieg ist vorbei, Saša, begreif das doch endlich!«

Thomas hörte Stjepan stürzen, ein verärgerter Schrei folgte. Er versuchte zu sprechen, doch der Knebel ließ nur unverständliche Laute zu. Als er sich aufrappelte, warf Igor ihn mit einer einzigen Bewegung wieder zu Boden.

»Ihr seid Mörder!«, rief Stjepan, während sich die Trommel zu drehen begann, »ihr seid eine Schande für unser Land, hörst du, Saša Jordan, für euren Krieg gibt es keine Rechtfertigung, ihr seid genauso Verbrecher, wie Karadžić und Mladić und Milošević Verbrecher sind!«

Stjepan sprach weiter, seine Worte gingen im Krach der Waschmaschine unter.

Dann war nur noch die rotierende Trommel zu hören.

Thomas wurde hochgezogen, nach vorn gestoßen, er stolperte über ein Bein, das leblos nachgab. Hände zerrten ihn weiter.

42

FREITAG, 15. OKTOBER 2010
ZAGREB/KROATIEN

»Schade«, sagte Goran Vori.

Ja, dachte Ahrens, es wäre zu schön gewesen.

Der Kapetan in seinem Rottweiler Garten Laub rechend, am Samstag fuhr er mit seiner Frau nach Stuttgart ins Theater, am Montag dann hielt er die Tageszeitung in der Hand, blickte auf ein fünfzehn Jahre altes Foto von sich selbst, darüber die Schlagzeile: »Kriegsverbrecher in Kroatien: Der deutsche Mörder«.

Doch Thomas Ćavar lebte nicht mehr.

Trotzdem hatte die Geschichte Pepp. Die Vertuschung durch Marković und die kroatische Armee, der Brandanschlag auf Slavkos Auto, mehr oder weniger unverhohlene Drohungen.

Der Prozess in Den Haag.

Mach, mach, mach, hatte Henning Nohr geschrieben.

»Mit wem hast du gesprochen?«, fragte Vori.

»Mit seinem Vater.«

»Du solltest hinfahren.«

Sie hatte auch schon daran gedacht. Den Vater konfrontieren, mit früheren Freunden von Thomas Ćavar sprechen. Eine kleine Geschichte schreiben über den Mörder aus Rottweil und den jugoslawischen Krieg. In der Croatia-Airlines-Maschine um 15.10 Uhr am morgigen Samstag waren noch Plätze frei. Umsteigen in Wien, Ankunft in Stuttgart 18.40 Uhr, dann weiter mit dem Regionalzug.

»Kommst du mit?«

Sie saßen in der Vormittagssonne auf einem kleinen Altstadtplateau, tranken Kaffee, unter ihnen flirrte zwischen roten Sonnenschirmen der Markt. Gegen sechs Uhr an diesem Morgen waren die verfügbaren Daten zu Thomas Ćavar aus Deutschland eingetroffen, eine halbe Stunde später hatte sie in Rottweil angerufen, einen schlecht gelaunten alten Mann erwischt, der sich nicht auf ein Gespräch hatte einlassen wollen.

Er ist tot, 1995 in Bosnien von den Serben ermordet.
Mein Beileid. Sind Sie sein Vater?
Ja.
Könnten Sie ...
Er konnte nicht. Er hatte aufgelegt.
Neue Entwicklungen! Frühstück?, hatte sie Vori gemailt. Er hatte sofort geantwortet und den Markt vorgeschlagen.

»Kein Geld«, sagte er.
»Wir nehmen deinen Panda.«
»Der würde spätestens in Österreich zusammenbrechen.«
»Komm schon, selbst du brauchst mal Urlaub.«
»Ich bin seit Jahren im Urlaub, ich brauche *Arbeit*.«
»Okay, ich engagiere dich als Dolmetscher.«
»Du sprichst Kroatisch.«
»Dann als Bodyguard.«
Vori grinste. »Kevin Costner, yeah.«
Sie hob eine Augenbraue. »Also?«
Fürs Kämpfen, sagte Vori, komme er leider nicht in Betracht, deswegen die Pistole, beim Schießen störe der Rettungsring nicht. Er klopfte sich auf den Bauch. Da war ein bisschen was, ja, dachte sie lächelnd, zu viel Bier und Junk Food, ein gesundes Leben führte man eben nicht als Geist.

»Lass uns eine große Geschichte daraus machen«, sagte sie spontan. »Zusammen. Der Prozess, Ćavar und Zadolje sind die

Aufhänger. Wir schreiben eine Chronik kroatischer Kriegsverbrechen. Gospić, ›Medak‹, ›Sturm‹ und so weiter. Dretelj, die anderen Lager in der Herzegowina, die Verbrechen des HVO, die Vergewaltigungen, die Morde, die ethnischen Säuberungen. Die Rolle der Politik, der kroatischen Emigranten, Tuđman, Gojko Šušak, die anderen Nationalisten damals. Der Mord an Josip Reihl-Kir, natürlich der an Milan Levar. All das, was du seit Jahren recherchierst, worüber du in deinen Blogs schreibst. Wir holen uns die Protokolle von Den Haag aus dem Netz, es ist doch alles da …« Sie lehnte sich vor, klopfte mit der Hand auf den Tisch. »Wenn die kroatischen Zeitungen dich nicht drucken wollen, schreibst du eben für eine deutsche.«

»Und die interessiert sich dafür?«

»Der deutsche Mörder ist unser trojanisches Pferd.«

»Falls er ein Mörder ist.«

Sie seufzte. »Der *mutmaßliche* Mörder. Bist du dabei?«

Vori nickte langsam. Ein Lächeln stahl sich auf seine Lippen.

»Unser Flug geht morgen um zehn nach drei.«

»Für mich bitte einen Gangplatz. Ich habe Angst vor dem Fliegen.«

»Vor dem Schwimmen, vor dem Fliegen …«

»Vor Ivica Marković.«

»Nicht so ernst, Goran. Die Sonne scheint, du hast Arbeit, wirst mit einer schönen Frau eine Reise machen.«

Er hob die Brauen. »Du unterschätzt ihn.«

Ja, dachte sie, vielleicht, zumindest an diesem Vormittag, in ihrer Euphorie. Ivica Marković, der Mann, dem man vertrauen wollte.

Doch dafür hatte man ja jetzt Goran Vori.

Sie waren beim Brainstorming für die Geschichte, als Ahrens' Mobiltelefon klingelte. Eine Nummer aus Deutschland, ein Kommissar der Kripo Berlin, Lorenz Adamek, zurzeit Rottweil.

Sie schwieg überrascht. Rottweil war Thomas Ćavar.

»Sie haben heute Morgen bei Petar Ćavar angerufen«, sagte Adamek.

»Woher wissen Sie das?«

»Aus dem Telefonspeicher.«

»Und?«

»Ich bearbeite den Fall Ćavar. Thomas Ćavar.«

Vori formte mit den Lippen das Wort *tko?*, wer?

»Kripo Deutschland«, erwiderte sie.

»Ja«, sagte Adamek.

»Ich will ein Fax Ihrer Dienststelle mit Ihrem Namen. Wenn ich das vorliegen habe, bin ich bereit, mit Ihnen zu reden.«

»Wie bitte?«

»Aber nicht über dieses Telefon.«

Für einen Moment hörte sie nur das Rauschen in der Leitung. Dann fragte Adamek: »Werden Sie abgehört?«

»Ich vermute es.«

»Haben Sie meine Nummer auf dem Display?«

»Ja.«

»Rufen Sie mich von einem sicheren Telefon aus an.«

»Erst will ich das …«

»Ja, ja, simsen Sie mir eine Nummer, dann bekommen Sie Ihr Fax.«

Die Verbindung war unterbrochen.

Vori schüttelte den Kopf. »Keine Polizei.«

Sie war anderer Ansicht. Ein Berliner Kripomann in Rottweil, es gab einen Fall Ćavar, fünfzehn Jahre nach dessen Tod …

Sie *mussten* mit Adamek sprechen.

Das alte Spiel: Wer ging in Vorleistung? Adamek wollte wissen, weshalb und seit wann sie an der Geschichte dran war. Ahrens wollte wissen, weshalb es einen Fall Thomas Ćavar gab.

Sie war hartnäckiger, Adamek vernünftiger.

»Also gut«, sagte er nach ein paar Minuten.

Das Fax hatte bereits im Ausgabefach gelegen, als Ahrens und Vori die Wohnung betreten hatten. Der Briefbogen stammte von der Staatsanwaltschaft Rottweil, ein »Dr. Rüdiger Blücher, Leitender Oberstaatsanwalt« bestätigte in drei Zeilen die Angaben Lorenz Adameks und ergänzte, dass die Ermittlungsleitung im Fall Ćavar jedoch bei der Kripo Rottweil liege, konkret bei Hauptkommissar Georg Scheul, Anfragen an die Pressestelle der Polizeidirektion Rottweil.

Mit Voris Prepaid-Handy hatte sie Adamek zurückgerufen.

Sie ließ sich auf den Schreibtischstuhl sinken, schrieb die kroatischen Wörter für »Mord« und »Entführung« auf ein Blatt Papier: *Ubojstvo i otmica!!*

Vori, der neben ihr stand, schrieb: *tko?*

»Wer wurde ermordet?«

»Ein Jugendfreund von Ćavar, Markus Bachmeier. Sagt Ihnen der Name etwas?«

»Nein.«

»Ivica Marković?«

Marković!, schrieb sie.

Vori nickte.

»Ich habe ein paar Mal mit ihm gesprochen.«

»In welchem Zusammenhang?«

Sie erzählte von dem Foto, der Suche nach dem Namen des Kapetan, der offensichtlich ein Kriegsverbrecher gewesen sei, den Ausflüchten von Ivica Marković.

»Ein Kriegsverbrecher?«

»Richtig.«

»Sie denken an die Morde von Zadolje?«

On zna od Zadolju. Er weiß von Zadolje.

»Beweist das Foto, dass er der Täter war?«

»Nein, aber es ist ein deutliches Indiz.« Sie beschrieb es.

»Sind Sie sicher, dass dieser Mann Thomas Ćavar ist?«

»Er wurde von einem ehemaligen Armeekameraden identifiziert.«

»Mailen Sie mir das Foto.«

Sie lachte. »So gut sind wir noch nicht miteinander befreundet.«

»Thomas Ćavar lebt«, sagte Adamek. »Marković' Leute haben ihn vergangene Nacht entführt. Jetzt sind wir Busenfreunde, oder?«

Ćavar živi!!, schrieb sie.

»Busenfreunde besuchen einander. Ich komme morgen mit einem kroatischen Kollegen nach Rottweil und bringe Ihnen das Foto mit.«

Adamek gab sich geschlagen. »Noch ein Name«, sagte er. »Allerdings nur ein Vorname – Sascha.«

Saša?, schrieb sie.

Vori schüttelte den Kopf.

»Ist mir im Zusammenhang mit Ćavar nicht begegnet.«

»Einer der beiden, die Ćavar entführt haben.«

Ahrens malte einen Pfeil neben *Saša,* schrieb *Slavko?*

»Dann bis morgen.« Adamek beendete die Verbindung.

Vori tippte mit dem Finger auf *Slavko.* »Ich werde es versuchen.« Er zog ihre Handtasche zu sich, legte eine kleine, matt schimmernde schwarze Pistole hinein und sagte: »Marković lässt *töten,* Yvonne.«

43

MITTWOCH, 26. JUNI 1991
NAHE ROTTWEIL

Der Raps strahlend gelb im Sonnenlicht, ein leichter Wind schob die Halme in Richtung Bösingen und zurück wie weite gelbe Meereswogen. Man sehe, hatte er Jelena erzählt, vom Velebit aus die Adria, die wolle er ihr eines Tages zeigen, das kroatische Meer, *du und ich am Meer,* wie man es aus Filmen eben kannte. Sie hatte erwidert, sie möge Tintenfisch und Shrimps, ansonsten sei ihr das Meer egal, und die Adria … *Vor zwei Jahren hatten die da eine Algenpest, oder war's eine Quallenpest, das willst du mir zeigen?*
Er musste lächeln.
Jelena, manchmal so sanft, manchmal so rau.
Acht Uhr morgens, er hockte seit einer halben Stunde neben Markus oberhalb eines Feldweges am Hügel, verborgen vom Raps. Im gelben Meer unter ihnen war ein schmaler Schatten auf einem Fahrrad aufgetaucht, sonst war weit und breit niemand zu sehen. Rauchend beobachtete Thomas, wie sich der Schatten im Wind mühte. Die langen Haare flatterten, sie hatte sich aus dem Sattel erhoben, die Beine kämpften.
Mittwoch, ihr Tag bei den Großeltern in Bösingen. Meistens begleitete er sie, heute nicht.
Am Tag zuvor hatte Kroatien die Unabhängigkeit verkündet.
Wir werden feiern und trinken, es wird sicher spät, weißt du, nächste Woche wieder, sag ihnen schöne Grüße.
Jelena würde erst spätabends nach Rottweil zurückkehren. Mor-

gen Vormittag würde er sie nach Stuttgart zur Uni bringen. Falls alles nach Plan verlief, würde sie nie erfahren, dass er fort gewesen war.

»Bitte, lass mich mitkommen«, sagte Markus.

Er schüttelte den Kopf.

»Aber vielleicht kann ich helfen!«

»Gibt nichts zu helfen, wirklich.« Er dachte an Josips Worte: *Du fährst hin, gibst Michel das Geld, überwachst das Einladen, sagst den Fahrern, wo in Kroatien sie die Waffen abliefern sollen, und fährst wieder heim. Aber du musst ein bisschen aufpassen, Junge, das sind Kriminelle, vergiss das nicht. Kannst du schnell rennen?*

Ich spiele doch Fußball.

Gut, dann bin ich beruhigt.

»Man soll so was nicht allein machen.«

Er sah auf Markus' ausgestrecktes rechtes Bein hinunter, das noch zwischen Schienen steckte, die Krücken daneben. »Nur im Film nicht«, sagte er, »da geht immer alles schief. Aber das hat Josip organisiert, da geht nichts schief.«

»Rufst du mich morgen früh an?«

»Okay.«

Jelenas Kopf tanzte inmitten gelber Blüten, langsam entfernte sie sich. Fünf Minuten später hatte sie Bösingen erreicht und verschwand zwischen den Häusern, und einen dunklen Moment lang kam es Thomas so vor, als hätte er eine Welt ohne sie betreten und als wäre nicht sicher, ob er jemals in die Welt mit ihr zurückfände.

Sie stiegen den Hügel hoch und auf der anderen Seite hinunter, wo der Granada am Straßenrand wartete. Thomas verstaute den Rucksack mit dem Geld, den er zur Sicherheit bei sich getragen hatte, unter dem Beifahrersitz, zog sich die Russenmütze über, startete den Motor.

Er setzte Markus in Rottweil an der Schule ab, dann brach er zu seiner ersten großen Mission für die Heimat auf, die am Vortag ein eigener, unabhängiger Staat geworden war, ein Staat wie Deutschland, wie Italien, wie Argentinien.
Republika Hrvatska.

44

FREITAG, 15. OKTOBER 2010
ROTTWEIL

»Ach, das«, sagte der Onkel.

»Ja, das!«, brüllte Lorenz Adamek.

Waffenhandel, Waffenschmuggel. Und ein Deus ex Machina aus Bonn.

Im Sommer 1991 hatte Thomas Ćavar nach Milos Angaben bei Bautzen mehrere Hundert Kalaschnikows und Pistolen aus NVA-Beständen in Empfang genommen und versucht, sie in einem Lkw des Roten Kreuzes der DDR nach Kroatien zu schmuggeln. Auf einer Raststätte der A8 im Abschnitt München-Salzburg war die Reise zu Ende gewesen, der Grenzschutz hatte aufgepasst.

Thomas hatte nach seiner Rückkehr drei Tage in Untersuchungshaft verbracht. Drei Tage, die in keiner Rottweiler Akte verzeichnet waren. Einen Fall Thomas Ćavar gab es nicht.

»Natürlich nicht«, sagte der Onkel. »Er wurde nicht angeklagt.«

»Weil du deinen Einfluss geltend gemacht hast?«

»Richtig.«

Adamek stand im Büro des Leitenden Staatsanwalts. Sein Kopf glühte, seine Gedanken drehten sich im Kreis. »Bei einem Staatsanwalt namens Rüdiger Blücher.«

»Ich erinnere mich nicht an seinen Namen.«

»Er sitzt vor mir und windet sich.«

»Dann wird er es wohl sein.«

»*Nicht zu fassen.*« Adamek legte auf.
»Er hatte gute Argumente …«, sagte Blücher.
»Argumente? Er war Politiker, er hat Sie manipuliert, Mann.«
»Illegaler Waffenbesitz, Waffenschmuggel«, sagte Schneider.
»Das müssen sehr gute Argumente gewesen sein.«
Blücher schwieg und wurde noch eine Spur käsiger.
»Und Sie haben Karriere gemacht.« Adamek setzte sich auf seinen Stuhl vor den Schreibtisch.
»Na ja«, sagte Schneider. »In Rottweil.«
Blücher stand kurz vor der Pensionierung, die Ozeanliner dieser Welt erwarteten ihn. Erste Klasse selbstverständlich, er war wohlhabend und sehr eitel. Hatte sich Muskeln antrainiert, das Haar schwarz gefärbt und akkurat gescheitelt. Teure Brille, soweit Adamek das beurteilen konnte, Maßanzug, Manschettenknöpfe, alles eher protzig. Ehering und Siegelring wollte man ehrfürchtig bestaunen und für die Kollegen fotografieren.

Ein kleiner Stich mit der Nadel der Wahrheit, und die Luft war schneller entwichen als bei einem aufgeschlitzten Autoreifen.

Adamek war danach, noch einmal zuzustechen. Er unterließ es. Die Erkenntnis würde Blücher ohnehin nach und nach kommen. Wie zu einem hässlichen Puzzle würden sich die Gedanken, Erinnerungen, Fragen zusammensetzen. Am Ende würde er mit dem quälenden Bewusstsein aus dem Amt scheiden, dass Markus Bachmeier noch leben würde, hätte er, Blücher, Ehringers Ansinnen damals abgelehnt. Thomas Ćavar hätte keine Gelegenheit gehabt, in den Krieg zu ziehen, wenn er für ein paar Jahre im Gefängnis gesessen hätte. Er wäre nie nach Zadolje gekommen, nicht Zeuge der Morde geworden, nicht unter einem falschen Namen nach Deutschland zurückgekehrt.

Er wäre nicht entführt worden. Würde nicht in Lebensgefahr schweben.

»Man darf eines nicht vergessen …«, sagte Blücher tonlos.

Der Franzose, Michel Rivier. Teil des Abkommens mit Dr. Ehringer sei es gewesen, dass Thomas den Namen des Händlers nenne. Rivier sei dann aufgrund anderer Aussagen zu zehn Jahren verurteilt worden. Ein großer Erfolg der Behörden.

Adamek erhob sich und verließ den Raum.

Draußen rief er den Onkel wieder an.

»Hast du dich jetzt beruhigt?«, fragte Ehringer.

»Nein.«

»Mach die Ohren auf, du hörst das nur einmal.«

»Seine Frau hat ihn gebeten zu helfen«, sagte Adamek.

»Margaret«, sagte Schneider.

Er nickte. »Ich kannte sie nicht, mein Onkel und ich haben uns fünfundzwanzig Jahre nicht gesehen. Sie lebt nicht mehr.«

»Autounfall, ich weiß.«

Er stieß ein Schnauben aus. »Gibt's was, was du nicht weißt?«

»Viel.«

Sie waren auf dem Weg zu Petar Ćavar, zu Fuß, die Glükhergasse lag nicht weit von der Staatsanwaltschaft entfernt. Sie gingen langsam, Adameks Becken war gereizt.

»Margaret war depressiv, und er dachte, wenn sie den Jungen gemeinsam retten …«

»Verstehe.«

»Hat wohl nicht geklappt.«

»Ich habe gelesen, dass sie eine Art Polit-Traumpaar waren«, sagte Schneider. »Er im Hintergrund, sie an der Front. Dass man sie sich kurzzeitig sogar als Kanzlerkandidatin vorstellen konnte. Dann kam der Jugoslawienkrieg, da hat sie sich viele Feinde gemacht. Und dann …«

Adamek nickte.

Der Fangschuss. Ein Nacktfoto von 1969. Ein Interview mit einem Exmann. Plötzlich war es nur noch um Sex gegangen.

»Tragisch«, sagte Schneider.

Sie verließen die verkehrsreiche Königstraße, gingen oberhalb des Stadtgrabens entlang. Das Licht des Vormittags war mild und zitronengelb, doch was nützte all die Lieblichkeit, wenn unter Holzplanken ein entstellter Toter lag.

Hassforther rief an, und sie blieben stehen, und Adamek sagte zu Schneider: »Hamburg.«

»Inzwischen Ratzeburg«, sagte Hassforther. »Wir sind dicht dran.«

Um Viertel vor sieben war ein Anruf eingegangen. Ein Kroate aus Ratzeburg, zwanzig Kilometer südlich von Lübeck, bei dem die Entführer mit ihrer Geisel Unterschlupf gesucht hatten. Er hatte Namen genannt, Sascha Jordan der eine, Igor der andere, Abgesandte eines ehemaligen kroatischen Geheimdienstmannes, Ivica Marković. Die Geisel wurde mit »Kapetan« angesprochen, sie kannten sich aus dem Krieg, aber das »Kapetan« kam vom Fußball.

Jordan und Ćavar hatten also im Krieg miteinander Fußball gespielt, dachte Adamek. Falls das zutraf, waren sie in derselben Einheit gewesen. Vielleicht zusammen in Zadolje.

Er verdrehte den Arm, um auf die Uhr sehen zu können – halb zehn. »Was ist schiefgegangen?«

Hassforther seufzte. »Es hat eineinhalb Stunden gedauert, bis die Meldung bei mir war. Ich bin erst seit fünfzehn Minuten in Ratzeburg.«

Adamek stöhnte auf.

»Tut mir leid, Kollege«, sagte Hassforther.

Er stand vor dem Haus des Informanten. Ein alter Mann, verwitwet, die Kinder in Kanada. Die Entführer hatten ihn erschossen, vermutlich kurz nachdem er telefoniert hatte. Er war, schätzte die Gerichtsmedizinerin anhand der Totenflecke, seit mindestens zwei, höchstens drei Stunden tot.

»Fliegst du rauf?«, fragte Schneider, als das Gespräch beendet war.

»Ja. Kommst du mit?«

»Ich weiß nicht, ob ich kann.«

»Wochenenddienst bei den Kindern?«

Sie nickte.

»Komm mit«, sagte Adamek.

Sie trennten sich. Adamek hastete zum Hotel, um zu packen, Schneider lief zur Staatsanwaltschaft zurück, wo der Wagen stand.

Vom Zimmer aus rief er Milo an, der bei seinem Vater auf sie wartete.

»Wie hat er's aufgenommen?«

»Er lässt sich nichts anmerken.«

Adamek warf Waschutensilien in den Kulturbeutel. »Sein Sohn wird entführt, und er …«

»Wir sind eine komplizierte Familie.«

»Erklären Sie's mir.«

Adamek hörte Schritte durchs Telefon, eine Tür wurde geschlossen. Milo schneuzte sich, dann sprach er wieder.

Der Vater hatte Thomas aus seinem Leben getilgt. Der Stolz damals auf den Sohn, der für die Heimat gekämpft hatte, dann die Ernüchterung, als er zum Deserteur geworden war und die eigene Armee der Kriegsverbrechen bezichtigte. Der Sohn hieß nun anders, interessierte sich nicht mehr für Kroatien, ging fort, um die Serbin Jelena zu heiraten. Im Jahr darauf starb die Mutter an der Trauer, dann wurde in Hamburg ein Enkelkind geboren, von dem der Vater nur Fotos zu Gesicht bekam.

In gewisser Weise, sagte Milo, sei Thomas für ihn tatsächlich am 12. September 1995 in Bosnien ums Leben gekommen. Am 30. August habe er ein letztes Mal mit ihm telefoniert. Am 14. September habe die Familie die Nachricht von seinem Tod nahe Drvar erhalten.

Zwei Anrufe, die nicht stattgefunden hatten – und für den Vater doch zur Wirklichkeit geworden waren.

»Und dieser Damir?«

»Erfunden.«

Adamek war auf das Bett gesunken. Er dachte an das Gespräch mit Petar Ćavar. Die Lüge als eine persönliche Form der Wahrheit.

»Sie haben sich nie wieder gesehen?«

»Doch, natürlich, jedes Jahr. Auch telefoniert. Aber Ajdin war für ihn immer weniger Thomas. Thomas ist in Bosnien geblieben.«

»Und die Tochter?«

»Lilly? War meine dritte Tochter.«

Lilly, dachte Adamek.

»Verstehen Sie mich nicht falsch«, sagte Milo. »Er ist nicht verrückt, er leidet nicht an Demenz oder so. Natürlich *weiß* er, dass Thomas nicht tot ist. Aber das verliert immer mehr an Relevanz. Er lebt mit einer anderen Geschichte.«

Adamek stand auf, öffnete den Schrank, stopfte Kleidung in die Reisetasche. »Letzte Frage: Hat Ihr Bruder in Zadolje drei Menschen ermordet?«

»Nein. Das habe ich Ihnen heute Morgen schon gesagt.«

»Was macht Sie so sicher?«

»Er ist mein Bruder!«

»Und das ist mein Problem. Sie lieben ihn. Sie schützen ihn.«

Milo schwieg.

»Er hat auf Menschen geschossen, Herr Ćavar.«

»Nur auf Menschen, die ihn töten wollten. Nicht auf Zivilisten. Mein Bruder ist kein Mörder.«

»Okay«, sagte Adamek.

Thomas war naiv gewesen, hatte sich nach einer Heimat gesehnt, war den Rattenfängern erlegen, weil er gedacht hatte, das Richtige zu tun. Er hatte keinen Hass empfunden, keine Rachsucht. Er hatte schlicht keinen Grund gehabt, unbewaffnete Menschen zu töten. Im Gegenteil, er habe, so hatte Milo am Morgen erzählt, versucht, die Morde zu verhindern. Als ihm das nicht gelungen war, kündigte er an, sie dem Oberkommando zu melden. Daraufhin wurde er festgenommen, und weil er sich widersetzte, drohten seine Vorgesetzten, ihn als Deserteur vors Kriegsgericht zu bringen. Falls er bis dahin überlebe.

Sie sperrten ihn in einen Keller, die Dämmerung zog herauf, dann die Nacht, Thomas war überzeugt, dass er den Morgen nicht erleben würde.

Dietrich befreite ihn.

Der Söldner? Der war auch in Zadolje?
Ich glaube, er war immer dabei.

Adamek versuchte, sich diesen seltsamen Freund vorzustellen. Ein Söldner aus Berlin, der in den achtziger Jahren, wie Thomas Milo erzählt hatte, in Afrika gekämpft habe, 1991 nur deshalb nach Südosteuropa gewechselt sei, weil er die afrikanische Hitze nicht mehr vertragen habe. Aus irgendeinem Grund hatte er an dem idealistischen, gut zehn Jahre jüngeren Deutschkroaten aus Rottweil einen Narren gefressen. Er rief ihn zu Hause an, wenn kroatische Armeeaktionen bevorstanden, holte ihn in Zagreb ab, wo Thomas den Granada stehen ließ, fuhr mit ihm ins Kampfgebiet, übte das Schießen mit ihm. Ein bizarres Duo, dachte Adamek. Der Söldner und der Kriegstourist.

Ein paar Tage nach Zadolje hatten sich ihre Wege für immer getrennt.

Sie hatten sich nach Bosnien durchgeschlagen. Dietrich wollte mit den kroatischen oder den bosnischen Streitkräften zur Entscheidungsschlacht nach Banja Luka, Thomas wollte nach Hause. Er hatte genug vom Krieg, war verängstigt, desillusioniert. Noch einmal rettete Dietrich ihn, der HVO-Mörder war ihnen ins bosnische Drvar gefolgt, das von den Kroaten erobert worden war, Dietrich sah ihn rechtzeitig.

Thomas tauchte in den Flüchtlingsströmen unter und kehrte im Herbst 1995 unter dem Namen Ajdin Imamović als muslimischer Kriegsflüchtling nach Deutschland zurück. Eine Weile hing er in den Mühlen der Bürokratie fest, Sammelstelle, Auffanglager, dann konnte Milo ihn herausholen, nicht als Bruder natürlich, sondern als Cousin. Es gelang ihm, Jelenas Eltern, die kurz vor der Rückkehr ins ehemalige Jugoslawien standen, zu überreden, ihm ihre Telefonnummer zu geben.

Zusammen fuhren sie nach Hamburg.

Thomas wollte den Bosniaken Ajdin Imamović wieder verschwinden lassen. Jelena und Milo flehten ihn an, die falsche Identität zu behalten.

Eine kluge Entscheidung.

Bis weit ins nächste Jahr hinein riefen befreundete und fremde Kroaten bei den Ćavars an und erkundigten sich nach Thomas – Bekannte aus Rottweil, Kriegskameraden, Behörden aus Zagreb, alle mit plausiblen Gründen.

Die Armee suchte ihn.

Es klopfte, Schneider trat ein. Adamek hob die Brauen, wartete gespannt.

Sie schüttelte den Kopf.

Adamek griff nach der Reisetasche, sie mussten sich beeilen, er war auf einen verspäteten Flug gebucht, der in einer Stunde in Stuttgart landen würde. Der nächste ginge erst am frühen Nachmittag.

Sie eilten hinunter.

»Schade«, sagte er.

»Ja.« Schneider lächelte. »Aber Georg würde mitkommen.«

»Georg?«

»Georg Scheul. Mein Chef.«

»Nein, danke.«

Vor der Hoteltür wartete ein Streifenwagen. Überrascht wollte er protestieren, fahr du mich, ich habe mich an deinen Fahrstil gewöhnt, für mein Becken ist es auch besser, wenn du fährst …

»Kurz und schmerzlos«, sagte sie.

Er reichte ihr die Hand. »Falls du mich brauchst … Oder der Staatsanwalt. Ich kann jederzeit wieder runterkommen.«

Sie nickte.

Lächelte, als sein Blick das Neeßle streifte. »Darfst sie ruhig mal anfassen.«

Sanft fuhr er ihr mit zwei Fingerspitzen über den Nasenrücken.

Dann noch einmal.

Und ein letztes Mal.

45

MITTWOCH, 26. JUNI 1991
NAHE BAUTZEN

»Du bist der Serbe aus Rottweil? Slobo?«

»Ja. Slobo Janić.«

»Siehst nicht aus wie ein Serbe.«

Thomas zog sich die Mütze vom Kopf. »Doch. Sehen Sie.«

Der Franzose, Michel, legte die Stirn in Falten. »Schau in den Spiegel, Klugscheißer.«

Er war ein kleiner, dicker Mann mit Vollbart und langen Haaren und sah Dennis Hopper in *Apocalypse Now* nicht unähnlich. Michels linke Hand lag auf dem Türrahmen des Granada, die rechte hielt eine silberfarbene Pistole, deren Mündung nach unten zeigte. Er sprach akzentfrei Deutsch.

Wie Josip ihm aufgetragen hatte, war Thomas in die ehemalige DDR gefahren, sieben Stunden durch strömenden Regen, und hatte auf einer Schotterkreuzung in einem Wald südlich von Bautzen im Auto gewartet. Der Franzose war mit einem Armeejeep gekommen, pünktlich auf die Sekunde. Am Steuer hatte ein kurzgeschorener Mann in Tarnjacke gesessen, ein misstrauischer, muskulöser Soldat. Jetzt stand der Soldat rauchend ein Stück abseits, auch er mit einer Pistole in der Hand.

Wenige Minuten zuvor hatte es aufgehört zu regnen, Sonnenstrahlen brachen schräg durchs Laub. Nebelfetzen lösten sich auf, aus dem Erdreich stieg Dunst, kroch an den Beinen des Franzosen und des Soldaten empor.

Thomas blinzelte.

Kein Traum.

Als Josips Chauffeur begegnete man merkwürdigen Menschen.

»Die Serben, die ich kenne, sehen anders aus«, sagte Michel.

»Ich bin ein deutscher Serbe, die sehen nicht so aus wie die serbischen.« Thomas lächelte freundlich. Er war aufgeregt, Angst hatte er nicht. Immer wieder dachte er an Bran, der vor einer Weile nach Rottweil zurückgekommen war und ganz anderes geleistet hatte, in seinem weißen Golf durch Europa gefahren war, Waffen in die *Republika Hrvatska* gebracht hatte, fünf Tage im Krieg gekämpft und möglicherweise einem Tschetnik ins Bein geschossen hatte.

Der schreckliche Geschichten über die Grausamkeit der Serben gehört hatte. *Die Frauen, sagt man, sind am schlimmsten dran. Die Frauen und dann die Babys, die spießen sie auf Lanzen auf, und dann hab ich von einem Tschetnik gehört, der ist zu seinem kroatischen Nachbarn rüber und hat ihn mit dem Küchenmesser skalpiert.*

»Serbische Serben?«, fragte Michel.

»Die echten. Meine Vorfahren. Echte Vojvodiner Serben.«

»Ah, die Vojvodina.« Michel strahlte. »Steig aus, Klugscheißer.«

Während der Soldat Thomas nach Waffen durchsuchte, sagte Michel, er sei ein großer Fan der serbischen Serben, die wie die Franzosen ein Partisanenvolk seien – die Revolte gegen Österreich-Ungarn, der Widerstand gegen die Nazis und in der Vojvodina 1944 die Srem-Front, *mon dieu,* eine Schlacht von hundertfünfundsiebzig Tagen, eine Viertelmillion Soldaten beteiligt …

»Ich bin ein großer Fan von Schlachten«, sagte Michel.

Der Soldat hob den Daumen. »Sauber.«

»Das Auto«, sagte Michel.

Der Soldat begann, den Granada zu durchsuchen.

Michel tippte Thomas gegen die Brust. »Woran liegt es, dass ihr deutschen Serben anders ausseht als die echten, heh?«

»Am Fleisch. Die deutschen Schweine furzen zu oft.«

Michels Augen wurden groß, der Bart geriet in Bewegung. »Die furzen zu oft? Na und?«

»Das macht blass.«

»Die Schweine?«

»Uns Serben.«

»In Ordnung«, sagte der Soldat und warf Thomas den Rucksack mit dem Geld zu.

Michel machte eine Handbewegung. »In den Jeep.«

»Und mein Auto?«

»Die Straßenbahn fährt aus Bautzen hierher, Klugscheißer.« Er schob Thomas auf die Rückbank, er selbst und der Soldat stiegen vorn ein.

Sie fuhren los, der Granada verschwand zwischen den Bäumen.

»Schicket Auto«, sagte der Soldat. »Echter Amerikaner.«

»Gehört mir und meiner Freundin Jelena.«

»Auch eine deutsche Serbin?«, fragte Michel.

»Eine Serbin aus Vukovar.«

»Ah, Vukovar«, sagte Michel. »Ich bin ein großer Fan von Vukovar.«

Sie verließen das Waldstück, fuhren auf einer Landstraße in Richtung Görlitz. Über ihnen lösten sich die letzten Wolken auf, bald war der Himmel blau. Thomas fragte, wohin sie führen, wo die Waffen seien, Michel wandte sich um und sagte, erst würden sie den Laster holen, Klugscheißer, dann die Waffen, hier habe alles seine Ordnung. Der Laster komme offiziell über die Bundeswehr, die demilitarisierte NVA-Bestände verscherbele, während die Kalaschnikows und die Makarows zwar auch von der NVA stammten, aber schwarz über die Russen bezogen worden und natürlich kriegsgeeignet seien. Er habe sie bereits in einer russischen Kaserne in Dresden abholen lassen, sie warteten in einem anderen Wald. Michels Stimme wurde pathetisch, er schlug mit der Faust gegen den Sitz und sagte, zum Zeichen seiner Sympathie für den serbischen Kampf gegen die Faschisten habe er bei den Russen zwei Dragunow-Scharfschützengewehre erstanden, die lege er als Geschenk obendrauf.

»Danke«, sagte Thomas. »Verkaufen Sie auch Zierteller?«

»Nur aus NVA-Beständen.«

»Ich suche Bonn.«

»Ich kann dir Buchenwald anbieten.«

»Das KZ?«

»Nationale Mahn- und Gedenkstätte, ausgegeben vom Wehrbezirkskommando Erfurt. Hat eine hübsche blaue Zeichnung, ein Turm und eine Brücke.«

»Nein, danke.«

»Belgrad?«

»Haben wir schon«, log Thomas.

»Leningrad, Moskau, Pjöngjang, Tripolis ...«

»Moskau«, sagte Thomas. Moskau war der Traum seiner Mutter, *Ach, einmal Moskau sehen ...*, sagte sie manchmal, sie verband die Stadt mit Omar Scharif, sie würde nie nach Moskau kommen, der Vater verband es mit Stalin und den Kommunisten – da mochte ein Zierteller helfen.

»Das Problem«, sagte der Soldat.

»Richtig, das Problem.« Michel schürzte die Lippen im Bartgebüsch. »Du hast keine Fahrer mehr.«

Die beiden angeheuerten Fahrer seien *Kroaten*. Irgendjemand zwischen Rottweil und Bautzen spiele falsch, wer, habe er noch nicht herausgefunden. Den Saboteuren sei es gelungen, ihm, Michel, Kroaten als Fahrer unterzujubeln für eine Fuhre Waffen, die für die Serben bestimmt sei. Nicht auszudenken, welcher Schaden angerichtet worden wäre, wenn die Waffen in Zagreb oder Split gelandet wären. Niemand hätte jemals noch Geschäfte mit ihm gemacht. Zum Glück habe sich einer der beiden Kroaten verraten. Er habe an einem katholischen Rosenkranz herumgefingert, nicht an der orthodoxen Gebetsschnur.

»Hat keiner gemerkt«, sagte Michel. »Nur einer.« Er lächelte finster. »Ich bin ein Priestersohn.«

Jedenfalls, schloss er, lägen die beiden nun gut verschnürt in einem Lkw mit argentinischen Rinderhälften und würden erst in der Tschechoslowakei wieder Tageslicht erblicken.

Thomas hatte sich gegen die Lehne sinken lassen, der Mützensaum war ihm halb über die Augen gerutscht, er hätte ihn gern ganz darübergezogen. Ein Lkw voller Waffen, keine Fahrer, und morgen Vormittag wollte er Jelena zur Uni bringen. Er zündete sich eine Zigarette an, verpürte plötzlich den Drang zu lachen, verschluckte sich am Rauch und hustete.

»Und wer bringt unsere Waffen jetzt nach Serbien?«

»Dein Problem«, sagte Michel.

Ein ehemaliger Militärflugplatz bei Bautzen, doch keine Flugzeuge, sondern Lastwagen, Hunderte, in langen Reihen nebeneinander, alle im Grün der Nationalen Volksarmee, alle zum Verkauf stehend – Sattelzüge und Pritschenfahrzeuge jeder Größe, Zugmaschinen mit Tankauflieger, mit abnehmbarem Koffer, Werkstattwagen, Tankwagen, sogar Traktoren, der halbe militärische Fuhrpark der Deutschen Demokratischen Republik.

»Keine Sorge, deiner sieht anders aus«, sagte Michel.

»Nicht so auffällig«, ergänzte der Soldat.

Meiner, dachte Thomas, und ein Kribbeln lief ihm über die Arme.

Ein Trabant Kübel mit offenem Verdeck hielt vor ihnen, sie stiegen ein. Thomas spürte die kräftigen Schultern und Beine des Soldaten neben sich, roch die Tarnjacke, die verborgene Pistole, roch Entschlossenheit. Der Fahrer, ein braungebrannter Bundeswehrrekrut, raste an den Lkws vorbei, der Wind zerrte an der Russenmütze, mit beiden Händen hielt Thomas sie fest.

Meiner, dachte er und hatte Bran vor Augen, im weißen Golf führte er die kroatischen Verbände durch Slawonien und schoss Tschetniks ins Bein. *Wie die Bestien wüten sie,* hatte er in einer Rottweiler Diskothek geschrien, *wenn zehn von ihnen eine unserer Frauen vergewaltigt haben, reicht es ihnen immer noch nicht, dann zwingen sie die gefangenen Türken, es auch zu tun!*

Bran, der seit seiner Rückkehr zitterte, als fröre er ohne Unterlass. *Das ist die Energie,* schrie er, wenn man ihn darauf ansprach, auch außerhalb von Diskotheken, *ich will wieder runter, das ist die Kampfenergie!*

Sie hatten den hinteren Bereich des Flugfeldes erreicht, wo die Farbe wechselte, von grün zu creme, auch die Bestimmung, hier standen Fahrzeuge des Roten Kreuzes der DDR. Vor einem altertümlich wirkenden Laster in der Farbe heller *palačinke* mit der Aufschrift »Ambulanz« in derselben Farbe auf schwarzem Grund hielten sie und stiegen aus.

»Der W50 vom Industrieverband Fahrzeugbau«, sagte Michel im leiernden Verkäuferton, »ein Klassiker unter den DDR-Lkws seit den Sechzigern, wurde in Dutzende Länder exportiert, sogar in Nicaragua und Angola hab ich welche gesehen; die bringen dich, wohin du willst.«

Thomas legte dem Gefährt die Hand auf den Leib, umkreiste es langsam, die Finger glitten über den kühlen Lack. Die Fahrerkabine kam ihm sanftmütig vor mit ihren abgerundeten Kanten, den beiden runden Scheinwerfern unten rechts und links, der Kühlergrill hatte breite senkrechte Zahnlücken. Die Windschutzscheibe um zwei Handbreit zurückgesetzt, die kleinen Türen hoch über ihm ... In seiner Vorstellung wurde die Beifahrertür aufgestoßen, Jelena sprang lachend in seine Arme und rief, na, dann zeig mir die Adria, mein Sonnenschein, und den Velebit und Plitvice, aber lass mich die ersten tausend Kilometer fahren.

Er ging weiter.

Hinter der Kabine thronte der kantige, rechteckige Koffer mit zwei quadratischen Fensterchen je Seite, dahinter weiße Stores. Oberer und unterer Saum des Koffers waren schwarz lackiert, auch dort stand noch einmal »Ambulanz«. Eine doppelte Hecktür führte hinein, er öffnete sie. Die Inneneinrichtung war bis auf zwei schmale Bänke entlang der Seiten herausmontiert worden, viel Platz für Waffen und Munition.

»Tarnmaterial bekommst du mit ... *dem Rest*«, murmelte Michel, der zu ihm getreten war.

»Was für Tarnmaterial?«

»Mullbinden und Verband. Gab es im Sonderangebot.« Er hob die Hand, bewegte die Finger. »Dietrich.«

Der Soldat streckte sich, Knochen krachten, Muskeln weiteten den Tarnstoff. Er stieg ins Führerhaus, er würde den Palačinke auslösen, während Michel und Thomas mit dem Trabant Kübel zum Eingang zurückkehrten, in den Jeep stiegen, in einer Tankstelle nahe dem »anderen Wald« die Transaktion besiegelten. Bei Cola mit Eis und Zitrone wechselten der Rucksack den Träger und 87.389 von baden-württembergischen Kroaten gesammelte D-Mark den Besitzer, fünftausend hatten sie wegen der ausgefallenen Fahrer abgezogen. Ein Handschlag folgte, Michel war ein großer Fan von Handschlägen, jedem Geschäftspartner, sagte er, dem er je die Hand gereicht habe, fühle er sich bis ans Lebensende verpflichtet. Zum Beweis werde er von der nächsten Telefonzelle aus ein paar Gespräche führen, spätestens morgen Nachmittag habe er sozialistischen Ersatz für die »beiden verfluchten Kroaten« gefunden.

»Nein, danke«, sagte Thomas. »Ich fahre selbst.«

»Wie bitte? Bist du schon mal Lkw gefahren?«

»Ich kann's lernen.«

»Du willst allein mit einer Ladung Waffen nach Serbien?«

Thomas zuckte die Achseln. Bran hatte die Strecke Rottweil-Kroatien allein geschafft, da würde er Bautzen-Kroatien wohl auch schaffen. »Ja, warum nicht?«

»Weil das nicht geht, Klugscheißer, da muss man zu zweit sein. Du musst schlafen, du musst pissen, tanken, Essen holen, wer passt dann auf?«

»Ich«, sagte Dietrich und setzte sich zu ihnen.

46

DIENSTAG, 2. JULI 1991
ROTTWEIL

Entdeckungsreise durch ein zwanzig Quadratmeter großes Ziertellerkabinett, verbunden mit Ah's und Oh's, *Ah, da waren wir kürzlich, Oh, schön, dort haben wir mal ein Wochenende verbracht, Ach, wie hübsch* ... Nach ein paar Minuten hatte Margaret gefunden, was sie gesucht hatte: Freiburg und Aschaffenburg, wo sie geboren waren, ein sepiabraunes Münster und ein dunkelgelbes Schloss Johannisburg. Sie gehörten, sagte die Mutter in gebrochenem Deutsch, eben schon lange zur Familie. »Und Sie gehören in Zukunft immer zu uns.«

Die beiden Frauen standen noch, die beiden Männer saßen bereits, hatten zur Anregung der Magensäfte eine *Šljivovica* getrunken und eine zweite zur Beruhigung hinterher, *die Šljivovica ist einsame, gierige Frau,* hatte Vater Ćavar erklärt. Richard Ehringer behielt das leere Glas in der Hand, auf dem Tisch war kein Platz mehr vor lauter Tellern, Platten, Schüsseln, Schalen.

»Frauen!«, rief Ćavar mit einem Kopfschütteln aus. »Freuen sich über leere Teller an der Wand, wo niemand satt wird! Herr Doktor Ehringer hat Hunger!«

»Aber Ihre Kinder sind doch noch gar nicht da.«

»Die hat meine Frau schön erzogen, die Kinder, kommen zu spät, missratene Kinder sind das! Zigarette?«

»Ich rauche nicht mehr, danke.«

Das Glas in Ehringers Hand füllte sich, Ćavar schien erneut den Ruf der gierigen Frau vernommen zu haben.

»*Živjeli!*«
»Zum Wohl.«
»Auf Thomas!«
»Nur unter Protest, Herr Ćavar.«
»Petar!«
»Richard.«

»Hm, *Bonn* habe ich gar nicht gesehen«, hörte er Margaret sagen, während er trank, und er dachte, dass alles so wunderbar hätte sein können. Wo sie sich wohl fühlte, ging es ihr gut, war sie noch immer ein strahlend schöner, fröhlicher Mittelpunkt. Die Menschen mochten sie, sie gab so viel, bekam so viel. Doch es ging ihr nur noch an wenigen Orten gut.

»Bonn wir haben nicht gefunden«, sagte die Mutter.

»Ich weiß«, flüsterte Margaret, öffnete die Handtasche, zauberte Bonn hervor.

Die »Kinder« kamen, Thomas, Jelena, Milo. Der kleine Petar sprang auf, klopfte seinem schlaksigen Helden auf den Rücken. »Das ist er, mein tapferer Sohn Tommy, wo Sie haben das Leben gerettet, und das da ist der andere, Milo.«

Diesmal fiel der Dank schüchterner und weniger pathetisch aus.

Alle drei angenehme Zwanzigjährige, fand Ehringer, Milo etwas verkniffen, Jelena still, Thomas verlegen. Man sah ihm an, dass er nicht gerade darauf brannte, zum tausendsten Mal von seinem großen Abenteuer zu erzählen, das in einer Rottweiler Zelle geendet hatte.

Doch erst einmal wurden die Töpfe und Schüsseln von ihren Deckeln befreit, wieder Ah's und Oh's, dazu umfangreiche Erklärungen von Petar und der Mutter, während Ehringer das Wasser im Mund zusammenlief. Im Vergleich zu Margarets strikt gesunden Speisen war ihm dies das Paradies, jedes zweite Gericht Fleisch, Grünes war angemessen rar.

Sein Teller befand sich in der Hand Petars, er musste nur deuten, und das Beste: Er hatte einen Komplizen, der Teller schwer wie ein Ziegelstein, als er ihn zurückbekam.

Und Pommes! Wann hatte er zuletzt Pommes gegessen?

Sie aßen. Die Eltern fragten nach dem Leben in der Politik, Margaret skizzierte es, Ehringer, hin und wieder um Bestätigung gebeten, nickte kauend.

»Und du kennst Herrn Bundeskanzler persönlich?«, fragte Petar.

»Ja«, sagte er.

»Wird er Kroatien die Anerkennung geben?«

»Das steht im Moment wohl nicht zur Debatte.«

Kohl hatte wenige Tage zuvor im Kabinett erklärt, dass er für das Selbstbestimmungsrecht Kroatiens und Sloweniens eintrete. Regierungssprecher Vogel hatte das kurz darauf vor der Presse wesentlich vorsichtiger formuliert. Böse Zungen behaupteten, der Außenminister, der seit dem Vortag in Jugoslawien weilte, habe dies veranlasst.

Für Ehringer und das Auswärtige Amt stand über allem der Verzicht auf Gewalt. Die jugoslawischen Konflikte mussten um jeden Preis friedlich beigelegt werden – auch wenn man die Legitimität der Selbstbestimmung der Republiken anerkannte. Eine Gratwanderung, die immer häufiger den Anschein erweckte, man lavierte und wollte sich alle Optionen offenhalten. Anders die USA und die EG, die gerade deutlich gemacht hatten, dass sie die Verkündung der Unabhängigkeit durch Kroatien und Slowenien kritisch betrachteten und als gefährlich werteten.

»Aber er muss!«, flüsterte Petar beinahe verzweifelt. »Die Bolschewisten …«

Seine Frau klopfte ihm sanft auf den Arm, und er brach ab. Zündete sich eine Zigarette an, hüllte sich in Rauch und Schweigen.

Ehringer begegnete Margarets Blick. Sie schmunzelte, die Wangen gerötet, die Augen fröhlich. Alles, dachte er, hätte so wunderbar sein können. Selbst jetzt noch, nach dem Foto, nach dem Interview, die vor eineinhalb Wochen erschienen waren und ihr politisch das Genick gebrochen hatten.

Kommentarlos hatte Bonn die Doppelseite zur Kenntnis genommen. Niemand verlor auch nur ein Wort. Doch man hörte, wie im Verborgenen die Messer gewetzt wurden für den Fall, dass Margaret falsch reagierte. Alle warteten, die Kollegen wie die seriösen Journalisten.

Zwei Tage später ließ sie bekannt geben, dass sie sich aus der Politik zurückziehe.

Ehringer hatte gedacht, dass dies das Ende wäre, dass sie vollends zusammenbrechen würde. Aber das war nicht geschehen. Drei furchtbare Tage folgten, in denen sie das Bett nicht verließ, dann stand sie auf, duschte ausgiebig und präsentierte sich stolzer und energischer denn je, der Trotz gab ihr Kraft.

Dann kam Marković und flehte um die Rettung von Thomas. Er hätte keinen besseren Zeitpunkt wählen können.

Und doch ...

Ehringer musste sie nur ansehen, um zu wissen, dass der Zusammenbruch lediglich aufgeschoben war.

»Und bist du *unserem* Bundeskanzler auch schon begegnet, Richard?«, fragte Petar. »Herrn Dr. Tuđman?«

»Nein, aber ich werde am 18. Juli bei einem Treffen mit ihm dabei sein, er kommt nach Bonn.«

»Bitte sage ihm Grüße von den Kroaten in Rottweil, wir sind bereit, der Heimat beizuspringen!«

»Nicht alle, Papa«, sagte Milo mit einem ironischen Lächeln.

»Die einen ja, andere nein, das ist zu kompliziert für eine kurze Nachricht! In der Kürze liegt die Würze, oder?« Petar lachte.

»Wir fahren am 18. auch nach Bonn«, sagte Thomas. »Josip und ich.«

»Womit?«, fragte Jelena.

Thomas errötete.

»Er hat sein Auto in der DDR vergessen.«

»Ex-DDR«, korrigierte Ehringer freundlich.

»Warum holt ihr es nicht zusammen?«, fragte Margaret.

»Ich muss in die Uni«, sagte Jelena.

Thomas räusperte sich. »Morgen nicht.«

»Nein, morgen muss ich zu meinen Großeltern.«

»Die leben in der Nähe, in Bösingen«, sagte Thomas. »Das ist ...« Er hielt die Hände übereinander, um die geographische Situation zu erklären, ließ sie abrupt sinken.

»Ihr könntet mit uns kommen«, sagte Margaret. »Wir fahren über die DDR nach Hause.«

»Ex-DDR!«, sagte Ehringer erschrocken.

»Wo genau steht es?«

»In einem Wald bei Bautzen.«

»So ein Zufall, wir wollten über Bautzen fahren.« Margaret strahlte, in ihren Augen schimmerten Tränen. Routiniert entschuldigte sie sich, ging hinaus.

Ich bin mit dieser Welt nicht kompatibel. Mit Menschen. Mit mir.

Glück fand nur noch außerhalb von ihr statt. Den Jungen mit der Russenmütze vor dem Gefängnis bewahren. Mit seiner Liebsten versöhnen. Auch wenn das einen Umweg von neunhundert Kilometern bedeutete.

»Wirklich?«, sagte Jelena. »Sie würden uns nach Bautzen fahren?«

»Es wäre uns eine große Freude«, erwiderte Ehringer.

Die Gier der einsamen Frau hielt an.

Einsame Frauen, dachte Ehringer, waren sein Schicksal.

Margaret rettete ihn. »Mein Mann muss ein wenig auf seine Gesundheit achten.«

Er nickte erleichtert.

»Tommy«, sagte Margaret, »wir kennen die schlimme Version deiner Geschichte, erzähl doch mal die unterhaltsame.«

Jelena stand auf, griff nach den Tellern. »Warte, bis ich draußen bin.«

Schweigend wurde abgeräumt, alle halfen, bis auf die Gäste, die nicht durften. Jelena und die Mutter blieben in der Küche, und Thomas berichtete, immer wieder unterbrochen von begeisterten Zwischenrufen Petars, während Milo mit gerunzelter Stirn danebensaß. Der Riss, dachte Ehringers träges Sliwowitz-Hirn, ging mitten durch die Familie, gleich mehrfach, Petar hatte die Serbin Jelena nicht eines Blickes oder Wortes gewürdigt.

Dann sah er eine Autobahn unter sintflutartigem Regen verschwinden, einen schweigsamen Dolph Lundgren, einen bärtigen Franzosen im vietnamesischen Dschungel. Tausende Lastwagen, Flugzeuge, Panzer, einen lustigen, palatschinkenfarbenen Ambulanz-Lkw der ehemaligen DDR, im Windzug von einem Tisch flatternde D-Mark-Scheine. Fünf schwitzende russische Soldaten mit bloßem Oberkörper luden auf einer Waldlichtung siebenundvierzig Umzugskartons in Überlänge von einem mächtigen dunkelgrünen Pritschen-Lkw in den Palatschinken. Jeder Karton, hörte er, enthielt zwei oder drei Kalaschnikows vom Typ AK 47 à 4,3 Kilogramm ungeladen respektive zwanzig Makarow-Pistolen à 0,73 Kilogramm ungeladen, dazu Munition sowie Hunderte Verbandsrollen und Mullbindenpäckchen zur Tarnung.

»Zur Tarnung«, murmelte er und erlag dem Ruf der gierigen Frau.

»*Živjeli!*«, rief Petar.

»*Schiweli*«, ächzte Ehringer.

Die Naivität wurde durch Dreistigkeit ersetzt. Der Söldner Dietrich und sein Beifahrer Thomas schlüpften in gestärkte weiße Arztkittel, abends um acht fuhren sie los. Sie folgten den deutschen Autobahnen entlang der tschechoslowakischen Grenze, passierten Nürnberg und München. Ziel war die grüne Grenze nach Österreich, welche genau, war noch nicht entschieden. Dietrich wollte einen »Kameraden« anrufen, der sich mit solchen Details auskenne.

»Aber ...«, begann Ehringer und stockte.

Margaret vollendete für ihn: »Aber hast du denn keine Angst gehabt? Waffen im Wert von Tausenden von Mark, ein Söldner ...«

»Ein bezahlter Mörder«, sagte Milo.

Thomas hatte die Ellbogen auf die Beine gestützt, der Kopf hing tief über dem Tisch. Nein, erwiderte er, Angst habe er nicht gehabt, in keiner Sekunde, schon gar nicht, nachdem er Dietrich offenbart habe, dass er kein Serbe, sondern Kroate sei.

»Ha, das ist das Beste!«, rief Petar. »Gelacht hat der! Von Bautzen bis Dresden hat der gelacht, was, Tommy?«

»Dreiundsechzig Kilometer«, sagte Milo.

»Dreiundsechzig Kilometer lang hat der gelacht!«

»Er hat sich gefreut«, sagte Thomas. »Er ist auf unserer Seite, er kämpft für uns.«

»Er würde für jeden kämpfen, der ihn bezahlt«, sagte Milo.

»Aber die Bolschewisten und das Serbenpack hasst er!«, rief Petar.

»Eine Serbin spült gerade deinen Teller«, entgegnete Milo.

Thomas grinste. »Seinen bestimmt nicht. Den stellt sie ihm morgen verkrustet zum Frühstück hin.«

»Wie? Sie übernachtet hier?«

»Seit Jahren, Papa«, sagte Milo.

»Jetzt nicht mehr, damit ist ab heute Schluss.«

»Er meint es nicht so«, sagte Thomas zu Margaret.

»Und ob ich es so meine! Ich will sie hier nicht mehr sehen!«

»Dann wirst du mich hier auch nicht mehr sehen«, sagte Thomas.

»Uns«, korrigierte Milo.

»Vielleicht sollten wir das Thema wechseln«, murmelte Ehringer.

»Hat jemand Zigaretten?« Petar zerknüllte das leere Päckchen.

»Hier«, sagte Thomas.

Die beiden rauchten schweigend.

»Jedenfalls war bei Rosenheim Schluss mit lustig«, sagte Milo.

Thomas zuckte die Achseln und nickte.

Auf einem Rastplatz vor Rosenheim näherten sich zwei Bundesgrenzschutzbeamte dem Palatschinken, Dietrich und er sprangen ins Gebüsch, schlüpften aus den Arztkitteln und rannten um ihr Leben. Die Polizisten vermuteten die Fahrer in der Raststätte, niemand folgte ihnen. Aus sicherer Entfernung riskierte Dietrich später einen Blick durch den Feldstecher und sah, dass die Hecktür offenstand, auf dem Asphalt lagen Verbandsrollen, am Horizont flackerten ein halbes Dutzend Blaulichter.

Renn, sagte er, und sie rannten weiter.

Irgendwann, warf Petar ein, habe Dietrich nicht mehr gekonnt, der habe sich die Lunge aus dem Hals gehustet, während der Tommy immer weiter gelaufen wäre, bis Rottweil wäre der gelaufen.

»Ich spiele Fußball«, sagte Thomas.

»Wenn er gewusst hätte, wo Rottweil ist«, sagte Milo.

Ehringer lachte leise.

Die Trennung stand an. Dietrich wollte nach Kroatien in den Kampf, Thomas nach Hause. Er bekam einen Armeekompass geschenkt, die Richtung gezeigt, immer nach Westen, und den Rat, öffentliche Verkehrsmittel zu meiden, bis er München hinter sich gebracht habe.

Als er Rottweil dreißig Stunden später erreichte, wartete die Polizei auf ihn – er hatte seinen Ausweis im Palačinke liegen gelassen.

»Unser Held«, sagte Milo und legte dem Bruder zärtlich den Arm um die Schulter.

47

FREITAG, 15. OKTOBER 2010
BERLIN

Essen um zwölf in der Wohnung, die restlichen Zeitungsteile ausgebreitet auf dem Tisch, Wirtschaft, Feuilleton, Sport, in dieser Reihenfolge, dann ein kurzes Schläfchen auf dem Sofa, falls Wilbert so gnädig war, ihn nicht zu vergessen, und kam, um ihn hinüberzuheben.

Mittagsrituale.

An diesem Freitag verzichtete Richard Ehringer auf den Mittagsschlaf, döste im Rollstuhl. Er hatte Wilbert zu seiner Freundin geschickt, die Suche nach Dietrich war wichtiger.

Die Fahrt von Rottweil nach Bautzen ...

Margaret am Steuer, er hatte sich zu schlecht gefühlt, die gierige Frau hatte mitten in der Nacht in seinen Eingeweiden zu wüten begonnen. Thomas unter der Russenmütze hinten im Eck, verpennte die ganze Reise, während Jelena sich zwischen den Sitzen nach vorn lehnte und sprach und weinte und weinte und sprach. Die Anfeindungen der Rottweiler Kroaten, Thomas' Prügeleien mit Söhnen von Ustaša-Familien, seine berufliche Zukunft, vor allem aber seine unerklärliche Sehnsucht, die ihn dem Einfluss der Nationalisten auslieferte – die Sehnsucht nach einer Heimat. An seinen Augen, sagte sie, erkenne sie, dass er eines Tages nach Kroatien fahren werde, um es mit der Waffe zu verteidigen. *Und dann werde ich ihn verlassen, und dann wird er irgendeine Dummheit machen, und jemand wird ihn erschießen. Kroatien wird Tommy umbringen.*

Nein, nein, murmelte Ehringer, *der Krieg ist bald vorbei.*
Ach?, sagte Margaret.
Er war zu erschöpft, um zu diskutieren.

Zwei Tage zuvor hatte auf Antrag der SPD eine Sondersitzung des Auswärtigen Ausschusses stattgefunden. CDU, CSU und SPD hatten die Anerkennung von Kroatien und Slowenien gefordert, falls die JVA weiterhin mit Gewalt vorgehe. Die F.D.P. war noch zwiegespalten, wie ihr Außenminister, der auf die zögerlichen EG-Partner Rücksicht nahm, von denen manche selbst Probleme mit Separatisten hatten. Doch auch die Liberalen und Genscher würden über kurz oder lang dafür eintreten. Die deutsche Anerkennung, die Ehringer selbst inzwischen als notwendig erachtete, würde noch 1991 erfolgen, sie war lediglich eine Frage der Zeit und der Taktik.

Und dann wäre der Krieg beendet.

Am Nachmittag setzten sie die Kinder im Wald bei Thomas' Wagen ab, fuhren bis Chemnitz hinter dem roten Ford her. Um Mitternacht waren sie zu Hause, auf dem Anrufbeantworter jene Nachricht von einer ihrer obskuren Quellen in Zagreb, die Margaret den Rest gab: Josip Reihl-Kir, der um die Versöhnung zwischen Kroaten und Serben bemühte Polizeichef von Osijek, war zwei Tage zuvor ermordet worden.

Sie rief zurück.

Eine halbe Stunde später setzte sie sich auf seine Seite des Bettes und erzählte flüsternd und in seltsamer Hast, dass Reihl-Kir unlängst Innenminister Boljkovac um seine Ablösung gebeten habe, er fürchte um sein Leben, HDZ-Hardliner sabotierten seine Versuche, den Frieden in Slawonien zu erhalten. Boljkovac habe erst abgelehnt, schließlich eingewilligt. Einen Tag bevor Reihl-Kir nach Zagreb gehen sollte, sei er an einem kroatischen Posten außerhalb Osijeks von einem Landsmann erschossen worden, einem Polizeireservisten, der den HDZ-Extremisten um Immigrationsminister Gojko Šušak nahestehe. Ein serbischer und ein kroatischer Lokalpolitiker, die sich in seinem Wagen befunden hätten, seien ebenfalls ums Leben gekommen.

Deine Freunde, die Kroaten, flüsterte Margaret.

Sie zog sich aus, legte sich ins Bett.

Wollte tagelang nicht aufstehen.

Der Tod eines Mannes, dem sie nie begegnet war, raubte ihr die letzten Widerstandskräfte.

Ein paar Wochen danach begleitete Ehringer sie zu einem Neurologen. Der Herbst und der Winter geprägt von Depressionen, Panikattacken, Medikamenten, im November drei Wochen Psychiatrie. Die Schrecken der schlimmen Jahre fielen über sie her wie ein Hornissenschwarm.

Für Jugoslawien interessierte sie sich nicht mehr.

Sie bekam nicht mit, dass Helmut Kohl am 27. November, offenbar unter dem Eindruck des Falles von Vukovar neun Tage zuvor, bekanntgab, die Bundesrepublik werde Kroatien und Slowenien im Alleingang noch vor Weihnachten anerkennen. Dass Genscher die EG-Partner im Dezember dazu brachte, dies unter bestimmten Voraussetzungen am 15. Januar ebenfalls zu tun, wenn die Untersuchung der Badinter-Kommission zur Situation der Minderheiten vor allem in Kroatien vorläge. Dass die Bundesregierung sich aus innenpolitischen Gründen nicht so lange gedulden wollte und die Anerkennung am 23. Dezember aussprach.

Zu diesem Zeitpunkt hatte auch Ehringer das Interesse an Jugoslawien weitgehend verloren. Er hatte beschlossen, so bald wie möglich aus dem Auswärtigen Amt auszuscheiden, um sich um Margaret kümmern zu können.

Irgendwo neu anfangen.

In Andalusien ...
Weißt du noch, die Kraniche?
Natürlich, Liebes.
Ich würde da so gern noch mal hin. Zu den Kranichen im Coto de Doñana.
Das machen wir, Liebes.
Die Kinder riefen an, einmal Thomas, einmal Jelena, luden sie nach Rottweil ein. Ehringer vertröstete sie.

Er schreckte aus dem Halbschlaf. Die *Kinder* ...

Unwillig wischte er sich den Speichel vom Kinn, tupfte sich die Brust mit dem Hemdsärmel trocken. Im Stuhl zu dösen bedeutete: Hemdenwechsel, und das war kompliziert.

Er machte sich auf den Weg ins Schlafzimmer.

Man hatte ihm erzählt, sie seien zur Beerdigung gekommen, die Kinder.

Marković hatte es erzählt.

Auch Marković war dabei gewesen. Alle waren dabei gewesen. Er nicht.

Er hatte im Koma gelegen, noch vier Wochen nach ihrem Tod am 24. Januar 1992. Dann war er erwacht und hatte sich weitere vier Wochen lang bemüht, ebenfalls zu sterben. Dann hatten Thomas und Jelena in seinem Krankenzimmer gesessen, und es hatte nach Ćevapčići gerochen, und er hatte begriffen, dass sie in allem, was ihn umgab, weiterlebte, solange er nicht vergaß – im Geruch der Ćevapčići, in der Russenmütze, in Jelenas tränennassen Augen, in seinem kaputten Körper, im Schnee vor den Fenstern.

Selbst in Ivica Marković.

Er hatte begriffen, dass er, wenn er bei ihr sein wollte, entweder an Gott zu glauben lernen oder aber am Leben bleiben musste.

Gott war ihm nicht liberal genug.

So stand er drei Monate nach Margarets Tod zum ersten Mal an ihrem Grab, gehalten von Thomas und Jelena. Den *Kindern*.

Er arbeitete sich eben in ein frisches Hemd hinein, als das Telefon klingelte. Erbost rollte er ins Wohnzimmer zurück.

Wilbert, natürlich. »Du hast wirklich ein Faible für den falschen Moment, oder ist das Absicht?«

Das fröhliche Lachen, das er so vermissen würde, wenn Wilberts Dienst an der Menschheit beendet war. »Wollen Sie jetzt zu Dietrich oder nicht, Mann?«

Der Himmel bedeckt, der Asphalt dunkel vom Mittagsregen. Zum ersten Mal seit dem Kranich-Ausflug mit seinem Neffen verließ Richard Ehringer das Heim. Er spürte eine Unruhe in sich, wie er sie lange nicht empfunden hatte. Aufgeregt wie ein Kind.

Er hatte keine Ahnung, was er mit seinem Besuch bei Dietrich bezweckte. Dinge über Thomas erfahren, die er noch nicht wusste. Eine eingebildete Schuld einlösen.

Einfach etwas *tun*.

Am Vormittag hatte der Neffe noch einmal angerufen, ihm erneut einen Vortrag gehalten. Ehringer hatte sich zerknirscht gegeben, um nicht vom Informationsfluss abgeschnitten zu werden. *Ja, ja, du hast ja recht. Wo bist du eigentlich? Es klingt nach ...*

Flughafen Stuttgart, auf dem Weg nach Hamburg, dann Ratzeburg. Wieder ein Mord.

Und der Junge, dachte Ehringer, in den Händen der Mörder.

Er hörte Wilbert, bevor er ihn sah.

Ein grüner Wartburg aus dem Jahr 1989 mit VW-Motor und immerhin achtundfünfzig PS, trotzdem klang er schwachbrüstig. Vielleicht all das Plastik drumherum. Oder die Vorurteile.

Wilbert stieg aus, hob ihn auf den Beifahrersitz, er konnte das viel besser als der Neffe. Ehringers Blick fiel auf die vor ihm ins Armaturenbrett eingelassene kleine runde Uhr: eins.

Wilbert verstaute den Rollstuhl, stieg ein.

»Auf deine Weise bist du sogar pünktlich.«

»Wie spät ist es?«

»Fünf vor halb zwei.«

Wilbert strich mit der Hand über die Uhr. »Sie wird langsamer.«

»Du musst sie öfter aufziehen. Fahren wir?«

Wilbert wendete, begann zu berichten. Dietrich Marx, ehemaliger Söldner, aktiver Säufer, fünfzig Jahre alt, lebte in der Revaler Straße in Friedrichshain auf einer der Industriebrachen zwischen Clubs, Wagenburg und Eisenbahn. Er verdingte sich als freiberuflicher Leibwächter bedeutungsloser rechtsextremer Nachwuchspolitiker, pflegte sogar eine eigene Website, so hatten sie ihn gefunden: DIETRICH M. WENN ANDERE WEG LAUFEN, HAUT ER SIE RAUS.

»Dabei hat er nur noch einen Arm.«

Ehringer lachte überrascht. Ein Gespräch unter Krüppeln stand bevor.

»Den rechten natürlich«, sagte Wilbert und grinste.

Der Wartburg quälte sich durch Moabit.

»Ich hab ein Schwert dabei, zur Sicherheit.«

»Ein *Schwert*?«

»Vom Tai Chi.«

»Und was soll das bringen?«

»Haben Sie noch nicht verstanden, was das für ein Typ ist?«

Ehringer kicherte. »In jedem Falle ein Typ, dem mit einem Zeitlupentanz nicht beizukommen ist.«

»Alter Mann, Sie haben keine Ahnung.«

»Schalten, Wilbert, sonst fällt die Plastikdose auseinander.«

Um Viertel nach zwei krochen sie über die Oberbaumbrücke. Wilbert bog nach rechts ab, fuhr parallel zu den Gleisen an einer Mauer entlang, dahinter die weitläufigen Anlagen des ehemaligen Reichsbahnausbesserungswerks, die Schilder von Clubs, Skateranlagen, Bars.

»Hier müsste es irgendwo sein.«

»Welche Hausnummer?«

»Er hat keine.«

Die Mauer schien endlos, hörte aber doch irgendwann auf, sie blickten auf halb verfallene Gebäude, jenseits einer Querstraße ein Supermarkt.

»Mist«, sagte Wilbert. »Muss weiter vorn sein.«

»Nein«, sagte Ehringer und deutete auf die Ruine. »Es ist hier.«

Inmitten von Sperrmüll und Geröll stand keine zehn Meter von ihm entfernt Thomas Ćavars roter Ford Granada.

48

FREITAG, 15. OKTOBER 2010
ÜBER DEUTSCHLAND

In zehntausend Metern Höhe war sich Lorenz Adamek plötzlich sicher.

Sascha Jordan und der Kapetan – der Mörder, der Zeuge.

Der Flug nach Hamburg war ruhig und längst nicht ausgebucht, er hatte eine Sitzreihe für sich, die Lehnen hochgeklappt, es half nicht. Saß er gerade, war es zu eng, drehte er sich, saß er schief. Wie er es auch anstellte, das Becken schmerzte.

Nach zehn Minuten stand er auf und ging zur Toilette. Schlenderte anschließend herum, blieb stehen, bewegte die Glieder.

Jelena hatte den Eindruck gehabt, dass Thomas und sie in Hamburg getötet werden sollten. Dann hatten Jordan und Igor sie verschont und Thomas entführt.

Adamek fand das plausibel.

Wenn ein Mörder nach fünfzehn Jahren vor dem Zeugen seines Verbrechens stand, konnte er ihn nicht gleich töten. Er wollte, ja – aber er konnte nicht. Sie gehörten doch irgendwie zusammen.

Er wollte reden. Die Angst des anderen verlängern. Vielleicht zweifelte er sogar an der Notwendigkeit, ihn zu töten. Der Zeuge hatte ihn all die Jahre nicht verraten, es gab keinen Grund, weshalb sich das ändern sollte.

Doch Jordan konnte nicht allein entscheiden. Da waren die Auftraggeber – Marković, andere.

Marković musste angeordnet haben, dass der Zeuge, der vielleicht ja auch ein Zeuge gegen Ante Gotovina war, getötet werde, sobald man ihn gefunden habe. Im letzten Moment hatte Jordan eigenmächtig gehandelt.

Natürlich war die Eliminierung nur aufgeschoben. Thomas Ćavar war an diesem Tag erneut zum Zeugen eines Mordes geworden, er *musste* sterben – dann, wenn Jordan und Igor keine Geisel zur eigenen Sicherheit mehr brauchten.

Zwei junge Kollegen von der Schutzpolizei holten ihn ab.

»Moin«, sagten sie.

»Moin«, erwiderte er.

Sie eilten ins Freie, in das klare norddeutsche Licht, das ihm *lichter* vorkam, nicht so schwer und intensiv war wie im Süden, nicht so blass und kraftlos wie in Berlin.

Bevor er in den Streifenwagen stieg, atmete er tief ein.

»Ja, die Seeluft«, sagte einer der beiden Kollegen.

»Nein, das Becken«, sagte Adamek.

»Die Seeluft wird's richten.«

»So?«

»Die richtet alles, die Seeluft.«

»Auch Liebeskummer«, sagte der andere.

Als sie auf die Autobahn auffuhren, rief Hassforther an. »Gut gelandet?«

In Ratzeburg tat sich was. Sie hätten, sagte Hassforther, Hunderte Kroaten zwischen Lübeck und Berlin überprüft, darunter alle, die der Verfassungsschutz als extremistisch einstufe oder die vorbestraft seien. Ein Name von dieser Liste sei dem Kollegen bei der Leitstelle, der den Anruf aus Ratzeburg entgegengenommen habe, bekannt vorgekommen. »Mate Sjelo. Mitarbeiter der jugoslawischen Botschaft in Bonn in den Achtzigern, ich tippe auf

Leibwächter, er hat einen Waffenschein, eine Pistole Modell 57 ist auf ihn registriert, die jugoslawische Lizenzversion der russischen Tokarew. Jetzt ist er fünfundfünfzig und Altenpfleger.«

»Marković war in den Achtzigern in Bonn.«

»Es gibt ein Foto mit den beiden«, sagte Hassforther. »18. Juli 1991, Präsident Tuđman hat sich in Bonn mit den Vorsitzenden der deutschen Ableger seiner Partei getroffen. Auf dem Gruppenfoto sind auch Marković und Sjelo.«

»Ihr seid schnell.«

»Wir haben viel gutzumachen.«

Adamek nickte für sich. »Wo lebt Sjelo?«

»In Rheinsberg.«

»Rheinsberg in Brandenburg?«

»Gibt nur eines.«

Adamek lächelte flüchtig. Keine Hotelmatratze mehr, sondern die heimische, von Qualitäts- und Ökotestern geprüfte und als herausragend befundene, auf der er lag wie in Gottes Schoß.

Ick gloob det nich, der Lorenz pennt jetzt uff nem Kleenwagen ...

»Ist mir irgendwo schon mal begegnet, Rheinsberg«, sagte Hassforther.

»Tucholsky.«

»Nein.«

»Fontane.«

»Nein ... Jetzt weiß ich's wieder, ein Hotel. Wir haben da mal Wellness gemacht, meine Frau und ich.«

Brandenburger Kollegen hatten die Observierung von Sjelos Haus und dem Pflegeheim, in dem er arbeitete, aufgenommen, ihn jedoch noch nicht gesehen.

Adamek war skeptisch. Falls Rheinsberg Jordans und Igors Ziel gewesen war, hätten sie ihre Pläne nach dem Verrat in Ratzeburg geändert. Sie waren Profis. Sie mussten einkalkulieren, dass auch der Name Sjelos verraten worden war.

Eine Dreiviertelstunde später reichten sie sich die Hand.

Hassforther war mittelgroß und eisgrau. Ein Marathon-Läufer, sehnig und ausgezehrt, jeder Zentimeter Fleisch von größter Funktionalität, Überflüssiges ließ der Körper nicht zu. Das Lächeln entspannt, der Blick gelassen – der Fall war an die Kollegen in Ratzeburg und Oranienburg übergeben, Hassforther würde bald nach Hamburg zurückkehren und seinen Abschlussbericht tippen.

Der Tote hatte auf dem Festland gewohnt, mit Blick auf die Altstadtinsel im See, nicht weit von einem der Straßendämme entfernt, die dorthin führten. Ein alleinstehendes Häuschen mit Garage, einfachster Standard von außen, hinein konnte Adamek nicht, die Kriminaltechniker waren noch nicht durch.

»Willst du warten?«

»Ich denke nicht. Erzähl mal.«

»Sie sind mit dem Bravo in die Garage, von dort ins Haus gegangen. Wir haben Schuhabdruckspuren gefunden, sie sind gleich in den Keller, durch Küche, Wohnzimmer und Flur. Im Keller müssen sie sich eine Weile aufgehalten haben, sie haben was gegessen, geraucht, wir haben außerdem Hinweise auf eine Rangelei, vielleicht hat sich Ćavar gewehrt. Da unten haben sie den Alten erschossen. Zwei Kugeln, eine in die Stirn, aufgesetzter Schuss, die zweite aus vierzig, fünfzig Zentimetern Entfernung ins Gesicht.«

»Wie bei Bachmeier.«

Adamek wartete, doch Hassforther fragte nicht nach. Weshalb auch, dachte er. Sie begegneten so vielen Toten, da beschränkte man sich auf die, die unumgänglich waren.

Er sah auf die Insel hinüber, der Damm, ein großer Dom, viel Grün, dazwischen das glitzernde Wasser des Sees. Ein friedlicher Anblick.

»Wie hieß er?«

»Stjepan. Den Nachnamen kann keiner aussprechen.«

»Was wisst ihr über ihn?«

»Fünfundachtzig, Kriegsveteran, in Split geboren, war mit Tito befreundet.«

»Ihr seid ja wirklich schnell.«

Hassforther lächelte. »Fotos. Hat das halbe Haus damit beklebt. Du fängst unten im Flur in seiner Jugend an und endest im Schlafzimmer oben mit einer Geburtstagstorte zum Fünfundachtzigsten. Hat sie allein verspeist, der alte Stjepan. Hat allein gefeiert.«

Adamek dachte, dass er sich die Fotos gern angesehen hätte. Sie mochten vieles erklären in Bezug auf den Krieg, die Partisanen, Jugoslawien, den Tito-Freund Stjepan, der sich mit kroatischen Nationalisten eingelassen und sie dann doch verraten hatte.

Aber dafür war keine Zeit. Er wollte nach Brandenburg. Die Rottweiler draußen, Hassforther draußen, einer musste dafür sorgen, dass der Druck auf Jordan und Igor aufrechterhalten wurde – am besten einer, der ein zerschossenes Gesicht vor Augen hatte.

49

FREITAG, 15. OKTOBER 2010
BERLIN

Die beiden Aufkleber auf dem Heck kaum noch lesbar, LÖWE erkannte man auf dem einen, FB STUTTG auf dem anderen. Zahlreiche Beulen waren dazugekommen, der rote Lack in Strähnen abgesplittert, quer über die Fahrertür war in Schwarz das Wort FASCHO gesprüht, die Antenne nur noch ein Metallstumpf. Und doch machte der Granada nicht den Eindruck, als würde Dietrich Marx ihn hier verrotten lassen – die Reifen wirkten neu. Er schien ihn regelmäßig zu fahren.

»Sechstausend Mark, und er gehört Ihnen.«

Ehringer hob den Blick. Marx kam von einer türlosen Öffnung in der Steinruine auf das Auto zu. Eingerissene Camouflagejacke, von einem muskulösen Oberkörper gefüllt, der linke Ärmel abgeschnitten und zugenäht. Die Haare waren stoppelkurz, die Nase mächtig, die kleinen Augen tief ins Gesicht gedrückt, verschwanden beinahe zwischen Stirn- und Wangenknochen. Er sprach reinstes Berlinerisch, die Stimme drohend brummig.

»Reichsmark oder D-Mark?«, fragte Ehringer.

Marx lachte. Dann hatte er den Wagen umrundet und starrte auf ihn hinunter. »Ein Scheißkrüppel.«

»*Zwei* Scheißkrüppel.«

»Wenigstens kann ich noch im Stehen pissen.«

»Ich habe schon immer im Sitzen gepinkelt.«

Marx nickte. »Sozi, was?«

»Auch Liberale setzen sich.«

»Die schwulen Liberalen.«

Ehringer musste lächeln.

Jetzt sah er, dass Marx' Augen hell waren, ein fast weiches Grau oder Grün. Er verstand, weshalb Thomas keine Angst vor diesem Mann gehabt hatte. Wenn man ihm so nahe kam, meinte man, etwas Sanftes zu spüren.

»Was haben Sie mit Ihren Händen gemacht?«

Ehringer zuckte die Achseln. »Kontakt mit einer Glasscheibe.«

Marx stieß heisere Laute aus, die nach Lachen klangen. Als er den Arm hob, um hinter sich zu deuten, krochen Runentätowierungen aus dem Jackensaum. Ein Zackenkranz, aus dessen Mitte das Handgelenk ragte. »Ich schau aus dem Fenster und denke, scheißt da einer neben mein Auto?«

»Und dann ist es bloß einer, der es kaufen will.«

»Ein Tiefergelegter. Bin ja gespannt, wie Sie damit fahren.«

»Ist nicht Ihr Problem.«

»Nur, wo kriegen Sie sechstausend Mark her?«

»Ja, das wird schwierig. Nehmen Sie auch Kuna?«

Marx lehnte sich gegen den Kotflügel, musterte ihn wachsam.

»Wir sind Freunde«, sagte Ehringer. »Thomas Ćavar und ich.«

Sie hatten sich vorgestellt, einander die Hand geschüttelt. Marx hatte gesagt, normalerweise bitte er Gäste herein, doch sei der Weg ins Wohnzimmer für Tiefergelegte nicht zu bewältigen – er habe viele Feinde und deshalb Vorsichtsmaßnahmen getroffen.

Feinde aus dem Jugoslawienkrieg?

Aus allen Kriegen.

Der Granada war ein Abschiedsgeschenk. Im September 1995 hatte Marx »den Tom« zum letzten Mal gesehen, in Bosnien, hatte ihn zum letzten Mal »rausgehauen«, er hatte Schwierigkeiten mit der Armee und musste untertauchen, das Auto konnte er da nicht mehr brauchen.

»Scheiß mich an«, sagte Marx, »jetzt fällt's mir ein, er hat von Ihnen gesprochen. Der Politiker, der ihn einundneunzig aus dem Knast geholt hat.«

Ehringer nickte. »Grundlage unserer Freundschaft, stolz bin ich darauf nicht. Von Ihnen hat er auch erzählt.«

»Was kann man von mir groß erzählen?«

»Dass Sie lustig und eigentlich ganz okay seien. Dass Sie sich immer über Ihren Nachnamen beschwert hätten.«

Marx lachte, und Ehringer meinte zu erkennen, dass er ein wenig gerührt war.

»Ja, ich und der Tom, wir waren ein Team, beim Fußball und im Krieg. Beim Fußball war er nicht schlecht, aber für den Krieg war er nicht gemacht, er wollte ein bisschen durch den Wald kriechen und hinter Serben herrennen und rumballern und Kroate sein, aber töten wollte er eigentlich nicht. Beim ersten Mal, Herbst einundneunzig in Slawonien, hat er keinen einzigen Schuss abgegeben.« Marx setzte sich auf den Boden, lehnte sich ans Auto. Er zog Tabak aus der Brusttasche und begann, mit der verbliebenen Hand zu drehen. »Ich hab gesagt, Scheiße, du bist ein Mann, du hast eine Waffe, und da drüben stehen stinkende Bauernkommunisten, die dir dein Land weggenommen haben, deine Schwestern vergewaltigen und deine Brüder aufschlitzen, worauf wartest du? Auch eine?«

»Nein, danke.«

Marx stieß würzigen Rauch aus. »Also hab ich die Bauernkommunisten weggeblasen und mir gedacht, ich passe ein bisschen auf den auf, der kriegt sonst gleich eine Kugel in den Kopf, wär schade um ihn, er ist nett. Hab ihn zum Mann gemacht, wenn Sie wissen, was ich meine.«

»Sie haben ihm das Töten beigebracht.«

»Das Schießen, das Verstecken, wann du besser abhaust, wann du vorrückst, auch das Töten, klar. Am Ende war er auf Distanz ganz gut mit dem Gewehr, aber es hat ihm nicht viel geholfen, er hat sich immer wieder in die Scheiße geritten. Einmal will er einem verwundeten Bolschewiken Wasser geben und bekommt fast ein Messer in den Bauch, einmal latscht er auf eine Mine und steht den halben Tag in der Gegend rum, bis ich einen Minenräumer aufgetrieben habe … Da zappelt ein Langhaariger.«

»Wie bitte?«

Marx nickte in Richtung Straße.

Wilbert, winkend, die andere Hand hinter dem Rücken, über dem Kopf ragte eine dunkelbraune Schwertspitze in die Luft. Ehringer hob rasch beide Daumen, plötzlich den Tränen nahe, dieser dumme, liebe Kerl hätte sich für ihn in einen *Kampf* gestürzt, noch dazu in einen vollkommen *aussichtslosen* Kampf …

Seit er im Rollstuhl saß, zog er herzensgute Narren um die zwanzig an, er wusste nicht, weshalb.

Sein Zivi, erklärte er, habe ihn aus Charlottenburg hergefahren, werde sich jetzt, da keine Gefahr drohe, verabschieden.

»Dann haben Sie ein bisschen Zeit?«

»Alle Zeit der Welt.«

Marx stand auf, verschwand in seiner Ruine, kam mit vier Halbliterflaschen Bier wieder, deren Hälse er sich zwischen die Finger geklemmt hatte.

»Dietrich«, sagte er.

»Richard«, sagte Ehringer.

Sie stießen an.

Marx setzte sich wieder, lachte unvermittelt auf. Die Geschichte mit den Waffen hatte auf dem halben Balkan für Heiterkeit gesorgt.

Sie sahen sich im November 1991 wieder, wenige Tage nach dem Fall von Vukovar. Marx hatte bei »Kameraden« in Frankreich eine Verletzung auskuriert, war bis Stuttgart getrampt. Spontan hatte er Thomas angerufen, sie trafen sich auf dem Schlossplatz, Thomas in heller Aufregung wie alle Kroaten, wegen der Fernsehbilder aus der zerstörten Stadt. »Er wollte wissen, wo ich hinfahre, ich sage: Slawonien. Vukovar?, fragt er, und ich sage: vielleicht. Er sagt: Wenn du wartest, komme ich mit, wir fahren mit meinem Auto, muss nur noch Klamotten holen. So haben wir's dann gemacht.«

»Aber ihr seid nicht nach Vukovar.«

Marx schüttelte den Kopf. »Keiner ging nach Vukovar, hab später gehört, die Politiker wollten es nicht. Ohne den Tom hätte ich mich reingeschlichen und ein paar serbische Dreckskerle erlegt, kleiner Dienst an der Heimat, verstehst du. Vukovar war früher deutsch, bis fünfundvierzig waren ein Drittel der Einwohner Landsleute, Donauschwaben, du wirst von ihnen gehört haben.«

»Ja«, sagte Ehringer.

»Eine verdammte Schande, dass Tuđman denen aus Vukovar nicht helfen wollte. Wir sind dann nach Westslawonien, da gab's auch was zu tun.«

Ehringer wollte nach Zadolje fragen, als sein Handy klingelte. Er entschuldigte sich, ging dran, sein Neffe. War auf dem Weg nach Berlin, wollte ihn treffen.

»Verstehe ich nicht – Berlin?«

»Wir haben sie verloren.«

»Und Ratzeburg?«

»Sie waren weg, als wir kamen. Wann passt es dir?«

»Habt ihr denn wenigstens eine Spur?«

»Erzähle ich dir, wenn wir uns sehen.«

Ehringer erfand Lügen, er sei bei einem Freund, später beim Arzt, die Wunden an einer Hand hätten sich entzündet. »Nicht deine Schuld, Lorenz, du hast getan, was du konntest.« Er sah Marx an, der das nächste Bier öffnete, die nächste Zigarette drehte. »Ihr glaubt, dass sie nach Berlin kommen?«

Er hörte den Neffen seufzen. »Rheinsberg. Aber wir sind nicht sicher.«

»Habt ihr einen Namen?«

Marx hatte die Zigarette angezündet, ließ Rauch aus dem Mund aufsteigen, die hellen Augen lagen auf Ehringer. Das Gespräch hatte ihn zu interessieren begonnen.

»Mate Sjelo. Aber auch das ist nicht sicher.«

»Mate Sjelo«, wiederholte Ehringer.

Keine Reaktion bei Marx.

»Ein Freund von diesem Saša? Wie hieß er noch mal?«

»Sascha Jordan.«

»Saša Jordan«, sagte Ehringer.

Marx stand plötzlich, eine Pistole in der Hand, und Ehringer verfolgte gebannt, wie sich der Lauf hob, bis die Mündung auf seine Brust zeigte.

»Ich melde mich«, sagte er und unterbrach die Verbindung.

»Was geht hier ab, du Scheißkrüppel?«, zischte Marx.

Und Ehringer erzählte.

Marx war in der Ruine verschwunden, erschien nach zwei Minuten in Kampfstiefeln, einen Rucksack über der Schulter, ein Gewehr in der Hand, dazu eine völlig verstaubte Einsatzweste mit zahllosen prall gefüllten Taschen. Er öffnete die Heckklappe des Granada, legte in einer Staubwolke Rucksack, Gewehr, Weste auf die Ladefläche.

Schweigend verfolgte Ehringer die Vorbereitungen.

Was für eine verrückte Idee. Natürlich, *seine* Idee. Marx war nur der Vollstrecker. Der vorhersehbare Reflex der Söldnerloyalität.

Vielleicht auch mehr. Einmal noch in den Krieg ziehen, als Krüppel an die glorreichen Zeiten anknüpfen, in denen der Körper unversehrt war und man sich uneingeschränkt bewegen konnte … In denen man frei war zu handeln, wie man wollte.

Das schlechte Gewissen und die Aufregung raubten ihm den Atem. Er dachte an seinen Neffen, dem er ins Handwerk pfuschte, an Marx, der sich womöglich in Lebensgefahr begab, damit *er*, Ehringer, noch einmal in diesem Leben das Gefühl auskosten konnte, frei zu sein.

Marx schloss die Heckklappe.

»Du musst das nicht tun«, sagte Ehringer heiser.

»Ich brauch mal wieder Krieg.« Die hellen Augen leuchteten, und Ehringer begriff, dass es Marx genauso ging wie ihm.

»Ich komme mit«, sagte er.

Schweigend fuhren sie durch Friedrichshain, der Granada tuckernd wie ein Fischerboot. Einhundertachtzigtausend Kilometer auf dem Tacho, Armaturen und Sitze verschmutzt, die Luft kaum erträglich, eine Mischung aus uraltem Stoff, kaltem Rauch, Bier und … Lavendel? Keine Sorge, hatte Marx gesagt, um Motor und Reifen kümmere er sich regelmäßig. Ehringer hatte das Lächeln nicht gleich verstanden – bei Ford-Werkstätten kamen wohl gelegentlich Teile abhanden.

Kannst du allein einsteigen?
Nein, natürlich nicht.
Sicher, wenn du dich mit den Händen reinziehst …
Könntest du mich bitte hochheben?

Marx hatte die Berührung sichtlich gescheut, zwei Männer,

deren Körper sich aneinanderpressten, nun ja. Ehringer hatte gesagt, im Krieg habe er sicher viele Verwundete aus der Gefahrenzone geborgen, Marx hatte genickt, so ging es. Einhändig hatte er Ehringer auf den Beifahrersitz gewuchtet.

Seltsame Sekunden am Hals eines Söldners, der im Laufe seines Lebens Dutzende Menschen getötet haben musste.

»Erzähl von Saša Jordan«, sagte Ehringer.

»Einer von den ganz Harten«, sagte Marx, und in seiner Stimme lag Bewunderung. War im serbischen Gefangenenlager gewesen, dann bei den HOS, später beim HVO. Hatte in der HVO-Uniform noch den HOS-Aufnäher getragen, das Ustaša-Wappen mit dem Slogan »*Za dom spremni*«, »Für die Heimat bereit«. Zeitweise, sagte Marx, habe auch er selbst mit den HOS gekämpft, in Kroatien wie in Bosnien, bis sie 1991 in der Kroatischen Armee beziehungsweise 1993 im HVO aufgegangen seien. »Das waren die Echten, wenn du verstehst, was ich meine.«

»Ich verstehe.«

»Da waren auch die Kämpfer aus Deutschland und Österreich.«

Ehringer schauderte. Die Kroatischen Verteidigungskräfte HOS waren 1991 von der rechtsextremen Kroatischen Partei des Rechts gegründet worden und für ihre Grausamkeit bekannt gewesen. Ihre Insignien hatten an die Streitkräfte des Ustaša-Staates erinnert, ebenfalls »HOS« abgekürzt – schwarze Uniform, Totenkopf, der Slogan. In der Herzegowina hatten die neuen HOS ethnische Säuberungen durchgeführt und Gefangenenlager wie Dretelj unterhalten, wo es zu vielen Kriegsverbrechen gekommen war. Ihre Soldaten hatten laut UN-Berichten Zivilisten ermordet, vergewaltigt und gefoltert, orthodoxe Kirchen und Klöster niedergebrannt, Häuser geplündert, Dörfer zerstört.

Ziel der HOS war es gewesen, Kroatien und Bosnien in einem

Staat zu vereinen, wie Dobroslav Paraga, der HOS-Gründer und Vorsitzende der Partei des Rechts, im September 1992 in einem SPIEGEL-Interview freimütig bekundet hatte.

Nun, der HVO Bosniens war nicht viel besser gewesen. Ähnliche Ziele, ähnliche Methoden, gedeckt und vertuscht von Franjo Tuđman, wie die Massaker im zentralbosnischen Lašva-Tal im April 1993 mit zweitausend ermordeten Muslimen.

»Wie hat man sich das vorzustellen? Man fuhr einfach nach Kroatien zu den HOS und bekam ein Gewehr?«

»So ungefähr. Ich hab mich '91 in Zagreb bei der Polizei gemeldet und denen gesagt, dass ich für Kroatien kämpfen will, und sie haben mich zu den HOS geschickt.«

»Und Jordan seid ihr in Zadolje begegnet?«

Marx warf ihm einen Blick zu. »Woher weißt du von Zadolje?«

Ehringer kürzte ab: »Von Milo, dem Bruder.«

»In Zadolje, ja. Der Tom war im Arsch, der Krieg hat ihn kaputtgemacht, aber heim wollte er nicht, was soll ich da, hat er gesagt. Er wollte mit mir nach Bosnien, es war ja noch nicht vorbei. Jordan und einer von den Polizisten haben in Zadolje aufgeräumt, da ist der Tom durchgedreht. Hat was von Anzeige und Kriegsgericht gefaselt, der Idiot, also haben sie ihn festgesetzt.«

»Und du hast ihn befreit.«

Marx zuckte die Achseln. »Sie hätten ihn erschossen.«

Sie fuhren im Norden auf den Berliner Ring, bei Leegebruch im dichten Verkehr auf die B96, Marx wollte über Land, da sei die Gefahr, »der Staatsmacht« zu begegnen, geringer als auf der Autobahn. Sie passierten Oranienburg, verließen die Bundesstraße in Richtung Westen, um den Berufsverkehr und neugierige Blicke auf den Granada und dessen doch auffälligen Fahrer zu meiden. Die Straße führte entlang der Beetzer Heide nach Norden, keine fünfzehn Kilometer Luftlinie von Linum entfernt, wo Ehringer und der Neffe drei Tage zuvor die Kraniche beobachtet hatten.

Im Wald hinter Beetz kamen sie auf das unvermeidliche Thema zu sprechen: fehlende beziehungsweise abgestorbene Körperteile.

Dietrich hatte den Arm im Irak gelassen, wo er im Auftrag einer amerikanischen Firma gekämpft hatte, 2003, hing in Fetzen an ihm dran, sah unschön aus, so einen Arm wollte er nicht mehr; er grinste.

Und die Beene?

Die Beine, dachte Ehringer und schluckte. Waren doch so unwesentlich, wenn man bedachte, dass Margaret in denselben Sekunden das Leben verloren hatte.

»Meine Frau und ich ...«, begann er und brach ab. Er starrte auf die vorübergleitenden Bäume, sah hell erleuchtete Räume, brüchige Schemen, Ivica Marković' Abschied aus Deutschland am 24. Januar 1992, *Ich bitte Sie, Herr Dr. Ehringer, erweisen Sie mir die Ehre, kommen Sie auf einen Sprung vorbei ...*

Er hatte allein gehen wollen, war überzeugt gewesen, dass Margaret, die das Haus seit Wochen nicht verlassen hatte, keinesfalls eine Party besuchen würde, auf der das politische und mediale Bonn zugegen wären, dazu freudetrunkene Kroaten, die die neun Tage zuvor in Kraft getretene Anerkennung durch die EG feiern würden. All die Freunde und Feinde, die ihren Untergang mitverfolgt hatten. Er hatte sich getäuscht, das wollte sie sich nicht entgehen lassen, *ein letztes Mal unserem Freund Marković die Leviten lesen, bevor er das Reich des großen Tuđman tausendjährig macht.*

Schatz, um Himmels willen ...

Sie lachte und winkte ab, er müsse sich keine Sorgen um seine Reputation machen.

Also fuhren sie zusammen nach Meckenheim, zwanzig Kilometer südwestlich von Bonn gelegen. Marković, der so große Stücke auf Margaret hielt, erkannte sie beinahe nicht. Er reagierte großartig. *Wie sehr ich mich freue, Sie noch einmal wiederzusehen, Frau Dr. Ehringer!,* sagte er und küsste ihr die Hand.

Ehringer wich nicht von ihrer Seite. Irgendwann begann er zu trinken, um der Unruhe Herr zu werden.

Auch Friedrich Kusserow war da, auch er verhielt sich vorbildlich – er ließ sich nicht provozieren.

Ich erkläre Ihnen mal, weshalb ich verstehe, dass sich die Krajina-Serben für autonom erklärt haben, nachdem das kroatische Parlament 1990 die Unabhängigkeit proklamiert hat, sagte Margaret. Ihre Stimme monoton, die Leidenschaft fehlte, die Krankheit und die Medikamente hatten jegliche Energie gefressen, nur der Verstand funktionierte. *Wie im Ustaša-Staat wurden Tausende Serben aus Staatsämtern entlassen, aus Militär, Polizei, Verwaltung, selbst einfachste Jobs mussten sie aufgeben. Straßen und Plätze wurden umbenannt, die neuen Namen erinnerten zum Teil ebenfalls an die vierziger Jahre. Aus dem »Platz der Opfer des Faschismus« wurde der »Platz der bedeutenden kroatischen Persönlichkeiten«, eine eigene Straße bekam der Ustaša-Minister Mile Budak, von dem der humorige Satz stammt, man müsse ein Drittel Serben töten, ein Drittel vertreiben und ein Drittel zwangskonvertieren …*

So ging es weiter, und Kusserow nickte und lächelte und schenkte ihr Mineralwasser nach und Ehringer Weißwein und entschuldigte sich schließlich, als alter Mann sei er der Sklave seiner Blase …

Er kam nicht zurück.

Nach zwei Stunden verließen sie Marković' Wohnung, eilten

in der Eiseskälte Arm in Arm zum Auto. Margaret zog ihm den Schlüssel aus der Tasche, Ehringer war zu betrunken, um zu fahren, zu betrunken, um sich daran zu erinnern, dass sie unter Medikamenten stand, zu betrunken, um an etwas anderes zu denken als an *sein Leid*, wie wunderbar die Jahre mit ihr immer begonnen hatten, selbst das vergangene noch, 1991, und wie schrecklich begann dieses, Margarets Krankheit, seine bevorstehende Demission, die Angst, dass sie eine Party sprengte ...

Er räusperte sich. »Meine Frau und ich waren ...«

»Wir werden verfolgt«, fiel ihm Marx ins Wort.

»Wie bitte?«

Marx' Blick lag auf dem Rückspiegel. »Sind seit Berlin an uns dran.«

»Ein grüner Wartburg?«

»Silberner Toyota.«

Ehringer drehte den Spiegel mit der linken Hand, bis er den Toyota sah. Er fuhr etwa einhundert Meter hinter ihnen, das einzige andere Auto weit und breit. »Zufall.«

Marx lachte heiser. »Die hast du mitgebracht.«

»Eher Feinde von dir aus irgendeinem Krieg, würde ich meinen.«

»Als hättest du eine Ahnung.«

Natürlich hatte Marx recht, dachte Ehringer bestürzt, Marković-Gesandte. Es reichte eben nicht, eine Wanze aus dem Telefon zu entfernen, wenn man es mit einem Gegner wie ihm zu tun hatte.

Jetzt bemerkte er, dass der Toyota schneller fuhr als sie. Der Abstand verringerte sich. »Er schließt auf.«

Auch der Granada beschleunigte leicht. »Mehr ist nicht«, sagte Marx. Er drehte den Rückspiegel zurück, löste den Sicherheitsgurt.

Fast unmittelbar hintereinander kamen ihnen zwei Fahrzeuge entgegen. Rechts wich der Wald zur Seite, ein tief gefurchter Acker begann. Jenseits davon lag ein Dorf, ein anderes vor ihnen an der Straße, in drei, vier Kilometern Entfernung.

»Halten wir dort.« Ehringer deutete nach vorn.

»Bis dahin schaffen wir's nicht. Er ist keine dreißig Meter hinter uns.«

Jetzt hörte Ehringer den anderen Motor. Das Geräusch wurde immer lauter.

»Zwei Männer«, sagte Marx. »Halt das Lenkrad, aber duck dich.« Er hatte das Steuer mit den Knien fixiert, zog mit der Rechten die Pistole aus der Jacke, sank tiefer in den Sitz.

Hastig griff Ehringer mit der Linken nach dem Lenkrad. »Fahr langsamer! Vielleicht wollen sie nur überholen.«

Er spürte, wie der Granada an Geschwindigkeit verlor.

»Sie kommen.« Marx kurbelte das Seitenfenster herunter und hob die Pistole.

Aus dem Augenwinkel sah Ehringer den silbernen Kühler seitlich hinter ihnen, aber er fuhr im selben Tempo wie sie, kam nicht auf gleiche Höhe. Er hielt den Atem an, warf einen Blick auf Marx, der den Kopf in Richtung Außenspiegel gedreht hatte. »Und?«

»Festhalten!«

Im selben Augenblick krachte draußen ein Schuss, und Ehringer verlor die Kontrolle über den Granada. Das Heck brach aus, Marx' Hand griff nach dem Steuer, schlingernd rasten sie von der Straße auf die Böschung zu, streiften einen Baum, flogen ein paar Meter ohne Bodenkontakt auf den Acker, und Ehringer barg den Kopf in den Armen und wunderte sich, dass sie den Baum nur *gestreift* hatten, er hatte doch Zeitungsfotos gesehen, sie waren frontal *dagegengeprallt*, der Baum hatte den über Eis schlitternden Wagen gestoppt, der Motorraum regelrecht zusammengefaltet, das Lenkrad Richtung Dach geschoben ... doch der Wagen bewegte sich *weiter*, knallte mit einem Reifen gegen etwas Hartes, Ehringers Seite hob sich in die Luft, mit einem fürchterlichen Schlag krachten sie auf die Fahrerseite, Glas barst, er hörte Schreie, nicht Margaret, eine tiefe Männerstimme, und wieder flog der Wagen, langsamer jetzt, Ehringer hing kopfüber in der Luft, drohte einen Moment lang aus dem Gurt zu rutschen, eines seiner Knie traf ihn im Gesicht.

Dann schlug der Granada auf dem Dach auf und blieb liegen, die Räder rollten aus, der Motor erstarb.

Ehringer rührte sich nicht. Der Gurt hielt ihn, der Kopf berührte die Dachinnenseite. Er hatte die Augen geschlossen, sah einen rötlichen Nebel, Kopf und Arme schmerzten, er spürte Blut auf der Wange, sah plötzlich überall Blut, Margarets Kopf am Lenkrad, ans Dach gedrückt, Blut lief in einem schmalen Rinnsal seitlich über ihren hellen Hals, den Kragen der weißen Bluse, ganz langsam, lief ihre rechte Seite hinab, tropfte auf den hellbraunen Lederbezug ...

Er öffnete die Augen. Seitlich vor ihm hingen die leblosen Beine, ein Fuß abgeknickt, der Rumpf wohl weitgehend unverletzt.

Keuchend starrte er durch die zersplitterte Windschutzscheibe, sah dunkle Erde oben, einen Streifen Helligkeit unten.

In der Helligkeit schleppte sich ein Mann vom Auto weg. Taumelte, bückte sich wie unter Schmerzen, ging weiter.

Marx.

Erst jetzt wurde Ehringer klar, dass die Fahrertür offen stand, der Sitz war leer. Marx musste hinausgeschleudert worden sein.

Jenseits der Windschutzscheibe erschien ein zweiter Mann. Er folgte Marx. Hob eine Pistole und schoss. Marx stürzte lautlos.

Der Mann trat zu ihm, schoss erneut.

Ein dritter Mann tauchte auf. Sie gingen in Ehringers Richtung.

Stell dich tot!, dachte er.

Aber er wollte sich nicht totstellen, um zu überleben. Sterben, dachte er. Endlich sterben. Nach achtzehn langen Jahren.

Er tastete nach der Gurtschließe, öffnete sie, sackte auf die Dachinnenseite. Weil seine Tür klemmte, zog er sich auf den Fahrersitz.

Geht nicht weg, dachte er.

Er kroch ins Freie, Zentimeter um Zentimeter. Der kühle, satte Geruch von Erde, Erde an den Händen, ein Grab aus Erde.

Er lächelte.

Dann waren auch die nutzlosen Beine draußen, der ganze nutzlose Körper lag auf der gefurchten Erde.

Die Ackerwelle half ihm, sich umzudrehen.

Die Erde, der Himmel. Ein guter Ort, um endlich zu sterben.

Er wandte den Kopf zur Seite, sah den beiden Männern entgegen.

Dann standen sie über ihm und blickten herab, Unbekannte, so musste es sein, dachte er, die Abgesandten des Todes sollten Unbekannte sein. Einer eindeutig ein Südslawe, der andere vielleicht auch. Marković-Unbekannte.

Sie töteten ihn nicht.

Sie gingen um ihn herum und entfernten sich. Ehringer folgte ihnen mit dem Blick, versuchte, sie zurückzurufen …

Seine Stimme versagte.

Ein letzter Gruß von Ivica Marković.

Er ließ den Kopf sinken.

Die Erde, der Himmel. Das Leben.

50

FREITAG, 15. OKTOBER 2010
ZAGREB/KROATIEN

»Lass uns verschwinden«, sagte Goran Vori.

Nichts lieber als das, dachte Ahrens.

»Noch nicht«, sagte sie.

Sie wollte mit Jagoda Mayr sprechen, die sich seit Ewigkeiten mit dem Minister unterhielt, mit Irena Lakić, die bislang nicht eingetroffen war.

Seit einer Stunde schlenderten sie durch die Gänge des Innenministeriums, immer bemüht, Ivica Marković nicht in die Arme zu laufen, der ihnen einmal aus der Ferne zugewunken hatte. Vori flüsterte ihr Namen und Relevanz der Schauspieler, Intendanten, Regisseure, Schriftsteller, Maler, Sänger ins Ohr, an denen sie vorbeikamen. Die Namen klangen wunderbar, die Relevanz hielt sich in Grenzen. Vori mochte Künstler nicht.

»Nur die kroatischen oder alle?«

»Alle.«

Sie lachte amüsiert. »Warum?«

»Künstler etablieren Phantasiewelten ohne Relevanz. Was sie zu erzählen haben, hat mit der Wirklichkeit nichts zu tun.«

»Unsinn, Goran.«

Er schmunzelte. »Sie lenken von der Wirklichkeit ab.«

»Und was ist die Wirklichkeit?«

»Milan Levar, Anna Politkowskaja, Vukovar, die Lügen der Amerikaner und der Briten vor dem Einmarsch im Irak, Tibet.« Er senkte die Stimme, deutete mit der Hand. »Marina Asanović,

Schauspielerin, hat es in eine Hollywood-Nebenrolle geschafft, ihre Jugendsünden findest du auf Porno-Websites.«

»Das ist gemein.«

»Ich weiß.«

Lächelnd blieben sie stehen.

»Vukovar?«, fragte Ahrens.

»Der Tuđman-Genscher-Deal. Du weißt, was in Vukovar passiert ist?«

»Ja.«

Die JVA und serbische Milizionäre hatten Vukovar seit August 1991 belagert und täglich mit Hunderten Granaten beschossen. Knapp zweitausend kroatische Polizisten und Freiwillige verteidigten die Stadt. Nach drei Monaten fiel sie. Bei einem Massaker brachten die Eroberer rund zweihundert Menschen um, die im Krankenhaus Schutz gesucht hatten.

Das »Massaker von Vukovar«. Mückenflecken an Jagoda Mayrs Wand: Mrkšić, Šljivančanin, Šešelj, der noch nicht verurteilt worden war. Zu wenige, angesichts der Verwüstungen und der Toten. Neunzig Prozent der Stadt waren zerstört worden, auf Seiten der Kroaten eintausendfünfhundert Menschen ums Leben gekommen.

»Ich war dort«, sagte Vori, »als Reporter, hab über die Belagerung berichtet. Wir durften nicht rein, niemand durfte rein. Tuđman wollte, dass die Stadt fällt, damit er die Anerkennung bekommt. Er hatte Angst, dass die Kroaten sich gegen ihn erheben, wenn sie sehen, was dort passiert. Deshalb sollten keine Reporter rein. Keine Reporter, keine Waffen, keine Unterstützung. Den kroatischen Truppen wurde die Erlaubnis verweigert, den Belagerungsring zu durchbrechen. Er hat die Leute draufgehen lassen. Genscher hatte ihm geraten, nicht militärisch zu reagieren, damit die Waffenruhe nicht von kroatischer Seite gebrochen wird. Das hätte der internationalen Gemeinschaft nicht gefallen. Seit August sagte Genscher, dass die Deutschen für die Anerkennung eintreten, wenn die Gewalt gegen Kroatien nicht aufhört. Vukovar hat ihm und Tuđman perfekt ins Konzept gepasst. Eine Woche nach dem Einmarsch der Serben erklärte Kohl, dass Deutschland noch vor Weihnachten anerkennen wird.«

Ahrens schüttelte den Kopf. Genscher mochte im Hinblick auf Jugoslawien Fehler begangen haben, aber er wäre nicht über Leichen gegangen. »Du siehst Gespenster.« Sie klopfte ihm auf den Arm. »Der Geist sieht Gespenster.«

»Buh«, sagte Vori.

Sie überlegte, ob sie ihn küssen sollte. Vori auf politischer Mission, das war sexy. Aber nicht hier. Nicht vor Marković, Irena, falls sie inzwischen angekommen war.

»Oder der Tuđman-Milošević-Deal«, sagte Vori.

»Die Treffen in Karađorđevo?«

»Und anderswo.«

Die beiden Präsidenten hatten sich 1991 mehrfach getroffen. Nach Angaben von Politikern beider Länder, aber auch amerikanischer und britischer Diplomaten war es dabei um die Aufteilung Bosnien-Herzegowinas zwischen Kroatien und Serbien nach ethnischen Kriterien gegangen, sei es mit oder ohne muslimischen Ministaat dazwischen. Offiziell war lange geleugnet worden, dass sie über die Teilung Bosniens gesprochen hätten. Der Internationale Strafgerichtshof hatte es später bestätigt.

Vori war in Fahrt gekommen.

»Der Ruder-Finn-Deal«, sagte er. Sein Blick war intensiv, die Stimme wuchtig, ein Mann, der nie aufgeben, sich nie aufhalten lassen würde. Sein ganzer Körper strahlte Zorn und Energie aus. »*Das* ist die Wirklichkeit. Und wen interessiert es?«

»Ruder Finn? Die PR-Agentur?«

»Ruder Finn, Waterman, Hill & Knowlton, Burson-Marsteller, die Washington World Group ... Meine nächste Geschichte, nach Ćavar und der Ustaša-Verstrickung der katholischen Kirche. Der Einfluss von PR-Agenturen auf Kriege.«

»Klingt nach Ärger.«

»Die Wirklichkeit bringt immer Ärger.«

»Ich habe nur von der Brutkasten-Lüge gehört.«

Hill & Knowlton hatten 1990 die Behauptung verbreitet, irakische Soldaten hätten in einem Kuwaiter Krankenhaus über dreihundert Neugeborene aus Brutkästen gehoben, zu Boden geworfen und auf diese Weise zu Tode gebracht. Eine fünfzehnjährige kuwaitische Zeugin bestätigte dies vor dem Menschenrechtsausschuss des amerikanischen Kongresses und dem UN-Sicherheitsrat. Bush Vater, Amnesty International und andere griffen den Bericht auf, wenige Wochen später votierten US-Senat und Kongress für den Krieg gegen den Irak. 1992 deckten Journalisten auf, dass die »Zeugin« gelogen hatte. Sie war die Tochter des kuwaitischen US-Botschafters und von der Vizepräsidentin von Hill & Knowlton – die die Brutkasten-Lüge erfunden hatte – für ihre Auftritte gecoacht worden. Die Agentur war für knapp zwölf Millionen Dollar von der kuwaitischen Königsfamilie engagiert worden, um die amerikanische Öffentlichkeit für den Krieg zu gewinnen.

Vori lachte. »Was die Welt alles glaubt.«

»Und Ruder Finn?«

»Später.« Er deutete auf Irena, die ihnen entgegenkam.

Sie umarmten einander.

»Furchtbar, diese ganzen aufgeblasenen Typen!«

»Betrinken wir uns«, sagte Vori.

»Ich bin schon betrunken.«

Am Getränketisch trafen sie auf Jagoda Mayr. Ahrens stellte

sie einander vor. Mayr hatte Legendäres von Goran Vori gehört, in ihre Augen schlich sich Bewunderung. »Wenn *er* im Team ist ...«

Ahrens brachte sie auf den neuesten Stand – der Kapetan am Leben, ein Deutscher mit Identität, Familie, Adresse, doch in der Vornacht entführt, angeblich von Marković' Leuten.

»Nicht hier!«, sagte Mayr. »Morgen Nachmittag in meinem Büro.«

Ahrens schüttelte den Kopf. »Wir fliegen um drei nach Deutschland. Vielleicht ...«

»Sieh an«, sagte Irena.

»... am Vormittag?«

»Geht nicht, da spiele ich Fußball.«

»Nach *Deutschland*«, sagte Irena.

»Dann eben, wenn Sie zurück sind.«

»Wann *seid* ihr zurück?«, fragte Irena.

Ahrens lächelte irritiert. »Sonntag oder Montag.«

»Oh, ihr bleibt *über Nacht* in Deutschland?«, fragte Irena.

»Komm mit uns, wenn du magst.«

»Mmmm«, machte Irena. Ihre Brille war verrutscht, sie sah betrunken und verwirrt aus. *Ach, nur ein bisschen,* hatte sie auf Ahrens' Frage, ob sie Vori noch liebe, geantwortet, *Ist ja lange her, neun Jahre.*

»Marković«, sagte Vori.

Ivica Marković war in den Raum getreten, sein Blick hatte sie erfasst. Mit einem freundlichen Lächeln näherte er sich. Der Elan, der Charme wie immer, darunter, fand Ahrens, wirkte er erschöpft und besorgt. Die Fassade hatte Risse bekommen.

»Die vier Musketiere!«, rief er.

Jagoda Mayr lachte.

»Das ging schnell«, murmelte Irena.

Vori nahm ihr das Weinglas aus der Hand, rückte ihre Brille gerade.

»Ja«, sagte sie. »Ich sollte gehen. Neun Jahre, meine Güte.« Sie küsste Vori auf die Wange.

»Aber ...« Betroffen sah Ahrens ihr nach.

»Wie schade«, sagte Marković. »Ich hätte mich gern für einen Moment im Glanz der Schönheit und Intelligenz Ihrer Exfrau gesonnt.«

»Ihr ist heute nicht nach Smalltalk«, erwiderte Vori.

Marković lächelte. »Ein Mann, zwei schöne Frauen ...«

»Drei schöne Frauen«, erwiderte Vori.

»Auch die zweite räumt das Feld.« Jagoda Mayr hob grüßend die Hand und folgte Irena.

Marković zeigte auf die leeren Gläser, schenkte nach. »Ein starkes Team haben Sie da zusammengestellt«, sagte er zu Ahrens.

Ja, dachte sie. Vier Angreifer, ein Verteidiger. Zum ersten Mal empfand sie Zuversicht.

»Sind Sie bei Ihrer Suche vorangekommen?«

»Ein wenig«, erwiderte sie.

Marković lächelte betrübt. »Wie viel Zeit wollen Sie noch vergeuden? Lassen Sie die Toten ruhen, sie haben ihren Frieden verdient.«

Ahrens hielt seinem Blick stand. »Die *Toten?*«

Seine Augen schienen für einen Moment den Fokus zu verlieren, und sie hatte den Eindruck, dass er verstand.

Die Toten leben, *gospodin,* und ich weiß es.

Am späten Nachmittag hatte sie noch einmal mit Adamek telefoniert. Ein weiterer Mord, an einem Exilkroaten, die Entführer Ćavars flüchtig, doch die Polizei war ihnen auf der Spur und ging davon aus, dass er noch lebte. In Schwerin hatte man einen Fiat gefunden, den sie in Hamburg gestohlen hatten.

Aber das bleibt unter uns, klar?
Ja.
Sagt Ihnen der Name Mate Sjelo was?
Mate Sjelo, Goran?
Vori hatte den Kopf geschüttelt.
Sascha Jordan?
Nein.
Vermutlich Leute von Markovic.
Vori hatte den ganzen Tag lang vergeblich versucht, Slavko zu erreichen, um ihn nach Sjelo und Jordan zu fragen. Anfangs hatte er noch das Freizeichen gehört. Dann nicht mehr, Slavko hatte das Telefon außer Betrieb genommen.
»Auf die Toten«, sagte Marković.
»Und die Lebenden«, ergänzte Ahrens.
Sie stießen an, tranken.
»Es sind zwei weitere Namen aufgetaucht«, sagte sie.
»Noch mehr Tote? Ich bitte Sie!«
Vori legte ihr die Hand auf den Oberarm. »Es ist zu früh.«
Er hatte recht. Sie durfte sich nicht von der Zuversicht verleiten lassen.
Marković seufzte theatralisch. »Auch Sie befassen sich jetzt mit diesem Unsinn, Vori? Nichts Besseres zu tun?«
»Nichts, was Ihnen Freude bereiten würde.«
»Wie können Sie das sagen! Man hört, Sie verbringen viel Zeit mit der Kirche. *Das* bereitet mir Freude.«
»Sie sind wie immer bestens informiert.«
»Das hat mir einige Male das Leben gerettet, mein Freund.«
»Das *Leben?*«, fragte Ahrens.
»Ich stehe an der Front, vergessen Sie das nicht.«
Sie unterdrückte ein Schmunzeln. »Richtig, die afghanische Front im Verteidigungsministerium.«

»Die Front, an der über das Schicksal meines Landes entschieden wird, *gospodo* Ahrens.« Er sah Vori an. »*Unseres* Landes.«

»Diese Front«, sagte sie, »verläuft in Deutschland.«

»Nein, sie verläuft *hier*«, flüsterte Marković und zog mit der Hand eine Linie zwischen ihnen und sich.

51

FREITAG, 15. OKTOBER 2010
BERLIN

Lorenz Adamek stand auf dem Balkon der Freiheit und starrte in die Nacht.

Er hasste Stunden wie diese: zur Untätigkeit verdammt.

Er war nicht lange in Ratzeburg geblieben. Die beiden Hamburger hatten ihn nach Rheinsberg gefahren, auf der dortigen Polizeiwache hatte er eine Stunde mit den zuständigen Kollegen gesprochen, sechs Kriminalern aus Oranienburg. Sie waren übereingekommen, eine Sonderkommission einzuberufen, deren Leitung er übernehmen würde. Er war in Brandenburg nicht zuständig, aber mit dem Fall vertraut.

Mate Sjelo war noch nicht gesichtet worden. Sein Haus am Stadtrand lag im Dunkeln, der auf ihn angemeldete Toyota war nicht zu finden. Im Pflegeheim hatte man den Beamten die Auskunft erteilt, er habe sich bereits am Dienstag für den Rest der Woche krankgemeldet.

Wir lassen nach dem Toyota fahnden, hatte Adamek gesagt. *Für den Fall, dass sie sich nicht in Rheinsberg treffen.*

Sind wir sicher, dass sie sich überhaupt treffen?

Nein. Wir sind nicht mal sicher, dass der alte Stjepan wirklich »Mate Sjelo« gesagt hat. Aber Sjelo stand mit Marković in Verbindung, und einen anderen Anhaltspunkt haben wir nicht.

Vor zwei Stunden dann ein Anruf aus Rheinsberg. Die Schweriner hatten einen Autohändler aufgestöbert, der einem Mann, auf den Jelenas Beschreibung von Jordan passte, am frühen

Abend einen gebrauchten Nissan-Van verkauft hatte. Die Fahndung war bislang ergebnislos verlaufen.

Schwerin, dachte Adamek. Von Rostock gingen Fähren nach Dänemark, Schweden, Finnland, Lettland und Polen. Von Sassnitz nach Dänemark und Schweden.

Nein, dachte er. Sie waren mit Mate Sjelo verabredet. Sjelo passte perfekt ins Bild. Ein ehemaliger Mitarbeiter der jugoslawischen Botschaft in Bonn, Leibwächter mit Waffenschein, kannte Marković.

»Fertig«, rief Karolin.

»Ich komme.«

Sie war vor einer halben Stunde nach Hause gekommen, hatte unterwegs Sushi besorgt und nun auf Tellern arrangiert.

Sie aßen auf der Couch, sahen *The Wire* auf DVD, die erste Staffel im amerikanischen Original, Adamek verstand kaum ein Wort. Die Serie war Kult in Karolins Kreisen.

Beim Fernsehen essen und entspannen, danach erzählen, so hielten sie es meistens.

Ein seltsames Gefühl, als er die Wohnung gegen halb acht betreten hatte: dass er nicht mehr hierhergehörte. Er war auf den Balkon geflohen, hatte zugeschaut, wie es dunkel geworden war über Tiergarten, Charlottenburg, dem Westend, Brandenburg.

Aber er gehörte doch hierher, dachte er. Zu Karolin. Er liebte sie doch.

Er sah sie an.

Ein Stück Lachs verschwand zwischen ihren nervösen Lippen. Ihre Augen glitten vom Bildschirm zum Sushi und zurück. In Gedanken hetzte sie wohl noch einmal durch den Tag, wie immer, wenn sie abends endlich daheim war. Sie wirkte verletzlich und zart in diesen Momenten.

Sie drehte den Kopf zu ihm. »Was ist denn?«

»Nichts.«

»Soll ich den Film anhalten?«

Er nickte.

Das Bild fror ein. Ein amerikanischer Detective mit einem Zeugen. Sehr grisselig, ein bisschen unscharf. Sehr real, hatte er gelesen.

»Wollen wir heiraten?«, fragte er.

»Heiraten?«, wiederholte sie überrascht.

Er nickte wieder.

Karolin lächelte, ihre Augen wurden feucht. »Du weißt, dass ich dich heiraten würde, Lorenz.«

»Falls du heiraten würdest?«

»Ach, ich würde schon heiraten ...«

»Aber?«

»Es bedeutet mir eben nicht so ...« Plötzlich strahlte sie. »Ja, lass uns heiraten! Ich meine: Ja, ich will dich heiraten! Oh Mann!«

Sie küssten sich. Karolins Stäbchen klickten wie niedliche, harmlose Miniaturlanzen gegen seine.

»Wir sollten jetzt Sex haben«, flüsterte sie.

»Ja«, sagte er.

»Hier, auf der Couch.«

»Ja«, sagte er.

Als er ihr die Bluse über den Kopf zog, bat sie ihn, nicht so grob zu sein. Er bemühte sich, aber er hatte keine große Lust, sanft zu sein. Er merkte, dass es Karolin ähnlich ging.

Dann war er in ihr und dachte, dass er auf irgendeine bizarre Art und Weise Daniela Schneider vögelte. Er blickte in Karolins Augen, wusste, dass ihr Körper unter seinem lag, sah die vertrauten Muttermale über ihren Brüsten, dachte an sie, und doch vögelte er Hocherfreut Daniela Schneider.

Sie lagen nebeneinander auf der Couch und sprachen über mögliche Hochzeitsorte – Istanbul, Capri, Indien –, als sein Handy klingelte. Er musste nicht einmal aufstehen, es lag auf dem Sushi-Tablett.

Mate Sjelo war nach Hause gekommen.

Doch Eile war wohl nicht geboten. Sjelo hatte sich eine Pizza mitgebracht, sich aber erst einmal unter die Dusche gestellt.

»Fährst du hin?«, fragte Karolin.

»Ich muss.«

»Weck mich, wenn du heimkommst. Ich will alles hören.«

Er nickte.

Tausende verwirrte uralte Adameks im Aufzug.

Nachdem er die Tiefgarage verlassen hatte, klingelte das Handy erneut.

»Lorenz?«

Der Onkel, mit veränderter Stimme, schwach und gepresst. Im Hintergrund Pieptöne wie bei der maschinellen Überwachung von Vitalfunktionen. »Richard? Alles in Ordnung?«

»Nein. Du musst herkommen, es ist etwas passiert.«

52

FREITAG, 15. OKTOBER 2010
ZAGREB/KROATIEN

In Ahrens' Wohnung kam die Befangenheit.

Sie saßen am Esstisch, tranken im Halbdunkel Bier. Sie hatten über Adamek, Ćavar, Marković geredet, die bevorstehende Reise nach Rottweil, wo sie von einer Kollegin Adameks in Empfang genommen würden, er selbst war wieder in Berlin. Über Bleiben oder Heimfahren hatten sie noch nicht gesprochen, das wurde, dachte Ahrens in einem Anflug von Vergnügtheit, hinausgezögert.

Jetzt herrschte Schweigen.

Ihre Blicke streiften sich. Sie lächelten.

»Hm«, machte Vori. »Dann werde ich wohl …«

»Du wolltest noch von Ruder Finn …«

»Stimmt, Ruder Finn.«

»… erzählen.«

»Ja, Ruder Finn.« Er schwieg.

Sie hatte die Haare für den Empfang im Innenministerium nach hinten gebunden, streifte das Haargummi nun ab, ließ sie ein bisschen fliegen. »Nicht, wenn du nicht willst.«

»Doch, doch. Die Wirklichkeit, für die sich niemand interessiert.« Vori fuhr sich mit der Hand über den Mund, die Bartstoppeln knirschten. »Alle hatten sie PR-Agenturen Anfang der neunziger Jahre, Kroaten, Serben, Bosnier. Sie sollten vor allem die amerikanische Öffentlichkeit beeinflussen, du weißt schon, Imagewerbung, Lobbyismus, politische Propaganda. Ruder Finn war besonders engagiert, die haben zwischen 1991 und 1993 sowohl Kroatien als auch Bosnien und die Kosovo-Albaner vertreten. Kroatien ab August 1991, Bosnien ab Juni 1992 und die Albaner ...« Er gähnte, zuckte die Achseln, grinste schief.

»Noch ein Bier?«

»Ja.«

Ahrens holte zwei weitere Flaschen aus dem Kühlschrank. »Die letzten.«

Sie tranken.

»Du solltest nicht mehr fahren, du hast zu viel getrunken.«

Vori winkte ab. »Bin's gewöhnt.«

»Nein, wirklich.«

Er betrachtete das Sofa. »Sieht ganz bequem aus.«

»Ist es. Hab auch eine zweite Decke.«

»Sogar bequemer als mein Bett.«

»Wo steht das eigentlich, dein Bett?«

Er bewegte die Hand in Richtung Westen. »Eins in Stenjevec. Eins in Dubrava.« Er deutete nach Osten, dann nach Süden. »Eins in Novi Zagreb, aber nur für den Notfall, da laufen Ratten unten durch.«

»Jetzt hast du auch eins in *Donji grad*.«

»Das wäre natürlich praktisch.«

Sie lächelte. »Ruder Finn.«

»Nehmen wir Bosnien«, sagte er. »Ruder Finn kümmerte sich um alles. Amerikanische Medien, Kongress, Senat, Außenministerium, Botschaften, UN-Sicherheitsrat, humanitäre Organisationen. Sie haben für die Bosnier Pressekonferenzen und Interviews organisiert und Treffen mit hochrangigen Politikern, darunter Al Gore und Margaret Thatcher. Sie haben Artikel für wichtige amerikanische Zeitungen geschrieben, bosnische Regierungsmitglieder zu internationalen Balkan-Treffen wie dem KSZE-Gipfel begleitet, Briefe an Bush, Thatcher und andere diktiert, ein Infoschreiben nach dem anderen verbreitet ... Steht alles in den Rechenschaftsberichten, die die Agenturen dem amerikanischen Justizministerium vorlegen müssen.«

»Klingt nach aufregender Lektüre«, sagte Ahrens. »Ich hab sogar eine Zahnbürste für dich.«

»Das Einzige, was mein Laptop noch nicht kann. Mir die Zähne putzen.«

Sie lachten.

Vori saß ihr gegenüber, zu weit entfernt, fand Ahrens. Zwischen ihren Köpfen die untere Hälfte der Hängelampe, zwischen ihren Händen Bierflaschen, allzu viele Barrieren.

»Hast du sie heute gekauft? Die Zahnbürste?«

»Nein, ich hatte sie schon, für ... Gäste.«

Vori hob die Brauen. »Hast du öfter ... Gäste?«

»Schon fertig mit Ruder Finn? War gerade so spannend.«

Er schmunzelte flüchtig. »Ein Beispiel: Serbische Heckenschützen hätten für die Erschießung von Kindern Geld bekommen und deswegen Jagd auf sie gemacht.«

»Hab davon gehört.«

»Elftausend verletzte, vierhundert ermordete Kinder«, sagte Vori. »Ein Bericht der BBC. Die Nachricht kam, wie sich später herausstellte, vom Informationsministerium der Kroaten. Ruder Finn hat sie verbreitet. Eine Mitarbeiterin hat gesagt, sie hätten nicht die Möglichkeiten, so was zu überprüfen. Das sei Aufgabe der Journalisten.«

Er lehnte sich vor, verschränkte die Finger. Löste sie, langte vorsichtig an den Bierflaschen vorbei, nahm ihre rechte Hand.

Ahrens hatte mit allem gerechnet, nur nicht damit, dass ihr aufgrund einer zärtlichen Berührung Tränen in die Augen schießen wollten. Mühsam drängte sie sie zurück.

»Ob eine Information stimmt, ist egal«, sagte Vori. »Es geht nur darum, die Information, die dem Kunden nützt, möglichst schnell und weitflächig in Umlauf zu bringen. Dann hast du die Leute schon beeinflusst. Ich, ähm ...«

Sein Griff wurde schwächer.

Sie schloss beide Hände um seine. »Weiter«, murmelte sie.

»James Harff, der damalige Ruder-Finn-Chef, hat das in einem Interview zugegeben. Lohnt sich zu lesen, es ist unglaublich. Die verstehen ihren Job. Haben es sogar geschafft, die amerikanischen Juden auf die Seite der Kroaten und der Muslime zu bringen, *gegen* die Serben, ihre Leidensgenossen aus dem Zweiten Weltkrieg. Obwohl Tuđman antisemitische Tendenzen hatte und Izetbegović von einem fundamental-islamischen Bosnien geträumt hat. Harff wusste das. Als die ersten Berichte über serbische Lager veröffentlicht wurden, hat Ruder Finn sich an jüdische Organisationen gewandt und den Vergleich zu Nazi-Deutschland hergestellt. Viele Juden wandten sich entsetzt von den Serben ab. Aus den Lagern waren ›Konzentrationslager‹ geworden, aus den Serben Nazis, und kaum einer hat sich noch getraut, sich anzusehen, wie's wirklich war.«

»Schlimm genug.«

»Ja, natürlich. Aber die Begriffe trafen nicht zu. Sie wurden benutzt, um zu manipulieren. Um die Wirklichkeit zu verschleiern. Ich meine, es ist verständlich, wenn ein bosnisch-muslimischer Politiker sagt, das alles erinnere ihn an Auschwitz. Aber es ist eben was anderes, wenn westliche Medien und Politiker das Wort aufgreifen. Irgendwo sitzt ein PR-Mann und reibt sich die Hände.«

»Verstehe. Bier ist keins mehr da, aber Rotwein.«

Vori nickte. Ein Glas Rotwein, zum Abschluss, warum nicht. Sie holte Flasche und Gläser, schenkte ein.

»Das macht mich rasend«, sagte er. »Unsere Haltungen anderen Menschen und Ländern gegenüber basieren auf Phantasien. Auf den Lügen, die sich Dritte ausgedacht haben.«

»Die Wirklichkeit ist eben manchmal nicht zu ertragen.«

Vori erwiderte nichts.

»Ich hatte einmal für zwei Monate eine Tochter«, sagte Ahrens.

53

SAMSTAG, 16. OKTOBER 2010
IRGENDWO IN NORDDEUTSCHLAND

Regen trommelte aufs Wagendach. Andere Geräusche waren nicht wahrzunehmen. Gingen im Regen unter.

Sie standen seit vierzig, fünfzig Minuten. Jordan und Igor waren ausgestiegen, ein paar Minuten lang hatte er ihre gedämpften Stimmen neben dem Wagen gehört, dann hatten sich schnelle Schritte entfernt.

Sie waren noch nicht zurückgekommen.

Ein Parkhaus, dachte Thomas Ćavar. Fast eine Minute lang waren sie im Schritttempo im Kreis hinaufgefahren. Oberstes Stockwerk, nicht überdacht. Nah beim Auto musste es eine Möglichkeit zum Unterstellen geben.

Ein Parkhaus in einer Großstadt, auch das war nicht schwer zu erraten. Eine halbe Stunde lang hatten sie sich durch starken Verkehr bewegt.

Wieder und wieder hatte er überlegt, welche Städte in Frage kamen. Allzu lange waren sie nicht gefahren, seit sie Stjepans Wohnung am Freitagmorgen verlassen hatten. Kaum Autobahn, viel Landstraße.

Hamburg, Kiel, Lübeck, Bremen, Hannover, Rostock, Berlin.

In Berlin ist Mate Sjelo, der wird euch sicher helfen.

Mate Sjelo?

Du kennst ihn. Einer von Ivicas Mördern.

Natürlich kannte Jordan Mate Sjelo, seine Stimme hatte es verraten.

Vielleicht also Berlin.

Die Nacht auf einem Campingplatz. Sie hatten ihn zweimal ins Freie gelassen, als er aufs Klo musste. Hatten ihn geknebelt und gefesselt ins nahe Gebüsch gezerrt, ihm dort wenigstens Fuß- und Handbänder gelockert. Den Rest der Zeit hatte er liegend verbracht, eingezwängt erst im Kofferraum des Fiat, seit gestern Abend im Heck eines Kleinvans.

Er wusste noch immer nicht, was Jordan und Igor vorhatten. Ihn töten und anschließend untertauchen? Ihn nach Kroatien bringen? Warum sie ihn nicht längst getötet hatten.

Erzähl von dem Leben danach, Kapetane. Nach dem Krieg. Man kommt nach Hause – und dann?

Man heiratet, bekommt ein Kind.

Aber man denkt an den Krieg, man träumt davon, hast du gesagt. Man träumt von den Menschen, die einen töten wollten, und von denen, die man selbst getötet hat. Von Dingen, die überhaupt nicht passiert sind.

Er hatte vom Krieg geträumt, ja, aber irgendwann hatte es aufgehört. Er hatte oft über seine Erlebnisse gesprochen, als Flüchtling Ajdin Imamović hatte er Anspruch auf Gespräche gehabt. Er hatte die Ortsnamen verändert, die Länder vertauscht und stundenlang erzählt. Und allmählich hatten ihm die Erinnerungen keine Schockwellen mehr durch den Körper gejagt. Er hatte wieder durchgeschlafen, war ruhiger geworden.

Da war Jelena bereit gewesen, eine Familie zu gründen.

Lilly war geboren worden.

Siehst du, das Leben meint es gut mit uns.

Es ist zu früh, um das zu sagen, Tommy.

Im Laufe der Jahre begann man zu vergessen. Andere Dinge wurden wichtiger für das Leben, das man inzwischen führte, brauchten Raum im Kopf. Nur einzelne Bilder blieben im Gedächtnis haften, ohne zu verblassen. Das zerfallene Gesicht von Josip Vrdoljak, den er verehrt hatte wie einen freundlichen Großvater. Der cremefarbene Palačinke. Die Fernsehbilder aus dem zerstörten Vukovar, der Stadt Jelenas. Dietrich Marx, der im einen Moment lachte wie ein Kind und im nächsten wie nebenbei erzählte, dass er im Oktober 1991 in Gospić Todeslisten abgearbeitet hatte, auf denen die Namen einheimischer Serben standen.

Der Anblick des verzweifelten Richard Ehringer im Krankenhaus in Bonn. Die wunderbaren Stunden, als er mit Jelena von Bautzen nach Rottweil zurückgefahren war, Millionen Kilometer und Jahre vom Krieg entfernt.

Der Velebit und die blaue Adria, die er im September 1993 in der Ferne gesehen hatte, kurz nach »Medak«.

Schnelle Schritte draußen, die Türen wurden geöffnet, zugeschlagen, er spürte Feuchtigkeit.

Eine Hand schob die Heckablage zurück, Jordan löste den Knebel, reichte ihm einen Döner. »Du kannst dich hinsetzen.«

Er richtete sich auf.

Über die Scheiben liefen Sturzbäche, die Konturen dahinter waren verzerrt. Der Van stand in einer Ecke des obersten Decks eines Parkhauses, jenseits der Steinbrüstung dunkelbraune Flächen, Wohnhäuser. Als er den Kopf drehte, sah er neben dem Wagen einen kleinen Aufbau mit Metalltür und vorstehendem Dach.

Er aß, obwohl er keinen Appetit hatte.

»Sind wir in Berlin?«

»Ja«, erwiderte Jordan, der im Fond saß und ebenfalls einen Döner in der Hand hielt.

»Und wie geht es weiter?«

»Wir warten.«

»Auf Mate Sjelo?«

Jordan nickte.

»Und dann?«

»Irgendwann ist der Weg zu Ende, *Kapetane*.«

Er wusste, was ihn erwartete. Nach dem Mord an Stjepan hegte er keine Hoffnung mehr. Jordan und Igor konnten es sich nicht erlauben, den einzigen Zeugen am Leben zu lassen.

Wenigstens, dachte er, war es dann vorbei. Jelena würde ohne die Angst leben, dass irgendwann erneut die Geister der Vergangenheit auftauchten.

Ein schwacher Trost. Aber ein Trost.

Sie würden es hier tun. Ihn im Kofferraum liegen, den Wagen stehen lassen. Deshalb hatten sie hier geparkt, hinter dem Lüftungsaufbau, wo keine Überwachungskameras zusahen.

Irgendwann ist der Weg zu Ende.

Keine Alternativen, keine Wünsche. Es gab nur *diesen* Weg. Nur *dieses* Leben. Und das hatte es sehr lange gut mit ihm gemeint.

Jordans Telefon klingelte.

Er lauschte einen Moment. »*Da.*« Während er das Telefon einsteckte, sagte er: »Er ist unten, kommt jetzt hoch.«

54

SAMSTAG, 16. OKTOBER 2010
ZAGREB/KROATIEN

Yvonne Ahrens schrak um elf aus dem Schlaf. Sie lag allein im Bett, das Kissen neben ihr noch eingedrückt von Voris Kopf.

Auf dem Esstisch fand sie eine Nachricht. *Bin nach Stenjevec, ein paar Sachen für die Reise holen. Warte in der Wohnung. Geh nicht raus! Ich komme um eins. G.*

G., dachte sie. Vertraut gemeint und doch so unpersönlich.

Sie setzte sich, studierte Voris Handschrift. Deutlich und bestimmt, so, wie er sprach, handelte, vögelte. Ein Mann, der durch seine Kompromisslosigkeit einsam geworden war und durch seine Einsamkeit zum Zentrum seiner Welt. Sie hatte sich auf Kämpfe einlassen müssen, um zu bekommen, was sie wollte, beim Reden wie beim Sex: Mitgefühl und Aufmerksamkeit.

Sie schmunzelte. Sie kämpfte gern.

Rasch zog sie sich an. Natürlich würde sie hinausgehen. Sie hatte Hunger, der Kühlschrank war leer, bis zum Flughafen wollte sie nicht warten.

Voris kleine schwarze Pistole in der Handtasche, verließ sie die Wohnung.

Zagreb lag im Sonnenschein, blendendes Licht, grelle Reflexe von den Fensterscheiben, sie hatte die Sonnenbrille vergessen und musste die Augen zusammenkneifen. Unsicher lief sie durch einen Irrgarten aus Dunkelheit und Helligkeit, die Menschen Schatten ohne Gesichter.

Die Angst kam spät.

Erst auf halber Strecke zur *Pekarnica* am *Trg Bana Jelačića* wurde ihr bewusst, dass sie vielleicht ihr Leben riskierte. Marković' Killer hatten in den vergangenen Tagen zwei Menschen ermordet.

Sie langte nach der Pistole. Vori hatte ihr erklärt, was sie zu tun hatte, wenn sie schießen musste. Es kam ihr nicht sonderlich schwierig vor. Abgesehen davon natürlich, dass sie nicht wusste, ob sie auf einen Menschen schießen konnte.

Nicht nachdenken, hatte er gesagt. *Einfach abdrücken.*

Sie kaufte ein Käse-Burek, aß hastig an einem der Stehtische.

Der Rückweg war unendlich lang, obwohl sie schneller ging, die Hand wieder an der Pistole.

Sie hatte ihr Haus eben erreicht, wollte in den Durchgang zum Hof, als sie auf der anderen Straßenseite Zvonimir stehen sah, Marković' Leibwächter. Er blickte herüber, die Hände auf dem Rücken, tat nichts. Starrte sie nur an.

Sie eilte in den Durchgang, ins Treppenhaus hinein, riss die Pistole aus der Tasche. Das alte Holz knarzte unter ihren Schritten, an den Marmorwänden hallten die Geräusche wider. Falls Marković in ihrer Wohnung wartete, musste er sie längst gehört haben.

Im ersten Stock hielt sie inne. Ihr Puls raste, ihr Herz schlug heftig. Eine dumme Idee, dachte sie, in die Wohnung zu gehen. Marković war sicher nicht allein.

Warte auf Vori, dachte sie. Auf G.

Lautlos ging sie zum dreiflügeligen Fenster. Zvonimir hatte sich nicht von der Stelle bewegt, wäre da, falls ihr die Flucht aus der Wohnung gelang.

Sie ließ sich auf den Boden sinken, umschlang die Beine, lehnte sich gegen die holzvertäfelte Wand. Ihr Blick fiel auf die

Pistole, plötzlich kam sie sich lächerlich vor. Eine *Pistole* in der Hand.

Ein paar Minuten verstrichen. Das Gebäude knarrte und ächzte, durch die Wohnungstür neben ihr drang eine laute Frauenstimme, ein kurzes Telefonat, ein wütender Abschiedsfluch.

Sie lauschte auf Geräusche über sich, aus dem zweiten Stock.
Nichts.
Da klingelte ihr Telefon.
Auf dem Display stand *Irena Lakić*.
»Irena?«
Stille.
Dann flüsterte Irena: »Du musst herkommen.«

Ein Mann nahm sie in Empfang. Er stellte sich vor, sie verstand kein Wort und nickte nur. Sie folgte ihm durch die Eingangshalle, dann einen schmalen, hohen Flur hinunter. Er ging ihr zu langsam und gleichzeitig zu schnell. Sprach mit ihr, doch sie verstand ihn nicht, hörte seine Stimme nur als ferne, tiefe Melodie. Ein süßlich-stechender Geruch lag in der Luft, der immer stärker wurde, je tiefer sie in das Gebäude gelangten. Sie kannte den Geruch aus Tokio und Buenos Aires.

Formaldehyd.

Die Schritte des Mannes wurden langsamer, als wollte er gleich stehen bleiben, obwohl sie an allen Türen vorbei waren, nur eine lag noch vor ihnen, weit weg am Ende des Ganges. Sie wies darauf, und weil alle kroatischen Wörter in ihrem Kopf blockiert waren, sagte sie: »*There?*«

Der Mann nickte und machte eine Bewegung mit der Hand. »*Left side.*«

Sie ging schneller.

An der Tür wandte sie sich um. Er war verschwunden.

Sie betrat einen großen Raum, von dem zahlreiche weitere Türen abgingen. Auf der linken Seite befand sich nur eine.

Sie öffnete sie.

Ein kleines, bunkerartiges Zimmer, leer bis auf einen Stuhl und eine Bahre. Auf dem Stuhl saß hoch aufgerichtet Irena, auf der Bahre lag Vori. Ein Laken verhüllte seinen Körper, ließ nur den Kopf frei.

Er war sehr blass. Die Haare kamen ihr dunkler vor als sonst.

Sie waren feucht.

Jetzt drang ein Satz des Mannes, der sie hergeführt hatte, in ihr Bewusstsein. *Er ist beim Schwimmen in der Save ertrunken.*

Sie trat an die Bahre. Wollte ihn berühren, konnte nicht.

Kroatischer Journalist ermordet, dachte sie.

Kroatiens bekanntester Kriegsverbrecherjäger ermordet.

Unfall oder Mord?

G., dachte sie.

Sie wandte sich um, begegnete Irenas starrem Blick. Deine Schuld, sagte der Blick.

Sie senkte die Augen. Ging.

55

SAMSTAG, 16. OKTOBER 2010
BERLIN

Mate Sjelo kam zu Fuß.

Die Hände in den Jackentaschen, ging er über das Parkdeck. Er hatte den Kragen hochgeschlagen, trug ein Basecap. Der Regen schien ihn nicht zu kümmern.

Thomas Ćavar sah ihm durch die Heckscheibe entgegen.

»Bist du sicher?«, fragte Igor.

»Ja«, erwiderte Jordan.

»Man erkennt nichts.«

»Der Gang. Niemand geht so ruhig wie Mate Sjelo.«

Jordan hatte recht. Noch nie hatte Thomas einen Mann gesehen, der sich so gelassen bewegte. Der Gang eines Mannes, der sich seiner Fähigkeiten völlig gewiss war. Der kein Zaudern kannte.

»Wird *er* es tun?«, fragte er.

Jordan erwiderte seinen Blick. »Nein, ich werde es tun.«

Sjelo hatte den Wagen erreicht. Jordan öffnete ihm die rechte hintere Tür, und er stieg ein.

»*Bog*«, sagte Jordan.

»*Bog*«, erwiderte Sjelo.

Sie reichten sich die Hand.

»Du erinnerst dich an Igor?«

Sjelo nickte. Er wies auf Thomas. »Ćavar, nehme ich an.«

»Ja.«

»Wir sind gestern seinem Freund begegnet.«

»Ich weiß«, sagte Jordan.

»Welchem Freund?«, fragte Thomas auf Kroatisch.

Sjelo beachtete ihn nicht. Er zog zwei rote Pässe aus der Innentasche. Ein polnischer EU-Pass, ein russischer. Igor nahm den polnischen, Jordan den russischen. Sie sollten sich, sagte Sjelo, in zwei Monaten bei Marković melden. Er werde ihnen Kontaktpersonen nennen, die neue Pässe bereithielten. Sie würden weiterreisen. In sechs, sieben Monaten könnten sie nach Kroatien oder Bosnien zurückkehren.

»Ljubuški«, sagte Igor, und Jordan lächelte.

Sjelo reichte ihnen jeweils zwei Briefumschläge. Adressen, Geld in der Landeswährung. Sie lernten die Adressen auswendig, verbrannten die Zettel im Aschenbecher.

Sie sprachen darüber, wo sie sich trennen würden. Wie sie im Notfall Kontakt zueinander aufnehmen würden.

Thomas hörte und sah zu. Sie sprachen über eine Welt, der er nicht mehr angehören würde. Er gehörte, dachte er, schon jetzt nicht mehr dazu.

»Gehen wir«, sagte Sjelo.

Sie stiegen aus, warfen die Türen zu. Thomas schloss die Augen. Er wollte nicht, dass sie ihn weinen sahen.

Andererseits, es spielte keine Rolle.

Schritte, die sich langsam entfernten.

Er drehte den Kopf, sah Igor und Sjelo über das Parkdeck davongehen.

Jordan stand an der Heckklappe. Jetzt öffnete er sie.

»Welcher Freund, Saša?«

»Marx.« Jordan richtete die Pistole auf ihn. »Noch einmal: *Zbogom, Kapetane.*«

»*Zbogom, Jelena*«, flüsterte Thomas.

Ein Schuss fiel, Jordan wurde in den Heckraum geschleudert,

sackte schwer auf ihn. Aus einem großen Loch in seinem Rücken strömte Blut. Instinktiv griff Thomas nach der Hand, die die Pistole hielt, und umklammerte sie. Aber in Jordans Körper war kein Leben mehr.

Draußen krachten erneut Schüsse. Schreie erklangen, eine donnernde, von einem Megaphon verstärkte Stimme.

Polizisten.

Sjelo kniete auf dem Asphalt, die Hände in die Höhe gestreckt. Igor kroch über das Parkdeck, feuerte immer wieder. Auf wen, konnte Thomas nicht erkennen.

Auch die Polizisten schossen.

Igor ließ die Waffe fallen, sank sehr langsam auf die Seite.

Der Regen fiel unverändert stark.

Eine Handvoll Männer rannten über das Parkdeck. Thomas sah das Wasser unter ihren Schuhen aufspritzen, zu hören war nur das Tropfengetrommel auf dem Wagendach.

Sjelo lag jetzt auf dem Bauch, umgeben von Beamten, einer fesselte ihm die Hände. Andere standen bei Igor. Er lebte offenbar nicht mehr.

Zwei Uniformierte rannten auf ihn zu. Sie riefen etwas, aber er verstand nicht. Der Regen zertrommelte alle Geräusche.

Ein großer Mann folgte ihnen, langsamer und steif.

Jetzt verstand er, was die Polizisten riefen. »Sind Sie verletzt?«

Er schüttelte den Kopf, schloss die Augen. Kurz darauf spürte er, wie Jordans Leiche von ihm gehoben wurde. Jemand durchtrennte die Fesseln an seinen Füßen, seinen Händen.

Als er aufsah, stand der steife Mann vor ihm. Regentropfen sprangen von seinem halbkahlen Kopf, er war vollkommen durchnässt.

»Ich bin Lorenz Adamek von der Kripo Berlin.«

Thomas nickte. Die strenge Stimme am Telefon.

Adamek reichte ihm eine Hand. Er griff danach, ließ sich aus dem Wagen helfen. Jetzt waren Sirenen zu hören, Blaulichter blinkten. Die ersten Einsatzwagen fuhren auf das Parkdeck.

Im Trubel ein bunter Regenschirm, darunter eine schmale Gestalt. Ein uniformierter Polizist führte sie auf ihn zu.

»Ja«, sagte Adamek. »Sie ist hier.«

Thomas nickte wieder.

Jelena.

56

SAMSTAG, 16. OKTOBER 2010
ZAGREB/KROATIEN

Der König war nicht zu sehen.

So hell der Tag gewesen war, so finster war der Abend. Noch waren die Straßenlaternen nicht eingeschaltet. Tomislav ritt in der Dunkelheit.

Sie trat vom Fenster zurück.

Es war acht Uhr.

Inzwischen hätten sie mit Petar Ćavar gesprochen und mit der Kollegin des Polizisten Adamek. Sie säßen in einem überhitzten schwäbischen Lokal. Später, im Hotel, wieder der freundliche Kampf um Aufmerksamkeit.

Das *andere* Heute.

Das eine geschah wirklich, das andere in ihrem Kopf. Oder umgekehrt? Hin und wieder war sie sich nicht sicher. Dann legte sie den Kopf schief und schloss die Augen und wartete auf schwäbische Stimmen und Gerüche. Hörte nur die Kühlung des Laptops und roch Formaldehyd.

Sie ging vom Wohnzimmer ins Büro. Der kleinste Raum, die Wände von Regalen gesäumt, die Regale mit Südosteuropa gefüllt. Auf dem Faxgerät das Schreiben von »Dr. Rüdiger Blücher, Leitender Oberstaatsanwalt«, eine Ecke eingeknickt. Der Wind hatte es vom Tisch geweht, Vori hatte es im Flug aufgefangen.

Vori mit dem niedlichen Rettungsring.

Kevin Costner, yeah.

Hatte nicht geholfen gegen das Ertrinken, der Rettungsring

… Sie lachte entsetzt auf. Das andere Heute. Oder doch das eine?

Wieder läutete das Telefon. Wieder stand auf dem Display *Irena Lakić*. Und wieder ging sie nicht dran. Noch einmal alles von vorn?

Du musst herkommen.

Was? Wohin?

Rechtsmedizinisches Institut. Sie haben Goran getötet.

Vielleicht auch nur weitere Vorwürfe. Der Blick war schlimm genug gewesen.

Deine Schuld.

Sie wischte sich die Tränen aus den Augen und setzte sich an den Laptop.

Henning Nohr hatte geantwortet.

Sie würden beides bringen, die Nachricht von der Ermordung des Zagreber Kollegen und den Artikel über den deutschkroatischen Kriegsverbrecher, schon in der Sonntagsausgabe, falls die Kollegen das noch hinbekämen.

Aber eines muss ich wissen: Bist du sicher, dass V. ermordet worden ist? Gibt es Zeugen? Beweise?

V., dachte sie kopfschüttelnd. Es musste doch G. heißen.

Ja, schrieb sie. *Er hatte Angst vor Wasser und wäre nie freiwillig in die Save gegangen.*

Angst vor dem Schwimmen, vor dem Fliegen, vor Ivica Marković.

Nicht so ernst, Goran. Die Sonne scheint, du hast Arbeit, wirst mit einer schönen Frau eine Reise machen.

Nach dem Essen ein Spaziergang durch den milden baden-württembergischen Herbst auf Kopfsteinpflaster, Rottweil klang nach mittelalterlicher Innenstadt … Sie hätte sich bei G. eingehakt; Hand in Hand wäre zu vertraut gewesen.

Und dass Marković mit drinsteckt, lässt sich auch beweisen?, schrieb Henning Nohr.

Ja, antwortete sie.

Morgen früh würde sie wie heute früh die Augen öffnen und in seine blicken. Er würde »Buh« machen und in Gelächter ausbrechen.

G. und Gelächter, man hätte es nicht für möglich gehalten.

Sie schloss die Lider.

Nur das Summen und das Formaldehyd.

Minuten später flammten draußen die Straßenleuchten auf. Sie ging zum Fenster. Da war er, der König, nach Süden reitend, die Lanze in der Hand, ihr einsamer Freund, der niemals irgendwo ankommen würde.

Wieder Novi Zagreb am Abend, doch diesmal nicht in G.'s Panda, sondern in einem Taxi. Als sie ausstieg, fiel ihr Blick auf die horizontalen Lichtbänder des Mamutica jenseits des Travno-Parks, fünf-, sechshundert Meter entfernt. Sie dachte an Slavko, der sein Telefon außer Betrieb genommen hatte. Er war klug, er würde Sisak verlassen. Er wusste, dass G. nicht freiwillig ins Wasser gegangen war.

Sie wandte sich ab.

An einem kleinen Grünstreifen entlang der Straße stand eine verschmutzte Bank. Sie setzte sich, richtete den Blick auf den Eingang des Verteidigungsministeriums gegenüber und begann zu warten. Er arbeitete viel, hatte zwei Jobs, den offiziellen im Ministerium, den inoffiziellen im Geheimen, da hatte man auch am Wochenende zu tun. Irgendwann würde er auftauchen.

Sie musste nicht lange warten. Kaum eine halbe Stunde später schoss die schwarze Limousine heran und bremste hart. Zvonimir sprang heraus, lief zum Eingang.

Sie erhob sich.

Als Ivica Marković aus dem Gebäude kam, hatte sie die Straße überquert. Auch er war in Eile, stürzte mit Zvonimir in Richtung Wagen, als hätte er das schlechte Gewissen im Nacken. Sie lachte auf. Das schlechte Gewissen stand vor ihm.

»*Gospodo* Ahrens ...«, murmelte er und verharrte abrupt.

Sie fand, dass er noch erschöpfter und besorgter wirkte als am Vorabend. Zu viele Morde, das schlug auf die Seele.

Zvonimir war nicht stehen geblieben, mit ausgestrecktem Arm näherte er sich ihr. Erst ein Befehl von Marković stoppte ihn.

Nicht nachdenken. Einfach abdrücken.

Aber sie hatte schon angefangen nachzudenken.

Wenn sie überleben wollte, musste sie zuerst Zvonimir erschießen. Doch sie wollte Zvonimir nicht erschießen. Er hatte nichts getan, außer ihr Angst einzujagen. Hatte vor ihrer Wohnung gestanden, während andere G.'s Kopf unter Wasser gedrückt hatten.

Zumindest glaubte sie das.

Natürlich konnte es sich auch anders verhalten. Sie wusste schließlich nicht, wann genau G.'s Kopf unter Wasser gedrückt worden war.

Zvonimir sagte etwas auf Kroatisch, und sie sah ihn an. Sie verstand doch nichts mehr, brauchte Zeit, würde erst zu Hause verstehen, irgendetwas war mit dem Kroatisch in ihrem Kopf passiert.

»Er möchte, dass Sie die Hände aus den Taschen nehmen«, sagte Marković auf Deutsch.

Sie richtete den Blick wieder auf ihn.

Nahm die Hände aus den Taschen und hob die Pistole.

Einfach abdrücken.

Da wurde die Nacht um sie herum blau. Hysterisch zuckten

Lichter, in den Scheiben des Gebäudes spiegelten sich Gestalten, die von der Straße aus auf sie zuschwärmten. Stimmen brüllten hinter ihr, über das Pflaster knallten Absätze.

Verdammt, sie dachte schon wieder nach.

Zvonimir kniete, die Hände hinter dem Kopf. Schöner Leibwächter, dachte sie, was tat der da?

»Schießen Sie!«, flüsterte Marković. »Ich flehe Sie an, schießen Sie!«

Schönes Opfer, dachte sie, *wollte* erschossen werden.

Jetzt brüllten Stimmen unmittelbar neben ihr auf sie ein. Stimmen aus dem einen Heute oder dem anderen? Sie lauschte. Kein Schwäbisch. Nur das Laptop-Summen und Formaldehyd.

Ein von unten geführter Schlag stieß ihr den Arm hoch. Sie drückte ab.

Schoss ein paar Mal in die Luft.

Wie einfach es war!

Dann lag sie auf dem Boden und schrie vor Schmerz. Sie hatte mit zwei Händen gerechnet und einem freundlichen Kampf, stattdessen krallten sich ein Dutzend Hände in ihren Körper und ließen ihr keine Chance, sich zu bewegen.

»Mrs. Ahrens?«

Die Hände zogen sie hoch, sie flog durch die Luft, dann stand sie und blickte in das Gesicht jenes Mannes, der sie durch den schmalen, hohen Flur ins Formaldehyd geführt hatte. Auch er schien nachzudenken. Er wirkte sehr ernst.

Hinter ihm ging Marković zur Straße, die Arme auf dem Rücken, die Hände in Fesseln, Polizisten zu beiden Seiten hielten ihn.

»We arrested Mr. Marković for murder«, sagte der ernste Mann. Sie nickte.

Zu spät für die Sonntagsausgabe, verdammt.

Nicht nachdenken, dachte sie.

Sie senkte den Kopf, schlug die Hände vors Gesicht und begann zu weinen.

SONNTAG, 17. OKTOBER 2010
BERLIN

Benny Kallmann hatte die Vernehmung geleitet, Adamek und zwei Kollegen vom Landeskriminalamt hatten assistiert. Noch am Samstagnachmittag hatten sie ein Geständnis gehabt. Mate Sjelo war klar, dass er reden musste, wenn er sich das eine oder andere Jahr ersparen wollte. Und ihm war klar, dass sie Marković wollten.

Also hatte er ihnen Detail um Detail genannt aus zwölf Jahren in dessen Dienst. Falsche Pässe, gestohlene Autos, gewaschenes Geld, sichere Häuser, Fluchthilfe für Kriegsverbrecher, Einschüchterung von Zeugen, in Deutschland wie in Kroatien und Bosnien, alles auf Anweisung von Marković.

Aber nur ein Mord, der an Dietrich Marx.

Adamek und Kallmann glaubten ihm nicht.

Sie besorgten sich eine Liste unaufgeklärter Todesfälle in Deutschland und nannten Sjelo die Namen von Opfern aus dem ehemaligen Jugoslawien.

Er schüttelte den Kopf. Nee, da kannte er niemanden.

Schade, sagten sie und standen auf.

Na ja, einen vielleicht.

Zwee?, sagte Kallmann.

Sjelo nickte. Zwei Namen, die Marković genannt hatte. Kannst du die übernehmen?, habe er gefragt. Nein, habe er, Sjelo, geantwortet. Also habe Jordan die Männer getötet.

Beide wussten, dass er log. Aber es war ihnen egal. Sie waren nun bei drei von Ivica Marković in Auftrag gegebenen Morden, und damit ließ sich arbeiten. Das LKA informierte Interpol, die kroatischen Kollegen wurden eingeschaltet.

Am späten Samstagabend erhielt Adamek die Nachricht, dass Marković festgenommen worden war, offenbar gerade noch rechtzeitig, bevor er untertauchen konnte.

»Sonntag, so 'ne Scheiße, jibt's det«, sagte Kallmann.

»Dafür ist es schön ruhig«, sagte Adamek.

Sie standen an der Kaffeemaschine in Kallmanns Büro, füllten die großen Becher nach. Kallmann zog die Zigarettenschachtel aus der Brusttasche. »Kommste mit?«

Sie gingen hinunter, traten ins Freie, auf den fast leeren Parkplatz. Der starke Wind zerrte an ihren Hemden, an Kallmanns schütterem Haar.

»Wird 'ne Untersuchung jeben«, sagte Kallmann. »Weeßte ja.«

Adamek nickte.

Das Berliner Polizeigesetz sah den finalen Rettungsschuss nicht vor. Nur bei Notwehr war eine gezielte Tötung, wie er sie am Tag zuvor angeordnet hatte, gestattet. Wenn ein Mordverdächtiger eine Pistole auf eine Geisel richtete, konnte man von Notwehr ausgehen. Es würde, dachte er, keine Schwierigkeiten geben.

Und wenn schon. Er hatte andere Probleme – die Beteiligung des Onkels.

Ein eifriger Staatsanwalt würde Dutzende Ordnungswidrigkeiten und Gesetzesverstöße entdecken. Nicht das geringste Vergehen: Ehringer hatte nicht versucht, Marx davon abzuhalten, Selbstjustiz zu üben. Man konnte sein Verhalten sogar als Komplizenschaft deuten.

Doch Ehringer hatte noch immer Freunde in hohen Positionen, und darin lag das größte Problem.

Er bittet dich doch nur, ihn mal anzurufen, Lorenz!, hatte er am Vorabend gesagt, als Adamek ihn erneut im Krankenhaus besucht hatte.

Er ist Senator!

Leider kein guter.

Du willst dich wirklich aus der Verantwortung stehlen, indem ...

Du wirst schon wieder unverschämt.

Verärgert war Adamek aufgestanden. *Keine Deals.*

Wer spricht von Deals, verdammt?

Ich muss jetzt heim, ich bin müde.

Mein eigener Neffe will mich ins Gefängnis bringen!

Ach, Bullshit, Richard!

Wenigstens war Ehringer nicht schwer verletzt. Eine leichte Gehirnerschütterung, ein paar Prellungen, eine Quetschung. Er hatte weitaus mehr Glück als Verstand gehabt.

Am Ende hatte er Adamek beinahe leid getan. Er hatte sich darauf gefreut, Thomas Ćavar und Jelena wiederzusehen, und war untröstlich gewesen, als er erfuhr, dass sie bereits wieder in Hamburg waren.

Was? Ohne mich zu besuchen?

Richard, sie haben schlimme Tage hinter sich, und sie ...

Schöne Freunde sind das.

Sie kommen ja wieder.

Er hatte Ćavar nach Hause geschickt, damit er sich erholte. Mitte der Woche würde er wieder nach Berlin kommen, um auszusagen. Eines hatte er schon klargemacht: Er werde für Den Haag nicht als Zeuge zur Verfügung stehen. Die beiden Mörder von Zadolje lebten nicht mehr, und ob die Tötungen oder Vertreibungen ganz oben geplant worden seien oder nicht, wisse er nicht.

Es muss endlich vorbei sein, hatte er gesagt.

Und Adamek verstand ihn.

Er streckte sich. Im Becken krachte es.

»Det hört sich ja scheiße an«, sagte Kallmann.

»Es fühlt sich auch scheiße an.«

Er dachte an Elfriede Münzinger, die ihm den Schmerz weggeknetet hatte. Die versprochen hatte, ihn wieder ganz zu machen. Es musste auch eine Berliner Ausgabe von ihr existieren ...

Kallmann schnippte die Zigarette von sich. »Zurück zu die Papiere.«

An der Schleuse blieben sie stehen, der Kollege hinter der Scheibe winkte mit einer zusammengefalteten Zeitung.

»Ick les nur Boulevard«, sagte Kallmann.

»Euer Fall«, sagte der Kollege über den Lautsprecher.

Adamek ließ sich die Zeitung geben. Die Schlagzeile lautete KRIEGSVERBRECHEN IN KROATIEN – DER DEUTSCHE MÖRDER.

58

SAMSTAG, 23. OKTOBER 2010
ROTTWEIL

Nach fünfzehn Jahren zum ersten Mal wieder am helllichten Tag durch Rottweil gehen. Keine seltenen Besuche mehr mitten in der Nacht oder irgendwo draußen auf dem Land, wo ihn niemand kannte. Man kam, wann man kommen wollte, ging, wohin man gehen wollte. Die Glükhergasse hinauf, zweimal ums Eck, die Hauptstraße hoch zum Schwarzen Tor.

Er war ohne Jelena und Lilly nach Rottweil gekommen. Die Hamburger Herbstferien waren vorbei, die Schule hatte am Montag begonnen. Sie wollten zur Normalität zurückkehren, so schnell wie möglich.

Eine Beerdigung passte da nicht.

Zusammen mit Milo hatte er Mägges Bachmeier am Vortag auf der letzten Reise begleitet.

Später wollte er auf den Hof, mit Theresa sprechen. Von seiner Zeit mit Mägges erzählen. Dem Welpen Methusalem. Allem anderen. Wenn sie es hören konnte.

Milo hatte für die Tage, in denen er in Rottweil war, Urlaub genommen. Sie machten lange Spaziergänge, redeten viel. Manchmal kam der Vater mit. Ohne ihn war es einfacher, wie früher.

Er war über Berlin gefahren. Den ganzen Mittwoch hatte er mit Adamek, dessen Kollegen und einem Staatsanwalt verbracht. Hatte erzählt, was zu erzählen war. Am Donnerstag war er weitergefahren. Ab Hof wieder die Erinnerungen, es war dieselbe Strecke wie auf der Rückfahrt von Bautzen.

Jelena, er und der Granada.

Vielleicht die glücklichsten Stunden mit ihr, zwischen hier und dort, gestern und morgen. In der Schwebe zwischen allem.

Er war nach links abgebogen, näherte sich der Glükhergasse von Süden.

Der Stadtgraben, die Kämpfe mit den Ustaschensöhnen. Kurz entschlossen ging er die Stufen hinunter. Auf halbem Weg zur Brücke kam ihm ein Mann entgegen. Er kannte ihn, hatte den Namen jedoch vergessen, ein Serbe aus der Krajina.

Sie blieben stehen.

»Wieder da?«, fragte der Mann.

»Nur für ein paar Tage«, erwiderte Thomas.

Jetzt fiel ihm der Vorname ein, Veselin.

»Wir haben einiges gelesen über dich in letzter Zeit.«

Thomas nickte. Der Artikel mit seinem Namen, dem Foto aus Zadolje.

Anfang der Woche hatten andere Zeitungen die Meldung aufgegriffen. Deutsche und kroatische Journalisten hatten in Hamburg angerufen, Jelena hatte sie abgewimmelt. Lorenz Adamek hatte ihn gedrängt, sich einen Rechtsanwalt zu nehmen. Auch wenn er selbst von seiner Unschuld überzeugt sei, würden kroatische und deutsche Behörden den Fall aufgreifen. Das Foto, die schweren Anschuldigungen – die Staatsanwaltschaften müssten dem nachgehen.

Es würde noch eine Weile dauern, bis auch er zur Normalität zurückkehren konnte.

»Alles Lügen«, sagte er.

Veselin nickte. »Es werden viele Lügen über dich verbreitet. Dass du ein Held bist, zum Beispiel.«

»Ein Held?« Thomas lächelte. »Ich bin kein Held.«

»Nein«, sagte Veselin.

Thomas dachte daran, dass Veselin einen Sohn hatte, der damals vier oder fünf Jahre alt gewesen war. Jelena hatte abends manchmal auf ihn aufgepasst, auf ihn und einen anderen Jungen, der keine Eltern mehr gehabt hatte. Einen Neffen von Veselin.

Sava und Vlad.

»Du bist kein Held, sondern ein Feigling und ein Mörder.«

Thomas schwieg.

»Du warst mit deinem Regiment in Benkovac und Ervenik, richtig?«

»Ja.«

»Ich hatte dort Verwandte. Hast du sie umgebracht? Abgeschlachtet wie die Leute in Zadolje?«

»Nein.«

»Glaub nicht, dass du davonkommst, Ćavar«, sagte Veselin.

Im selben Moment hörte Thomas Geräusche hinter sich. Bevor er sich umdrehen konnte, fuhr ihm ein kalter Schmerz in den Hals. Er hob die Hände, legte sie auf den Schmerz, alles war plötzlich nass, die Hände, die Unterarme, die Brust, und er dachte eben, dass er Veselin bitten sollte, ihm zu helfen, etwas stimmte da nicht, als zwischen ihm und Veselin ein Gesicht auftauchte, das er ebenfalls kannte, das war der kleine Sava, der jetzt erwachsen war, und er flüsterte: »Sava«, und dann kam der Schmerz auch von vorn, und so stachen sie auf ihn ein, der eine von hinten, der andere von vorn, bis er fiel, und das Letzte, woran er dachte, war ein Name, aber er hatte vergessen, wie der Name lautete, und so versuchte er, sich daran zu erinnern, während er starb, es war ein wichtiger Name, der wichtigste von allen.

59

SAMSTAG, 16. APRIL 2011
BERLIN

Der Winter war erträglich gewesen. Der Sommer begann früh. Adamek fuhr mit dem Fahrrad von Mitte nach Charlottenburg.

Sie sahen sich mittlerweile oft, fast jede Woche. Der Tod von Thomas Ćavar hatte sie einander nähergebracht.

Zum ersten Mal hatten sie Weihnachten zusammen gefeiert. Der Onkel war ein Fan von Karolin, die ihn, wie er zugegeben hatte, ein ganz klein wenig an Margaret erinnere.

Ihr solltet endlich heiraten!

Wir haben erst neulich darüber gesprochen, hatte Karolin erwidert.

Und?

Es steht auf jeden Fall bald an, oder, Lorenz?

Adamek bremste an einer Ampel. Natürlich würden sie nie heiraten, weder in Istanbul, noch auf Capri, noch in Berlin-Mitte. Zwei, drei Zellen in ihren Köpfen wussten, dass sie nicht wirklich füreinander bestimmt waren, und würden das Notwendige veranlassen, ausreichend hohe Hindernisse finden.

Am Ende würden sie in Freundschaft auseinandergehen.

Er fuhr weiter.

Auch an Silvester hatten sie den Onkel geholt. Hatten ihm das Feuerwerk aus dem 24. Stock vorgeführt, er hatte sich gefreut wie ein Kind.

An seinem Geburtstag im März waren sie mit ihm auf den Fernsehturm gefahren.

Da drüben müsste Friedrichshain sein, oder?
Ja, links von der Oberbaumbrücke.
Als würde auf der Brücke ein Schild stehen, Lorenz.
Die mit den Türmen.

Adamek hatte das Heim erreicht, schloss das Fahrrad ans Gestell.

»Er ist im Park«, sagte der Pförtner. »Er hat Besuch.«

»*Ich* bin der Besuch.«

»Ist schon jemand da.«

Sie hatten am Abend zuvor telefoniert, Ehringer hatte nichts erwähnt. Vielleicht hatte er es vergessen, er war aufgeregt gewesen.

Hast du es mitbekommen?
Ja.
Und? Was sagst du?
Was soll ich sagen? Hertha steigt hoffentlich auf.
Vierundzwanzig Jahre, meine Güte!

In Den Haag war das Urteil verkündet worden, vier Monate später als geplant. Der Internationale Strafgerichtshof für das ehemalige Jugoslawien hatte den früheren kroatischen General Ante Gotovina wegen der bei der Operation »Sturm« begangenen Kriegsverbrechen und Verbrechen gegen die Menschheit zu vierundzwanzig Jahren Haft verurteilt. Ein Mitangeklagter – Adamek hatte nach wie vor Probleme mit den kroatischen Namen –, einst stellvertretender Innenminister und Leiter der Sonderpolizei, hatte achtzehn Jahre bekommen. Ein Garnisonskommandant war freigesprochen worden.

Erinnere mich bloß nicht an Anwälte und Gerichtsurteile, hatte er geknurrt.

Der Onkel hatte gekichert. *Haben sie gewonnen, die Herthaner?*

Sie spielen erst morgen.

Adamek hatte nie mit dem Senator telefoniert. Trotzdem hatte der Staatsanwalt die Vorwürfe gegen den Onkel letztlich als »Bagatellen« klassifiziert und keine Anklage erhoben.

Er ging durch das Gebäude, trat auf die Terrasse. In Korbstühlen saßen, von Decken gewärmt, Heimbewohner vor Kaffee und Kuchen. Auf den hausnahen Wegen war Ehringer nicht zu sehen, also machte Adamek sich im Park auf die Suche.

Er entdeckte ihn am Teich unter mächtigen Kastanien. Der Rollstuhl stand vor einer steinernen Bank, auf der eine Frau und ein Mädchen saßen. Die Frau kannte er bereits, das Mädchen noch nicht, nur den Namen wusste er: Lilly.

Weil er die drei in ihren Erinnerungen an Thomas Ćavar nicht stören wollte, kehrte er auf die Terrasse zurück und setzte sich. Vom Nachbartisch drang eine Radiostimme herüber, ein distinguierter alter Herr lauschte mit gesenktem Kopf an einem Weltempfänger. Die samstägliche Live-Sendung aus den Fußballstadien.

Adamek rückte näher.

Hertha führte 3:0, der Aufstieg schien nun sicher.

Das, dachte er, war doch mal eine gute Nachricht.

DANK

Ich danke allen, die mich bei der Arbeit an diesem Roman unterstützt haben, vor allem Željko und Nada Peratović, Norbert Mappes-Niediek, Norbert Gansel, Birgit Felleisen von Amnesty International, dem Landschaftsförderverein Oberes Rhinluch e.V., Robert Krause, Gaj Tomaš, Cordelia Borchardt und allen, die namentlich nicht genannt werden wollten, sowie Annina Luzie Schmid für die wertvolle Arbeit am Text. Eventuelle Fehler liegen in meiner Verantwortung.

Die wichtigsten Quellen sind unter www.bottini.de aufgelistet.

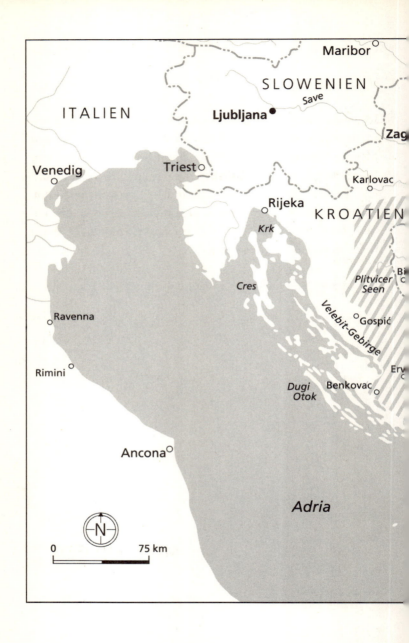

GLOSSAR

(Die Namen fiktiver Personen sind kursiviert. In [Klammern] die ungefähre Aussprache.)

Adamek, Lorenz	*geb. 1969, Hauptkommissar der Berliner Kriminalpolizei*
Ahrens, Yvonne	*geb. 1968, Auslandskorrespondentin einer größeren deutschen Tageszeitung, seit Juni 2010 in Zagreb für das ehemalige Jugoslawien zuständig*
Babić, Milan [Mi̇lan Ba̤bitch]	1956–2006, kroatischer Serbe, 1991–92 Präsident der nicht anerkannten »Republika Srpska Krajina«, später deren Außenminister bzw. Ministerpräsident. Vom ICTY wegen Kriegsverbrechen und Verbrechen gegen die Menschheit angeklagt, bekannte sich zum Teil schuldig. Erhängte sich in seiner Zelle in Den Haag.
Bachmeier, Markus (»Mägges«)	*geb. 1973, Jugendfreund von Thomas, Landwirt nahe Rottweil*
Bachmeier, Theresa und Nina	*Bachmeiers Frau und Tochter*
Bebić, Nino [Ni̤no Be̤bitch]	*Sonderpolizist aus Zagreb, einer der Mörder von Zadolje, am 27.8.1995 durch eine Mine ums Leben gekommen*
Blaškić, Tihomir [Ti̤chomir Bla̤schkitch]	geb. 1960, General des Kroatischen Verteidigungsrates (HVO). Vom ICTY 2000 wegen Kriegsverbrechen v. a. im bosni-

schen Lašva-Tal zu 45 Jahren Haft verurteilt; 2004 wurde die Strafe auf 9 Jahre reduziert, Blaškić entlassen.

Blücher, Rüdiger — *Leitender Oberstaatsanwalt von Rottweil*

Boban, Mate [Mate Boban] — 1940–1997, Vorsitzender des bosnischen Zweigs der HDZ, Präsident der 1993 proklamierten autonomen kroatischen »Republik Herceg-Bosna« auf bosnischem Staatsgebiet, die dereinst an Kroatien angeschlossen werden sollte. Boban verhandelte 1992 mit dem Führer der bosnischen Serben, Radovan Karadžić, über die Aufteilung Bosniens.

Bobetko, Janko [Janko Bobetko] — 1919–2003, Kroate, kämpfte im Zweiten Weltkrieg bei Titos Partisanen; General erst der JVA, später der Kroatischen Armee, deren Generalstabschef er 1992 wurde; vom ICTY 2002 wegen Kriegsverbrechen während der von ihm geleiteten Operation »Medak« angeklagt, von Kroatien jedoch nicht ans Tribunal ausgeliefert; vor Prozessbeginn verstorben

Boljkovac, Josip [Josip Boljkowats] — geb. 1922, von Mai 1990 bis Juli 1991 kroatischer Innenminister

Bran — *Jugendfreund von Thomas*

Briševo [Brischewo] — Geburtsort von Saša Jordan und Igor in Nordwestbosnien nahe Prijedor; am 24./25.7.1992 von bosnischen Serben zerstört, etwa 90 kroatische und muslimische Einwohner wurden ermordet, andere verschleppt.

Ćavar, Milo [Mílo Tchạwar]	geb. 1968 in Osijek, seit 1970 in der BRD, Bruder von Thomas
Ćavar, Petar [Pẹtar Tchạwar]	geb. 1940 in Osijek, seit 1969 in der BRD, Vater von Thomas
Ćavar, Thomas [Thomas Tchạwar]	geb. 1971 in Rottweil, wurde angeblich am 12.9.1995 nahe Drvar in Bosnien von Serben getötet
Čermak, Ivan [Ịwan Tschẹrmak]	geb. 1949, kroatischer General, von 1991–93 stellvertretender Verteidigungsminister, Garnisonskommandant von Knin, zusammen mit Ante Gotovina und Mladen Markač vom ICTY angeklagt, im April 2011 freigesprochen
Červenko, Zvonimir [Swọnimir Tschẹrwenko]	1926–2001, in Serbien geborener kroatischer General, 1992 Kommandant der Heimatschutz-Regimenter, 1995 von Franjo Tuđman zum Nachfolger Janko Bobetkos als Generalstabschef der Kroatischen Armee ernannt; Oberbefehlshaber während der Operation »Sturm«; verstarb, bevor er wegen der dabei begangenen Kriegsverbrechen vom ICTY angeklagt werden konnte
Dayton-Abkommen	Ende 1995 im amerikanischen Ort Dayton (Ohio) auf Druck v. a. der USA ausgehandelter Vertrag, der den Krieg in Bosnien-Herzegowina beendete. Das Land – nun »Bosnien und Herzegowina« – blieb als ungeteilter Staat souverän. Fortan bestand es aus den beiden Teilrepubliken (»Entitäten«) »Republika

Srpska« (49%) und der bosniakisch-kroatischen »Föderation von Bosnien und Herzegowina« (50%) sowie dem Distrikt Brčko, den keine der beiden Entitäten der anderen zugestehen wollte. Hauptstadt ist Sarajevo, doch die Teilrepubliken verfügen über umfangreiche Machtbefugnisse. Unterzeichner des Dayton-Abkommens waren Franjo Tuđman, Slobodan Milošević und Alija Izetbegović.

Dretelj [Drętelj] kroatisches Gefangenenlager in Bosnien-Herzegowina, 1993 anlässlich der ethnischen Säuberung des unteren Neretva-Tals von den HOS in Betrieb genommen, später vom HVO übernommen. Sowohl bosniakische als auch serbische Insassen. Zahlreiche Anklagen u. a. des ICTY gegen Bedienstete wegen Kriegsverbrechen wie Folter und sexuellem Missbrauch

Ehringer, Margaret *1945–1992, stellvertretende Vorsitzende der SPD Nordrhein-Westfalen, Ehefrau von Richard*

Ehringer, Richard *geb. 1944, F.D.P.-Mitglied, erst stellvertretender, seit Mai 1991 Referatsleiter im Auswärtigen Amt, Onkel von Lorenz Adamek, Ehemann von Margaret, die er 1986 geheiratet hat*

Franz Ferdinand von Österreich-Este 1863–1914, Erzherzog, Thronfolger des Habsburgerreiches Österreich-Ungarn, wurde mit seiner Frau Sophie bei einem Besuch in Sarajevo von dem bosnischen

	Serben Gavrilo Princip erschossen. Der Mord an Franz Ferdinand führte letztlich zum Ersten Weltkrieg.
Gansel, Norbert	geb. 1940, SPD-Politiker, 1972–97 Mitglied des Deutschen Bundestages, 1991 Vorsitzender des Arbeitskreises Außen- und Sicherheitspolitik der SPD-Fraktion im Bundestag sowie deren stellvertretender Vorsitzender; 1994–97 stellvertretender Vorsitzender des Auswärtigen Ausschusses, anschl. Oberbürgermeister von Kiel. Verfasste im Mai 1991 mit Verena Wohlleben (MdB) nach einer Jugoslawienreise die »Grundposition der SPD-Bundestagsfraktion« zur Jugoslawienkrise.
Genscher, Hans-Dietrich	geb. 1927, FDP-Politiker, 1969–74 Innenminister, 1974–92 Außenminister Deutschlands
Glavaš, Branimir [Branimir Glawasch]	geb. 1956, kroatischer Politiker und Mitbegründer der HDZ, verschiedene Ämter in Osijek; 2005 aus der HDZ ausgeschlossen, 2009 von einem kroatischen Gericht wegen Kriegsverbrechen zu 10 Jahren Haft verurteilt (2010 reduziert auf 9 Jahre). 2009 nach Bosnien geflohen, dort 2010 verhaftet; wurde mit dem Mord an Josip Reihl-Kir in Verbindung gebracht
Gospić [Gospitch]	Kleinstadt in Westkroatien, in der eine Spezialeinheit des kroatischen Innenministeriums zwischen dem 16. und

18.10.1991 mindestens 50 serbische Zivilisten und mehrere vermeintlich kollaborierende Kroaten ermordete. Der damalige Soldat Milan Levar (ermordet 2000) bestätigte als Zeuge die Verantwortung des Kommandanten Mirko Norac, der zu langjähriger Haft verurteilt wurde. Einem Mitglied der Einheit zufolge sei das Ziel der gezielten Tötungen die ethnische Säuberung von Gospić gewesen.

Gotovina, Ante [Ạnte Gotọwina] geb. 1955, kroatischer General, vom ICTY 2011 wegen während der Operation »Sturm« im August 1995 begangener Kriegsverbrechen angeklagt. 2001 untergetaucht, 2005 auf Teneriffa verhaftet, 2011 zu 24 Jahren Haft verurteilt, 2012 im Berufungsverfahren überraschend freigesprochen.

Harff, James ehemaliger Chef der amerikanischen PR-Agentur Ruder Finn Global Public Affairs, Anfang der neunziger Jahre zuständig u. a. für die Kunden Kroatien und Bosnien-Herzegowina

Hassforther *Kollege Lorenz Adameks von der Hamburger Kripo*

HDZ, Hrvatska demokratska zajednica [Chịrwatska demọkratska sạjednitsa] »Kroatische Demokratische Gemeinschaft« (auch: »Union«), 1989 bei einem Geheimtreffen u. a. von Franjo Tuđman gegründete rechtskonservative Partei, regierte Kroatien 1990–2000, seit 2003 in wechselnden Koalitionen; Ableger in

Bosnien und Herzegowina und Deutschland (jeweils seit 1989)

HOS, Hrvatske obrambene snage [Chṛwatske ọbrambene snạge]
»Kroatische Verteidigungskräfte«, 1991 von Dobroslav Paraga, dem Vorsitzenden der rechtsextremen Kroatischen Partei des Rechts, gegründete paramilitärische Organisation, die anfangs in Kroatien, dann in Bosnien kämpfte. 1991 in die Kroatische Armee übergeführt bzw. 1993 in den bosnischen HVO. Das Schachbrettwappen der HOS entsprach dem der Ustaša-Version: Das erste Quadrat links oben war weiß (im Staatswappen Kroatiens: rot), genauso die schwarzen Uniformen, der Totenkopf und das Motto *»Za dom spremni«*, »Für die Heimat bereit«, sowie die Abkürzung »HOS« (die Ustaša-Armee hieß »Hrvatske oružane snage«). Die HOS, bei denen eine Zeitlang auch Muslime kämpften, gründeten 1993 das berüchtigte Gefangenenlager Dretelj, übergaben es im selben Jahr an den HVO.

HVO, Hrvatsko vijeće obrane [Chṛrwatsko wijetche ọbrane]
»Kroatischer Verteidigungsrat«, die Armee der bosnischen Kroaten, gegründet 1992 u. a. von Mate Boban. Der HVO wird vom ICTY für verschiedene Kriegsverbrechen in Bosnien verantwortlich gemacht; Kommandant Tihomir Blaškić wurde 2000 deshalb zu einer langjährigen Haftstrafe verurteilt.

ICTY, International Criminal Tribunal for the former Yugoslavia	»Internationaler Strafgerichtshof für das ehemalige Jugoslawien« mit Sitz in Den Haag, auch »Haager Tribunal« genannt. 1993 vom UNO-Sicherheitsrat installiert. Bekannteste Chefanklägerin war Carla Del Ponte (von 1999 bis 2007). Der ICTY verfasste insgesamt 161 Anklageschriften; bislang wurden 64 Angeklagte verurteilt, 13 freigesprochen, 35 Verfahren werden zurzeit verhandelt. Die wichtigsten Verfahren: Slobodan Milošević (in der Haft verstorben), Ratko Mladić (läuft), Radovan Karadžić (läuft), Ante Gotovina (erst zu 24 Jahren Haft verurteilt, in der Berufung 2012 freigesprochen). In der Anklageschrift im Fall »Gotovina et al.« wurden auch die verstorbenen Franjo Tuđman, der kroatische Verteidigungsminister Gojko Šušak sowie die Generalstabschefs Bobetko und Červenko eines »gemeinsamen kriminellen Unternehmens« – der ethnischen Säuberung der Krajina – bezichtigt.
Igor	*langjähriger Weggefährte von Saša Jordan, ebenfalls in Briševo geboren und mit ihm ins Lager Omarska verschleppt*
Imamović, Ajdin [Ajdin Imamowitch]	*vermeintlicher bosnisch-muslimischer Kriegsflüchtling*
Izetbegović, Alija [Alija Isetbegowitch]	1925–2003, muslimischer Bosnier, 1990–96 Präsident Bosnien-Herzegowinas, wie Tuđman und Milošević Unter-

	zeichner des Abkommens von Dayton, das im November 1995 den Bosnienkrieg beendete
Janić, Jelena [Jelena Janitch]	geb. 1971 in Vukovar, kroatische Serbin; 1973 mit ihrer Familie nach Deutschland gekommen, Thomas Ćavars Freundin
Janić, Slobo [Slobo Janitch]	serbischer Tarnname von Thomas Ćavar
Jordan, Saša [Sascha Jordan]	geb. 1969 im bosnischen Briševo, bosnischer Kroate, ehemaliger HOS/HVO-Soldat und Geheimdienstler, in Ivica Marković' Diensten
Jović, Borisav [Borisaw Jowitch]	geb. 1928, serbischer Vertreter im jugoslawischen Staatspräsidium, dessen Vorsitz er 1990/91 innehatte; Vertrauter von Slobodan Milošević
JVA (JNA, Jugoslavenska narodna armija [Jugoslawenska narodna armija])	»Jugoslawische Volksarmee«, gegründet 1945 aus Titos Partisanenverbänden; wirkte zu Beginn des Krieges als Puffer zwischen den verfeindeten Ethnien, später zunehmend unter serbischer Kontrolle; aufgelöst 1992
Karadžić, Radovan [Radowan Karadschitch]	geb. 1945 in Montenegro, serbischer Psychiater, Schriftsteller und Politiker, erster Präsident (bis 1996) der 1992 gegründeten, späteren Republika Srpska, Führer der bosnischen Serben; 1996 untergetaucht, nachdem der ICTY u. a. wegen des Massakers von Srebrenica und der Belagerung von Sarajevo einen Haftbefehl erlassen hatte; 2008 in Bel-

	grad verhaftet, wo er unter dem Namen Dragan David Dabić als Alternativmediziner tätig war
Karanović, Miloš [Milosch Karanowitch]	*mit 78 Jahren in Zadolje ermordeter kroatischer Serbe*
Karolin	*Adameks Freundin, Lektorin in einem Literaturverlag*
Kohl, Helmut	geb. 1930, CDU, 1982–98 deutscher Bundeskanzler
Krajina [Krajina]	kroat., »Grenze«; hier Kurzform von *vojina krajina*, »Militärgrenze«, d.i. jene kroatische Region entlang der bosnischen Grenze, die Teil der Militärgrenze Österreich-Ungarns zum Osmanischen Reich war
Krajina-Serben	Bezeichnung für die serbischen Bewohner der (kroatischen) Krajina, Nachfahren der seit dem 16. Jh. von den Habsburgern zum Schutz der Militärgrenze vor den Osmanen hier angesiedelten orthodoxen Christen. Die Krajina-Serben riefen 1991 die international nicht anerkannte »Republik Serbische Krajina« aus, zu der auch das Gebiet um Vukovar in Ostkroatien gehörte.
Kusserow, Friedrich	*geb. 1945, Chefredakteur der* Berliner Nachrichten, *steht der Neuen Rechten nahe*
Lakić, Irena [Irena Lakitch]	*kroatische Kollegin und Sprachlehrerin von Yvonne Ahrens in Zagreb, Exfrau von Goran Vori*

Levar, Milan [Mi̱lan Le̱war] 1954–2000, kroatischer Soldat, Zeuge des ICTY im Fall Gospić, wo 1991 eine Spezialeinheit des kroatischen Innenministeriums zahlreiche Morde begangen hat; u. a. aufgrund von Levars Aussage wurden die verantwortlichen kroatischen Kommandeure Norac und Orešković verurteilt. Levar wurde in seiner Heimatstadt Gospić ermordet, der mutmaßliche Mörder kam nie vor Gericht.

Ljilja (»Lilly«), [Lji̱lja] *geb. 2002, angeblich die Tochter von Milo Ćavar*

Markač, Mladen [Mla̱den Ma̱rkatsch] geb. 1955, kroatischer General, während des Kroatienkrieges Kommandant der Sonderpolizei des Innenministeriums, vom ICTY im Prozess »Gotovina et al.« wegen Kriegsverbrechen (Operation »Sturm«) im April 2011 zu 18 Jahren Haft verurteilt, 2012 im Berufungsverfahren überraschend freigesprochen.

Marković, Ivica [I̱witsa Ma̱rkowitch] *geb. 1949, kroatischer Dissident, 1974 ins Ausland geflohen, Kroatien-Lobbyist in Deutschland, baut ab 1992 unter Franjo Tuđman in Zagreb den kroatischen Geheimdienst auf; später im Verteidigungsministerium für die Kommunikation mit ISAF und NATO zuständig*

Martić, Milan [Mi̱lan Ma̱rtitch] geb. 1954, kroatischer Serbe; Polizeichef von Knin, während des Krieges nacheinander Außenminister, Verteidigungsminister sowie Präsident der »Republik

	Serbische Krajina«; wegen Kriegsverbrechen vom ICTY 2007 zu 35 Jahren Haft verurteilt
Marx, Dietrich	*geb. 1960, Berliner Söldner, begleitet Thomas nach Kroatien*
Mayr, Jagoda [Jagoda Mayr]	*geb. 1953, Juristin, Leiterin des ICTY-Büros in Zagreb*
Milena [Milena]	*geb. 1970 in Briševo, 1986/87 für ein paar Monate die Freundin von Saša Jordan*
Miljuš, Dušan [Duschan Miljusch]	geb. 1961, kroatischer Journalist, leitender Redakteur bei *Jutarnji list*, Experte für Verbindungen der »Balkan-Mafia« und der Politik sowie Waffenschmuggel; 2008 von Unbekannten überfallen und schwer verletzt; 2009 mit dem Preis für die Freiheit und Zukunft der Medien der Medienstiftung der Sparkasse Leipzig ausgezeichnet
Milošević, Slobodan [Slobodan Miloschewitch]	1941–2006, Präsident Serbiens seit 1989, später der Bundesrepublik Jugoslawien; wie Tuđman und Izetbegović Unterzeichner des Abkommens von Dayton, das im November 1995 den Bosnienkrieg beendete; vom ICTY u. a. wegen Verbrechen gegen die Menschheit sowie die Genfer Konvention und Völkermord angeklagt, während des Prozesses 2006 in der Haft verstorben
Mladić, Ratko [Ratko Mladitch]	geb. 1943, bosnischer Serbe, 1992–1996 Oberbefehlshaber der Armee der bosnischen »Republika Srpska«; vom ICTY

	wegen Kriegsverbrechen und Verbrechen gegen die Menschheit angeklagt (u. a. wegen des Massakers von Srebrenica und der Belagerung von Sarajevo); jahrelang flüchtig, erst 2011 entdeckt und verhaftet
Münzinger, Elfriede	*Hebamme von Daniela Schneider, Masseurin*
Nohr, Henning	*Chefredakteur der Tageszeitung, für die Yvonne Ahrens schreibt*
Norac, Mirko [Mirko Norats]	geb. 1967, kroatischer General und Kriegsverbrecher, wegen des Massakers in Gospić zu 12 Jahren und wegen seiner Beteiligung an der Operation »Medak« zu weiteren sieben Jahren verurteilt
Omarska [Omarska]	Gefangenenlager der bosnischen Serben in Nordwestbosnien; bestand von Mai bis August 1992, auf Druck der UNO geschlossen; zahlreiche der mehreren Tausend gefangenen Muslime und bosnischen Kroaten wurden laut ICTY gefoltert, ermordet, vergewaltigt. Mit den Berichten von nach Omarska eingeladenen Journalisten aus Großbritannien und den USA begann die Untersuchung der serbischen Lager durch die UNO.
Operation »Medak« (eigentl. »Medak-Tasche«)	Offensive der Kroatischen Armee im September 1993, bei der ein serbisch besetztes Gebiet in der südlichen Krajina nahe Gospić erobert wurde. Nach Vorwürfen wegen Kriegsverbrechen und einem Scharmützel mit kanadischen und

Operation »Sturm« (kroat. *Oluja*)	französischen UN-Truppen zogen sich die Kroaten kurz darauf wieder zurück. Offensive der Kroatischen Armee vom 4.–7.8.1995, bei der die Truppen der »Republik Serbische Krajina« geschlagen, die Krajina zurückerobert und etwa 200.000 Serben vertrieben wurden. Oberbefehlshaber der rund 180.000 kroatischen Soldaten war Zvonimir Červenko, Kommandant des Sektors Süd Ante Gotovina. Dem ICTY zufolge war die Vertreibung der Serben aus der Krajina und Kroatien eines der Ziele von »Sturm«. Als Planer bzw. Ausführende dieses »gemeinsamen kriminellen Unternehmens« wurden neben Gotovina und Červenko Präsident Franjo Tuđman, Verteidigungsminister Gojko Šušak, Generalstabschef Bobetko sowie die Generäle Markač und Čermak genannt.
Pavelić, Ante [Ạnte Pạwelitch]	1889–1959, kroatischer Faschist, gründete 1929 im italienischen Exil die Widerstandsbewegung »Ustaša« (»Aufständische«). 1941–45 war er Führer des nach der Eroberung Jugoslawiens durch die Achsenmächte entstandenen »Unabhängigen Staates Kroatien« (»Ustaša-Staat«), zu dem auch große Teile des heutigen Bosnien und Herzegowina gehörten. Während des Ustaša-Regimes wurden Hunderttausende Serben, Juden und

	Roma ermordet. Pavelić floh 1945 nach Argentinien und stellte dort eine Exilregierung zusammen. Bei einem Attentat wurde er 1957 schwer verletzt; er starb an den Spätfolgen.
Peratović, Željko [Scheljko Peratowitch]	geb. 1966, kroatischer Journalist, schrieb in *Globus* und *Nacional* über Kriegsverbrechen auf kroatischer Seite (Gospić, »Sturm«); erhielt 2003 von Reporter ohne Grenzen Österreich den »Press Freedom Award«. Peratović, der mit Milan Levar in Kontakt stand, war selbst immer wieder Anfeindungen und Repressalien ausgesetzt.
Princip, Gavrilo [Gawrilo Printsip]	1894–1918, bosnischer Serbe, ermordete 1914 in Sarajevo mit Unterstützung des serbischen Geheimdienstes den österreichischen Thronfolger Franz Ferdinand und dessen Frau Sophie. Mitglied von »Mlada Bosna« (»Junges Bosnien«), einer für die Unabhängigkeit Bosniens eintretenden Studentenbewegung.
Reihl-Kir, Josip	gest. 1991, Polizeichef der ostkroatischen Stadt Osijek, der sich für die Aussöhnung zwischen slawonischen Kroaten und Serben einsetzte. 1991 zusammen mit einem serbischen und einem kroatischen Lokalpolitiker ermordet; als sein Mörder wurde der Polizeireservist Anton Gudelj überführt, der jedoch unter eine allgemeine Amnestie fiel, jahrelang unbehelligt in

	Australien lebte und erst 2007 an Kroatien ausgeliefert wurde.
Rivier, Michel	*französischer Waffenhändler*
Ruder Finn Global Public Affairs	amerikanische PR-Agentur, die Anfang der neunziger Jahre v. a. in den USA massiv Imagewerbung für die Kunden Kroatien und Bosnien-Herzegowina machte (s. a. James Harff).
Sava [Sąwa]	*um die zwanzig, in Rottweil geborener Serbe, Sohn von Veselin*
Scheul, Georg	*Mitte vierzig, Hauptkommissar der Kripo Rottweil, Vorgesetzter von Daniela Schneider*
Schneider, Daniela	*geb. 1975, Oberkommissarin der Kripo Rottweil*
Scotland, Egon	1948–91, Reporter der *Süddeutschen Zeitung*, südlich von Zagreb in einem als Pressefahrzeug markierten Auto von einem serbischen Scharfschützen angeschossen und im Krankenhaus von Sisak gestorben
Šešelj, Vojislav [Wojislaw Schęschelj]	geb. 1954, serbischer Politiker, Gründer der Serbischen Radikalen Partei, Milizenführer, Verfechter eines Großserbien. Vom ICTY wegen Kriegsverbrechen angeklagt (u. a. wegen des Massakers von Vukovar), seit 2003 in U-Haft in Den Haag
Sjelo, Mate [Mąte Sjęlo]	*geb. 1955, Kroate, ehemaliger Mitarbeiter der Jugoslawischen Botschaft in Bonn, Leibwächter, ehemaliger Geheimdienstler, in Marković' Diensten*

Slavko [Sląwko]	*geb. 1938, Informant von Goran Vori*
Slawonien	Region in Ostkroatien
Stjepan [Stjępan]	*geb. 1925, Kroate, ehemaliger Partisan, lebt in Ratzeburg*
Šušak, Gojko [Gojko Schụschak]	1945–98, bosnischer Kroate, 1969 nach Kanada emigriert, dort u. a. Eigentümer einer Pizzeria; unterstützte Tuđmans HDZ finanziell und kehrte 1989 nach Jugoslawien zurück; nach dem Wahlsieg der HDZ erst kroatischer Immigrationsminister, 1992–98 Verteidigungsminister. War laut ICTY an Kriegsverbrechen beteiligt, starb jedoch vor einer Anklageerhebung.
Tomislav, König	gest. etwa 928, kroatischer König, vereinte Kernkroatien, Slawonien und Teile Bosniens und Dalmatiens zu einem ersten kroatischen Staat
Tuđman, Franjo [Frạnjo Tụdschman]	1922–99, kroatischer Politiker, Offizier und Historiker, kämpfte im Zweiten Weltkrieg bei den Partisanen Titos; Mitbegründer der HDZ, 1990–99 kroatischer Präsident; vom ICTY als Beteiligter an einem »gemeinsamen kriminellen Unternehmen« der Kriegsverbrechen (ethnische Säuberung der Krajina) beschuldigt, vor der Anklageerhebung verstorben
UDBA, Uprava državne bezbednosti [Uprawa dịrschawne besbęd-nosti]	jugoslawischer Geheimdienst, bestand von 1946 bis 1992

Ustaša [Ụstascha]	faschistische kroatische Widerstandsbewegung, von Ante Pavelić 1929 in Italien gegründet, 1941 von Hitler und Mussolini in Kroatien an die Macht gebracht; unter ihrer Diktatur wurden 1941–45 im »Unabhängigen Staat Kroatien« (»Ustaša-Staat«) Hunderttausende Serben, Juden und Roma ermordet, allein im Konzentrationslager Jasenovac zwischen 60.000 und 90.000.
Veselin [Weselin]	*Ende vierzig, in Rottweil lebender Serbe aus der Krajina*
Vlad [Wląd]	*um die zwanzig, in Rottweil geborener Serbe, Neffe von Veselin*
Vori, Goran [Goran Wori]	*Ende vierzig, kroatischer Journalist, befasst sich seit Mitte der neunziger Jahre mit Kriegsverbrechen seines Landes, Exmann von Irena Lakić*
Vrdoljak, Josip [Josip Wịrdoljak]	*1930–95, Mitbegründer der HDZ Baden-Württemberg*
Wiebringer, Elisabeth	*Nachbarin der Ćavars, Geliebte von Vater Petar*
Wilbert	*geb. 1991, Zivildienstleistender von Richard Ehringer*
Zadolje [Sądolje]	*erfundener Ort in der südlichen Krajina nahe Knin. Die Ereignisse in Zadolje sind angelehnt an das, was am 25.8.1995 in dem Dorf Grubori geschehen ist, wo fünf ältere serbische Zivilisten von kroatischen Sonderpolizisten ermordet worden sind. Der Fall Grubori war Teil der Anklage ge-*

	gen Gotovina, Markač und Čermak
	(www.icty.org, Suchwort »Grubori«).
Zvonimir [Swǫnimir]	*Leibwächter von Ivica Marković in Zagreb*